KB274741

송은일 장편소설

천 개의
바람이 되어

송은일 장편소설

천 개의 바람이 되어

예담

천 개의 바람이 되어

나의 묘지 앞에서 울지 말아요

나는 그곳에 없어요

잠들어 있지 않아요

나는 천 개의 바람이 되어 드넓은 하늘을 날고 있어요

나는 눈 위에 반짝이는 보석이며

여문 곡식 비추는 따사로운 햇빛이며

부드러운 가을비예요

나는 하늘을 맴도는 새가 되어 당신을 깨우고

밤하늘을 비추는 별이 되어 당신을 지켜요

나의 묘지 앞에서 울지 말아요

나는 거기에 없어요

나는 죽지 않았어요

　사람은 크게 두 부류로 나눌 수 있다. 회귀하는 사람과 회귀하지 않는 사람.

　'회귀생回歸生 returnlife -환還'에서는 지구 전체 인구의 100분의 1쯤이 회귀를 겪는 것으로 추정한다. 세계보건기구에 따르면 2009년 10월 현재 세계 인구는 약 69억이다. 백 명 중 한 명이 회귀를 겪는 것으로 추정할 때 그 숫자는 약 6,900만 명이다.

　회귀를 겪는 인간 중 90퍼센트가량은 자신이 회귀를 겪는다는 사실을 뚜렷이 의식하지 못하고 보통 사람으로 살아간다. 그들은 일상에서 겪는 회귀를 일시적인 데자뷰나 환상, 환영, 꿈 등으로 여긴다. 좀 더 예민한 사람은 회귀를 통한 불확실한 기억들을 창작의 원천이자 생활의 활력소로 삼는다. 그러므로 대개의 경우 그들에게 회귀는 일상의 활력소이자 상상의 원동력으로 작용한다.

　회귀를 겪는 인구 중 10퍼센트, 690만여 명은 자신의 회귀가 전생

前生의 기억들과 연결되어 있음을 명확히 인식한다. 그들이 환인還人, return-people이다. 환인들이 회귀를 겪을 때는 대개 신체적, 심리적 통증이 따르며 그 양상은 환인마다 각각이다. 이른바 회귀증回歸症이다.

환인들은 전생 회귀가 시작되기 전부터 대개 자신 안에 모종의 재능이 있다는 걸 느낀다. 유달리 노력하지 않아도 쉽게 습득하는 특정 분야의 지식과 기술과 재능들. 따로 배운 적이 없음에도 저절로 할 수 있는 일들. 천부적으로 타고났다 여겨지는 그 일면들이 현실과 조화를 이룰 때 환인들은 자신의 직업 분야에서 두각을 나타낸다. 전생에 익혔던 것들이 현생에서 재현되기 때문이다.

환인들은 전생에 지녔던 감정과 겪었던 고통도 함께 가지고 태어난다. 그건 대개 격렬한 정서이기 일쑤이며 그 정서가 분노일 때는 현생의 삶을 뒤흔들어 위험에 빠뜨린다. 전생에 만났던 사람을 현생에서 만났을 때 —그 상대가 전생의 나를 고통스럽게 했다든가, 내게 극한의 위해를 가한 사람이었다든가, 그 반대의 경우에도— 전생에 느꼈던 증오와 원한까지 되살아나기 때문이다. 전생으로부터 이어진 그 원한은 전생을 정확히 파악하고 분석하여 치료하는 전생 치료를 필요로 하지만, 모든 환인이 치료의 필요성을 자각하지는 못한다. 때문에 그들은 현실과 조화롭게 어울리지 못하며 현실에서 소외되기 일쑤다…….

—채경문의 《환인還人》 서문에서 발췌

1

소설 제목이 《간지러움》이다. 간지러움이라는 단어 때문인지 재엽
은 머리통이 근지럽다. 나흘인가 닷새째인가, 감지 못한 머리통을 북
북 긁는다. 시선은 〈동방일보〉의 인터뷰 기사에 박은 채이다. 석해인
이 이번 주 자신의 기사를 꼭 찾아 읽으라는 전화를 해온 것은 사흘
전이었다. 그 당부뿐 왜 읽으라는 것인지는 설명하지 않았다. 해인은
기사의 타이틀을 '간지럽게 시작되는 삶의 통증, 그 가볍고도 무거운
전복'이라고 썼다.

환태평양문학상을 받으며 등장한 신예 작가 유아리. 사진 속 그녀
는 옆모습으로 앉아 있다. 깍지 낀 두 손으로 턱을 괸 채 제 앞에 놓인
커피 잔을 들여다보는 품이 골똘하다. 구불구불한 머리카락을 허리께
까지 드리웠다. 재엽은 제 머리를 긁던 손가락으로 무심코 신문 지면
에 있는 유아리의 머리카락을 매만진다. 순간 '그게' 시작되었다. 머릿
속이 아득해지면서 시작되는 두통. 회귀回歸였다. 재엽은 양쪽 손가락

들로 관자놀이와 이마를 동시에 누르고 받치며 눈을 감고 고개를 숙인다.

70여 년 전의 필름을 재생시킨 듯한 흐릿한 영상이 나타났다. 수없이 되풀이 보았던 아오야마靑山 병원이다. 한갓진 병원 뜰, 담장 밑에 놓였던 벤치에 봄 햇살이 퍼져 있고 새 한 마리가 날았다. 그리고 푸른 저고리에 흰 치마 차림의 김부전이 웃고 있다. 파리한 미소다. 그녀가 손을 내민다. 약지에 가느다란 은반지를 낀 부전의 왼손이 겨울 나뭇가지처럼 떨린다. 그 떨림에 재엽의 콧날이 매워지며 목이 막힌다. 그녀 손을 맞잡으려는 찰나 환영이 사라진다.

재엽은 슬며시 눈가를 훔치며 주위를 살핀다. 회귀를 겪을 때마다 자신도 모르게 하는 행동이었다. 주변 눈치 살피기. 새벽 네 시, 편의점 안에는 아르바이트생과 젊은 남녀가 있다. 각기 자리에서 제 할 일 하는 그들은 타인에게 관심 없다. 이번 두통은 경미하게 지나갔다. 회귀 장면에 슬픔은 있을지라도 분노는 없기 때문이다.

"벌써 기사 봤어? 어땠어?"

전화 저편에 나타난 해인의 목소리가 탁하다. 해인은 자고 일어났을 때가 아니라도 맘이 바쁘면 목소리가 인후염 걸린 사내처럼 변하곤 했다.

"기자가 경찰한테 하는 질문이 뭐 그래? 육하원칙을 따라야지."

"육하원칙은 네 범인들한테나 따지고, 어떠냐고?"

"너는, 유아리가, 우리 부전이라고 본 거야? 그 친구 만날 때 회귀했어?"

"하얗게 질린 그 친구가 기절해 넘어졌고 나는 반야심경을 읊었어. 가슴이 찢어지는 것 같아서. 그날 인터뷰 못했잖아. 사진이 두 번째 만난 날 모습이야."

해인사 아랫마을이 고향인 해인은 바리데기처럼 일곱 번째 딸이었다. 간절히 원했던 아들 대신 일곱째마저 딸이 나오자 해인의 어머니는 부처님에게 화풀이하듯 막내의 이름에다 절 이름을 앉혀버렸다. 막내딸을 절에다 바친 셈인데 아이가 소꿉놀이 시절부터 중 놀이를 하는 것을 보고는 기겁했다. 딸의 이름에 절 이름을 앉힌 것은 아들을 낳지 못한 분풀이였을 뿐 딸자식을 진짜 중으로 만들고픈 어머니가 어디 있겠는가. 아이가 전생의 하반기 몇 십 년을 비구니로 살았던 '환인'인 것을 그때 식구들은 몰랐던 것이다.

"혹시 이 친구 성형 수술한 것 같았어?"

"아닌 거 같은데, 왜?"

"김부전을 닮지 않아서."

해인이 어이없는지 가만하다. 그러는 너는 그 옛날의 유석과 닮았냐, 나는 한주와 닮았냐. 해인이 삼키고 있을 말이 재엽의 귀에 쟁쟁하다. 그녀가 쏟아내기 전에 내빼려는데 때마침 다른 전화가 들어온다.

"나 잠복 중이야."

전화 끊자는 말을 해인은 잘 알아들었다.

드디어 놈이 나타났다. 주택가 근방에서 술집을 운영하는 여자들만 찾아다니며 유혹하여 금품을 갈취한 뒤 죽여온 놈이었다. 놈을 용의선상에 올리고도 두 달이나 되어 잡은 꼬리가 놈의 현재 애인이었다. 제 애인이 연쇄살인범이라는 것을 믿으려 들지 않던 여자한테 다음 표적이 당신이라고, 놈의 칼에 목이 떼이고 싶지 않으면 놈이 나타날 때 연락하라고 협박했다.

재엽이 아파트 단지 입구에 도착하자 최 경장이 다가들었다.

"놈의 차가 마담네 쪽으로 막 들어갔어요. 저쪽 팀에 연락했고요."

마담은 15층 아파트의 마지막 라인 3층에 살았다. 놈은 엘리베이터 안의 폐쇄 회로 카메라를 의식해 걸어 올라갈 터이다. 경비 업체에서 5년을 근무한 놈이라 사람 눈은 물론 폐쇄 회로 카메라를 피하는 데에는 귀신이었다. 마담한테는 인질이 될 수 있으므로 놈에게 문을 열어주지 말라고 했다. 3층에 닿은 놈이 벨을 누르는 소리가 1층까지 들렸다. 벨을 눌러도 안에서 응답이 없자 자그맣게 문을 두드린다. 놈의 노크 소리가 그친 틈에 최가 이쪽의 정체를 놈에게 알렸다.

"그 새끼 맞는 거 같죠? 누가 마담네 문을 두드리잖아요."

이쪽의 인기척을 들은 놈이 사뭇 바쁘게 계단을 오른다. 놈이 이런 경우를 대비해 탈주로를 사전 답사했을 것이라는 점까지 팀에서는 예상했다. 옥상에는 각 라인으로 내려가는 출입구가 있으므로 놈이 그중 하나를 통해 밑으로 내려가려 할 거라고. 예상했던 대로 놈은 여명이 트는 옥상 맨 끝의 1,2라인 앞에서 문에 몸을 부딪고 있었다. 안에서 잠긴 쇠문이 그 정도로 열릴 턱이 없었다. 박 경사, 이 경장이 11,12라인 출구에서 놈을 건너다보는 참이다.

"저 새끼, 뛰어내리겠다고 지랄 좀 하겠는데요."

"그건 지 맘이고, 체포해."

재엽의 명령에 이 경장이 앞장서 놈 쪽으로 다가들면서 소리쳤다.

"야 김호중! 반갑다. 장위동, 마장동, 반포 1동, 일원동, 성내동 여자들의 살해 용의자로 너를 잡으러 왔다. 미리 말하는데 김호중, 너는 묵비권이 있고 변명할 권리도 있다. 기타 등등, 사전 고지는 다 들은 걸로 쳐라. 동트는 새벽 옥상에서 아름다이 수갑을 찰래, 비질비질 땀을 흘려볼까?"

"대체 무슨 근거로 날 체포하겠다는 거요? 난 여자 친구 집에 찾아왔다가 없는 것 같기에 옥상에 올라와봤을 뿐이오."

놈의 목소리는 차분하고 부드럽다. 저 목소리와 저 몸짓과 얼굴에 넘어가지 않을 여자들이 어디 있으랴. 팀 내에서 말버릇이 가장 나쁜 박 경사가 내뱉었다. 지랄하고 자빠졌네.

"날 체포하는 근거를 대란 말이야. 당신들 소속도 밝히고."

"금방 근거 말했잖아, 새끼야. 우리? 네놈 때문에 일주일 동안 퇴근도 못 하고 이 아파트에서 잠복한 경찰이다. 나머지는 청에 가서 알려줄 테니 납작 엎어지기나 해."

놈이 운동화 끈이 풀린 걸 발견한 양 몸을 굽혔다. 오른쪽 바짓단에서 칼을 꺼내 잡고 일어나 저를 둘러싼 형사들을 훑으며 노려본다. 1,2호 라인 출입문이 놈의 오른쪽에 있고 놈의 3미터 쯤 후방이 옥상 난간이다. 날개가 돋아나 사뿐히 날아오르지 않는 한 달아날 수 없다는 걸 깨달은 놈의 몸짓이 사뭇 어엿하다. 놈은 합기도 3단이었다. 기록에 나타난 것만 그랬다. 칼질에도 급수가 있다면 놈의 칼질도 유단자급에 속할 터다.

"기어이 한바탕 부닥쳐보자는 거지, 이 미친 새끼야?"

최 경장이 놈의 몇 걸음 앞까지 건들거리며 다가들자 놈이 그만치 뒤로 물러났다. 허리 높이쯤 되는 옥상 난간에 놈의 등이 닿아 있다.

"그래 나 돈 놈이다. 아니, 돌아온 놈이라고 들어봤지? 그래서 눈에 뵈는 게 없는 놈이라고."

'돌아온 연놈'은 환인들에 대한 비칭이었다. 놈의 느닷없는 환인 타령에 새벽 옥상에 잠깐 정적이 고였다. 재엽처럼 최연식도 환인이었다. 아킬레스건이 건드려진 최 경장이 입을 열었다.

"야, 호중아. 너 같은 놈들한테, 돌아온 놈이라고 떠벌리면, 죄가 없어진다고 가르쳐주는 무슨 학원 같은 게 있냐? 어떻게, 잡힌 살인마 새끼들마다 지가 환인이라고 떠드는지. 진짜 궁금해서 물어본다."

놈은 대답이 없고 최는 말하면서 약이 오르는 것 같았다.

"대답이 없네. 무식한 새끼, 더럽게 치사한 건 알았는데 무식한 건 몰랐네. 환인들은 새끼야, 자기들이 환인이라고 말하지 않아. 말 못하지. 왜냐, 너처럼 무식한 새끼들 때문에 싸잡아서 같은 놈들처럼 보일까봐 입 다물고 사는 거야. 하기는 무식하니까 노모한테 두 딸 맡겨놓고 지랄하고 다니겠지. 네 부인은 아마 네 손으로 죽여 어딘가에 묻어놨겠지만, 그건 차차 토설하고, 한 가지만 물어보자. 지금까지 너 같은 놈을 아들이고 아버지로 뒀다고 나라에서 생활보호도 못받고 사는 네 엄마하고 네 딸들 생각을 한 번도 안 해보는 건지, 가끔 하면서도 여자들한테 그 지랄을 하고 다닌 건지, 법정에서 쓰이지는 않을 말이니까 대답 좀 해봐라. 이 무식한 새끼야."

연쇄살인범에게 미친놈이나 나쁜놈 정도는 욕이 못됐다. 무식하다는 말은 욕설로 들리는 모양이었다. 인내심이 한계에 달한 놈이 최 경장을 향해 달려들며 꼬나든 칼을 그었다. 최가 몸을 슬쩍 피했고 박이 날아올라 놈의 등판을 발로 걷어찼다. 놈이 난간 안쪽에 처박혔다. 놈이 놓친 칼은 재엽의 낡은 로퍼슈즈 앞에 떨어졌다. 재엽이 팀원들을 한차례 둘러보고는 칼을 로퍼로 슬쩍 밀며 씩 웃는다. 칼이 콘크리트 바닥에서 마찰음을 내며 놈 쪽으로 밀려갔다.

칼이 다시 제 쪽으로 다가들자 놈이 재엽을 노려보았다. 형사들이 자신을 곱게 체포할 의지가 없다는 걸 깨달은 놈의 눈에서 새파란 증오가 뻗쳐 나왔다. 이 씨발놈들이! 욕설과 함께 놈이 칼을 쥐면서 솟구쳤다. 최의 몸이 놈을 향해 날았다. 두 몸이 턱 부딪는가 싶더니 놈이 난간 밖으로 날았고, 최는 난간 안쪽에 비틀거리며 착지했다. 앗! 소리를 내며 박 경사와 이 경장이 난간으로 달려들었다. 재엽은 약간 위태로웠던 최연식에게 다가들었다.

"괜찮냐?"

괜찮다며 일어난 최연식이 어깨를 털며 난간 아래를 내려다보았다. 놈은 잘 보이지도 않았다. 에이, 쌍놈의 새끼! 또 시말서 써야겠네. 박 경사가 욕설을 내뱉으며 전화기를 꺼내더니 119를 불렀다. 여름 아침이 거의 열린 참이었다. 재엽은 머리를 득득 긁었다.

2

　근래 국내 소설 최고의 베스트셀러는 전소명의 《허물벗기》였다. 《허물벗기》가 최근 문학상을 탄 까닭도 있지만, 그 전에 터진 전소명의 스캔들 바람이었다. 그녀가 인문학 단체 '정鼎'의 소설 강좌 수강생이었던 김동성의 습작품을 표절했다는 논란이 불거졌고, 그 논란은 아직 진행 중이었다. 정鼎은 유수한 인문학자들과 각 분야의 전문가들과 시인, 작가들로 강사진을 이룬 국내 최고의 인문학 단체였다. 정鼎의 소설분과 강좌의 명칭은 '글마루'였다. 그곳에 입학하는 자체가 등단이라는 말이 있을 정도로 경쟁률이 높았다.

　《허물벗기》를 유력한 수상 후보로 올려놓고 있던 동방문학상 심사위원회에서는 그 작품에 상을 주기로 함으로써 전소명의 표절 혐의에 면죄부를 주었다. 표절 논란을 제기했던 김동성은 등단하지 못한 습작생이었다. 반면에 전소명은 출간할 때마다 수만 권에서 수십만 권씩의 판매 부수를 기록하는 인기 작가였다. 그녀는 골수 독자들로 이루어진 십여 개의 팬클럽을 거느렸다. 애초에 등단도 하지 못한 김동성이 맞설 수 있는 상대가 아니었다.

"전소명 선생님이 늦으시네요?"

탁자 건너편에서 카메라를 만지작거리고 있던 사진기자 민태용이 중얼거린다. 전소명은 점심 약속이 있다며 두 시에 만나자고 했다. 약속 시간에서 20분이 지나 있었다.

"점심 자리가 좀 늘어지나보네. 금세 오겠지."

해인은 지난달 유아리를 만났을 때 습작 과정에 대해 질문했다. 그녀도 글마루에 다닌 적이 있다고 했다. 격주에 한 번씩 토론 형식의 수업을 하는 1년 과정의 그 강좌에 유아리는 석 달가량 다녔고 다섯 편의 중단편소설을 수업 중에 발표했다. 그때 글마루 담임 강사가 전소명이었다.

"석해인 기자, 오랜만이에요?"

약속 시간을 30분 넘겨 나타난 전소명은 은색의 얇은 코트 차림이다. 머리에는 은빛 두건을 썼다. 그녀가 해인에게 살짝 고개를 숙여 보이고는 코트를 벗어 의자 등받이에 걸쳐놓는다. 민소매의 원피스 길이가 꽤 짧다.

해인은 녹음기를 켜고는 준비했던 질문을 시작했다. 〈동방일보〉 주말판 문화면 한 면을 통째로 차지할 '석해인이 만난 화제의 인물' 꼭지는 인터뷰 중심 기사였다. 해인은 전소명의 표절 논란에 대해서는 질문하지 않고 《허물벗기》의 의미며 근황에 대해 물었다. 전소명의 남편은 정鼎의 인문학 강사로도 출강하는 우찬규 교수였다. 우찬규가 내년에 안식년을 맞아 뉴욕대학으로 가는데 그녀도 연구원 자격으로 간다는 사실은 문단 안팎에 소문나 있었다.

"그런데 석 기자, 왜 그 사안에 대한 질문이 없으세요?"

전소명은 해인이 표절에 관해 묻지 않는 게 궁금한 모양이다. 전소명 작가와 표절 시비를 일으키고 있는 김동성도 취재하면 어떻겠냐는 해인의 안건은 데스크로부터 즉각 거부됐다. 그렇잖아도 우리 소설이 비실거리는 판국에 그나마 잘나가는 작가를 죽이면, 소설판이 더 비실거리지 않겠어? 데스크의 그 되물음은 전소명의 표절 혐의를 인정한 것이었다.

"그야 일단락된 논란이라 여기기 때문이지요."

전소명의 《허물벗기》는 김동성이 자신의 블로그에 전문을 올려놓은 단편소설 〈우화羽化〉와 분명히 닮았다. 두 작품 다, 자신을 벌레처럼 여기다가 문득 자신에게 날개가 내장되어 있다는 것을 깨달은 사람들 이야기였다. 자신에게 우화의 가능성이 있다는 사실을 깨달은 순간 탈피를 시작한 사람들. 《허물벗기》나 〈우화〉가 문학일 수 있는 이유가 그것이었고, 두 작품이 가장 닮은 점 또한 그 발상이었다. 자신에게 내재된 우화의 가능성을 포착한 순간 날개가 돋는다는 것. 거기서는 날개가 아니라 포착이 중심이었다. 그 포착은 모든 인간이 자기 자신일 수 있는 그 무엇에 대한 은유였다.

"그래도 나를 만났으면 그 건에 대해 묻는 게 더 자연스럽지 않아요?"

"선생님, 그렇게 하신 거 아니잖아요."

"안 했죠."

"그러니까요. 그건 그렇고요, 선생님! 인터뷰가 아니라 사적인 질문인데요, 올해 환태평양문학상을 받은 《간지러움》 있잖아요. 그 작가에 대해 혹시 아세요? 유아리 씨가 글마루에 다닌 적이 있다던데요."

"어머나, 그이가 글마루 출신이래요? 지난달엔가 석 기자가 쓴 인터뷰 기사 읽었는데, 그런 내용은 없지 않았나? 어쨌든 반갑네요."

유아리가 글마루에 다닌 적이 있다는 건 기사에 적합지 않은 내용이므로 당연히 쓰지 않았다. 그렇더라도 제 반 학생이었던 유아리에 대해 전혀 알지 못한다는 전소명의 부정은 서툴러 안쓰럽다.

글마루 시절 유아리는 전소명의 강의실에서 〈가역성 세계〉라는 중편 소설을 발표했다. 〈가역성 세계〉는 세 명의 다른 인물이 다중인격을 지닌 한 사람인 것으로 밝혀지고 끝나는 이야기였다. 유아리는 글마루에 다닌 지 석 달 만에, 그 자신의 표현에 따르면 술을 마시지 못해 그곳을 그만뒀다. 이듬해 11월 전소명은 장편소설 《둥근 빈 방》을 발표해 센세이션을 일으켰다. 당시에는 지금처럼 인터넷이 활발하지 않았으므로 전소명의 《둥근 빈 방》이 한 수강생의 〈가역성 세계〉라는 작품을 표절했다는 소문은 금세 스러졌다. 〈가역성 세계〉를 쓴 수강생이 누구인지, 표절 논란을 제기한 사람이 누구인지도 알려지지 않았다. 신문사에 입사하고부터 문화부에서만 잔뼈가 굵어온 해인은 그 일을 기억했다. 근래 전소명에게는 어쩌면 김동성보다 유아리가 더 꺼림칙한 존재일지도 몰랐다.

"선생님도 잘 모르시는군요. 유아리 작가와 인터뷰를 하고 싶다는 인종들 여럿이 저한테 물어와서요. 그들은 제가 유아리 씨를 인터뷰했기 때문에 알 거라 여기고 물어오는데, 저도 그때 이후 연락이 닿지 않거든요."

"유아리 씨 작품을 심사한 선생님들한테 문의해보지 그래요? 그이가 글마루 출신이라면 심사하신 선생님들 중에 그일 기억하는 분이 계실지도 모르잖아요. 그나저나 《간지러움》, 어때요? 난 아직 못 읽어봐서요."

　김동성의 〈우화〉나 전소명의 《허물벗기》는 주인공이 자신됨을 포착한 순간부터 새로운 삶을 살기 시작하는 것을 표현했다. 두 작품에 비해 유아리의 《간지러움》은 인간에게 그 포착의 순간이 얼마나 숱하게 다가올 수 있는지, 그때마다 어떤 고통을 겪어야 하는지를 표현했다. 유아리는 그 고통을 '간지러움'으로 대치해놓았다.

　"필력이 짧아서인지 거친 표현이 종종 있지만 문장은 단단한 것 같았고요. 내용도, 그럭저럭 상 받을 만하다 여겼습니다."

　"석 기자가 그 작품에 대해 짐짓 칭찬을 아끼는데도 그 작가에 대한 애정이 느껴지네. 샘나요."

　"아직 젊어선지 귀여운 구석이 있긴 하더군요. 애정까지 느낄 겨를은 없었고요. 여튼 선생님, 뉴욕 다녀오신 다음에나 뵙게 되겠네요. 멋진 작품 써서 돌아오실 테니, 기대하며 기다리겠습니다."

　"아이, 아니에요. 이번에 가서는 소설 안 쓸 거예요. 그야말로 충전하러 가는 거예요. 석 기자님 혹 뉴욕 출장 오실 일이 생기면 꼭 연락 주세요. 뉴욕 식으로 한잔하게요."

　활짝 웃은 전소명이 민태용을 돌아보았다. 쓸 만한 컷을 찍었느냐는 무언의 질문이다. 태용이 고개를 끄덕이자 전소명이 일어났다. 해인은 그녀에게 먼저 나가시라 하고는 태용에게 배웅하게 했다. 그러고는 종업원을 불러 맥주 두 병을 주문했다. 단숨에 반병쯤 마시고서야 내려놓고 숨을 쉰다. 태용이 돌아와 그럴 줄 알았다는 얼굴로 마주 앉는다.

　"선배, 잘 참으시던데요?"

　"난 전소명 작가가 왜 그렇게 싫으니. 전생에 척진 것도 없는데."

"전전생에 꼬인 게 있나보지요."

"전, 전생?"

"전생이 있으니 전전생도 있겠죠. 다수의 생이 중첩되어 회귀하는 다생환인들이 그래서 있는 거고요."

대개의 환인들이 현생 직전의 전생으로 회귀하지만 드물게는 몇 생이 중첩된 기억으로 혼란을 겪는 사람들도 있었다. 그런 환인들을 '-환還'에서는 다생환인多生還人이라 불렀다. 다생환인은 환인들 중에서도 몇 백 명 중 한 명 정도일 것이라 추정되었다. 그들은 거의 정상적으로 살지 못할 뿐만 아니라 오래 살지도 못한다고 했다. 사이코패스이거나 심각한 정신분열자이거나 다중인격자이거나 비운의 천재거나, 그 모든 속성을 한 몸에 지녔거나. 그들은 타인에게 치명적인 해를 입히다 짧은 생애를 마감하기 일쑤였다. 타인에게로 향할 칼날이 스스로에게 겨눠질 때는 필연코 자살로 이어졌다.

"그리고 쌍둥이 환인, 트윈리턴피플twin-return-people도 있다면서요? 이름 하여 티알피."

"그렇다고는 하더라. 그런데 넌 환인도 아니면서 그런 걸 어떻게 알아?"

"선배가 환인이라는 걸 알고 난 뒤에 공부 좀 했잖아요. 여튼, 다생환인까지는 알겠고 만난 적도 있는데, 쌍둥이 환인은 어떻게 된 사람들이에요? 설명을 읽어도 모르겠어요."

"한 사람이었던 전생의 기억을 가지고 태어나 동일하게 움직이는 두 환인이 있는 거라잖아. 더는 묻지 마, 나도 몰라."

"모르시면 말지 골은 왜 내요? 선배가 전소명 작가 싫어하는 게 얼굴에 다 쓰여 있어서 얼마나 조마조마 했는데요. 선배가 싫은 작가들

만날 때마다 표정이 그렇다는 거 아세요? 그리고 싫어하는 작가들이 무지 많다는 것도요?”

“그래도 나는 누구처럼 사고는 안 치잖아.”

사고치는 누가 손재엽이라는 걸 알아들은 태용이 어깨를 들썩이며 웃었다.

“그나마 다행으로 여기고 있어요. 어떡할래요? 회사로 들어갈 건가요, 밖에서 원고 쓸 거예요?”

“먼저 들어가.”

태용이 고개를 끄덕이고는 짐을 챙겨 카페를 나갔다.

요즘 유아리는 전화를 받지 않았다. 그녀는 블로그나 홈페이지를 갖지 않았고 메일도 하지 않는다고 했다. 유아리가 전화를 받지 않는 한 해인은 그녀에게 닿을 방법을 알지 못했다. 손재엽에게 청운동에 산다는 유아리의 신원에 대해 좀 알아보라 했더니 바쁜가, 소식이 없다.

재엽은 전화 받을 상황이 아닌지 신호만 울린다.

재엽의 전생인 나유석은, 110여 년 전 개명한 명문 집안의 딸로 태어나 도쿄에 유학했다. 스무 살 무렵부터 화가이며 소설가이며 칼럼니스트로 활동했다. 3.1운동에 참여한 죄로 옥고도 치렀다. 그녀가 결혼 직후 열었던 전시회 개막 날의 관람객이 5,000명을 넘었다. 유석은 그 시대에 가장 빛나던 예술가였다. 하지만 당시 조선 여자들의 삶은, 그가 설령 조선 최고의 예술가라고 해도 담장 안에서 가족들을 위해서만 살아야 하는 것이었다. 세 아이를 낳고 키우는 동안 유석의 그림은 한계에 이르렀다. 새로운 화법이 필요했다. 그럴 즈음 남편의 구미 출장이 생겨 함께 파리 여행을 하게 되었다. 파리에 닿은 얼마 뒤 출장길이었던 남편은 남은 여정에 올랐고, 몇 달 뒤 미국에서 만나 합류하기로 하고 유석은 파리에 체류하게 되었다. 그곳에서 유석은 파리 여행을 와 있던 조선 남자를 만났다. 당시 경성 사람이라면 대개 그 이름을 알고 있던 남자였다. 그는 하룻밤으로도 본색이 뻔히 들여다뵈는 남자였다. 해프닝처럼 지나간 연애였다.

그런데 유석이 미국을 거쳐 경성으로 돌아왔을 때 소문이 먼저 당도해 있었다. 파리에서 만났던 조선 사람들이 유석의 하룻밤 염문을 바다 건너 조선까지 부지런히, 한껏 부풀려 전해놓았던 것이다. 1920년대 말 조선 사회는 유석과 같은 여자를 용납하지 않았다. 그녀는 조리돌림을 당하듯 광장에 내팽개쳐졌다. 유석은 여자도 인간이라고, 정조는 왜 여자에게만 강요되는 것이냐고, 피투성이가 되어가면서도 맹렬히 저항했다. 그러나 저항의 몸부림이 강할수록 질타도 거셌다. 그걸로 끝이었다. 이후 유석은 햇빛이 들지 않는 돌 감옥에 갇힌 듯이 살았다. 그녀가 시립병원에서 홀로 죽었을 때 그 시신은 인계받을 사람이 아무도 없는 행려로 분류되어 사라졌다고 했다.

그 당시 한주라는 이름을 버리고 승려 정안으로 살았던 해인은 유석에 관한 소문을 너무 늦게 들었다. 유석이 이따금 정안이 있던 절을 찾아오곤 했으므로 또 오려니 심상히 여겼다. 당시 정안은 자신처럼 유석도 세상을 버리고 절집에 들어와 살았으면 했다. 유석은 세상에 대한 미련을 버리지 못했다. 그런 동무가 안타깝고도 미웠다. 외면하고 싶었는지도 모른다. 하지만 그녀를 그렇게 놓쳐버린 뒤에 남은 건 비통과 회한이었다.

전화를 걸어온 재엽의 목소리가 나직하다.

"목소리가 왜 그래? 또 국장 아저씨한테 깨졌어?"

"비슷해. 회의 중이었거든."

"혹시 또 어떤 살인마를 옥상에서 밀어버린 거 아냐? 지난번 그놈처럼?"

"이 사람 참, 큰일 날 소리하네."

"한두 놈이 아니니까 하는 말이지. 아무려나 난 상관없지만 그러다 너 밥줄 끊겨 내가 먹여 살려야 할까봐 걱정하는 거야. 조심 좀 하라고."

재엽이 범인을 쫓는 것과 그가 쫓던 범인들이 이따금 죽어 나자빠지는 것은 상관이 있었다. 재엽의 팀원들이 그들을 직접 죽이지는 않을지라도 그들의 죽음을 조장하거나 방기하는 건 분명했다. 어쩌면 그의 팀원들이 직접 처리하는 일도 없지 않을 것이다. 오히려 이해할 수 없는 건 한국특수경찰청KOREA UNIQUE POLICE AGENCY이고, 그 쿠파KUPA 내에서 재엽이 속한 별정사건국 국장이었다. 그들은 재엽과 그의 팀원들이 날뛰는 것을 제재하지 않잖은가. 재엽이 연쇄살인마들의 죽음을 조장하거나 방기하듯 쿠파에서도 그 부서의 활동을 조장하거나 방기하고 있는 것이다.

"유아리 때문에 전화했지? 유아리는 일주일 전에 출국해 홋카이도에 가 있어. 지금까지 홋카이도를 일곱 번이나 갔더라고."

"홋카이도? 도쿄나 교토라면 모를까. 아리, 아니 김부전이 홋카이도 하고 무슨 상관이 있어서?"

"부전으로 가는 게 아니라 아리로 가는가보지. 왜 갔는지는 모르겠고. 아무튼 82년생 유아리는 청운 1동 131-11번지에 살아. 아리의 외할머니 최산호 선생이 전통의복명장이고 그분이 운영하는 연구소 이름이 유접오留蝶塢야. 나비가 머무는 언덕이라는 뜻이래."

"유접오 최산호 선생님이 아리 할머니이셔? 그 친구 배경이 끝내

주네."

"그렇지도 않아 보여. 아리의 동거인은 최산호 선생뿐이야. 입주 도우미며 운전기사 등, 피고용인이 몇 명 있는 것 같고. 원래 거기가 외가였는데, 유아리는 1990년 4월 5일에 부모님하고 남동생을 한꺼번에 잃었어. 그날 경부선 고속도로 안성 부근에서 추돌 사고가 났어. 1차로에서 2차로의 대형 트럭을 추월하려던 검은 승용차와 마침 차선을 바꾸려던 트럭이 부딪친 거지. 40여 대의 차량이 10초도 안 되는 사이에 추돌하는 아수라장이 벌어졌어. 여섯 명이 죽었고 50여 명이 다친 사고였는데, 유아리의 부모님과 동생 유아침이 탄 차가 그 검은 승용차였어. 아리 아버님이 당시 광주 지검 판사셨는데 서울 오다가 사고가 났나봐. 너희 회사 자료 찾아봐."

"세상에. 그래서?"

"유아리는 그 사고 뒤 청운동으로 옮긴 거 같아. 외가엔 외할머니와 외숙모와 외종사촌 언니가 있었어. 외삼촌도 세상을 뜬 상태였거든. 4년 뒤 1994년 10월 21일에 또 일이 생겼어. 당시 외숙모는 강남 쪽 고등학교 교감이었고 외사촌 언니는 그 학교에 갓 부임한 스물네 살의 초임 교사였어. 모녀가 승용차로 출근을 했지. 그리고 무슨 일이 일어났는지 알아?"

"그날 무슨 일이 있었는데?"

"성수대교 붕괴사고."

"맙소사! 그 모녀가 그 아침에 그 다리 위에 있었던 거야?"

"음, 강물 속으로 추락한 승용차들 중 한 대였어. 물론 살아나오지 못했고."

"유아리가 회귀를 시작한 게 그때부터였나?"

“그건 알 수 없지. 유아리는 학교를 다닌 기록이 없어. 검정고시로 고교 졸업 학력을 가졌을 뿐이야. 그리고 광주에는 현재 80대의 조부모가 생존해 계시는데, 그 양반들에게도 서류상 혈육은 유아리뿐이야.”

“고아가 아니라니 그나마 다행이네.”

“다음에 그 친구 만날 때 나도 끼워줘.”

다른 전화가 끼어드는가 싶더니 재엽이 꼬리 끊고 도망치는 도마뱀처럼 전화를 끊고 사라진다.

며칠 전부터 출판계에 한 작가의 소설 여섯 편이 동시에 들어와 퍼졌다는 소문이 돌았다. 낭설일 것이었다. 여섯 작품을 여섯 출판사를 향해 동시에 날리는 간 큰 작가가 어디 있겠는가. 해인이 아는 수백 명의 작가 중 그런 짓을 할 사람은 없었다. 세상에 내놓을 만한 수준의 미발표작을 그만큼 가지고 있기도 불가능하려니와 만약 그 소문이 사실이라면, 그건 세상을 향해 폭탄을 던지는 것과 같았다. 그 작가가 혹시 유아리가 아닐까 싶어 해인은 요즘 불안했다. 그녀가 부전이기 때문이었다.

3

폐어肺魚는 폐를 몸에 지니고도 3억만 년 동안 양서류로 진화하지 않았다. 혹은 진화하지 못했다. 로즈 이가 밀러가 롱비치 아쿠아리움에서 레피도시렌 파라독사를 처음 본 건 열 살 때였다. 참 못생긴 뱀 같았다. 과학 숙제를 하느라 레피도시렌 파라독사를 비롯한 폐어류에 대해 공부했다. 우기에 물이 있으면 아가미로 숨을 쉬고 건기에 물이 없으면 부레가 변한 폐로 숨을 쉰다는 그것들. 그때 그것들을 로즈 이가 밀러는 자신 같다고 여겼다.

엘에이를 떠나오기 전에도 롱비치 아쿠아리움에 갔다. 폐어는 사라지고 없었다. 왜 사라졌는지 관리소에 물어보려다가 말았다. 관리하지 못해 죽어버렸다거나 관리하기 힘들어 다른 곳으로 보내버렸다는 말을 듣기보다, 폐어들이 진화하여 수족관에서 걸어 나간 것으로 여기기로 했다.

요즘 로즈는 생모 부영희가 진화하지 못한 채 수족관에서 폐사되어가는 폐어처럼 느껴지곤 했다. 처음 입국할 때는 생모를 찾을 생각 따윈 없었다. 키우지도 못할 아이를 낳은 여자를 찾아 무얼 하겠는가. 그랬던 생각이 한국 생활 1년쯤 되면서 변했다. 찾아서 할 일이 없을 것이듯, 찾지 않아도 할 일이 없었다. 수시로 일어나는 회귀 속에서 무시로 전생의 사람들이 출현하는데, 전생이란 과거는 현재에 아무 의미가 없었다. 나를 알지 못하는 그들을 해바라기하듯 바라보거나 홀로 증오하는 일이 넌더리가 났다. 어떤 여자가 자신을 낳아버렸는지 그리고 현재 어떤 모습으로 사는지 확인하고 나면 현실이 실감날 것 같았다.

부영희는 뜻밖에도 많았다. 너무 많은 부영희는 미국의 존 도나 제인 도처럼 신원 미상의 인물 같았다. 막연하다 못해 가상 인물 같은 부영희를 찾아다니면서 어쩌면 그녀가 현재와 같은 모습으로 살 거라고 예상은 했다. 예상했기에 치리리 그녀가 살아 있지 않기를 바랐다. 진화하여 수족관에서 나간 레피도시렌 파라독사처럼 닿을 수 없는 곳에 있는 존재였으면 싶었다.

4년 만에 찾아낸 부영희는 더도 덜도 아니게 딱 예상했던 대로였다. 부영희는 일상생활을 겨우 할 수 있는 지적장애인이었다. 그것마저도 예상했던 것 같다. 예상에서 벗어난 한 가지는 부영희가 이가를 기억하고 있는 것이었다. 혹시 옛날에 이가라는 딸 낳았어요? 그 한마디에 그녀가 곧장 우리 이가! 라고 했던 것이다.

부영희는 김포시 대곶산 아래 마을 수안리의 허름한 집에서 늙은 남편과 함께 살았다. 그녀는 농사를 조금 지으면서 이웃에 있는 별장 집의 정원을 돌보러 다녔다. 남은 시간에는 인근 논밭에서 품팔이를 했다. 4년 전 겨울 로즈가 찾아낸 생모의 삶이 그랬다.

“엄마! 나와요.”

방구석에 쓰레기 봉지처럼 박혀 있던 부영희가 화들짝 일어나 나왔다. 로즈의 서슬을 느꼈는지 아랫목에 누워 있던 부영희의 늙은 남편이 눈을 떴다. 눈동자가 벌겋고 거무죽죽한 주름살의 골마다 죽음의 징후가 괸 듯했다. 방 안은 토사물 냄새와 늙은이의 살 썩는 냄새로 오물통 속 같다. 늙은이가 가까스로 손을 들어 다가오라 신호했지만 로즈는 방문을 거세게 닫았다.

“아저씨 방에 있던 전화기는 어쨌어요?”

“아저씨가 던져 깨졌어.”

“아저씨 손전화기는?”

“옛날에 잃어버렸어. 술 먹고.”

늙은이가 구급차를 부르지 못한 까닭을 알 것 같았다.

“알았어요. 엄마, 오늘 별장 집에 일하러 가는 날 아니야? 엊그제 비바람이 제법 셌는데, 때 이른 낙엽이 많이 쌓였을 거야. 가서 잔디에 떨어진 나뭇잎 줍고 마당가의 시든 풀도 뽑고, 그러고 와요. 아저씨 옆에 내가 있을게.”

“벼, 병원에 데리고 가?”

“술병난 건데 뭐. 조금 누워 있으면 일어날 거예요. 항상 그랬잖아. 조금 지켜보다가 모시고 가든지, 그럴게. 엄마는 지금 세수하고 옷도 갈아입고 일하러 가요, 응?”

부영희가 부엌 한 켠에서 세수를 하고 나왔다. 마루 한쪽에 놓인 바구니에서 몸뻬바지와 점퍼를 꺼내들고 건넌방으로 들어가더니 문을 열어놓은 채 옷을 훌러덩 벗는다. 쉰두 살의 그녀는 왼쪽 어깨가 움푹 기울었고 등이 약간 굽었다. 하얀 속살엔 희거나 벌건 흉터들이

곳곳에 새겨져 있다. 늙은이의 매질 흔적이다. 아랫배가 나왔을 뿐 어깨는 앙상하고 머리카락은 덜 세 흰머리가 드물다. 그녀를 지켜보던 로즈는 방으로 들어가 찌그러진 외짝 장롱 서랍을 열고 속옷을 살폈다. 지난봄에 사다준 팬티며 브래지어 세트가 새것인 그대로 있다. 로즈는 팬티만 입으려는 그녀에게 브래지어를 채우고 흰 속옷을 입게 했다. 옷 입는 순서를 가르치듯 셔츠와 몸통바지를 입히고 점퍼를 걸쳐준 뒤 지퍼를 올려주었다.

"내가 데리러 갈 때까지 거기서 일하고 있어요. 알았죠?"

응, 하고는 찌그러진 대문짝 밖으로 나간다. 부영희는 별장집 곁에 있는 손바닥만 한 밭을 가꾸러 다니다 별장집 노인과 친해졌다. 어느 날 밭에 갔다가 노인의 집으로 들어간 부영희는 노인의 주검을 발견했다. 이후 노인의 자식들이 번갈아 드나들며 별장으로 사용하게 된 뒤 부영희는 그 집 관리인으로 취직했다. 몇 년 전부터 한 달에 30만 원씩을 받는다던가. 그 30만 원을 부영희의 남편은 술값으로 탕진했다.

로즈는 늙은이의 방으로 들어왔다. 습기와 악취가 섞인 공기는 숨이 막힌다. 방문 쪽을 향해 누웠던 늙은이가 눈을 뜨더니 뭐라고 중얼거린다. 로즈는 119라는 말만 알아들었다.

"뭐라고요? 아, 술 달라고요?"

짐짓 딴소리를 하자 늙은이의 눈이 커지는가 싶다가 얼굴이 일그러진다.

"네 에미년 오라고."

로즈는 소리치는 그를 내려다보다 곁에 다가앉았다.

"엄마는 일하러 갔어요. 기다리세요. 그리고 아직 정신이 좀 남은 거 같으니까 이제부터 내가 하는 말 잘 들어요. 나는 오늘부터 여기서 살 거예요."

"가, 이년아!"

순간 베개를 빼어 그의 숨통을 눌러버리려던 로즈는 늙은이의 눈동자를 똑바로 내려다보며 고개를 저었다.

"나는 이제부터 여기 살 거야. 당신이 죽을 때까지 이 집에 살면서 부영희를 지킬 거라고. 그렇다고 당신하고 내가 한 집에서 살 수는 없지. 당신이 당장 스스로 죽어줬으면 좋겠지만 그럴 리는 없으니 결국 내가 당신을 죽일 건데, 물론 내 손으로 직접 죽이지는 않아. 얼굴에 베개를 덮어 누른다든가, 빨랫방망이를 가져다 머리통을 깨부순다든가, 헛간에서 제초제를 가져다 입에 들이붓는다든가, 식칼을 가져다 심장에 박는다든가…… 그런 시끄러운 짓, 나는 태어날 때부터 눈에 뵈는 게 없는 년이라 얼마든지 할 수 있지만, 안 할 거야. 가만 놔둬도 어차피 얼마 못 살 건데, 내가 그런 짓 할 필요 없지. 그러니까 당신이 어떻게 죽을 건지 스스로 결정해야 해."

그의 벌건 눈동자가 금세라도 튀어나올 것처럼 커졌다. 덤비지는 못한다. 덤비지 말라고 한껏 포악하게 내뱉었다.

"당신이 어떻게 죽을지 스스로 결정하라는 건, 이거야. 병원 가서 치료받으며 얼마간이라도 더 살 건지, 이 더러운 방에서 똥오줌 지리며 혼자 갇혀 있다가 굶어죽을 건지. 병원에 가면 링거 맞으면서 부영희의 간병을 받겠지만, 이 방에 부영희가 들어오는 일은 다신 없어. 내가 막을 거니까. 알지? 부영희가 내 말을 잘 듣는다는 걸. 선택은 간단하겠지만 조건이 있어. 병원으로 가고 싶다면, 이 썩어빠진 집이라도 부영희한테 물려준다는 유언장을 직접 써야 한다는 거야.

당신 자식이 다섯이나 되잖아. 10년 넘게 한 번도 오지 않은 자식들이지만 아버지가 죽었다는 소식 들으면 개떼처럼 달려들겠지? 부영희는 길거리로 내몰릴 게 뻔하고. 내가 돌아가신 할머니한테 듣기로 부영희는 스물다섯 살 때부터 이 집에서 살았고 그동안 내내 일해서 당신을 먹여 살렸어. 당신은, 당신이 부영희를 먹여 살렸다고 하지만 난 그렇게 생각 안 해. 동네 사람들도 그렇게 생각 안 할걸. 아무튼 나는 부영희가 남은 생애 동안 이 집에서 살 자격이 있다고 생각해. 때문에 난 부영희가 당신 자식들한테 쫓겨나는 꼴은 못 보겠고. 알아들어?"

그의 눈이 감겼다. 생각하느라 감았다기보다 기진한 듯하다.

"생각해봐요. 나는 밖에 좀 나갔다 와야겠어요. 아저씨 썩는 냄새가 너무 심해 숨이 막히거든."

로즈가 일어나 방문을 열려는데 뒤에서 이가야, 하는 소리가 났다. 그가 고개를 끄덕이고 있다.

"물, 물 좀 주라."

"유언장 쓸 거예요?"

"그, 그래."

로즈는 방 환기부터 시켰다. 물을 마시게 하고, 이부자리를 새로 깔아 늙은이를 눕히고 토악질을 참아가며 그의 얼굴이며 손발을 물수건으로 닦았다. 겉으로나마 사람 꼴이 났을 때 종이와 볼펜을 가져다 유언장을 쓰게 했다. 자신이 죽은 뒤 집과 남은 땅을 부영희에게 물려준다는 내용을 다 쓴 늙은이에게 물을 더 마시게 한 로즈는 그에게 읍내 법무소에 전화를 걸게 했다. 유언장을 공증하려는데 내가 몹시 아파 그러니 출장을 나와달라고.

한 시간 뒤에 법무소를 운영하는 노인네가 왔다. 법무소 노인네 앞에서 늙은이는 강압에 의해 작성된 유언장이라는 사실을 말하지 못했다. 법무소 노인이 유언장의 법적 요건에 연월일과 주소와 성명과 날인이 빠지면 안 된다며 집의 주소를 적게 하자 적었다. 로즈에게 인감을 꺼내오게 했고 누운 채 스스로 도장을 찍었다. 법무소 노인네가 확인서를 작성하며 이 모든 일이 스스로의 뜻이냐고 물었을 때도 로즈를 건너다보고는 예, 했다. 공증료며 출장비도 스스로 건넸다.

법무소 노인의 차가 떠나고 나니 정오가 넘었다. 로즈는 부엌으로 들어가 전기밥솥에서 밥 한 공기를 떠 냄비에 넣고 물을 부어 미음을 끓이기 시작했다. 애초부터 늙은이를 병원에 데리고 갈 생각은 없었다. 그는 술병을 앓는 게 아니었다. 그쯤은 의사가 아니라도 짐작할 수 있었다. 아직 검진해보지 않았을 뿐 중병에 걸린 게 뻔했다. 하지만 금세 죽을병도 아닐 것이다. 치료비도 문제려니와 부영희한테 그 병 수발까지 시킬 수는 없었다. 병상에 누워서도 그녀를 두들겨 팰 작자였다.

"서울댁 있나?"

끓인 미음을 떠서 부엌을 나서려는 참에 밖에서 찾는 소리가 들렸다. 로즈는 쟁반을 들고 부엌을 나섰다. 이웃집 여자다. 이 집의 가장 가까운 이웃집은 50미터쯤 떨어져 있다.

"안녕하세요, 아주머니."

"서울댁 딸이구먼. 언제 왔나?"

"한두 시간 됐어요. 엄마는 별장 일 가셨는데요."

"아, 오늘 거기 일 가는 날이구나. 오후에 우리 밭에 와서 일 좀 해달라고 하려고 했는데. 자네 아버지는?"

"많이 편찮으세요. 아침에 엄마가 연락을 해서 왔죠. 미음을 끓였어요."

"며칠 전에 술이 과하더니. 만날 골골하면서 공술이라고 마구 퍼마실 때 알아봤어. 그런데 영감탱이 술병났다고 딸을 불러? 뭐 이쁜 영감이라고?"

"그래도 엄마를 보살펴주셔서 저는 고마운 걸요."

"보살펴? 누가 누굴? 저 뒷산에 사는 멧돼지가 배꼽을 잡겠네. 자네 엄마가 사람이 부실해 낳은 자식도 못 키웠을망정, 그 때문에 30년 만에 만난 모녀일망정, 자네가 찾아낸 엄마가 어떻게 사는지, 보면서도 모르나? 내 차마 자네한테 엄마를 데려가라고는 못하겠네만, 제 입으로 말 못하는 그 속은 좀 알아줘야지. 마당가에 꽃 가꿔 논 것 봐."

시멘트 블록 담장 안쪽으로 해국과 구절초와 맥문동들이 잔뜩 피어 흔들거렸다.

"어쩌겠어요, 하는 수 없죠. 그나마 함께 살아주는 분이 계셔서 다행이죠. 어쨌든 아주머니, 방 좀 들여다봐 주시겠어요? 병원으로 모셔야 할지 말지, 제가 결정을 못하겠어요. 병원에 가자했더니 싫다 하시는데, 많이 편찮아 보이시거든요. 금세 돌아가실 것처럼 보여요."

"죽을 때 된 영감은 죽어주면 좋지. 옆 사람이라도 숨 좀 쉬면서 살게. 됐고, 자 이거 자네 엄마한테 살짝 전해주게."

3만 원이었다.

"웬 거예요?"

"며칠 전 품삯이야. 아버지 모르게 엄마한테 전해줘. 그래봐야 금세 도루묵이 되겠지만. 난 가네."

이웃 여인이 마당을 건너가 대문을 나가는데 늙은이의 방에서 소리가 났다. 뭔가를 내던진 둔탁한 소리다. 밖에서 나눈 말소리를 들은 모양이다. 천불이 날 법했다. 로즈는 쟁반에 얹힌 미음 그릇과 물대접과 간장 종지를 들여다보다 부르르 진저리를 치고는 늙은이의 방문을 열었다. 일어나려 기신거리고 있던 그가 그르렁거린다.

"벼, 병원에 가자. 119라도 불러."

로즈는 문턱을 넘어서지 않은 채 미음 쟁반을 방문 안쪽에 들여놓는다.

"미음에 독약 같은 거 안 탔으니까 우선 이거부터 드세요. 혹시 독약 탔을까봐 무서우시면 그냥 두고 기다리시고요. 엄마 데리고 올게요."

문을 꽝 닫은 로즈는 그 길로 밖으로 나와 차에 올랐다.

부영희는 이가를 열다섯 살에 낳았다. 로즈가 나중에 만난 외할머니에게 들은 말이었다. 외할머니는 젊은 시절 한 집에서 20여 년간을 식모로 살았다. 영희도 그 집살이를 할 때 낳았다. 낳은 계집아이가 바보였다. 바보라서 다른 자식들과 달리 데리고 산 계집아이가 인물은 반반했다. 열세 살이 되자 제법 계집티를 풍겼다. 주인집 아들이 집에 있을 때면 수시로 뒤채로 찾아들어 아이의 아랫도리를 헤집는다는 걸 영희 모친은 너무 늦게, 아이의 배가 눈에 띄게 불렀을 때에야 알았다. 안주인은 누구 씨냐고 묻지도 않고 모녀를 내쳤다. 영희의 모친은 아기까지 키울 형편이 못되었으므로 난 지 한 달 된 아기한테 '부영희 딸 이가'라는 메모를 안겨서 버렸다.

"엄마!"

로즈가 부르자 부영희가 환하게 웃는다. 그녀가 일하는 별장 집은

담이 없고 대문도 없었다. 부영희는 마당 가장자리 축대 쪽에서 마른 잡초들을 솎아내고 있었다. 반지하의 월세 집일망정 데려다놓으면 몇 시간은 혼자서도 지낼 수 있을 사람이었다.

로즈는 오후 세 시까지 아르바이트하러 가야 했다. 서초동 이형호 의원 집 막내딸 이다솜에게 영어를 가르치는 게 로즈의 아르바이트였다.

4

그저께인 10월 11일 아침, 여섯 신문 중 네 신문의 사회면 공통 기사가 파주 70대 두 노인 사망 사건에 관한 것이었다. 파주 시내 한 부동산 사무실에서 안모, 정모 등 두 노인이 사체로 발견되었는데 독극물에 의한 사망으로 추정된다. 그런데 지난달과 작년 12월에 파주 외곽에서 자살한 것으로 알려진 박모, 김모 씨의 사망 원인도 독극물에 의한 사망인 것으로 밝혀졌다. 경찰에서는 네 노인의 변사를 연쇄 피살로 규정하고 국립과학수사연구원에 안모, 정모 노인의 사체 부검과 독극물의 성분 분석을 의뢰했다.

그저께 기사들의 요지는 단순했다. 그때 아리를 자극했던 건 왜 이런 사건이 생겼을까 하는 것이었다. 파주에서, 누가? 왜?

오늘 조간신문들에 파주 노인들 죽음에 관한 기사는 나타나지 않았다. 이틀 만에 세간의 관심 밖으로 밀려날 정도로 노인들의 삶이 무던했거나 변변찮았다는 뜻이다.

아리는 오늘 신문들을 모아놓고 그제 아침 파주부동산 사건을 스크랩해뒀던 자료집을 넘긴다. 파주에서 누가 왜 노인들을 연달아 죽이고 있는가. 왜? 아리 소설의 발상은 늘 '왜'라는 질문에서 시작되었다. 이번에는 왜가 아니라 '누가' 연쇄살인을 하고 있는가에 신경이 곤두섰다. '파주'라는 지명 때문이었다.

만약 파주에서 일어난 일련의 사건을 환인에 의한 회귀 살인으로 설정한다면, 범인으로는 40여 년 전 파주에서 집단 강간 치사당한 김순행, 홍란 모녀가 적당했다. 회귀에 의한 복수를 시작한 것으로 가정할 수 있지 않은가. 홍란은 아리의 전생 인물이었고 김순행은 란의 어머니였다.

김순행은 열네 살에 일본으로 갔다. 일본 공장에서 일하면 돈을 벌 수 있다는 소문을 따라간 것이었다. 28년 만에 딸을 데리고 귀향한 그녀는 읍내에 낯선 사람이 들어오면 이목이 집중될 수 있다는 걸 미처 몰랐고, 그 낯선 사람이 일본 말과 한국말을 섞어 쓰는 여자일 때 더욱 눈길을 끈다는 걸 알지 못했다. 해방된 지 15년쯤 된 즈음이었으나 반일 감정이 극악하던 무렵이었다. 김순행은 일본 말을 쓰는 모녀가 일본년들로 비칠 수 있다는 걸 더욱 몰랐다. 아직 다 어두워진 것도 아니었으므로 김순행은 란이한테 고향 마을인 영실까지 걷자고 했다. 그리고 그 밤에 모녀는 그 생을 마쳤다. 그때 홍란은 열두 살이었다.

'그러니까, 란이를 되살려야 하는 시기가 됐다는 거지.'

독극물과 관련된 사건이라 그에 관한 책자들은 벌써 찾아놓았다. 《독약백과》와 《독약론》, 《파르마콘》 등. 생전의 아버지 유선웅은 책을 읽으며 밑줄을 그을 때는 꼭 자를 댔다. 첨부하고 싶은 내용이 생기면 별첨지를 붙였다. 그래서 아버지가 읽은 대개의 책은 두께가 두툼했다. 별첨지를 잔뜩 품은 《파르마콘》의 두께는 10센티미터에 가까웠다. 아버지의 흔적을 잔뜩 품은 이 책 때문에 아리는 새로 구상한 소설의 제목을 일단 《파르마콘》으로 정했다. 가제일지라도 나중에 제목으로 확정될 경우를 대비해야 한다. 나중에 바꿀 수도 있겠거니 하며 짓지만 그 제목은 원고를 쓰는 동안 다른 단어로 대체할 수 없는 한 존재가 되어버린다. 형식과 내용은 그렇게 상보적인 것이면서 필연적인 것이다.

플라톤이 사용한 용어를 자크 데리다가 차용한 파르마콘Parmacon은 독Poison과 치료Cure 사이에서 결정을 내리지 못하고 망설이는 어설픈 마음, 비결정Indeterminacy을 뜻한다. 비결정이란 단어는 데리다의 용어인, 해체Deconstruction와 연결된다. 결정하지 못하는 어설픈 마음이 해체되지 않고서는 파르마콘을 치유할 수 없다는 뜻이다. 파르마콘을 치유해야 하는 주인공은 물론 홍란이다. 홍란이 노인들의 연쇄 피살 사건에 접근할 수 있어야 하므로, 직업을 경찰로 설정했다.

아리는 모니터의 제목란에 파르마콘이라 새겨넣고 《파르마콘》의 첫 문장을 자신을 다독이는 말로 시작해본다. 난 괜찮아.

─난 괜찮아.

사건 현장에 도착한 홍란 경사가 내뱉은 첫마디였다. 곁에서 라텍스 장갑을 끼던 박문수 순경이 예? 하며 란을 쳐다보았다. 란은 박 순경의 반문을 듣지 못한 척, 싸늘한 두 구의 사체를 내려다보았다. 한 구는 소파에 비스듬히 쓰러져 있는데 얼굴에 문질러진 피가 말라 있었다. 입으로 피를 토하다가 자신도 모르게 그걸 얼굴에다 문질러댄 모양이다. 양 손바닥에 묻어 있는 혈흔으로 보아 그리 많이 흘린 피는 아니다. 고통이 길지는 않았을 것 같다. 문득 속이 뒤틀리는 것을 느끼고, 왜 이러지 하는 순간 울컥 솟는 걸 손으로 받았더니 그게 피였을 장면이 짐작되었다. 다른 시체 한 구는 사무실 책상 옆 바닥에 누운 허수아비처럼 쓰러져 있다.

아직 현장분석팀이 도착하기 전이라 사체들을 건드릴 수는 없었다.

– 박 순경, 이들의 사인이 뭐 같아?

란의 질문에 박문수가 대답했다.

– 외상들 없는 걸로 봐서 독극물인 거 같지요? 치사량의 탈륨? 테트로도톡신일까요?

전화기가 버둥거렸다. 석해인의 전화다. 그녀가 한주이기 때문에 반갑고 한주라서 두려웠다.

"네, 석해인 기자님."

"아리 씨 홋카이도 다녀왔어요?"

"어떻게 아셨어요?"

"다 아는 수가 있어요. 어디예요, 지금?"

"집이랍니다."

"출판사에 원고 띄웠죠? 여섯 편? 오늘 오후 세 시에 인사동에서 출판사 사람들 만나기로 했고?"

"부처님 손바닥 안이네요."

홋카이도에서 도쿄를 거쳐 서울로 돌아온 게 나흘 전이었다. 홋카이도로 떠나면서 여섯 출판사에 각기 다른 소설을 투고하며 짧은 편지를 덧붙였다.

《간지러움》으로 환태평양문학상을 받은 유아리입니다. 귀 출판사에 저의 작품《손이 사용하는 말》을 투고합니다. 검토하시고 출간 여부를 알려주시기 바랍니다. 10월 10일까지 연락이 없으시면 귀사에서 제 소설《손이 하는 말》에 대한 출간을 거절하신 것으로 알겠습니다.
유아리 拜.

《꽃이 피었네》,《하늘의 아내》,《불모성 용어》,《거울 닫기》,《참말이야》를 보낼 때도 작품 제목만 다른 같은 메모를 붙여 보냈다. 여섯 출판사가 다 출간할 의향을 밝혀왔다. 오늘 세 시에 인사동에서 출판사 사람들을 만나기로 한 참인데 석해인은 어느새 그걸 다 꿰고 있다.
"출판사 사람들 만나기 전에 나 먼저 봅시다. 내가 지금 아리 씨 집으로 갈게요. 청운 1동 131-11번지. 맞죠?"
무례하달 수 있는 태도지만 상대가 해인이므로 아리는 웃고 만다. 한 시간 뒤 도착한다는 말을 듣고 전화를 끊고 보니 오전 열한 시다. 이야기하다보면 점심때가 될 터였다. 그렇담 뭔가 맛난 걸 준비해야 할 텐데, 뭐가 좋을까. 아리는 노트북을 닫고는 작업실을 나선다.

***

아리의 작업실이라는 아래채 외벽에는 색색으로 물든 담쟁이넝쿨이 친친 감겨 있었다. 실내는, 널찍한 거실이며 방이 네 개는 됨직한 구조인데, 공간마다 매달려 있어야 할 문들이 제거된 채 트여 있고, 창을 제외한 모든 벽면에는 책이 빼곡했다. 원래 거실이었을 법한 공

간의 남쪽 창가에 앉은뱅이 탁자가 놓였고 방석이 두 개 놓였을 뿐이
다. 책상은 거실 북쪽 창을 향해 디근자 형으로 놓였고 책상엔 두 개
의 스탠드와 컴퓨터, 독약에 관한 책 다섯 권과 연필꽂이, 책상 달력
과 포스트잇이 자를 대고 놓은 것처럼 가지런하다. 책상 맞은편 창에
는 신문이나 잡지에서 오린 그림과 포스트잇에 쓴 글귀들이 다닥다
닥 붙었다. 그 가운데 제법 큰 글씨로 쓰인 문구가 눈에 들어와 해인
은 소리 내어 읽어본다.

"시인의 기도는 단 한 가지뿐이다. 이해하지 못하도록 해주십시오.
유혹당하지 않도록. 듣지 않도록 해주십시오. 응답하지 않도록. 시인
의 기도는 오로지 듣지 못하게 해달라는 것 하나다. 츠베타예바."

시인의 고매한 영혼을 추구하기 위한 다짐으로 써 붙여놓은 글귀
가 아니다. 츠베타예바의 '시인의 기도'는 아무것도 이해하지 않고 듣
지도 않겠다는 유아리의 선언이거나 다짐 같다. 정말 큰일 낼 여자로
세. 중얼거리는데 출입문이 열린다. 유아리가 들어서며 외쳤다.

"오셨어요, 해인 씨? 제가 해인 씨 대접하려고 스키야키를 준비하
고 왔어요."

아리 뒤에 한복을 입은 노인과 조금 전 해인을 아리의 작업실로 안
내했던 중년 여인이 따랐다. 노인은 몇 번인가 티비나 신문에서 본
적이 있는 최산호 선생이다.

"편히 앉아요. 지난번에 석 기자가 쓴 우리 애 기사 잘 읽었어요.
내 맘이 흡족했어요. 아리가 사람 불러들이는 일이 없는데 이렇게 오
시니 내가 좋아서 출근하던 길에 잠깐 들렀어요. 고마워요."

"무슨 그런 말씀을……. 제 일을 했을 뿐인데요."

"보통 인연이 아니라는 걸 우리 애한테 들었어요. 내가 어찌나 반

갑던지. 지금 안에서 점심 준비하고 있으니 차 마시면서 편히 놀다가 점심 먹고 가요. 아 참, 그리고 다음 주 금요일에 우리 연구소 주최로 쇼를 하는데 석 기자, 시간 나면 남산 예지원으로 구경 와요."

인터넷에서 찾아본 최산호 명장은 조선 시대 왕실과 사대부 복식에 관한 전문가였다. 80대 중반이라고 들었는데 선생은 나이를 믿을 수 없을 만치 정정할 뿐만 아니라 곱다.

"네, 선생님. 고맙습니다."

"내가 고맙소. 부디 앞으로도 우리 애를 잘 부탁하오."

선생이 허리를 숙이는 바람에 해인이 허둥지둥 마주 허리를 숙였다. 노인이 편히 있으라는 손짓을 해 보이고는 중년 여인과 함께 나갔다. 다탁에는 여인이 차려놓은 다구가 놓여 있다.

"내가 먼저 어른을 뵈러 가야 하는데, 무례했던 거 아니에요?"

"할머니는 당신이 앉아서 인사받을 만큼 나이 들었다고 생각하지 않으세요. 이제 편히 앉아도 돼요. 할머니는 오늘 출근하시는 날이라 연구소에 나가셨어요. 점심 약속도 있으시고."

억지로 밀고 들어오기는 했는데 말을 꺼내기는 수월치 않다. 재엽으로부터 아리의 배경이며 피고용인이 있는 집 등의 내용을 들었지만 대문에 들어섰을 때부터 어쩐지 주눅이 드는 것 같았다. 21평의 월세 아파트에 사는 해인의 시선에 넓이와 깊이가 가늠되지 않는 아리의 집은 어쩐지 위압적이었다.

"스키야키가, 소고기 불고기 비슷한 그거예요?"

"네. 등심에다 각종 채소, 두부, 버섯들을 넣고 다시마 육수하고 소스 넣어서 조리는 거예요."

"그 요리에서 아리 씨가 한 일은 뭔데요?"

"스키야키를 생각해냈죠. 채소며 버섯을 썰었고요, 두부도 제가 구
웠죠. 두부를 기름기 없이 살짝 구워서 넣어야 하거든요. 그게 꽤 까
다롭답니다."

자랑을 늘어놓다가 웃는다. 쑥스럽긴 한 모양이다.

"몇 식구가 살아요?"

"할머니와 저, 집안일 해주시는 아주머니와 아저씨, 넷이요. 단출
하긴 하죠? 저는 엄마 아버지, 형제자매는 물론 친척이라 부를 사람
조차 없잖아요. 해인 씨는 가족 많으세요?"

"고향이 해인사 아랫마을이에요. 내 이름이 그래서 해인이죠. 나는
광화문 뒤편 동네의 아파트에 세 들어 있어요. 언니가 여섯이나 되고
조카가 스무 명 가까워서 아무나 무시로 내 집에 드나들죠. 친구들이
며 남자 친구도 찾아오고요. 아, 아리 씨는 친구, 아니 남자 친구 있
어요?"

"현재는 없죠."

"있어본 적은 있고요?"

열 명쯤 사귀었다는 뜻인지 두 손을 활짝 펴 보이며 웃는 유아리는
그 옛날 부전의 미모에 미칠 정도는 아니다. 부전은 미모 때문에 전
생애가 멍든 여자였다. 문학적 재능은 미모보다 훨씬 뛰어났는데, 그
시대는 여자들의 재능을 얼굴값으로 깎아내리고 부서뜨리곤 했다.
부전의 큰 눈이 총기와 열정으로 반짝일 때 그 눈과 마주친 사람은
눈을 떼지 못했다. 당시 사내들은 그런 부전을 사랑했고 욕심냈다.
저 혼자 부전을 차지하려 했다. 하지만 부전은 일생 동안 사랑할 만
한 남자를 만나지 못했다. 사랑할 만한 남자가 없으므로 어떤 남자의
여자 노릇도 거부했다. 그게 문제였다. 갖지 못할 바엔 망가뜨리고

말겠다는 듯 부전 주변의 사내들은, 부전이 쓴 시와 소설들을 깎아내리고 그녀의 모든 행동을 화냥년의 짓으로 몰아붙였다. 한 사내의 계집으로 집안에 들어앉아 살지 않는다는 게 그때 부전의 죄였다.

"주로 집에서만 지내는 사람이 남자는 어디서 만나?"

동의 구하지 않고 말을 터버린 것을 느꼈는지 아리가 싱긋 웃더니 눈을 찡긋한다. 윙크 솜씨로 보면 남자는 쉽게 꾀겠다 싶어 해인도 웃는다.

"그나저나 웬 책이 이렇게 많아?"

"외삼촌이 학자셨어. 외할아버지도 마찬가지고. 여기 있는 책들은 외할아버지 때부터 삼대의 역사인 셈이야. 두 집안의 온갖 불운의 결과로 내가 이 안에 있게 된 것이고. 본론으로 들어가봐. 오늘 나를 찾아온 목적으로."

해인이 말을 놓자마자 아리도 말을 놓기 시작한다. 해인은 유쾌하게 웃고는 '회귀생回歸生 returnlife −환還'에 대해 설명했다. −환還은, 회귀의 고통을 겪었거나 겪고 있는 사람들의 공동체이다. −환還의 환인들은 현실에서 조화롭게 살아가기 위해 스스로를 치료하고자 하는 사람들이며 다른 환인들도 그럴 수 있도록 치료를 돕는다. −환還은 오래전부터 존재했으며, 인터넷 세상이 열리면서 국내는 물론이고 세계적으로도 연결되었다. 현재 한국 −환還 K' RETURN-LIFE에 들어 있는 사람은 2만 3,000여 명이며 그중 인터넷 −환에서 활동하는 사람은 7,000여 명쯤이다. 한참 동안 해인의 말을 듣고 난 유아리가 말했다.

"−환還의 궁극적인 목적은 뭔데? 환인들이 다시는 환생하지 않게 하는 건가?"

그 점에 대해서는 설명하지 않았는데 이해가 빠르다. 회귀를 겪을 만치 겪으면서 혼란의 단계를 지났다는 뜻이다.

"맞아, -환還의 궁극적인 목적은 그거야. 이생에서, 환생의 악순환에 매듭을 짓자는 것. 그렇게 해서 다시 환인으로 태어나지 말자는 것."

"해인 씨가 나한테 -환還에 대해 말하는 까닭은 나를 도와 고통을 줄여서 현생에서 조화롭게 살게 한 다음 다시 태어나지 않게 하자는 것이겠지?"

"비슷해."

"그런데 나는 그게 마음에 들지 않아."

"어떤 점이?"

"다시 태어나지 않게 한다는 것. 환인들이 태어나는 건 전생에 다 하지 못한 무엇인가가 다시 태어나야 할 만큼 극렬하게 작용하기 때문 아닐까? 다시 살아야 할 필요가 있어 환생하는 거지. 그 필요는 대개 불교에서 말하는 업과 연결될 거고. 카르마의 작용. 그때의 카르마는 대개 악업일 텐데, 환인들의 경우, 다른 사람을 해친 사람보다 당한 사람 입장이기 쉬울 것 같고. 그렇게 전제했을 때, 전생의 그것을 이생에서 해결하기 위해 환생한 환인이, 그걸 해결하는 길은 두 가지겠지? 도를 닦아서 전생의 원수를 완전히 용서하거나 전생의 원수를 갚거나. -환還에서는 전자를 추구하는 거잖아. 용서하기. 그래야 다시 태어나지 않을 수 있겠지. 후자, 원수 갚기는 또 다른 악업을 쌓는 것이라서 다시 태어나야 하니까. 내가, -환還의 목적에 동조할 수 없는 까닭은 그거야. 난, 백번의 생을 반복하는 악순환에 시달리더라도 갚을 건 갚고 싶거든. 세상 평화? -환還의 궁극적인 목적은 그거고, 그걸 비폭력으로 이루자는 건데, 나는 심정적으로는 폭력엔 폭력으로 대응하는 게 맞다 여겨. 눈에는 눈, 이에는 이! 당신 얼굴이 창백해. 내가 너무 과격했나?"

영민한 이해력을 과시하던 유아리가 깔깔거린다. 해인은 무슨 말을 해야 할지 생각나지 않았다.

"환인이 현실에서, 눈에는 눈, 이에는 이 하다가 큰일 나긴 하겠지? 단순 살인범으로 그치지 않을 연쇄살인범이거나 사이코패스 등으로 판명되기 십상일 테니까. 당신은 내가 혹여 그런 환인일지도 모른다는 염려에서 나를 찾아온 거고. 그래, 나 사이코패스는 아닌 것 같지만 다생환인인 건 맞아. 그런데 해인 씨, 내가 그걸 인정하고 -환還에 들려면 어떻게 해야 해? 그 말을 해주러 온 거잖아."

유아리를 -환還으로 데려가려던 생각은 성급했다기보다 늦은 것인지도 모른다. 유아리는 제게 나타난 전생들을 이미 다 파악했을 뿐만 아니라 즐기는 단계에 이르러 있는 것 같았다. -환還에서 특급 환인으로 분류될 단계였다. 유아리를 -환還에 데려가 현재 상태를 분석받게 하는 즉시 특급 환인으로 분류되어 주목받게 될 터였다.

특급 환인은 말 그대로 특별한 인물이다. 그들은 치료 단계를 지났으므로 사실상 -환還이 필요치 않다. 때문에 특급 환인이 -환還에 융화되면 일정 과정을 거친 뒤 새로운 환인들을 돕는 슈퍼바이저supervisor가 된다.

특급 환인이 -환還과 융화되지 않을 경우 상황이 복잡해진다. 다양하고 탁월한 능력을 지닌 소수의 그들이 -환還과 융화하지 못하거나 융화했다가도 이탈했을 때, 그들은 독자적으로 세상에 해악을 끼치며 살게 되기 십상이기 때문이다. 그런 류의 특급 환인들은 -환還에서 특급 관리 대상으로 분류된다. 특급 관리 대상 환인들은 -환還의 관찰을 받게 되고, 관찰 결과에 따라 세상으로부터 격리될 수 있다. 대개의 환인들에게 -환還은 든든한 언덕이며 울타리로 존재하지만, 격리 대상이 될 수도 있는 환인에게는 무덤으로 난 길이기도 하다.

"약간의 편법이긴 한데, 일단 -환還 사이트 주소를 알려줄게. 사이트 주소를 알아도 환인 인증을 받지 못한 사람은 그 안에 들어갈 수 없어. -환還의 사이트는 인증받은 환인들에게만 개방되고 있거든. 내 아이디와 비밀번호를 알려줄게. 그 안에 있는 내용들을 찬찬히 보고 나서 -환還에 들지 말지, 결정해. 그런 다음 다시 이야기해보게."

해인은 가방에서 메모지와 필기구를 꺼내 -환還의 사이트 주소와 자신의 아이디와 비밀번호를 적었다. 적는데 손이 떨린다. 부전이라고 여겼던 유아리가 부전만이 아니기 때문이다.

"아리 씨, 친구로서 물어볼게. 어쩌려고 여섯 권이나 되는 작품을 한꺼번에 내놓은 거야? 혹시 무슨 의도가 있어?"

메모지를 들여다보던 아리가 웃었다.

"해인 씨, 그 질문하는 표정이 되게 무서운 거 알아? 꼭 질책하는 거 같잖아."

해인이 쑥스러워 웃었다.

"그랬어? 미안."

"알다시피 나는 지금까지 주로 집에서만 지내며 나이가 들었어. 내가 뭘 했겠어? 책 읽고 글 썼지. 시시로 내 안에 끓는 이야기들, 그것들은 결국 내 다생에서 오는 내용이라고 해야겠지. 그것들을 뽑아내지 않으면 내가 터져버릴 것 같으니까. 나는 지금도 아픈 날 빼고는 날마다 몇 시간씩 글을 써. 여행 가서도 쓰지. 그러다보니 원고가 쌓였는데 검증받은 건 《간지러움》 한 편뿐이야. 나머지 원고들은 그게 소설이 된 건지 못 된 건지 알 수 없잖아. 작가로 살려면 내가 써놓은 원고들이 작품인지 아닌지 알아야 한다고 여겼어. 투고해서 책이 되어 나오지 못한다면 소설이라 부를 수 없을 테니까 새로 모색해야지. 검증받으려 투고했던 거야. 결과가 좀 뜻밖이기는 해. 여섯 출판사가 모두 책을 내겠다고 나설 거라고는 예상 못했거든."

"혹시 써놓은 작품이 또 있어?"

"여러 편이 더 있지. 막 계획한 것도 있고."

"그 작품들도 이번처럼 언젠가 한꺼번에 내놓을 거야?"

"이번에 내게 될 작품들의 반응이 어떤가에 따라 달라지겠지만, 새 작품 구상하면서 예전에 써놨던 원고 중 한 편을 다듬고 있기는 해. 그 애긴 나중에 다시 나누기로 하고, 오늘은 -환還 때문에 왔으니 그에 대해 더 물어볼게. 국내뿐만 아니라 세계적으로 -환還의 네트워크가 만들어져 있다면서? 코리아 리턴라이프, 한국 -환還의 운영자는 어떤 분이야? -환還은 어떻게 운영돼?"

"대표든 회장이든, -환還에는 어떤 명칭으로도 우두머리라 할 만한 존재는 없어. 다수의 운영위원들이 있고 하는 일에 따라서 슈퍼바이저들이 있어. 환인 인증을 그들이 해줘. 클리너cleaner라고 불리는 다수의 치료자들이 있고. 그 슈퍼바이저와 클리너들이 환인들의 회귀증을 치료해주지. 그리고 시커seeker와 가디언guardian들이 있어. 현실 속에서 환인들을 찾아 -환還으로 이끌면서 실제적으로 환인들을 돕는 사람들이야. 거꾸로 설명하면 -환還에 찾아든 환인들이 치료 과정을 거친 뒤 어느 정도 시간이 지나면 필요에 따라 시커나 가디언으로 활동하기도 해. 나는 시커고."

"그럼 본부라 할 수 있는 장소도 있어?"

"본부가 있지. 그 아래 몇개 회사가 있고. -환還의 운영 자금이 거기

서들 나오는데, 직업이 필요한 환인들에게 일자리 만들어주고, 자력
으로 살 수 없는 환인들을 돌보는 기관들을 운영하고 있기도 해."

"시커와 가디언 등, -환還에 소속된 환인들은 일정한 형태의 보수
를 받나?"

"-환還에서 직책을 가진 사람들은 보수를 받는 게 아니라 운영비
를 내. 그것도 내고 싶은 사람만 내고, 상한선 이상은 내고 싶어도 못
내. 그럼에도 -환還에 도움이 되고 싶다면 몸으로 때우는 거야. 자원
봉사. 돈을 많이 내는 사람에게 권력이 생길 수 있기 때문에 그걸 경
계하는 장치야. -환還은 구성원들이 수평적으로 맺어진 공동체라 그
걸 제일 경계해. 권력, 권력을 통한 사유화."

"상한선이 얼만데?"

"한 달에 10만 원."

"당신은 얼마씩 내는데?"

"3만 원."

유아리가 재미난 광경을 본 계집아이처럼 소리 내어 웃었다.

"-환還이 마음에 들어. 해인 씨, 내가 원고 보낸 여섯 출판사 중에
한 곳이 '리라이프앤북스'라는 거 알고 있지?"

"《손이 하는 말》이라는 원고를 그쪽으로 보냈다면서."

"리라이프앤북스와 방금 당신이 말한 회사들이 삼청동에 있는 대
원문화연구원大圓文化研究院하고 혹시 연관이 있을까?"

이 친구 너무 빠르다, 싶으니 해인은 다시금 유아리가 걱정스러워
졌다.

"맞아. 리라이프앤북스는 -환還에 소속된 회사 중에 하나고 대원문
화원은 -환還 본부야."

"그 앞길이 내 산책 코스거든. 아무튼 내가 환還에 들지 말지, 신중하게 결정할게. 그 문제는 일단 놔두고, 우리 분위기 바꿔. 혹시 해인 씨 아는 사람 중에 경찰이 있어?"

"왜?"

아리가 출입문 옆쪽에 쌓인 신문 더미를 가리켰다.

"며칠 전 신문을 읽다가 새 소설 구상을 시작했어. 파주 대성부동산에서 죽은 두 노인에 관한 기사에서. 주인공의 직업을 경찰로 설정했어. 대개의 자료를 책에서 찾아 쓰긴 하는데, 경찰들의 동선이랄까? 그런 것에서는 맹문이라, 경찰을 만났으면 좋겠다 싶어서. 아는 경찰이 있다면 언제 한번 만나게 해달라고."

유아리가 손재엽과 만날 계기가 뜻밖에 쉽게 찾아왔다.

"친구 중에 경찰이 있어. 지금 전화해볼까?"

"아무 때나 통화할 수 있는 사람이야?"

"상관한테 얻어터지고 있거나 범인 검거 직전에 잠복하고 있는 상태가 아니라면 통화할 수 있어. 당장 전화 못 받으면 나중에 전화를 해오지."

"부럽네, 그런 친구가 있는 당신이. 나는 친구가 없어."

학교를 못 다니고 사회생활을 하지 못하고 외출을 제대로 못한 유아리에게 친구가 없는 건 당연했다.

"나 있잖아. 그리고 친구의 친구가 또 친구가 되는 거야. 내가 이제부터 친구 만들어줄 테니 기다려봐."

해인은 눈을 찡긋해 보이고는 재엽에게 전화를 걸었다. 그는 금세 나타나 운전 중이라고 했다.

"지금 유아리 작가를 그 친구 집에서 만나고 있거든? 내 옆에 그 친구가 있고?"

"뭐?"

"아리 씨가 새 소설을 막 시작했는데, 경찰을 만나고 싶대. 그래서 널 소개하기로 했어. 너에 대해 아직 아무것도 설명한 거 없는 상태야. 지금 차 세우고 통화해볼 테야?"

"내가 전화할게."

전화가 끊겼다. 유아리가 전생의 부전이라는 걸 알고 있는 그의 설렘과 떨림이 느껴져 해인은 웃음이 났다. 아리가 물었다.

"어렴풋이 들리는 목소리가 남자인 거 같네. 혹시 당신 정인이야?"

정인이라니. 그 의고적인 표현이 너무나 생뚱스러워 해인이 깔깔댔다.

"거의 모든 것이 소통되는 친구고 남자지만 내 정인은 아니야. 난 요즘 섹시한 연극배우를 쫓아다니고 있거든. 차 세우고 전화한다니까 기다려봐."

"혹시 친구도 환인이야?"

"그게 느껴졌어?"

"거의 모든 게 소통되는 친구라고 했잖아. 일반인과 환인 사이에는 그게 어렵지 않나 싶어서. 친구 이름이 뭔데?"

"손재엽. 나이는 나랑 같고, 그 친구 만난 지는 12년쯤 됐어. 범인 잡으러 나온 젊은 경찰과 연말 거리 분위기 취재하러 나간 젊은 기자가 제야에 보신각 앞에서 딱 부딪쳤지. 참, 이따 출판사 사람들 한꺼번에 만난다면서? 낯선 사람들 한꺼번에 만나는 거 혼자 괜찮아?"

"그 자리에 올 사람들하고 일일이 통화해서 회귀가 날지 아닐지 일단 검증했어. 그리고 혼자 아니고 할머니의 법무 대리 변호사하고 같이 나

가. 돌아가신 우리 아버지 친구신데, 어릴 때부터 뵌 분이라 편해."

해인의 전화기가 진동했다. 재엽이다. 해인은 전화를 받아 아리에게 내밀었다. 재엽이 전생의 유석인 줄 모르는 아리가 전화기를 받아 들고는 유아리입니다, 했다. 안녕하냐는 둥, 소설 때문에 뵙고 싶다는 둥 몇 마디 하던 아리의 얼굴이 일그러져 갔다. 환인들이 겪는 회귀는 느낄 뿐이지 스스로 볼 수는 없었다. 해인은 그걸 목격하고 싶었고 지금 보고 있었다. 두 사람이 통화만으로도 회귀를 겪으리라는 걸 예상한 터였다. 유, 유석! 중얼거리던 아리가 전화기를 놓치며 쓰러졌다. 해인은 아리를 품어 안으며 전화기를 주워 귀에 댔다. 재엽이 물었다.

"해인아, 그 친구 괜찮아?"

"기절했어. 미리 말해줄걸, 쓸데없는 짓을 했어. 일단 끊어."

전화를 끊은 해인은 아리를 안아 반듯이 뉘고 이마를 짚어본다. 낯빛이 허연데도 신열이 느껴진다. 미안하다, 속삭이며 아리의 옷 속으로 손을 넣어 브래지어를 풀고 팔을 주물렀다. 두어 달 전 자신과 만났을 때도 이렇게 회귀통을 겪은 아리였다. 그날 인터뷰를 하지 못하고 다음 날 다시 만났다. 그랬음에도 유아리가 부전임을 다시금 확인하기 위해, 사전에 알려주었더라면 가벼이 지나갔을 회귀를 고통스레 겪게 했다. 미안해, 부전. 정말 미안해. 해인은 연신 속삭이며 아리를 달랬다.

5

 물푸레나무의 드넓은 나뭇가지들에는 색색의 깃발과 꽃목걸이들
이 휘황히 걸쳐져 드리웠다. 당산목이었다. 여자는 나무 아래에서 나
무를 등지고 있었다. 창백한 얼굴과 반쯤 뜬 듯이 골똘한 눈, 희고 긴
민소매 원피스에 등을 덮은 긴 머리카락까지. 피사체로서의 여자는
기묘하고도 아스라했다. 렌즈 각도에 따라 전혀 다른 인물처럼 보이
는 특이한 인상의 여자는 스무 살이 채 안돼 보였다. 그녀의 시선은
허공에 매달려 있었다. 스무 살 안팎이 아니라 몇 백 년을 산 당산나
무의 그림자인 듯 공허를 향한 눈빛이 집요했다.

 로즈가 9년 전 봄 태국의 푸켓 섬에 갔을 때 찍은 사진이었다.

 호텔 객실 발코니에서 렌즈를 통해 그녀를 발견했을 때 로즈는 백
컷도 넘게 셔터를 눌렀다. 나를 봐. 이쪽을 보라고. 셔터를 누르면서
계속 중얼거렸는데, 어느 순간 눈이 마주쳤을 때 덜컥 땅 밑이 꺼지
는 것 같았다. 쫓아나갔다. 그녀는 그 자리에 없었다. 물푸레나무 근

방이며 바닷가에 있던 사람들에게 그 여자의 옷차림과 생김새를 설명하고 보았느냐 물었다. 아무도 방금까지 그곳에 있던 그녀에 대해 알지 못했다. 로즈는 자신이 묵던 호텔은 물론 인근 호텔 프런트에도 그 여자가 묵고 있는지를 물었다. 모르겠다는 대답뿐이었다. 객실로 돌아와 다시 카메라를 확인했다. 사진은 딱 한 컷뿐이었다. 그 여자를 향해 셔터를 누르던 백여 번은 상상이었고, 마지막 한 번 눈이 마주쳤다 싶었을 때 눌렀던 게 유일했던 것이다.

파도에 씻긴 모래 그림처럼 사라진 그 여자는 한국인이었다. 그렇지 않다면 로즈가 그렇게 집중했을 리 없었다. 이후 로즈는 한국으로 들어왔고 20대 여자들을 눈여겨보았다. 푸켓에서의 그녀와 닮은 사람을 보지 못한 채 시간이 지나갔다. 그녀를, 혹은 닮은 여자를 발견한 곳은 두 달여 전 〈동방일보〉 지면이었다.

'신예 작가 유아리. 꿈과 현실 사이를 넘나들 때마다 간지러운 고통을 느끼는 여자 이야기 《간지러움》.'

거푸집을 떼어내고 극세사 솔의 바인더로 조형물의 표면에 남은 석고 가루를 털어내고 나자 마침내 형상이 나타난다. 빛나는 존재라는 뜻의 '디아나'는 라텍스를 굳혀 조형한 실물 크기의 입상이다. 눈꺼풀을 지그시 내리뜬 디아나는 반 추상이지만 명백히 푸켓에서의 그녀, 혹은 유아리를 닮았다.

우찬규로부터 전화가 들어왔다. 그는 전화를 할 때마다 로즈의 소재가 어디인지부터 물었다. 로즈는 탁자 위 팸플릿들 위에 있던 방윤수 패션쇼 '어여쁜 님' 초대장을 들어 올리며 대답했다.

"집이죠. 디아나한테서 거푸집을 떼어낸 참이에요."

로즈가 우찬규를 알게 된 건 오래전 정鑛에서 철학 강의를 들을 때였다. 강의 첫날 우찬규 교수의 강의 주제는 '억압에 저항하는 예술'이었고 예문 중 한 가지가 브레히트의 시 '아침저녁으로 읽기 위하여'였다.

내가 사랑하는 사람이 나에게 말했다. 당신이 필요해요……. 그렇게 시작되는 시를 읊던 우찬규는 눈이 부셨다. 그날 강의 뒤풀이 자리에서 우찬규와 인사를 나눴고 이후 로즈는 그를 통해 대학 어학원에서 영어 강사 자리를 얻었다.

"맘에 들게 나왔소?"

디아나를 내년 1월 초 동방갤러리에서 열게 될 전시회의 대표작으로 삼을 참이었다.

"그럭저럭요."

"만족한다는 뜻이구려. 축하해야겠는 걸. 한잔 살 테니, 나오겠소?"

"다섯 시에 남산 예지원에서 아는 디자이너의 패션쇼가 있는데, 거기 초대받았어요. 같이 가실래요?"

듣지 못한 듯 잠잠하다. 듣지 못한 게 아니라 대답을 못 하는 것이다. 현재 그와 로즈와의 관계가 연애라면 둘의 연애는 3년 전에 시작됐다. 그가 작가 전소명과 재혼한 뒤. 그러므로 우찬규는 로즈 밀러와 동행하여 패션쇼처럼 사람 많은 곳에 갈 수 있는 처지가 아니었다. 둘 사이에는 그런 말 자체가 금기였다.

"괜히 해본 말이에요. 어디 계세요?"

"아직 학교 근처인데, 괜찮다면 당신이 원하는 장소로 가리다. 만나 할 말도 있고."

"쇼 끝나고 나면 아무래도 좀 늦을 것 같은데, 내일 만날까요?"

"그럼 내일 다시 연락하는 걸로 하고, 먼저 할 말이 있어요. 나, 오는 연말에 뉴욕 대학으로 가게 될 것 같소. 내년이 안식년인데, 뉴욕으로 가서 한 1년 지내다 오려고 해요."

그의 말에 로즈는 화가 나기보다 싫증이 났다.

"뉴욕 가기로 확정된 게 언젠데요?"

"지지난달이오."

"잘되셨네요. 축하드려요."

"내일 만나서 얘기합시다."

로즈는 변명이 남은 듯한 그의 여운을 무시하며 먼저 전화를 끊었다. 오른손에는 아직 '어여쁜 님'의 초대장이 들려 있었다. 초대장에는 이왕이면 한복을 입고 잔치에 왕림해주길 바란다는 문구가 별표를 달고 쓰여 있다. 로즈에겐 한복이 없었다. 어떻게 입든 상관할 사람은 없겠지만 방윤수에게 예의를 갖추자면 한복이 적당할 터였다. 씻고 화장을 끝낸 로즈는 큰길가 모퉁이에 한복 대여점이 있다는 걸 기억해내고는 집을 나섰다.

"아유, 맵시 좋으시네. 한복 패션모델 같아요."

한복 대여점 주인 여자의 너스레를 들으며 거울 앞에 선 로즈는 자신의 매무새를 살폈다. 검정 저고리에는 붉은 점무늬의 흰나비가 잔뜩 프린트되었고 흰 치마에는 붉은 점무늬의 검은 나비들이 드문드문 날고 있다. 옷고름은 나비들의 무늬 색깔인 붉은빛이다.

"어울리실 만한 장신구들이 구비돼 있는데, 골라보시겠어요?"

로즈는 주인의 권유에 따라 나비 모양의 귀고리를 골라 걸고 굽이 낮은 인조가죽 흰 당혜를 신었다. 옷을 다 입고 나니 흡사 나비가 된 양 몸이 가볍다. 90년 전쯤, 한복이 일상복일 때는 한복이 아름다운 걸 알지 못했다. 어쩌다 양장을 하거나 기모노를 입었을 뿐 그때 조선 여자들의 옷은 그냥 옷이라거나 치마저고리라 불렀다. 한복이라는 명칭도 없었던 것 같다. 물론 그때 보통 여자들이 입던 옷은 지금처럼 화사하지도 않았다. 이렇게 가벼웠던 것 같지도 않다.

거울을 향해 마주 서는데 치맛자락이 바스락거리는 소리를 냈다. 낙엽 밟을 때의 소리다. 오래 잊고 살았으나 너무 익숙해 소름이 돋는 감촉. 19세기 말, 평양의 부잣집에서 서녀로 태어나 어지러이 살다가 쓸쓸하게 죽은 그녀. 선명한 눈썹과 큰 눈과 뾰족한 턱. 그 생에서 글을 얼마나 열심히 썼던지. 그리고 그 글들 때문에 어떤 욕을 먹었던지. 로즈는 오래전의 자신에게 모처럼 미소를 지어 보였다. 우찬규의 전화로 이지러졌던 표정이 비로소 되살아났다.

남산 밑 예지원 뜰의 밤바람에는 마른 단풍잎의 허수한 냄새가 배었다. 서늘한 듯 알싸한 바람이 환한 불빛에 일렁였다. 치맛자락 스치는 소리들이 마른 나뭇잎 바스락거리는 소리 같았다. 10분 뒤에 방윤수 패션쇼를 시작한다는 안내 방송이 들렸다. 정원에 삼삼오오 흩어져 있던 관람객들이 무대 주변의 좌석을 찾아 앉았다. 무대는 누운 8자(∞)형으로 평지보다 10센티미터쯤 높게 관객 사이를 거치게 설치됐다. 디자이너 방윤수의 스승인 최산호의 좌석은 모델들이 두 번 거쳐가는 무대 가운데에 마련되었다. 그 어름에 로즈의 자리도 마련돼 있었다. 방윤수의 배려였다.

방윤수는 로즈의 직전생인 한수의 형이었다. 한수는 한국 전쟁 당시 동대문 근방에서 피난도 못 간 집에서 태어난 사내아이였다. 언제나 먹을 것이 없던 집에서 6남매의 막내로 자라던 한수는 열두 살 무렵 학교를 계속 다니지 못하고 집 근방의 봉제 공장에 들어갔다. 그가 다니던 공장이 제법 번창해 완구 공장을 겸했다. 한수는 손재주가 비상해 옷은 물론 인형도 잘 만들었다. 그림은 더 잘 그렸다. 날마다 늦은 밤 공장 구석방에서 그림을 그리곤 했다. 공장에 불이 난 건 스물세 살 겨울이었다. 한수의 생은 불길 속에서 끝났다.

로즈가 서울로 돌아와 제일 먼저 찾아낸 전생의 사람이 방윤수였다. 당시 그는 한복 디자이너이자 유접오의 소장으로 나름대로의 명성을 쌓은 상태였다. 물론 방윤수는 로즈가 환생한 한수라는 걸 알지 못했다. 그저 미국에서 살다 돌아온 입양아 출신의 화가라고만 아는 터였다. 그는 유접오 앞에서 우연히 마주친 것으로 알고 있는 로즈를 마음으로 아꼈다. 한국에 돌아온 지 3년이나 지나 열었던 회화전에서 60호 크기의 작품을 처음 구입해준 사람도 그였다.

예지원 정원의 모든 불이 꺼진 뒤 음악이 흐르기 시작했다. 배경음악이 클라리넷 연주로 시작되는 관현악곡 '아리랑'이라고 팸플릿에 나와 있었다. 음악을 따라 무대 위에 조명이 켜졌다. 여섯 살쯤 됐을 아동 모델 둘이 색동옷 차림으로 손을 잡고 등장했다. 아이들을 뒤따라 좀 더 큰 아이들이 무대에 나타났다. 아이들부터 노인들까지 70벌의 옷이 관객들 앞에 나타났다가 사라지는 데에 70분이 걸렸다. 모델들이 모두 나오고 디자이너 방윤수가 등장했다. 박수 소리로 행사장이 끓는데 무대를 내려온 방윤수가 최산호 선생의 손을 잡고 무대 위로 모셨다. 선생을 자신의 스승님이시며 자신을 여기 있게 하신 분이라며 소개하자 다시 박수가 터졌다.

최산호 선생이 무대로 올라간 자리에 젊은 여자가 남아 있었다. 다홍색 모란꽃이 수놓인 흰 저고리에 다홍색 치마를 입고 다홍색 보석이 박힌 은비녀로 머리를 쪽졌다. 로즈는 박수를 치면서 그녀에게 말을 걸었다.

"멋진 무대죠?"

그녀가 돌아보았다. 서른 살이 채 못되었을 것 같은, 조명에 비친 얼굴빛이 유난히 흰 그녀, 유아리였다. 네, 대답하며 활짝 웃는데 시선을 정면으로 마주치지는 않는다. 푸켓에서 마주쳤던 유아리를 지난여름 〈동방일보〉에서 사진으로 만났을 때 기대했다. 이 친구와 나는 어느 생에서 어떤 인연을 맺었던가. 또 무엇이 나타날 것인가. 운명처럼 느껴져 한 번 보고도 잊지 못했던 그녀는 로즈에게 아무것도 보여주지 않았다. 그럼에도 그녀에게 느끼는 친밀감과 친밀감만큼의 적의는 질투 때문에 생긴 것이려니 했다. 채 서른 살이 못된 여자가 세상의 인정을 한 몸에 받고 있다는 것에 대한. 유아리를 그렇게 의식한 건 그녀를 모티브로 한 디아나 때문이었을 터이다.

통성명을 할 짬은 없었다. 로즈에게 고개를 숙여 보인 유아리는 무대로 나아가 자신의 할머니를 부축해 이끌었다. 그 조손을 방윤수가 함께 감싸며 무대에서 내려왔다. 국악 연주회를 겸한 리셉션이 펼쳐질 차례여서 그들은 예지원 안으로 들어간다. 모든 사람들의 눈길이 조명등처럼 세 사람을 향해 있다. 방윤수와 인사라도 나누려면 그들에게 다가들어야 하는데 로즈는 선뜻 움직이지 못한다. 유아리 때문이었다. 디아나의 모델이라는 사실보다 더한 무엇이 그녀에게 있는 듯했다. 어쩐지 꺼림칙하고 불온한 기운 같은 것이. 눈앞에 두고도 회귀하지 않았으므로 전생의 사람은 아닌데 왜 이런 느낌이 생기는 것일까. 로즈는 뚫어져라 유아리의 뒷모습을 바라보다 흠칫 진저리를 친다. 가을밤 공기가 몹시 찼다.

6

탈륨은 1그램 정도가 치사량이다. 파주의 네 노인은 시중에서 흔히 파는 드링크나 막걸리에 섞인 탈륨을 음독했다. 네 노인이 탈륨에 의해 살해되었다는 분석 결과가 나오자 3년 전에 발생했던 비슷한 사건이 걸려들었다. 당시 사망자는 일흔 살의 경기도 도의원으로 파주 출신이었다. 외부에서 점심 식사를 하고 사무실로 돌아갔던 도의원은 오후 세 시경에 자신의 사무실에서 주검으로 발견됐다. 그때 그 사건은 음독에 의한 자살로 종결됐지만 그를 치사시킨 독이 탈륨이었다.

사건이 났을 때 당일로 단서를 잡지 못하고, 사흘 안에 용의자를 찾지 못하면 장기화되기 십상이다. 열흘이 넘으면 사건이 미궁으로 빠져들 위험이 컸다. 대성부동산 사건이 난 지 보름이 지났고 다섯 건의 연쇄살인은 미결 사건으로 남게 될 판이었다.

파주경찰서에서 경기도경으로 이관된 사건은 다시 쿠파로 인계되었다. 연쇄팀이 다섯 사건의 유관 자료들을 건네받은 그저께 저녁참에 국장은 재엽에게 탈륨 사건을 일주일 안에 해결하라 명령했다.

다섯 노인은 파주 읍내의 소학교를 비슷한 시기에 졸업했다. 그중 네 노인은 파주에서 일생을 보냈다. 개발 바람이 불면서 논밭을 팔아 제법 돈을 만지기도 했으나 말년에는 아파트나 연립주택 한 채씩 지녔을 뿐이었다. 도의원을 지낸 최씨는 재산이 상당했지만 현재로서는 다른 네 사람과 연관시킬 만한 근거가 약했다. 더구나 도의원은 소학교 졸업 이후 파주를 떠나 살았던 사람이라, 다른 노인들과 같은 동기에 의해 독살당했다고 단정하기 어려웠다. 그들을 연결하는 건 현재로서는 탈륨뿐이었다.

대성부동산은 상가 한 모퉁이에 있었다. 근방에 폐쇄 회로 카메라는 설치돼 있지 않았다. 대성부동산이 카메라의 사각지대라는 걸 범인은 알았던 것이다. 사무실 안팎에서 채취한 지문들은 거의가 노인들 것이거나 인근 상가 사람들 것이었다. 몇 개는 최근에 손님으로 왔던 사람들의 지문으로 밝혀졌다. 혐의를 둘 사람들이 아니었고 노인들의 사망 당시 알리바이도 뚜렷했다. 노인들의 전화 기록에도 혐의를 둘 만한 사항은 나타나지 않았다. 하다못해 공중전화를 통한 전화 기록도 없었다. 무엇보다 범인이 지문이나 전화 기록을 남겼을 가능성이 전무했다. 그래도 재엽팀은 어제와 오늘 내내 주변의 가게를 일일이 돌며 사건이 일어난 10월 12일 오후 두 시경에 부동산에 들어간 사람을 봤는지 캐묻고 다녔다.

토요일, 새 사건을 맡게 되면 휴일이고 국경일이고 없기 마련이지만 재엽은 팀원들에게 내일 휴무를 선포하고 일찌감치 해산시켰다. 일찍도 아니다. 파주에서 출발해 종로 3가에 닿고 보니 거의 어두웠다. 가을비가 어두워진 거리를 적셨다. 유아리를 만나기로 한 중국집

사천성은 피카디리 극장 뒷골목에 있었다. 비가 내리는데 집 근처로 간다고 할걸 그랬나, 생각하면서 재엽은 사천성 안으로 들어섰다. 같은 자리에서 40여 년을 버티고 있는 사천성은 허름하고 구저분하지만 편했다. 출입구에서 주방이 곧장 건너다 보이고 탁자는 여섯 개인데, 네 탁자에 손님들이 앉아 있다.

"손 대장 왔어? 잘 모셔달라던 손님은 위층에 계셔. 한 10분 됐는데, 손 대장이 평소에 잘 먹는 걸 부탁하기에 양장피 준비하고 있고. 올라가봐."

전임지였던 종로경찰서 시절부터 단골이라 재엽을 향한 주인장의 어투는 스스럼이 없다. 다락방처럼 만들어진 위층은 주방 왼쪽에서 나무 계단으로 연결되었다. 아래층의 대화를 들었는지 유아리는 창을 등지고 일어서 있다. 해인과 비슷한 몸피일 거라 여겼던 아리는 자그마하다. 가만히 바라보는 눈동자는 뭔가를 확인하는 듯 곧다.

"우리, 악수 한번 할까요?"

재엽이 두 손을 내밀자 아리가 두 손을 얹는다. 작고 서늘한 손이다. 전생에서 두 사람의 첫 만남은 덕수궁 옆 음식점이었다. 김한주가 발기한 경성 여학생 대회의 첫 모임. 대회라 해도 열 명 남짓한 여학생이 모였을 뿐인 자리였다. 유석이 갔을 때 먼저 와 동그마니 앉아 있던 그녀가 환히 웃으며 손을 내밀었다. 나는 평양에서 유학 온 김부전이오, 그대는? 그때 그들은 열일곱 살이었다.

재엽은 한 손으로 아리의 두 손을 그러잡고 당겨 안는다. 아리가 스스럼없이 안겨오며 한숨처럼 속삭인다. 유석아! 재엽은 아리의 등을 가만가만 쓸어준다. 아리의 손도 그의 등을 다독인다. 서로를 다독이는 사이 백 년의 시간이 둘 사이에서 사라진다.

"비가 많이 내리기에 걱정했어. 내가 그쪽 근처로 간다고 할걸 싶
었고."

"고마워."

아리가 재엽을 가만히 밀어내더니 의자에 앉는다. 재엽은 건너편
에 앉아 그녀가 붉은 폴로셔츠 깃을 다듬고 긴 머리를 추슬러 가지런
히 뒤로 넘기는 모습을 건너다본다. 동작이 고요하고 부드럽다.

"자주 오는 곳이에요?"

부전이 아리로 돌아갔으므로 유석도 재엽을 되찾아 응수했다.

"그런 셈이에요."

계단을 쾅쾅 울리며 주인장이 올라왔다. 손에 배달 가방을 들고 온
주인이 가방 속에서 수저와 능이버섯죽과 깍두기와 단무지와 양파와
자장소스 등을 척척 꺼내 차려놓고는 말했다.

"손 대장을 찾아오신 고운 아가씨, 요리는 10분 뒤에 올려드리겠습
니다. 혹시 술도 필요하십니까? 손 대장은 늘 소주인데요."

예순 살이 가까운 주인장의 오늘 어투는 장난스러우면서 격조 있
다. 아리가 저도 소주로 하겠다는 말을 듣고 물러나가는 품새도 우스
울 만큼 조신하다. 능이버섯죽은 감칠맛이 나면서 부드럽다.

"해인이 대미원 봉사 끝나고 원주로 취재 가는 길이라면서, 합석하
고 싶어 안달하더군요."

"저도 전화 받았어요. 그쪽도 비가 내릴까요?"

"아마도요. 아리 씨는 새 소설을 시작하셨다고요?"

"네. 해인 씨한테 들으셨겠지만 보름 전쯤에 파주 대성부동산에서
일어난 두 노인 사망 사건을 신문에서 읽다가 모티브를 얻었어요. 경
찰이 노인들의 죽음에 얽힌 미스터리를 풀어가는 방향으로 진행돼갈

텐데, 제가 경찰들의 일반적인 행동 패턴이나 규칙이랄지, 여자 경찰은 남자 경찰과 다른 점이 있는지, 그런 것들을 너무 몰라서요."

"주인공이 여성인가보네요. 계급을 어떻게 잡았어요?"

"대학 졸업하면서 순경 시험 봐서 경찰이 됐고요, 현재 서른다섯 살의 경사예요. 나이와 계급이 적정한가요?"

"적당해 보입니다. 그 경사는 사건을 어디까지 해결했습니까?"

"대성부동산 사건에 대해 잘 아시나요?"

"경찰이 사석에서 사건에 대해 언급하는 건 규칙 위반입니다. 사건 해결을 위해서나 경찰 스스로를 위해서나 그 규칙은 타당하지요."

아리가 멀뚱해져 쳐다보았다. 직업병이 발동했던 걸 느낀 재엽이 뒤늦게 겸연쩍게 웃는다.

"일반적으로 그렇다는 거예요. 대충은 파악하고 있어요. 탈륨이 문제라고 들었어요. 방충제나 농약에 미량으로 쓰이는. 노인들이 그렇게 타살당할 만한 동기를 찾진 못했고요. 아리 씨 소설에서는 그걸 어떻게 만들어나가려고요? 노인들이 왜 죽어야 했을까요?"

"경찰이 그 사건을 어떻게 풀어나가는지에 따라서 제 소설도 달라지겠죠?"

"경찰이 그 사건을 해결하지 못해 미제로 남게 되면, 아리 씨 작품도 미완으로 남는 겁니까?"

"그럴 리가요. 어쨌든 제 맘 가는 대로 사건을 해결하게 되겠죠."

"어떻게 해결하실 요량인지, 힌트 좀 주세요."

"시작 단계라 어떻게 전개될지 잘 모르지만 제 소설 안에서는 홍란 경사, 즉 주인공이 범인이에요."

"예?"

　재엽이 반문하며 쳐다보는데 아리의 손이 불쑥 다가들더니 손가락 끝으로 그의 턱밑을 받치듯 쓸어본다. 느닷없는 사태에 재엽의 몸에서 힘이 쑥 빠져나갔다. 아리가 싱긋 웃고는 손을 거둬간다.

　"보자마자 품어 안으신 분이 턱 좀 만졌다고 뭘 그리 놀라세요?"

　턱을 만지는 동작이 얼마나 내밀한 것인지 모르지는 않을 터. 유아리에게 손재엽은 옛날의 동무 나유석인데 사내 얼굴로 마주 앉아 있으니 신기해 만져본 것이다.

　"놀라긴 했지만 재미있어요. 아리 씨 소설에서 그 홍 경사가 범인이라고 했어요."

　"소설 속에서 노인들이 죽게 된, 죽을 수밖에 없는 동기는 홍 경사만 알아요. 홍 경사가 범인인 것으로 결말이 날 건데, 저는 홍 경사가 범인으로 밝혀져 체포되는 걸 바라지 않기 때문에 그 친구를 도와줄 사람이 필요하죠. 홍 경사가 지닌 문제는, 살인을 하면서 스스로 고통받고 있다는 사실을 의식하지 못하는 것이고 그래서 무서운 게 없는 거예요. 무서운 게 없는 사람은 위험 또한 자초하기 마련이잖아요."

　"홍 경사만 아는 동기가 뭔데요?"

　"홍 경사의 시점에서 30년쯤 거슬러 올라가면 여자애들 셋이 나와요. 열네 살쯤의 큰아이, 열한 살쯤 되는 둘째아이, 큰아이한테 업혀 있는 다섯 살배기. 당시 파주는 아직 소읍이었고 막 개발 바람이 불려던 참이에요. 부동산 업자들이 드나들기 시작했죠. 어느 날 부동산 업자 세 명하고 동네 남자 넷이 어울려 술을 퍼마시다가 아이들을 발견하게 됐고 큰아이를 보고는 탐심을 내게 돼요. 두 아이를 겁간하게 되죠. 와중에 두 아이가 죽게 되고 막둥이가 남아요. 그 막둥이가 홍란 경사예요."

계단이 쿵쾅거리더니 배달 가방을 들고 올라온 주인장이 요리 접시와 술병을 차려놓았다. 농담 한마디 하고 싶은 눈치인데 분위기가 아니다 싶은지 참고 내려간다.

"그들이, 부동산 업자들이 애들을 범하고 죽이는 과정이 너무 비현실적일까요? 소설에서 그럴 만한 일인가 따지는 걸 개연성이라고 하잖아요. 개연성이 성립되겠어요?"

"현실에서 일어나는 범죄들에 그럴 만하다고 여겨지는, 개연성 있는 사건은 오히려 드물 거예요. 사람이라면 도저히 저지를 수 없을 것 같은 악독한 범죄들은 사람만이 저지를 수 있는 것이죠."

"그런 개연성 없는 사건들도 소설에서는 인과관계로 정리돼야 한다는 게 소설 쓰기 교본에 나오는 정석이에요."

"아리 씨는 교본을 충실히 지키며 소설 쓰는 작가입니까?"

재엽의 물음에 아리가 고개를 흔들며 웃었다.

"소설 쓰기 교본에는 소설 쓰기에 정석은 없다는 말도 나오더라고요. 아무튼요, 홍 경사의 동기가 연쇄살인 동기로서 적당한가요?"

"소설로는 적당해 보이는군요. 현실적으로는 그 다섯 살짜리가 언니들을 해친 그놈들을 어떻게 기억하고 찾아낼 수 있을지, 그게 가능할지 모르겠지만, 작가가 개연성을 만들어낼 테죠. 여튼 신문 기사에 나온 파주의 네 노인이 토박이 사내들이었다고 가정하면, 나머지 세 놈, 부동산 업자 놈들은 어떻게 됐을까요?"

"그놈들도 죽었거나 죽게 되겠죠?"

"탈륨으로?"

"제 소설에서는 탈륨이 아니라 테트로도톡신을 썼어요. 테트로도톡신은 마약과 달리 냄새가 없다면서요? 까딱하면 즉사하는 것이라

중독자가 없고 워낙 미량으로 움직이는 것이라 형체를 찾기도 어렵다고요. 인터넷에서 거래되는 것이라 테트로도톡신 유통 경로와 밀반입 경로를 추적하기도 힘들다고 하고요. 아무튼 제 소설에서는 네 명의 노인이 테트로도톡신으로 죽었고, 홍 경사가, 수사를 진행하는 과정에 노인 둘이 같은 방식으로 더 죽게 될 거예요. 홍 경사가 겨냥했던 일곱 중 한 사람은 벌써 병에 걸려 죽은 상태거든요. 소설은 거기까지 진행된 상태고요."

"홍 경사가 완전범죄를 꿈꾼다면 같은 수법으로, 테트로도톡신을 계속 사용하는 까닭이 뭘까요? 테트로도톡신 때문에 연쇄 사건으로 확대되는 셈이잖아요. 연쇄살인은 사회를 긴장시키기 때문에 단연 주목을 받아요. 그 사건은 홍 경사의 손을 떠날 수도 있어요. 연쇄살인 사건에는 전문가들로 이뤄진 전담팀이 따로 만들어지기도 하거든요. 요즘 우리나라 경찰력도 꽤 진화했어요. 최근엔 현장증거분석실 Mobile CSI Lab까지 움직이기 시작했다는 걸, 홍 경사는 잘 알고 있겠죠. 홍 경사가 그걸 알고 있어야 개연성이 성립되는 거고요. 그렇다면 홍 경사는, 왜 자신에게 이목이 집중될 수 있는 족적을 남기고 있는 거지요? 그의 동기는 복수잖아요. 따라올 테면 따라와봐! 홍 경사한테 그런 현시욕도 있는 겁니까?"

"홍 경사의 현시욕이라기보다 그 연쇄 사건에 사람들이 집중하기를, 왜 그런 사건이 일어났는지 의문을 갖길 바라는 거죠. 누가, 왜! 전담팀, 현장증거분석실이라고 하셨나요? 그런 것까지 구성될 정도로 수사가 집중되다보면 노인들이 죽게 된 동기도 기어이 밝혀질 수 있을 거 아니에요? 그들이 오래전에 저질렀던 범죄가 드러나는 거죠."

"그러면 홍 경사는 어떻게 되게요?"

“그 때문에 작가인 제가 경찰인 재엽 씨와 마주 앉아 있는 거잖아요. 홍 경사가 다치지 않고 노인들의 악랄한 범죄가 밝혀지길 바라서요. 아무튼 저는 홍 경사가 자기 할 일 다 하고 그 지옥에서 벗어나게 할 거예요.”

“홍 경사가 거기서 벗어나려면 사건을 해결해야 하고, 사건 해결이란 범인을 잡는 것인데, 어떻게요?”

“그 방법을 손재엽 씨가 찾아주셔야죠.”

“한참 고민해야 할 것 같은데요. 소설을 읽어봐야 할 것 같고요. 일단은 아리 씨가 어떻게 구상하고 있는지 말씀해보세요.”

“뉴스 보면 모델 삼을 인간들 천지던데, 나쁜 인간 하나 더 만들려고요. 자중지란? 지네들끼리 죽였다고 덮어씌우고 덮어씌운 놈도 죽게 해야죠. 맨 마지막으로 죽는 사람이 앞서 죽은 사람을 모두 죽인 것으로요. 그리고 자살한 것처럼 보이게 죽이는 거죠. 그놈을 감옥으로 보내기도 싫으니까요.”

소설 속에서 할 짓, 못할 짓 다 해놓고서 결말은 자신이 원하는 방식으로 끝내겠다고 한다. 하여간 작가들이란! 그렇게 속으로 뇌까리는 재엽도 어린 날에는 문재文才며 그림에 대한 감각이 남다르다는 말을 들었다. 고교 시절은 물론 경찰대학 시절에도 재엽이 참여한 백일장이나 사생대회에서 상을 받지 못한 적이 없었다. 그래도 글쟁이나 환쟁이로 살겠다는 생각은 해보지 않았다. 글 쓰고 그림 그리는 게 재미있으면서도 글쟁이나 환쟁이가 되어 있는 자신을 상상하면 답답했다. 심지어는 분하기까지 했다. 그 까닭을 알게 된 건 −환還을 만나 전생 치료를 하면서였다. 글과 그림을 통해 세상을 바꾸려 했다가 그 세상으로부터 조리돌림을 당한 여자가 전생의 유석이었다.

자신이 갈 방향을 한껏 펼쳐 보인 유아리는 본격적으로 먹기 시작한다. 잘 먹는 편이다. 만난 지 한 시간 정도 지났을 뿐인데 평생 함께 지내온 여자 같다. 그녀가 여자 같다는 느낌은 야릇하고 기묘하다. 해인도 여자였다. 해인이 여자일 때 그녀는 한주였고 재엽은 유석이었다. 그러므로 해인은 재엽에게 여자가 아니었다. 재엽을 남자로 보지 않기는 해인도 같았다.

"재엽 씨, 술은 어떨 때 주로 마셔요?"

"일반적으로 사람들은 괴로울 때 더 괴롭게, 슬플 때 더 슬프기 위해, 즐거울 때 더 즐겁기 위해 술을 마실 거예요. 경찰도 다를 건 없겠죠."

고개를 끄덕인 아리가 제 잔을 입에 대보다간 슬쩍 내려놓는다.

"손재엽 씨, 계급이 어떻게 되세요?"

"경찰 계급 체계에 대해서는 좀 알아요?"

"인터넷에 나온 정도를 외웠죠. 순경 위에 경장, 그 위에 경사, 경위, 경감, 경정……. 맨 위에 총감?"

"경정이에요."

"일반적으로 높은 편인가요?"

"경찰대학을 나와 경위부터 시작했기 때문에 보통이에요."

"보통인데 여기 주인이 왜 손새엽 씨를 대장이라고 부르죠?"

"팀을 하나 꾸리고 있는데 팀원들이 나를 그렇게 부르는 걸 자주 들었기 때문이죠. 여기서 회식을 자주 하거든요. 바로 전에 종로경찰서에서 일했는데 여긴 그때부터 단골이에요."

"그렇군요, 대장님. 범죄 현장에 막 도착했을 때요, 끔찍한 장면을 보게 되면 느낌이 어떤가요?"

"질문 요지가 정확치 않아요."

"우리가 흔히 상상하는 끔찍함과 현실감의 차이 같은 거?"

"상상과 실제의 차이에 대한 거라면, 글쎄요, 경우 따라 다르긴 하지만 상상은 전방위로 확장되는 관념이죠. 실제 현장에서는 그냥 봐요. 상상을 하는 게 아니라 추리를 하는 거죠. 추리도 일종의 상상이지만 물리적인 상황을 기반으로 하는 거라 다르다고 할 수 있죠. 쉽게 말하면 상상하지 않기 때문에 끔찍함을 덜 느낀다는 거예요."

"그런 사고는 훈련에 의한 것이고요?"

"물론 그렇죠. 아리 씨는 소설 쓰는 시간 말고, 책 읽는 시간을 제외하면 주로 뭘 해요?"

"할머니한테 바느질을 배워요. 바느질은 글쓰기와 비슷해요. 날씨가 좋을 때는 좀 걷고요. 종로에 있는 서점까지 가끔 걸어요. 오며가며 여기저기 기웃기웃하는 게 취미예요. 대개는 집에서 지내고요. 이따금 어른들과 여행하는 걸 제외하면 제 일상은 단조로워요. 보통 열한 시에 잠자리 들고 아침 다섯 시경에 일어나고요. 일어나면 명상, 요가를 한 시간쯤 하고 밥을 먹죠."

"새 나라의 어린이로군요. 새 나라의 어린이, 오늘 모처럼 밤 외출을 하신 셈인데, 뭘 하고 싶어요?"

"오늘은 바쁘지 않으세요?"

"난 지금도 일하고 있는 셈이에요. 경찰의 위상을 높이고 있잖아요. 대민 홍보."

"좋네요, 대민 홍보. 그러면 서울 타워에 한번 올라가볼까요?"

"거긴 왜요?"

"언젠가는 저길 밤에 한번 가봐야지, 가끔 그러거든요. 언제 한강 유람선을 타봐야지. 눈 내리는 날 해 질 녘에 비원에 가봐야지. 한여름 매미 소리 극성일 때 불국사 대웅전 마당에 서 있어 봐야지. 안개 짙은 날 제주도 바닷가에 있어 봐야지. 지금 쓰는 《파르마콘》 끝낸 뒤에는 제주도에 가볼 참이에요. 봄, 안개 철에요. 제주도에서는 봄 안개 철을 고사리장마라고 부른다는 거 아세요? 안개 속에서 고사리가 마구마구 솟아난대요. 아무튼 이따금 그렇게 중얼거리는데 별로 어려울 것 같지 않은 그 일들이 쉽지도 않아요. 그래서요, 지금 밤이니까, 같이 가줄 사람이 있으니까 한번 가보고 싶어요."

재엽은 고교 시절 창경궁에 갔다가 회귀를 겪었다. 이후 창경궁 갈 일은 없었다. 남산의 타워에는 범인의 행적을 좇느라 간 적이 있다. 20대 후반에 사귀던 여자하고 한강 유람선을 탔다가 현해탄을 건너던 유석으로의 회귀를 겪은 적이 있어 이후 유람선 쪽엔 시선도 주지 않는다. 그 회귀를 겪은 날 한강 유람선에서 정신을 차렸을 때 곁에 있던 여자는 하얗게 질려 있었다. 간질 발작으로 알았던 것이다. 유람선에서 내린 재엽은 그 여자로부터 버려졌음을 느꼈다. 그 이전부터 여러 차례 겪어온 익숙한 방식의 결별이었다.

"그럼 가봅시다. 서울 타워가 아홉 시에 닫는 걸로 아는데, 이제 일곱 시니까 충분히 올라가볼 수 있겠어요."

유아리에게 코트를 입히고 모자를 씌워 데리고 아래층으로 내려선 재엽은 계산하려는 여자를 물리쳤다. 계산을 마치고 나서 혼자 먼저 문밖을 내다보니 빗발이 만만치 않다. 안에서 내다보던 풍경과 사뭇 다른 기세다.

"일단 걸어 나가면서 택시를 잡아봅시다."

"천도교회관 주차장에 차 있어. 비오는 날 젖는 거야 어쩔 수 없는 거고."

"운전할 줄 알아요?"

"할머니가, 학교는 못 다녀도 운전은 배워야 한다고 하셔서 배웠지. 암튼, 난 술 안 마셨잖아. 일단 나가봐."

팔짱을 낀 채 태연하게 말을 놓아버린 아리가 재엽을 이끌었다. 재엽은 왼팔로 아리를 감싸 안고 전화기를 꺼냈다. 이런 날씨에 여자가 운전하는 차에 앉아 술 냄새나 피우고 있을 수는 없었다. 재엽은 이따금 이용하는 대리운전 번호를 찾아 대리운전사를 불렀다. 유아리가 재엽의 품 안에서 어깨를 들썩이며 웃었다. 지금 남자 손재엽의 품에서 웃는 유아리는 여자였다.

7

하남 검단산 대미원大彌院은 환인들의 본위인 대원문하원 지영의 요양 시설이자 바깥세상에서 살지 못하고 찾아든 환인들의 공동체였다. 구성원의 절반가량이 후천성 지체장애인들인데 그들의 장애는 거의 회귀통의 결과이거나 자해의 후유증이었다. 절반의 사람들은 사회 부적응자들이었다. 해인은 매월 마지막 주 토요일이면 대미원을 찾아들어 재활 교육 프로그램에 따른 강의를 했다. ─환還에 소속된, 상대적으로 멀쩡한 환인들이 연대 차원에서 대개 하기 마련인 봉사 활동이었다. 해인은 일주에 한 번은커녕 한 달에 두 번 오기도 현실적으로 무리라 대미원에 오는 날은 네 시간씩 강의했다.

해인은 독서반과 작문반을 맡고 있다. 현재 독서반 학생은 두 반을 합쳐도 열다섯 명이었다. 작문 반은 그보다 작아 열한 명. 늘 그 정도 숫자인데 강의하기에 맞춤한 인원이었다. 대학 강의처럼 대미원 사람들이 원하는 강좌를 골라 들을 수 있는 데다 학기가 따로 없으므로

원하는 사람은 아무 때나 강의에 들어오고 듣기 싫은 사람은 아무 때
나 빠졌다. 몇 년 째 강의실에 들어오는 사람들도 있는데 그들은 작
문반이나 독서반을 가리지 않고 마구잡이로 수강하므로 해인의 교실
은 네 반이 한 반 같았다.

4년째 수강생인 김동성은 해인이 출강하는 날이면 네 반에 다 들
어왔다. 7,8년 전, 소설 습작 강좌인 글마루에서 〈우화〉를 쓴 김동성
은 전소명의 《허물벗기》에 표절 시비를 걸어 세상을 시끄럽게 하고도
해인의 교실에서는 그에 대해 모르쇠 했다. 해인도 그를 아는 척하지
못했다.

오늘 해인의 교실에 네 번째 나타난 김동성의 손에 유아리의 《간
지러움》과 늘 안고 다니는 두툼한 공책이 들렸다. 그는 사계절 내내
잿빛의 낡은 트렌치코트를 걸치고 다녔다. 매번 강의실 들어오기 직
전에 서둘러 면도를 하는지 면도날에 벤 듯한 피딱지 두어 개를 턱
에 붙이고 다녔다. 심한 짝눈에 사시인 그는 아이큐가 자신의 신장인
170센티미터보다 높다고 했다. 그는 한 시간 전과 마찬가지로 맨 앞
책상의 왼쪽 자리를 차지하고 앉았다. 해인의 턱밑이었다.

"지난달 이 시간에 제가 제시한 책이 전소명 작가의 《허물벗기》와
유아리 작가의 《간지러움》, 양정복 작가의 《민증사본》 등 세 권이었
는데요, 세 권 다 도서관에 있다고 말씀 드렸죠? 다 읽으신 분?"

토요일 오후 두 시, 독서 2반에 들어온 아홉 명 중 세 권을 다 읽었
다고 손 든 사람은 김동성뿐이다. 해인은 칠판에다 세 권의 책 제목
을 써놓고 한 사람씩 나와 읽은 책 밑에다 자신의 이름을 쓰라고 수
강생들에게 주문했다. 그들에게 익숙한 놀이였다. 강사로서의 해인
의 편파성이 작용했는지 《간지러움》은 다 읽었다고 썼고, 《허물벗기》

는 네 사람, 《민증사본》 밑에는 김동성과 양주희만 적혔다.

"여러분 모두 읽으신 책이 《간지러움》인 걸로 나타났으니까 오늘은 《간지러움》에 대해 주로 이야기 나누기로 하고요, 다른 두 책에 관한 내용은 생각나는 대로 연관해서 거론하기로 하죠. 《간지러움》, 읽어보시니 어떻던가요?"

"간지러워 죽는 줄 알았어요, 선생님."

맨 뒷자리에 앉은 양주희의 대답에 파르르 웃음판이 벌어졌다. 공감의 웃음이지만 책 세 권 밑에다 제 이름을 모두 적은 양주희의 간지러웠다는 독후감은 거짓말이다. 프로필에 의하면 중증 난독증인 양주희는 소설 한 권은커녕 한 문장도 제대로 읽을 수 없다. 한 글자 한 글자는 읽을 수 있지만 글자와 글자를 조합하면 뜻을 인식하지 못할 만큼 난독증 정도가 심한 그녀는 공상허언증 환자이기도 했다. 거짓말을 숨 쉬는 것처럼 하는 것이다. 대미원 내에서는 그녀가 거짓말을 숨 쉬는 것처럼 하든 말든 문제될 것은 없었다. 바닷속 생물 수만큼 다양한 병력들이 어우러져 물결치는 대미원에서 그녀의 거짓말은 아무에게도 해가 되지 않았다.

"선생님, 유아리가 장편 소설 여섯 편을 동시에 출간한다는 소문이 있던데 그게 사실입니까?"

혼자 웃지 않은 채 짝눈으로 해인을 노려보고 있던 김동성이다. 그는 노려보는 게 아니라 그냥 바라보고 있었다. 그걸 알면서도 상대방은 매번 그가 째려보고 있다고 느낀다. 몇 년 사이 그의 눈동자 각도가 더 어긋난 것 같았다.

"어디서 그런 소문을 들으셨어요, 김동성 씨?"

유아리와 출간 계약을 맺은 출판사들은 출간 작업에 돌입한 상태였다. 출판사마다 작품 제목과 내용을 함구한 채 유아리 소설을 다른 출판사보다 하루라도 먼저 출간하기 위해 경쟁 중이었다. 12월 중순 쯤에 나온다던가. 한 작가의 여섯 작품이 같은 시기에 출간될 사상 초유의 사태를 보름쯤 앞두었다.

"유아리 팬 카페에서 읽었죠. '유아리 소설을 사랑하는 사람들의 모임'. 선생님은 모르셨던 눈치십니다?"

김동성의 시선이 한결 엇나간 채 으스댔다. 해인은 유아리 팬 카페 가 생긴 걸 몰랐다. 겨우 책 한 권 냈을 뿐인 작가한테 무슨 팬 카페 란 말인가.

"저는 유아리 팬 카페 얘기, 처음 듣습니다. 어떤 식의 팬 카페인데 요?"

"유아리 소설을 사랑하는 사람들의 모임, 일명 유·소·사. 며칠 전 에 발견했는데 회원이 79명이대요. 카페 대문에는 《간지러움》 서문에 나온 브레히트의 시를 인용해놨더라고요. '내가 사랑하는 사람이 나 에게 말했다. 당신이 필요해요. 그래서 나는 정신 차리고 길을 걷는 다. 빗방울까지도 두려워하면서. 그것에 맞아 죽어서는 안 되겠기에'."

그 시의 제목은 '아침저녁으로 읽기 위하여'였다. 자신이 위험에 빠지지 않도록 스스로를 경계하는 이유는 내가 사랑하는 사람이 나 를 필요로 하기 때문이라 읊었던 브레히트는 마르크스주의자였다. '아침저녁으로 읽기 위하여'는 그러므로 연가가 아니라 일종의 투쟁 가였다. 유아리는 그 짧은 시를 인용하는 것으로 첫 작품의 서문을 대신했다.

"거기 유아리 신간 소설 여섯 권에 관한 내용이 올라 있더라고요. 물론 제목 같은 건 아직 없지만요."

"김동성 씨도 그 카페에 가입하셨어요?"

"가입했습니다. 여섯 권 출간이 사실이랍니까?"

해인은 그에게 혹시 그 카페를 네가 만든 거 아니냐고 물어보려다 만다. 근래 김동성의 블로그가 닫힌 상태였다. 제 블로그를 닫아버리고 유아리 팬 카페를 개설한 게 아닐까 싶지만 그에게 따질 사안은 아니지 않는가.

"올해 안에, 유아리 작가의 신작 몇 권이 발간될 것 같다는 소문을 저도 듣기는 했습니다. 소문이라 아직 정확한 내용은 모릅니다. 여하튼 유아리 작가의 신작에 관한 이야기는 나중에 출간된 뒤에 기회가 되면 다시 거론키로 하고요, 오늘의 화제인 《간지러움》으로 돌아가보죠. 《간지러움》을 읽으시면서 느낀 점을 표현해보기로 해요. 어떤 느낌이든지요. 양주희 씨가 먼지 말씀해보실래요?"

왼손으로 볼펜을 빙글빙글 돌리고 있던 그녀가 볼펜 돌리기를 멈추고 말했다.

"유아리는 거짓말쟁이라는 거예요. 아픈 건 간지러운 거 하고는 다르잖아요? 아픈 걸 간지럽다고 말하는 건 거짓말이죠."

전생에 남자였고 인쇄공이었다는 양주희는 회귀하면서 난독증이 생겼고 일반인의 사회로부터 추방되었다.

"양주희 씨 말씀, 옳아요. 아픈 건 아픈 거고 간지러운 건 간지러운 거죠. 다만 문학에서는, 그런 걸 반어적인 표현이라고도 하고 은유라고도 한다는 걸 아실 거예요. 전소명 작가의 소설 《허물벗기》를 예로 들어보자면, 허물의 뜻은 곤충의 탈피나 뱀의 탈피처럼 벗어던진 껍질을 의미하지만 《허물벗기》에서는 주인공 인생의 전환점을 표현하고 있어요. 주인공이 새로운 삶을 살기로 했다는 것보다 허물을 벗었다고 표현할 때 뜻이 깊어지는 거죠. 의미가 확장되는 거고요. 글 쓰는 사람들이 그런 표현을 자주 하는데, 물리적으로 거짓말인 게 맞긴 하죠. 양주희 씨가 잘 보신 거예요."

"선생님이, 《간지러움》에 대한 기사 젤 먼저 쓰셨지요? 유아리가 턱밑에 두 손 괴고 있는 사진 실린 그 기사요."

"그렇게 알고 있는데, 왜요?"

"유아리도 선생님과 우리처럼 돌아온 인간이에요?"

"그건 제가 잘 모르겠네요. 어떻게 그런 생각을 하셨어요?"

"딱 보니 그렇던걸요."

현실적인 근거를 댈 능력은 없어도 직관은 예리한 그녀였다.

"우리는 지금 작가의 신상이 아니라 작품에 대한 이야기를 하고 있으니까 작품으로 돌아가기로 해요. 《간지러움》에 대한 다른 분의 소감은요?"

잠시 조용했다. 김동성이 동료들을 둘러보다가 큼, 헛기침을 하며 나선다.

"《간지러움》하고 연관된 얘긴지는 모르겠지만 말입니다, 선생님. 전소명 작가가 2003년에 발표한 《둥근 빈 방》 있잖습니까?"

"네."

"《둥근 빈 방》이 출간됐던 당시에 그 작품이 글마루 수강생의 작품 〈가역성 세계〉를 표절했다는 논란이 일었던 적이 있는데 선생님, 혹시 아십니까?"

정신머리 없어 제 소설도 남에게 빼앗긴 인간이 별걸 다 기억하고 있다.

"《둥근 빈 방》에 대한 표절 논란은 당시에 잠깐 일어나다 말았는데, 김동성 씨는 어떻게 아시죠?"

"아, 저도 글마루에 다닌 적이 있잖습니까. 유아리하고 같은 반이었어요. 그 친구 수업 시간마다 작품을 발표해대다가 어느 날 딱 없어져버렸죠. 아무튼 〈가역성 세계〉가 유아리의 작품이었다는 것은 알고 계십니까?"

그때 전소명의 표절 의혹을 제기한 사람도 김동성이었던가보다.

"당시엔 작가 이름까지 알지는 못했어요. 지난번에 유아리 씨 만나 인터뷰하다가 예전의 그 논란이 생각나서 확인해봤죠. 유아리 씨는, 글마루 그만두고 나서 언젠가 보니 〈가역성 세계〉와 소재가 비슷한 작품이 나와서 그 작품을 버렸다고, 그 정도로만 말하더군요. 아무튼 김동성 씨는 제가 지금까지 지켜본 바로는 소설 쓰기에 꽤 의욕을 가지신 듯한데요, 언제 정식으로 작품 한번 보여주시지 않겠어요? 제가 소설가는 아니지만 글은 제법 많이 읽잖아요."

"돌아온 놈이 쓴 소설이 소설이겠습니까? 관심 끄십쇼."

돌아온 놈, 돌아온 년. 환인들은 자조, 자학할 때마다 그 욕을 스스로에게 썼다.

"관심 끄라면 끄겠습니다만, 나중에라도 혹시 읽혀보고 싶으시다면 고려해보시기 바랍니다. 다시, 오늘의 주제인 《간지러움》으로 돌아가서, 김동성 씨는 그 작품에서 어떤 걸 느끼셨는지 단적으로 표현해보시죠. 길게 말씀하셔도 좋고요."

"유아리의 《간지러움》은 자아주의에 빠져 있죠. 주인공 한그루가 어떤 생각을 하고 행동을 하든 결국 자기 자신에 대해 얘기하고 있잖습니까? 소설이란 것 안에는 여러 인물들이 북적대기 마련이지만 그 중 한 사람이 다른 인물을 가려버리면 안 되잖아요? 《간지러움》의 한

그루는 작품 안의 모든 인물을 다 가리고 있죠. 그루 혼자서만 살고 있다고요. 그건 진짜 소설일 수 없죠. 작가의 자가당착 아닙니까?"

"자가당착! 그렇게 읽을 수도 있겠죠. 모든 작품은 독자에게서 독자 나름의 방식으로 완성되는 거라는 말도 있으니까요. 그런데 김동성 씨는 한그루의 어떤 면을 자가당착이라고 느끼신 건가요?"

기억력이 비상한 그답게 책을 펼치지도 않은 채 몇 페이지 몇째 줄의 문장들이라며 줄줄이 예거해댄다. 지능지수가 170이 넘고 수십 생으로 회귀한다는 그가 대미원에서 살 수밖에 없는 이유는 자가당착 때문이었다. 자신의 전생들을 낱낱이 구별해 각 생애를 인정하지 못하고 모조리 현생으로 끌어들여 거대한 혼돈에 빠져 사는 것이다. 그가 예거한 문장들은 《간지러움》의 주인공 한그루가 고통을 느낄 때마다 자신을 일으켜 세우는, 작위적이고 반어적 묘사들이었다. 스스로를 미화하면서 자신을 위로하는, 고통에 대한 은유. 대개의 독자들이 그 문장들에 서린 아픔을 느낄 수 있는 묘사들인데 김동성은 그걸 작가의 자가당착이라고 억지 부린다.

유아리의 《간지러움》은 인간에게 자신됨의 관한 포착의 순간이 얼마나 자주 발생하는지, 그때마다 어떤 고통을 겪어야 하는지, 그리고 매번의 고통이 거의 허사로 지나가고 말아 또다시 고통을 반복해야 하는 절망을 묘사하고 있었다. 그렇게 설명하면서도 해인은 자신의 견해가 그에게 스며들지 않으리라는 걸 알았다. 그저 각자의 자리에서 할 수 있는 일을 하며 사는 것이다.

"완전히 녹초가 된 목소리네?"

전화기 너머의 재엽이 위로랍시고 하는 말이다.

"기절할 지경이야. 그 자식만 내 반에 안 오면 딱 좋겠는데, 네 시간 내내 턱밑에 앉아서 나를 째려보니 내가 진짜, 돌아온 년이기 망정이지 아니었음 그 자식 목을 비틀어놨을 거다."

무슨 말인지 알아듣는 재엽이 크륵크륵 웃는데, 해인의 눈에 주차장 저쪽에서 막 차에 오르는 중노년의 남녀가 보였다. 재엽의 부모님들이다. 자식을 환인으로 둔 그들도 매주 토요일이면 대미원에 와서 자원봉사를 하고 있었다. 영심 씨는 초등 교과과정을 가르치고 유상 씨는 노인 환자들의 목욕 시중을 든다고 들었다. 내려가 인사할 겨를 없이 그들의 차가 주차장을 나갔다.

"방금 네 부모님이 내 앞을 지나가셨어."

"오늘 저녁에 숙부님 환갑 기념 모임이 있어서 거기 가느라 바쁘실 거야. 나도 이따 잠깐 들러보려고."

"아리는?"

"아리, 뭐."

"시치미 떼기는! 너 아리 만난 지 한 달이 다 됐는데 나한테 아리 얘기를 통 안 한다는 거 알아?"

"전화하면, 제가 밥집 주인인 것처럼 시간 나면 밥 먹으러 오라고 해. 가서 할머니하고 같이 밥 먹고 차 마시고 예의 바르게 물러나. 작업실로 옮겨 다시 차를 마시면서, 아리가 경찰이 되거나 내가 소설가가 될 수도 있겠다 싶을 정도로 얘길 나누지. 그러기를 세 번 했어. 그중에 한 번은 너도 같이 있었고. 특별히 할 말이 뭐 있어."

해인이 킬킬 웃고 만다.

"석해인은 오늘 박신의 씨 안 만나나?"

"그렇잖아도 이제 대학로 쪽으로 갈 셈이야."

해인이 박신의에게 느끼는 매혹에 비해 그에게서 건너오는 감정은 약했다. 조심스럽다고나 할까. 그는 지금까지 해인이 겪어온 연애 상대들과 같지 않았다. 뜨겁게 다가와 주검처럼 싸늘해져 떠나는 사람들. 작년 겨울에 헤어진 남자가 떠날 때 해인에게 했던 말이 그랬다. 당신은 요즘 시체처럼 차가워. 해인이 느끼기에 그도 그랬다. 함께 시작했다가 같이 끝난 셈이니 다행이라 여겨야 할 텐데 결별의 자리에는 늘 모래알 같은 앙금이 남았다. 그 앙금은 부끄러움과 분노와 아픔의 알갱이로 변해 마음 바닥을 훑다가 살 속에 박혔다. 연애는 갈수록 어려웠다.

"잘해봐. 오늘 수고 많았고. 운전 조심하고."

"그래."

박신의는 그의 연극 공연 뒤풀이에서 처음 만날 때부터 미지근하거나 조심스러웠다. 서로 호감은 느끼는데 뜨겁게 다가오지 않았다. 조심스러워하는 박신의를 해인도 조심스럽게 대해보는 중이었다. 그를 만날 때면 해인은 자신이 그의 눈치를 보고 있는 걸 느끼곤 했다. 그렇지만 만난 지 다섯 달이 되도록 섹스하자고 덤비지 않는 남자라니. 수강생 김동성이 제 눈빛처럼 갈라진 목소리로 읊던 브레히트의 시구가 귓전에 울린다. '내가 사랑하는 사람이 나에게 말했다. 당신이 필요해요.' 지금 필요한 사람이 박신의인지 다른 어떤 상대인지 모호했다. 뜨거움이 필요한 것인지도 몰랐다. 서른일곱 살의 가을이 저물어가고 있으므로. 도리질을 한 해인은 차를 움직였다.

8

《허물벗기》의 소재가 떠오른 건 재작년 봄이었다. 산보를 나섰다가 집 앞 화단에서 나비가 난분분 날아다니는 걸 보았다. 호기심에 화단을 유심히 보았더니 라일락 가지 새에 번데기집이 보였다. 그걸 본 순간 찌르르 영감이 왔다. 저 나비를 여자로 친다면 우화에 성공한 번데기겠지. 우화에 성공해 날아간 번데기를 보통 사람으로, 혹은 여자로 치환한다면 어떨까. 번데기나 굼벵이처럼 현실에서 뭉기적거리며 움직이는 존재들. 그러다 우연히 봄볕을 의식하게 된 번데기라면. 그 봄볕으로 자신 안에도 날개가 내장돼 있을지 모른다고 가정하게 된 사람이라면. 아마도 탈피하기 위하여 움직일 터였다. 이미 자신에게 있는 것을 밖으로 내놓기 위하여 애쓸 것이었다.

섬광처럼 떠올린 《허물벗기》의 내용이 김동성의 〈우화〉에서 비롯되었다는 것을 전소명은 정말이지 까마득하게 의식하지 못했다. 그가 표절 시비를 걸어온 뒤에야 깨달았다. 그런 작품을 읽은 적이 있었고, 그 작품이 글마루 수강생의 발표작이었다는 사실을. 이미 책이 나온 상태였으므로 인정할 수 없었다. 한편으로는, 한 번 읽은 70매 분량의 단편소설, 그것도 습작품을 내가 어찌 기억했겠느냐고 스스로 변명하고 홀로 억지를 부렸다. 어쨌든 세상은 전소명의 편이었다. 결국 김동성도 조용해졌다. 근래 들어 김동성의 블로그가 사라졌다. 대신 전소명의 홈페이지는 한층 시끄러워졌다. 학생 작품을 도용하는 작가라거나, 학생 작품을 표절하지 않으면 등단작에서 하던 소리나 되풀이하는 작가라는 말들이 홈페이지에 공공연히 올라왔다. 전소명의 팬 카페들에도 안티 팬들의 무차별적인 공격이 계속되고 있었다. 전소명의 이혼과 연애사, 재혼 등, 인신공격적인 자료들도 마구 게재되었다.

"한 잔 더 드릴까요, 선생님?"

딥블루의 바텐더는 전소명을 기억했다. 서른 살이나 됐을까. 짧은 머리에 주름살 한 줄 없는 얼굴. 취한 눈에 보이는 바텐더는 청춘인 양 빛나 보인다. 아니 그는 청춘이다. 모든 청춘은 아름답다. 너도 혹시 내 독자니? 속으로 물은 그녀는 비워낸 위스키 잔을 바텐더 앞으로 밀어놓았다. 바텐더가 새 잔을 꺼내놓고 얼음을 반나마 채우고 위스키를 따른다. 얼음 사이로 미끄러져 내리는 액체는 갈색으로 투명하다. 영롱하다. 그리고 손. 술을 만드는 바텐더의 손가락이 섬세하고 우아하다.

바텐더의 이름표를 보며 이름을 부르자 그가 새 술잔을 가져다놓으며 예, 선생님, 했다.

"내가 지난번에 여기 왔을 때, 내 옆자리에 있던 작가 기억나요? 인형 만드는 사람이라고 했던? 그이 이름이 뭐였더라. 로즈 뭐라고 했는데?"

"아, 로즈 밀러요?"

"맞아요, 그런 이름이었어. 그이는 이따금 와요?"

한 잔 더! 소명은 손으로 잔을 가리킨다. 바텐더가 술잔을 채우며 속삭였다.

"마침 로즈 밀러 씨가 들어오는 것 같은데요."

소명은 슬쩍 돌아보았다. 외국 남자와 함께 들어온 로즈는 소명을 보지 못하고 안쪽 자리로 가는 중이다. 그쪽에서 그녀 일행을 향해 손을 흔드는 남자들이 있었다. 예술가들인 것 같았다. 취한 눈으로 보는 세상은 얼마나 넉넉한지. 전소명은 자조하며 술을 마셨다. 바텐더한테는 우연히 옆자리에 앉은 적 있는 조형예술 작가가 떠올라 물은 것처럼 굴었지만 그 여자에 대해 알고 있었다. 여기 앉아 대화도 나눴다. 너는 화중지화畵中之花처럼 어여쁘구나, 그녀의 젊음과 미모를 칭찬했던가. 로즈 이가 밀러. 그녀는 정鼎에서 인문학 강의를 두 해나 열심히 들은 것으로 유명했다.

로즈 밀러와 우찬규가 언제부터 사귀었는지는 모르지만 소명이 그들의 관계를 알게 된 건 재작년 가을이었다. 예술의 전당에 오페라 '아이다'를 보러 갔던 자리. 소명의 옆자리에 앉아 무대를 바라보고 있던 후배 작가가 속삭였다. 선생님, 우리 세 자리 앞줄의 왼쪽에 있는 남자분이 우 교수님하고 닮았어요. 무대에서는 웅장하고 비장하고 아픈 내용의 노래들이 계속되고 있었다. 이제 저 노예가 내 사랑을 빼앗을 것을 염려하지 않아도 되겠구나. 아이다한테 왕의 사랑을 빼앗길 위험에서 벗어난 것으로 착각한 왕비의 노래였다. 우 교수하고 닮은 것 같다는 남자는 남편이었다. 그는 제 품에 안긴 젊은 여자한테 귓속말을 하는 중이었는데 그들의 형상이 어스레한 공간 안에서도 환하게 아름다웠다.

술잔을 세던 소명은 기억을 놓쳤다. 택시가 빌라 단지 앞에 멈춰서 있었다. 소명이 택시비를 내기 위해 핸드백을 뒤적이자 택시 기사가 말했다.

"이미 계산이 됐습니다, 손님. 조심히 가십시오."

"차를 누가 불렀고, 누가 계산했어요?"

"을지로에 있는 바 딥블루에서 불러서 갔고, 택시비를 선지불한 사람은 바텐더였습니다. 손님을 안전하게 모시라면서 저한테 명함을 요구하기에 주고 왔지요."

고맙다고 인사한 소명은 택시를 나와 단지 안으로 들어섰다. 건물 네 동으로 이루어진 자그만 단지였다. 한 동에 여덟 가구가 살았고 동마다 경비실이 하나씩 있었다. 경비가 선생님 늦으셨습니다, 하고 인사했다. 네에, 대답한 소명이 경비실 앞을 지나치려는데 경비가 잠깐만요, 하더니 득달같이 나왔다. 그의 손에 길쯤한 상자가 들려 있었다.

남편이 보내온 상자를 받아든 소명은 엘리베이터를 탔다. 엘리베이터 안에는 거울이 있었다. 집에서 나올 때나 들어갈 때마다 한 번씩 마주하는 거울. 집을 나설 때와 귀가할 때의 모습은 언제나 같은 사람 같지 않았다. 집으로 들어갈 때 웃음 띤 얼굴을 본 기억이 까마득했다. 젊은 날 쌍꺼풀을 만들고 코를 세웠다. 몇 년 뒤 쌍꺼풀을 고치며 주름살을 제거했지만 쉰 살이 넘으니 도리 없이 주름살이 늘었다. 눈초리며 볼이며 입매가 처지는 걸 어찌하겠는가. 목에 그어지는 삼줄 같은 주름살들을. 언젠가부터 그녀는 거울 속의 자신을 향해 고개를 끄덕이기 시작했다. 이 밤 귀갓길의 그녀는 오른쪽으로 비스듬히 기울어진 모자를 바로 썼다. 반백이 된 머리카락을 염색으로도 감당하기 어려워 쓰게 된 모자였다.

상자 안에 와인과 함께 들어 있는 카드의 내용은 의외로 장황하다.

요새 좀 시끄러워 고단하셨을 겁니다. 당신을 다 헤아려드리지 못하는 저를 용서하세요. 뉴욕으로 가면 한결 나아지겠지요.

우찬규.

소명은 읽은 카드를 내려놓으며 피식 웃었다. 온 문단에 알려질 만큼 시끄러웠던 연애를 거쳐 결혼했으나 결혼 직후부터 남편과의 사이가 매끄럽지 못했다. 매끄럽지 못하되 시끄럽지는 않았다. 참 고요했다. 남녀 관계 3년이면 그래, 오래갔다! 결혼 뒤부터 체념해왔던 참이었다. 남편의 여자가 새삼스럽지도 않았다. 그녀도 한때는 그의 여자였다. 사람들이 우찬규의 이혼이 그녀 때문인 것으로 여기지만 오해였다. 그녀는 우찬규의 한 시절 여자였고 그 부부가 이혼할 때 그들 주변에 있었을 뿐이었다. 어쨌든 두 번째 결혼을 접으려 시도할 정열은 없었다.

걸음은 아직 비척거리고 있지만 따뜻한 물에 몸을 씻고 난 기분은 한결 가볍다. 와인을 한두 잔 더 마시면 미진한 듯싶은 하루가 채워질 터이다. 하루의 대부분, 대다수 날들을 홀로 지내고 그 생활을 즐겼다. 혼자 있는 게 자연스러웠다. 혼자서도 지구상의 모든 시간을 누릴 수 있을 것 같았던 때. 나의 시간 어느 한 자락도 구겨져 있지 않다고 믿었던 즈음. 그럴 즈음 글마루 강사 노릇을 시작했다.

당시 전소명은 3년째 신작을 내놓지 못한 상태였다. 그러던 즈음에 〈가역성 세계〉를 읽었다. 어디에나 있을 법한 사실들의 세계, 그래서 아무 곳에도 없는 세계를 그린 〈가역성 세계〉에는 다중인격체가 등장했다. 20대 중반의 세 여자가 주인공으로 등장하고 그들은 각각의 모습으로 살았다. 다른 이름, 다른 성격, 다른 직업으로. 결말에 가서야 세 여자가 한 인물이었던 것으로 밝혀져 소름이 돋는. 그 소설을 읽을 때 소명의 머릿속은 어느 새 그 작품을 개작하고 있었다.

유아리가 글마루를 그렇게 금세 그만두지 않았더라면 그 작품을 차용하지는 못했을 것이다. 사라진 유아리를 한때 글쓰기를 꿈꾸던 문학소녀쯤으로 여겼다. 문학소녀치고는 글쓰기가 탁월하나 그런 재능은 보통 오래가지 못하는 법. 그러므로 유아리의 그것도 오래 계속될 재능이 아니라고. 벌써 그만둬버리지 않았느냐고. 결국 문학적인 성과는 천재적인 것이 아니라 굼벵이와 같은 오랜 인내를 통해 이뤄지는 것이라고 스스로를 세뇌했다.

어쨌든 《둥근 빈 방》은 처음부터 유아리의 〈가역성 세계〉를 깔고 시작했다. 꽤 성공한 셈이었다. 작가 전소명의 작품이 비로소 진보했다고, 그만치 달라졌으며 신선하다는 평을 들었다.

그 시절을 지난 뒤에는 언제나 불안했다. 더 이상 소설을 쓰지 못하면 어쩌나. 독자들이 나를 잊으면 어쩌지. 세상이 나를 버리면? 그렇게 불안하면서도 유아리의 소설을 차용한 기억은 사실 막연했다. 불안은 나이 듦에 따른 자연현상인 것이라고, 갱년기 증세라고 여겼다. 소설이 팔리지 않는다고 아우성이어도 문단 주변엔 수천 개의 글쓰기 교실이 포진해 있고 무수한 작가 지망생들이 있었다. 그렇게 많은 사람들 중에서 유아리의 〈가역성 세계〉를 기억하는 사람들이 실제로 있을까. 그걸 불안해하면서도 한편으로는 잊고 살았다. 그랬는데 세상에 존재한다는 사실조차 잊었던 유아리가 〈가역성 세계〉를 들고 나타났다. 소명에게는 그렇게 느껴졌다. 유아리가 《간지러움》이 아니라 〈가역성 세계〉로 나타났다고.

남편이 보내온 와인병은 어렵지 않게 열린다. 잔에다 와인을 반나마 따라 들고 거실로 나섰다. 거실은 부엌 쪽에서 새어나온 불빛과 창밖에서 스며온 빛으로 적당히 어두웠다. 바람이 바깥 창문을 흔들었다. 흔들리는 어두운 창에 분홍 가운을 걸친 덜 늙은 여자가 선 채 흔들리고 있다. 불쑥 겨드랑이가 간지럽다. 간지럽다! 자신이 떠올린 그 문구에 그녀는 피식 웃고는 와인을 들이켰다.

'불쑥 겨드랑이가 간지럽다. 날개가 돋으려는 게 아니라 통증의 전조다. 곧 다가올 격렬한 통증이 두려우면서도 견딜 수 없게 간지러워 그루는 다가올 태풍을 예감한 나무처럼 몸을 뒤틀며 웃는다.'

《간지러움》의 첫 대목이 그랬다. 주방으로 돌아와 다시 와인을 따른다. 거실로 나가지 않고 식탁에 앉는다. 《간지러움》을 읽는 일은 고역이었다. 질투 때문이었다. 다른 작가들의 소설을 읽을 때, 그 소설이 참 괜찮다고 느낄 때마다 샘이 나고 가슴이 아프긴 했다. 《간지러움》을 읽을 때는 질투의 농도가 훨씬 짙었다. 소설 한 권을 읽는 데 사흘이나 걸렸고 읽는 내내 와인을 마셨다. 이 친구가 나를 망칠지도 모른다는 두려움이 비로소 구체적으로 작용했다.

김동성의 〈우화〉는 나름 변명할 거리가 있지만 《둥근 빈 방》으로 썼던 유아리의 〈가역성 세계〉는 여지가 없었다. 그런 마당에 유아리는 여섯 편의 소설책을 한꺼번에 내놓을 것이라고 했다. 다음 달 안에. 맹랑한 친구였다. 그녀가 동시에 내놓을 소설 여섯 권의 내용은 상상하기도 무서웠다. 전남편에게 두고 나왔던 딸아이도 유아리처럼 맹랑하게 자랐을지. 여덟 살에 아빠에게 두고 나온 아이는 스물세 살이 된 지금까지 소명을 한 번도 찾지 않았다.

두 잔의 와인에도 속이 뉘엿거리고 어지럽다. 전작이 있었던 탓이다. 소명은 와인병 마개를 막아 놓고 주방 불을 끄고는 방으로 들어섰다. 이를 닦고 자기 위해 화장실로 들어서는데 다리가 꼬이면서 휘청, 넘어졌다. 바닥에는 푹신한 카펫이 깔려 있어서 다치지는 않았다. 대신 속엣것이 울컥 거슬러 올라왔다. 소명은 변기에 엎드려 게웠다. 변기 안이 온통 붉었다. 붉은 것을 마시면 붉은 것이 나오기 마련이지. 중얼거린 그녀는 변기 물을 내리고 화장지를 당겨서 변기 아가리 주변에 튄 붉은 것들을 닦았다. 화장지를 변기에 넣고 다시 물을 내린다.

거울 앞에서 칫솔질을 하는데 불쑥 눈물이 난다. 소명은 입을 헹구고 세수를 다시 한 뒤 수건을 들고는 방으로 돌아왔다. 익숙한 집 안은 불을 꺼도 어둡지 않다. 벽면에 걸린 텔레비전 감지 센서에 빨간 불 한 점이 켜져 있고, 그 텔레비전 아래쪽 위성방송용 수신기에 연두색 불이 켜져 있다. 완벽한 어둠이 없었다. 그건 다행한 일이었다. 소명은 침대로 올라가 이불 속으로 스며들었다. 아주 몹시 어지럽다.

9

베엠베는 이형호의 것이고, 람보르기니는 _그_의 부인 고은옥 변호사의 것이다. 한낮에 차고에 들어 있는 두 차는 부부가 개인적인 용도로 쓰는 차들이다. 부부는 지금 각기 기사가 달린 국산 차를 타고 각자의 업무를 수행하고 있을 터이다. 빨간 페라리를 가진 다솜은 가끔, 제 차를 놔두고 버버리 퍼퓸의 장미 향이 밴 모친의 람보르기니나 은단 냄새가 밴 부친의 베엠베를 몰고 다니길 좋아했다. 몰래 하는 짓은 아니었다. 차고 양쪽 입구의 카메라들이 언제나 지켜보고 있었다.

"미스 밀러 오셨소?"

정원사인 김 실장이 로즈를 반겼다. 정원사는 그 혼자뿐인데도 이 집 사람들을 그를 김 실장이라 부른다. 가정부 아줌마는 이 실장이고 로즈와 나이가 같은 가정부는 최 대리다. 2층 계단을 내려오던 최 대리가 고개를 까닥한다.

“미스 밀러, 다솜 씨가 지금 외출할 모양이에요.”

이 집의 피고용인들은 로즈를 미국식으로 불렀다. 로즈가 다솜의 개인 교사가 될 수 있었던 건 한국어를 한국 사람만큼 잘하는 미국인인 덕택이었다. 외국인이 정기적으로 드나들고 다솜과 같이 다니기라도 하면 이목이 쏠릴 위험이 있는지라 나름대로 까다롭게 로즈를 채용한 것이었다. 그렇게 부정적인 이목을 조심하는 저택 주인 이형호는 한 달이 멀다 하고 스스로 사고를 쳤다. 여성 비하 발언에 장애인 비하 발언, 지방색 강조 발언, 골수 우익 보수 발언 등으로 주목을 끌었다. 인터넷에 ‘이형호 망언록’이 떠 있을 정도로 끊임없이 사고를 치는데도 그는 3선 의원이었고 우익 보수 계층에 기반을 둔 그에 대한 지지도는 여전했다.

외출 준비를 마친 다솜이 방에서 나왔다. 밖은 아직 추운데 붉은색 초미니스커트에 검은 폴로셔츠를 입고 검정 모피 베스트를 걸쳤다.

“우리 나가요, 선생님.”

책을 펼쳐놓고 하는 공부가 아니라서 어디서 시간을 보내든 상관없었다.

“어디 가려고?

“내일이 아빠 생신인데, 엄마가 로얄 백화점으로 오래요. 또 며칠 뒤가 크리스마스잖아요. 선물로 내가 원하는 거 사준대요.”

고은옥 변호사의 법무법인 ‘율’은 청담동 로얄 백화점 건너편에 사무실을 내고 있었다. 다솜의 차를 타고 나가 거기서 수업 시간이 끝나면 로즈 홀로 이곳으로 돌아와야 한다는 통고이기도 했다. 두 사람은 차고로 향하는 계단으로 내려섰다.

“아빠 선물로 뭘 사면 좋을까요, 선생님?”

다솜은 지능이 낮고 속내가 얕기는 해도 착했다. 악의가 없고 속내를 감출 줄도 몰랐다. 제 집에서 일어나는 일들을 내키는 대로 종알거렸다.

"이미 생각한 게 있는 거 같은데?"

"은단 한 통 살까요?"

몇 마디 하지 않았는데 다솜의 한국말이 시작됐다. 은단의 영어 단어를 모른다고 여기기 때문이었다. 로즈는 은단은 영어로도 은단이라고 지적하는 대신 영어로 계속 말했다.

"은단? 은단은 평소에도 아빠한테 사 드리잖아?"

다솜이 알아듣지 못하는 단어가 나오면 제동을 걸어오기 때문에 계속하다보면 그녀가 영어로 돌아왔다. 다솜이 종알거리며 제 차의 조수석으로 들어앉았다.

"엄마가 어젯밤에 아빠한테, 당신 입에다 은단을 통으로 들이부어야 그 입을 조심하겠느냐고, 그 입에서 나온 말마다 천박하다고, 막 싸웠어. 아빠가 만날 젊은 여자들하고 바람피우는데 엄마가 딱 질렸잖아요. 우리 아빤 숨기는 재주가 없어. 엄마는 내가 아빠 닮았대요."

이형호가 젊은 당원들과의 연찬회에서 술집 접대부들 중에 여대생들이 많다고, 접대부를 척 보면 여대생인지 아닌지 알 수 있지 않느냐는 발언으로 물의를 일으킨 게 일주일 전쯤이었다. 요즘 인터넷은 이형호를 규탄하는 여대생 측과 그 측을, 너도 혹시 접대부로 나가는 여대생이냐고 공격하는 측으로 나뉘어 전쟁 중이었다. 본질은 이형호가 젊은 여자를 탐해온 오랜 고질병에 있는데 밖에서는 이형호의 말에 휘둘려 싸우고 있었고 고은옥은 안팎의 구설에 치를 떠는 셈이었다.

"싸우신 게 아니라 대화를 하신 거겠지. 그런데, 다솜. 너 어머니 만나러 나가면 대개 저녁 먹잖아. 그러니까 오늘은 내 차로 가면 안 될까? 나 저녁에 중요한 약속이 있는데, 여기 왔다가 가려면 아무래도 늦을 것 같아서 말이야."

"무슨 약속이요? 남자 친구 만나세요?"

"아니 전시회 관련해서 만나기로 한 사람들이 있어."

"아 참, 선생님 담 달에 전시회 하신댔죠? 선생님 차로 가요. 나는 엄마 차 기사 아저씨 불러 들어오면 되니까요. 택시 타도 되고요."

다솜이 흔쾌히 차를 옮겨 앉았다. 로즈는 가끔 개인 교사가 아니라 운전기사인 듯 다솜의 페라리를 운전했다. 오늘은 로즈의 낡은 차에 다솜이 손님처럼 탔다. 다솜은 뒷좌석에 잔뜩 쌓인 물건들에 호기심을 보이며 재미나 하다가 로즈의 전시회 카탈로그를 펼쳐본다. 어제 나온 카탈로그였다.

"전시회 제목이 '내가 사랑하는 사람이 나에게 말했다'예요? 웬 제목이 이렇게 길어요?"

"브레히트라는 시인의 시 구절이야. 멋져 보여서 빌려 썼어."

"내가 사랑하는 사람이 나한테 뭐라고 말했는데요?"

"네가 필요하다고. 네가 필요하니까 살아 있어 달라고."

다솜이 킬킬댔다.

"그나저나 오늘 다솜이, 엄마하고 쇼핑만 할 옷차림은 아닌 것 같은데?"

"맞아요. 쇼핑한 뒤에 엄마하고 언니하고 저녁 먹고 나서 클럽 가기로 했어요."

"클럽? 누구하고?"

"시드니서 만났던 남자 애가 어제 저녁에 전화를 해왔지 뭐예요. 걔도 나처럼 바보 비슷해요."

"왜 그렇게 생각해?"

"나랑 노는 애들은 바보 비슷한 애들이니까 걔들하고 놀지 말라고 했거든요."

"누가?"

"옛날에 우리 아빠가요."

이형호는 바보인 딸에게 네가 바보이니 다른 바보들과 놀지 말라고 말하는 질 나쁜 바보였다. 더불어 그는 부영희의 딸 이가의 생부였다.

"술 잡수시고 농담하셨는데 다솜이가 잘못 들었겠지. 아빠가 무슨 그런 말씀을 하시겠어?"

"우리 아빤 원래 말버릇 나쁜 걸로 전국적으로 유명하잖아요? 괜찮아요, 내가 바보인 거는 사실인데요 뭐."

"전화해온 남자애는 어떤 친구인데?"

"걔도 우리 동네 산대요. 스물다섯 살이라나 그렇고, 군대 가기 싫어서 외국에서 그냥 눌러 살고 싶은데, 걔 아빠가 공무원이래요. 아주 높은 공무원. 그래서 국민들 눈이 무서워서 군대 가야 한대요. 옛날에 아들이 군대 안 가서 다 된 밥에 콧물 빠뜨린 것처럼 대통령에서 떨어진 할아버지가 있었대요. 걔 아빠도 나중에 대통령 하고 싶은가봐요. 그래서 걔한테 기어이 군대 가라는 모양이에요. 근데 우리 오빠는 군대 안 갔으니까, 우리 아빠가 대통령은 안 할라나봐요."

차는 청담동 사거리 앞 신호등 아래에 있었다. 두 블록만 더 지나면 백화점이었다.

"다솜이 섹스 해봤어?"

"몇 번이요."

"그때마다 하고 싶어서 했어?"

"잘 몰라요."

"오늘 개하고는 하고 싶어?"

"몰라요."

백화점 지하 주차장으로 내려가는 길이었다.

"남자하고 만나면 언제든 그럴 가능성 있어. 다솜이는 예뻐서 남자들이 덤비는 일이 많을 거야. 그렇지만 섹스는 다솜이가 하고 싶을 때만 하는 거야. 섹스 하고 싶은 생각이 없는데 남자가 억지로 하자고 들면 분명한 목소리로 싫다고 해야 해. 그래도 덤비면 큰소리로 욕해도 돼. 뺨을 때리거나 물어뜯어도 되고."

"나 예뻐요, 선생님?"

잘 알아들으라고 한국말로 또박또박 일러줬는데 저 예쁘다는 말밖에는 듣지 못한 아이였다.

명품 매장에 들어선 다솜이 서성거리는 사이 고은옥이 도착했고 모녀는 이형호의 생일 선물을 고르기 시작했다. 아버지의 선물을 고르는 사이사이 다솜은 제 눈에 든 것을 수없이 들었다 놓기를 반복하며 핸드백과 구두와 옷 한 벌을 샀다. 고은옥은 늦둥이로 낳은 막내딸의 응석을 거의 받아주는 어머니였다. 대외적으로 자랑스레 내놓을 수 있는 아들과 딸과 며느리와 사위가 따로 있으므로 밖으로 내놓지는 못할 다솜에게는 관대했다. 고은옥의 외양은 짐짓 수수했다. 일주일에 한 번씩 전신 마사지를 받는지라 화장은 연하고 2,000만 원짜리 재킷은 그늘에서 핀 꽃처럼 은은했다. 로즈는 명품 매장 한 켠의 소파에 앉아 명품 목록을 뒤적이며 기다리면 되었다. 그게 시간당 10만 원을 받는 개인 교사 로즈의 교수법이었다.

전화벨이 진동했다. 우찬규의 전화였다. 그는 20여 일 전 아내인 전소명을 잃었다. 전소명은 와인에 독약을 타 마시고 자살한 것으로 밝혀졌다. 유서는 발견되지 않았다지만 전소명이 요즘 표절 문제로 얼마나 시달렸는지 세상이 아는 터라 그녀의 죽음은 그럴 법하다고 수긍되었다. 전화를 받지 않으니 문자가 들어온다.

'당신용의 티켓팅을 하려는 참이오. 연락줘요.'

우찬규는 아내의 장례를 치른 뒤 교수 안식년을 맞아 가기로 했던 뉴욕으로 건너갈 준비를 하고 있었다. 그는 로즈에게 함께 뉴욕으로 가기를 종용했다. 전시회를 코앞에 둔 작가한테 기를 쓰고 만들어나가는 기반을 팽개치고 힘께 가자고. 그나마 그건 시늉이었다. 뒤늦게라도 로즈 밀러와의 염문설이 터질까봐 입막음을 하려는 의도이고 뉴욕에 가서 헤어지겠다는 의미였다. 로즈는 그의 문자에 답하지 않는다. 로즈는 이미 그를 버린 참이었다. 버렸음에도 스캔들 따윈 일으킬 맘 눈곱만큼도 없으니 걱정 말라고 말해줄 만큼 친절하고 싶지 않을 뿐이다.

조연선은 로즈의 직전생인 한수가 일하던 공장의 사장 딸이었다. 그녀가 미술대학을 다녔으므로 한수도 그림을 따라 그렸고 그녀로부터 그림을 잘 그린다는 칭찬에 설레며 그림 공부를 하리라 마음먹었다. 그녀를 우러렀고 사랑했지만 아무것도 하지 못한 채 한수의 생은 공장에 난 불로 끝났다. 로즈로서 조연선을 다시 만난 건 10여 년 전, 뉴욕 여행을 갔을 때였다. 조연선이 프릭콜렉션에서 전시회 열고 있을 때였다. 그때 로즈는 다생인으로 태어난 게 처음으로 기뻤다. 그러나 기쁨은 짧았다. 방윤수에게 그렇듯 조연선에게도 한수는 아무 의미 없는 존재였다. 그들은 한수라는 존재를 자신들의 기억 속에 공통으로 가진 것조차 몰랐다. 그들에게 화젯거리조차도 못 되는 한수를 알아봐달라고 들이밀 수는 없었다.

"팸플릿 깔끔하게 잘 나왔네. 문장 형식의 타이틀도 좋다. 뜻도 참 좋고."

조연선의 말에 방윤수가 자신의 손에 들린 팸플릿을 흔들며 고개를 끄덕였다.

"프로필 사진도 화사하고. 이렇게 예쁜 사람이, 내가 사랑하는 사람이 어쩌네 하면서 어째 연애를 못하고 우리 같은 중늙은이들하고 노나 몰라. 그렇지 않습니까, 조 선생님?"

로즈는 두 사람을 따로 만났고 애써 그들에게 다가들었다. 나중에 보니 두 사람은 젊은 시절부터 알고 지내던 사이였다. 조 화백이 유접오에 옷을 지으러 갔다가 친해졌다고 했다.

"우리가 몰라서 그렇지, 연애하겠죠. 이번 전시회 개막식 때는 나타나는 사람이 있지 않겠어요?"

"글쎄요, 두고 보면 알게 될까요? 지금 오고 있다는 카프카미술관의 관장, 그 친구는 결혼했지요?"

"그 친구는 여잔데 로즈 연애하고 무슨 상관이에요."

"아, 여자였어요? 조 선생님이 그 친구를 이리 불렀다고 해서 나는 로즈하고 연결시켜주시려나 싶었죠."

"매파 노릇은 아니지만 연결시켜보려는 건 맞아요. 카프카미술관에 부속 작업실이 있는데, 매년 젊은 작가 한 사람을 거기다 들여놓고 작업하게 하거든. 입주 작가한테 지원금도 내주고. 3월부터 이듬해 2월까지 1년간 공짜 작업실에서 지원금 받으면서 작업하고, 1년 뒤에 카프카미술관 초대 작가로서 전시회를 여는 거예요."

"그런 조건이면 거기 들어가고 싶은 젊은 작가들이 많을 것 같은데, 공모한답니까?"

"공모 안 하고 관장 맘대로 뽑는다지만, 입주하고 싶은 작가들은 줄줄이 섰지요. 문제는 입주 요건이 꽤 까다롭다는 거예요. 내년 3월에 입주할 작가를 아직 못 정했다는 사실을 내가 어제 알아냈잖아. 그래서 로즈를 한번 밀어보려고."

행운인지 불운인지 회귀를 통해 만나 인연 맺은 사람들과 어긋난 적은 지금까지 없었다. 치명적인 불운은 용케 피해 다니며 살았던 것 같았다. 버려진 아이였지만 부이가라는 이름과 생년월일을 알 만큼의 운은 있었다. 고아로 자라지 않고 미국으로 가서 양부모를 만났다. 양부모의 이혼으로 집이 없어졌어도 이미 성년이 된 뒤였다. 자신을 버린 생모가 품팔이로 사는 장애인이지만 버린 딸을 기억했다. 환인으로 태어난 불운을 겪었지만 남다른 재능을 지녔다는 평가를 받으며 살고 있었다. 그 재능으로 먹고살 만큼 버니 로즈 이가 밀러의 불운과 행운은 제로섬이었다.

"입주 자격이 어떻게 되는데요?"

로즈의 질문을 방윤수가 대신했다.

"기존 작품들과 미술관 부속실에서 1년 동안 하게 될 작업 계획이 미술관의 심사를 통과해야죠. 그런데 그보다 까다로운 건, 교회를 다닌 적이 있거나 다니고 있다는 걸 관장 앞에서 증명할 수 있어야 한다는 거예요."

"창작하는 사람들한테 교회가 무슨 상관이라고?"

"그러니까 까다롭다는 거죠. 그건 일종의 거름망이지만 작가들은 그 자체가 떨떠름할 수밖에 없으니까. 하지만 로즈는 어린 시절에 교회에 다녔다고 했잖아. 카프카미술관의 조건이 언짢더라도 괘념치 말자는 거지. 어때, 로즈? 은수영 관장이 오면 그에 대해 물을 텐데, 로즈 한번 해볼 테야?"

로즈의 양모 수전 밀러는 예수 재림교회의 독실한 신도였다. 양부 애덤은 안식일인 토요일이면 가족을 데리고 교회에 나다녔고 이웃사람들과 어울리길 즐겼다. 로즈가 교회에 속해 있는 동안은 수전과 애덤의 신앙의 밀도, 성향의 차이가 드러나지 않았다. 그들은 막내딸의 회귀증을 병으로 여겼으므로 부부는 번갈아 로즈를 '엘에이 삼사라 리턴 라이프'에 데리고 다녔고 거기서 소개한 임상의와 자주 면담했다. 한국 태생인 로즈의 회귀가 한국과 관련된 것들에서 주로 발생한다는 걸 먼저 인정하고 한국에 대해 공부하게 한 사람도 수전이었다.

수전 밀러는 로즈가 교회를 거부하고부터는 막내딸을 신성모독자이며 돌이킬 수 없는 방탕아로 여겼다. 애덤은 아내와 막내딸 사이에서 넌더리를 냈다. 그들이 로즈가 성인이 될 때까지 함께 지낸 까닭은 이혼을 금기시하는 재림교회의 분위기 안에서 오랫동안 산 덕분이었다. 그들은 로즈가 대학에 입학해 기숙사로 들어가자마자 갈라섰다. 수전은 교회로 더 깊이 들어갔고 애덤은 교회로부터 아주 떠나 다운타운 쪽으로 이사를 가버렸다.

현재 애덤은 같은 병원 의사였던 여성과 재혼해 교회와 무관한 노후를 보내고 있고 수전은 상처한 재림교인과 재혼해서 살고 있었다. 언니인 마가렛과 데이지는 부활절에는 수전의 집으로, 성탄절에는 애덤의 집으로 간다고 했다. 수전은 막내인 로즈에 대해서 아직도 언급하지 않는 모양이었다.

"카프카미술관에 들어갈 수 있다면 저는 좋죠. 아르바이트도 하는데 그런 조건이 어때서요. 들어갈 수 있게 힘써주세요, 두 분 선생님."

로즈의 흔쾌한 말에 두 사람이 유쾌하게 웃는다. 서울은 집세가 너무 비쌌다. 처음 서울에 왔을 때는 환기구만 달린 지하 방을 얻어 작업하며 살았다. 종일 환기구를 돌려도 유화물감 냄새나 천연 라텍스를 녹일 때의 질긴 냄새가 다 빠지지 않는 공간이었다. 지하에서 반지하로 옮기기까지 3년쯤 걸렸던가. 서울로 들어와 9년째, 대학 어학원에서 영어를 가르치고 다솜의 개인 교사 노릇도 하고 있지만 아직 반지하를 벗어나지 못했다. 보증금 3,000만 원에 월세 50만 원인 지금 집의 주인이 집을 비워주길 바랐다. 보아하니 십세를 올리고 싶은 눈치인데 핑계는 나가 살던 아들 식구가 들어와야 할 형편이라는 것이었다.

이왕 이사를 해야 한다면 로즈는 반지하가 아니라 창이 넓은 집으로 옮겨가 자연광 속에서 작업하고 싶었다. 햇빛과 달빛을 한껏 누릴 수 있는 집. 이번 전시회에서 몇 작품이라도 팔리기를 바라지만 몇 점이 팔린들 작업실을 따로 얻기는 어림도 없을 것이었다. 그런데 1년이라도 작업실을 가질 수 있을 것이라니. 지원금 받으며 작업하다가 1년 뒤에는 그 자리에서 전시회를 열 수 있다니. 주일마다 교회에 도장 찍어야 한다고 해도 못할 까닭이 없었다.

"그런데 선생님, 카프카 미술관이 어디에 있어요?"

로즈의 질문에 수저를 들고 있던 조연선이 멀뚱해진다. 여태 그것도 몰랐냐는 표정이다. 방윤수가 대답했다.

"송추에 있을걸. '카프카의 정원'이라는 수목원 안에. 그렇죠, 조 선생님?"

"송추 맞아요. 카프카의 정원."

조연선이 맞장구치며 웃었다. 사람들이 당연하게 여기는 것들이 로즈에게는 부당할 때가 있었다. 누구에게나 상식인 것이 로즈에게는 아직 새로운 정보일 경우도 흔했다. 애국가의 가사라든가, 무궁화라든가. 가수 조용필이라든가, 대통령이었던 박아무개라든가. 사람들은 로즈가 능숙하게 사용하는 한국말 때문에 그녀가 미국 시민이라는 걸 잊어버리기 일쑤였다. 스스로도 잊을 때가 있으므로 그럴 만했다. 하지만 송추에 카프카의 정원이 있고 그 안에 카프카미술관이 있다는 것이 이 업계의 상식이라는 건 로즈에게 부당했다. 그건 로즈가 현재 집에서 20여 분이면 갈 만한 미술관조차 모르는 삶을 살고 있다는 뜻이었다.

10

파주 연쇄살인범이 귀신도 곡하며 달아날 지능범인 반면에 프로파일러가 셋이나 있는 재엽팀에서 분석한 범인의 특성은 단조로웠다. 용의자는 여성이며 노인들이 경계하지 않고 쉽게 넘어갈 정도로 용모 단정하되 도드라질 정도의 미모는 아니다. 나이는 30대 후반, 독신일 것이고 약리학 계통의 자영업에 종사할 것이다. 외골수적인 성격이면서도 처세술은 능란하고, 연쇄살인의 목적은 메시지를 전달하려는 것이다. 그 정도는 프로파일러 아닌 사람이라도 얼마든지 짐작할 수 있는 내용이었다.

팀에서 단서는 물론 동기도 찾지 못해 헤매는 와중에 너희들 그것밖에 안 되느냐고 약 올리듯 사건이 다시 터졌다. 파주가 아니라 남양주 쑥고개였다. 쑥고개 인근 어룡골에서 어룡농원을 운영하던 노인이었다. 그의 본적이 파주이며 그의 사인이 탈륨이라는 게 밝혀지고 어룡 노인의 가계도가 드러났다. 어룡 노인은 파주 노인들과 같은 소학교를 졸업했고 서울 농산물 시장에서 장사를 해 돈을 제법 벌었다. 그에겐 부인이 둘이었다. 그는 호적에 오르지 못한 둘째 부인과 살았다. 둘째 부인은 딸 하나를 낳았다. 그 딸이 대치동에서 약국을 열고 있었다. 어룡 노인에게 탈륨을 먹게 한 범인은 두 번째 부인의 딸인 염미경으로 추정되었다. 체포된 염미경은 자신의 범행을 부인했다. 부친이 농원을 침범하는 동물들을 없애려니 냄새 없는 극약을 달라고 하여 탈륨을 건네기만 했다는 것이었다. 그녀의 진술은 정황과 일치했고 그녀에게는 부친을 살해할 만한 동기가 없는 듯했다. 결과적으로 어룡 노인이 드링크제나 막걸리 등에 탈륨을 넣어 친구들에게 권하고 다닌 끝에 자살한 것이 되었다.

그렇게 사건이 종결되었지만 재엽은 개운치 않았다. 다섯 명의 친구를 죽인 어룡 노인이 자살에 이르기까지의 현실적인 동기가 너무 허술했다. 반면 어룡 노인이 다른 노인들을 살해한 과정은 지나치게 정교했다. 노인의 삶의 이력으로 가능한 솜씨가 아니었거니와 어룡 노인은 자살할 만한 감성을 지니고 있지도 않았다. 결과가 어떻든 탈륨으로 연결된 사건들은 환인에 의한 회귀 살인이 분명했다. 회귀 살인이라면, 어룡 노인의 딸 염미경이 환인이라는 뜻이고, 그녀가 환인이 아니라면 노인들의 과거와 맺혀 있는 환인이 따로 있다는 의미였다. 그 환인이 어디에 숨어 있는 누구일 것인가.

거기서 재엽은 가슴이 막혔다. 탈륨 연쇄 사건이 유아리가 쓰고 있는 소설과 너무 닮았지 않은가. 아리는 《파르마콘》에서, 홍 경사가 다섯 사람을 죽이고도 범죄 현장에서 빠져나올 것이고, 빠져나오기 위해 또 다른 범인을 만들어 덮어씌울 것이라 했다. 피살당할 만한 동기를 공유한 범죄자들끼리의 자중지란을 일으킬 것이라고. 유아리의 소설이 전개되는 것에 맞춰주려는 것처럼 어룡 노인이 자살했다. 혹은 자살한 것처럼 되었다.

"미안해, 늦었어. 아예 마감하고 나오느라."

해인이 차 문을 열며 사과부터 했다. 한 시간여 전 대뜸 전화를 걸어와 당장 제 회사 주차장으로 와 있으라고 했다. 20분이나 지나 내려온 그녀 손에는 종이 가방이 들려 있었다. 종이 가방 안에는 유아리의 책들이 가득했다.

"뭣 때문에 이렇게 숨이 넘어가?"

해인이 가방 속에서 아이패드를 꺼내 열더니 내밀었다.

〈내가 사랑하는 사람이 나에게 말했다〉, 로즈 이가 밀러 조형 전시회.
1월 8일~1월 21일. 동방 아드 갤러리.

유아리의 《간지러움》 서문에 나온 브레히트 시의 첫 문장을 타이틀로 썼다. 로즈 밀러는 브레히트의 시집을 읽었거나 아리의 책을 읽은 모양이다.

"오늘 우리 문화부 사이트에 뜬 전시 공연 내역 중 하나야. 보통 일이 주일 안에 시작될 전시와 공연들이 떠오르지."

"그런데?"

재엽의 반문에 해인이 팸플릿을 들이댔다. 아이패드에 나타난 로즈 이가 밀러의 전시회 팸플릿이다.

"내 말은 로즈 이가 밀러가 누구냐는 거야. 왜 우리가 이 여자 전시회에 신경 써야 하느냐고."

"전시회 제목을 봐. 〈내가 사랑하는 사람이 나에게 말했다〉. 이 구절을 어디서 봤던가 떠올려보라고."

별스럽기도 하네, 뇌까리는 재엽의 모골이 송연하다. 동시에 아리의 새 소설 중 하나인 《거울 닫기》가 갈고리처럼 감겨들었다. 《거울 닫기》의 주인공은 쌍둥이로, 태어나면서 버려져 한 아이는 미국으로 입양되고 한 아이는 한국의 평범한 집에 입양된다. 각기 자라지만 일란성 쌍둥이라 하는 짓이 비슷해 마침내 한 지점에 이른다. 비행기 승무원으로 항공사에 입사해 신입사원 연수원에서 만나게 되는 것이다. 똑 닮은 개체가 만난 순간 동질감이 아니라 적대감이 형성되고 상대를 소멸시키기 위한 온갖 술수가 벌어진다. 그들의 싸움은 주변 사람들에게 파급되고 갖은 사고들이 발생하고 사람들이 죽어나가며 그 자신들도 죽음을 맞이하면서 끝난다.

"세상에 유포된 시니까 누구나 쓸 수 있는 거잖아. 로즈 밀러도 브레히트 시를 좋아하나보지. 유아리 소설을 읽었거나. 이게 무슨 큰일이야?"

"쌍둥이 환인, '트윈리턴피플twin-return-people', 티알피."

"그게 뭐! 로즈 밀러 전시회하고 그게 무슨 상관인데? 설마 아리의 《거울 닫기》와 브레히트 시 때문에 티알피를 연상한 거야? 작가 둘이 같은 시를 인용했다고?"

"나도 내가 왜 이러는지 모르겠는데 아까 사무실에서 팸플릿을 본 순간 번개 맞은 거 같았어. ─환還 사이트에 들어가 티알피에 대해 찾아봤지. 다생환인 중에서 아주 드물게 트윈리턴피플이 나오는 것으로 알려져 있다. 트윈리턴피플은 다생환인이 여러 생을 겪는 동안 어느 시점에서 개체가 분리되면서 따로 태어나게 된 두 사람이다. 그들이 현생에서 부딪치게 되는 원인은 같은 기억과 연관된 비슷한 행동의 결과이다. 다른 곳에서 태어나 자란 두 사람이 서로가 지닌 동일성에 의해 어느 시점에서 충돌하듯 만나게 되는 것이다'."

"그건 나도 읽은 적이 있어. 그렇지만 비약에도 정도라는 게 있는 법이야."

"한 가지 더. 파주 노인네들 연쇄 사건이 막 지나간 즈음에 전소명이 죽었잖아. 자살한 걸로 발표됐지만 난 믿지 않아. 내가 아는 전소명은 결단코 자살할 사람이 아니거든. 표절 논란에 밀려서 그걸 인정하는 것처럼 혹은 표절을 부정하는 방법으로 자살할 사람이 아니라고. 너도 네가 수사하지 않았어도 경찰로서 아는 내막이 따로 있을 거야. 전소명이 와인에 섞어 마셨다는 독극물의 이름을 숨기면서 음독이라고만 발표한 까닭이 뭐야. 파주 노인네들이 전부 탈륨으로 죽은 것 때문에, 파장이 너무 커질까봐 한사코 숨긴 거잖아."

전소명이 와인에 섞어 마신 독극물은 테트로도톡신이었다. 아리가제 소설 속에서 사용한 독약. 그런데 전소명에게 와인이 배달된 경로를 추적했을 때 택배회사에 와인 상자를 맡긴 여자의 인상이 전소명과 흡사한 것으로 나타났다. 게다가 와인 상자를 맡긴 여자의 이름이 전인순인데, 전인순은 전소명의 본명이었다. 와인 상자에 들어 있었던 카드의 필체는, 비슷하긴 했지만 그녀의 남편 우찬규의 필체가 아니었다. 전소명은 독약이 든 와인을 스스로에게 배달시켜 그걸 마시고 자살한 것이다. 하지만 그런 복잡한 경로를 거쳐 자살하는 인간이 있으랴. 전소명은 피살된 것으로 봐야 했다.

"그렇다고 치면?"

"전소명은 7년 전쯤에 유아리의 소설 〈가역성 세계〉를 표절해서 《둥근 빈 방》을 발표했어. 전소명 문학의 한 획을 긋는 작품이라고 호

평받았고 10만 권도 넘게 팔렸어. 그런데 전소명이 가져간 유아리의 〈가역성 세계〉는 아리가 현재까지 발표한 소설들을 관통하는 주제를 담고 있어. 제목 그대로, 모든 것은 뒤집힐 수 있다는 것이지. 전소명은 〈가역성 세계〉를 도용해 《둥근 빈 방》을 발표함으로써 유아리 소설의 원류를 훔쳐가버린 셈이야. 아리가 이번에 발표한 소설 중 하나인 《참말이야》는 분명히 전소명을 겨냥하고 있는 거야. 그렇다면 전소명을 죽인 사람이 누구겠어? 내가 《참말이야》를 반도 못 읽은 상태에서 큰일 났다 싶었던 이유가 뭐겠냐고?"

유아리 소설 《참말이야》가 김부전의 생애에서 비롯된 것임을 아는 사람은 해인과 재엽 둘뿐일 터이다. 《참말이야》는 1930년대 경성을 배경으로 했고 유명 남자 작가가 주인공이었다. 40대에 이르면서 재능이 고갈된 그는 후배 작가들의 글을 표절하는 건 물론이고 자신이 표절한 후배 작가를 궁지로 몰아넣는 사람이었다. 특히 여성 작가에게는 자신을 유혹했다는 누명을 씌우고 자신의 도적질을 역으로 덮어씌워 사회에서 매장시켰다. 배경이 7,80년 전이고, 성별이 남자임에도 소설 주인공에게 전소명이 겹쳐 떠오르는 내용이었다. 전소명처럼 소설 속 남자 주인공도 스스로 판 무덤 속으로 걸어 들어가듯 자살을 준비했다.

"그렇게 가정한다 쳐. 로즈 이가 밀러가 무슨 상관이냐고. 브레히트 시가 왜 문제냔 말이지."

"몰라, 나도. 그걸 알아보러 가자고 널 부른 거야. 《윤회의 기록》을 쓰신 채경문 박사님이 현재 집필 중인 《다생환인多生還人》에서 동반 환생은 물론 트윈리턴피플에 대한 자료까지 아울러 다루신다고 들었어. 일단 출발해, 양평으로. 수종리 쪽이야."

　채경문 박사는 -환還이 인터넷 네트워크를 만들기 전부터 슈퍼바이저이며 운영자였으나 대학에서 정년퇴직을 할 때 -환還의 직책들을 내놓고 집필에 전념하고 있었다. 박사에 대한 해인의 설명을 들으며 재엽은 차를 몰고 〈동방일보〉 주차장을 빠져나왔다. 한 해의 끝 날, 아리의 책이 한꺼번에 나온 지 보름쯤 됐다. 책이 나오자마자 구입한 재엽은 하루 한 권씩 읽었다. 한결같이 살벌하기 그지없는 내용들을 읽으면서 대체 이 여자 속에 어떤 괴물들이 들어 있을까 싶어 이마를 짚곤 했다. 그 여자 속에 뭐가 있는지 알아보기는 해야 할 판이었다.

　　　***

　해인은 유아리의 책들과 아리의 기사가 나온 스크랩북을 채 박사 앞에 내놓고 아리에 대해 현재까지 알고 있는 것들을 이야기해나갔다. 조근조근 풀어놓는 해인의 말을 다 듣고 난 채 박사가 다관에 물을 새로 부으며 물었다.

　"해서, 시방 그대들이 가장 궁금한 게 무엇이오? 이 책들을 써낸 유아리가 티알피인지가 궁금하신 건가?"

　"우선 티알피가 실재하는지 알고 싶습니다. 실재한다면 그들 삶의 양상이 어떻게 전개되는지도요."

　로즈 밀러에 관한 이야기는 아직 하지 않았다. 양평으로 오던 길에 재엽은 제 팀의 권 경장에게 전화를 걸어 로즈 밀러에 관해 알아보라 부탁해놓았다.

　차를 마신 채 박사가 고개를 주억거리고는 무거운 듯 입을 열었다.

　"세계적으로 남아 있는 티알피에 관한 기록은 열세 건이고, 내가 수십 년에 걸쳐 찾아 더한 기록은 다섯 건입니다. 총 열여덟 건 중에 우리나라 기록은 두 건이지요. 한 건은 조선 말 철종조의 《여집문집餘緝文集》에 나타납니다. 여집餘緝은 유학자이신 한완희라는 분의 호입니다. 그즈음에, 지금의 과천에 제법 규모가 큰 지주 가문이 있었어요. 그 집에는 같은 날 태어난 주인의 아들 상준과 하인의 아들 두손이 있었죠. 상준의 누이 상희가 있었고. 상준은 병약했고 간질병을 앓았어요. 회귀증이었죠. 아이들 열여덟 살 즈음에, 오누이인 상준과 상희가 상피相避의 불륜을 저지르고 상희가 수태한 몸으로 상준에게 살해당하는 참극이 일어납니다. 그런데 상준의 글선생이었던 여집 선생이 제자 상준의 무고함을 주장하고 나섭니다. 그러고는 자신의 제자에게 상피相避와 친족 살인의 죄를 덮어씌운 인물을 찾아냅니다. 두손이었어요. 두손이는 다생환인이자 요즘 우리 식으로 말하자면 상준과 티알피였어요. 상준은 자신이 다생환인이라는 것과 티알피라는 것을 미처 정리하지 못한 상태였지만, 두손이는 상준보다 훨씬 일찍 자신의 회귀증을 다스려냈던 거지요. 여집 선생은 당시의 티알피를 '이분화환인二分化還人'이라고 표현했어요. 그리고 이분화환인의 가장 큰 특성을 '음양의 편차가 다르게 태어나'는 것으로 썼지요. 한쪽은 밝고 명랑하고 한쪽은 어둡고 사악한, 한 인간이 원래 가진 두 측면이 분리, 강화되면서 따로 태어난 것으로 본 거지요. 여집 선생은, 그래서인지 이분화한 환인들 중 대개는, 어두운 쪽이 먼저 자신이 이분화환인이라는 것을 깨닫는 것 같다고 보고 있습니다. 어두운 곳에서는 밝은 곳이 잘 보이는 원리와 같다고요. 환인들에게 내재된 회귀를 자극하는 동기는 결국 결핍이라는 것이죠. 전생의 결핍이 환인을 나

110

게 하고, 현생의 결핍이 회귀를 일으키고, 티알피 중 한쪽은 결핍 때문에 다른 한쪽을 먼저 발견한다는 뜻이 되겠지요.”

채 박사의 이야기를 듣는 동안 해인과 재엽은 멍해진 상태였다. 그의 말을 정리해볼 엄두도 나지 않았다. 결핍이 회귀를 자극한다는 말만 머리에 남아 있었다. 결핍! 멍한 해인을 쳐다보던 재엽이 나서서 물었다.

“우리나라 두 번째 티알피, 이분화환인에 대한 기록은요?”

“그건 1830년, 경인년 순조 임금대의 기록입니다. 경인년에 쓰였지만 그 몇 십 년 전의 일을 기록한 듯해요. 속리산 한 암자에 실암이라는 법명의 비구니가 계셨는데, 그가 남긴 《실암일지悉庵日誌》에 이런 이야기가 나옵니다. 어린 날부터 자신의 전생을 보던 계집아이, 고미가 있었다. 고미는 기생집에서 퇴기의 딸로 태어나서 어미를 잃고 기생들의 시비로 키워지던 아이였다. 몇 전생에 대한 회귀통으로 어린 날부터 미친 아이 취급을 받았으나 영특했던 고미는 자라면서 자신의 전생들을 스스로 정리해냈다. 연후 고미는 전생의 기억을 더듬어 전생에 자신이 죽었던 자리를 찾아갔다. 현생의 시간으로 40년 만에 찾아간 전생의 마지막 자리에는 새로운 집이 들어섰고 새로운 사람들이 살고 있었다. 집주인 내외와 고미와는 전생에 얽힌 게 없었다. 당시 스물두 살이었던 고미는 그 집의 일꾼으로 들어앉았다. 왜 그 집에 들어앉았는가. 그 집의 열여섯 살짜리 딸 희분이가 자신과 같은 회귀통을 겪고 있다는 걸 눈치챘기 때문이다. 고미는 늘상 앓는 희분을 수발하면서 자신과 희분이 같은 전생 기억들을 가지고 있다는 것을 깨달았다. 두 사람이 직전 생까지 한 사람이었다는 사실도.”

채 박사가 이야기를 멈추고 창밖을 한 차례 내다보고는 차를 마셨다. 그리고 비어 있는 세 사람의 찻잔을 천천히 채웠다. 해인이 채근했다.

"그래서요, 박사님. 고미와 희분은 어찌되었는데요? 실암 스님은 그 둘과 어떤 관계였고요?"

"실암 스님이 고미였던 것 같습니다."

"고미와 희분이 직전 생까지 한 사람이었다면서요? 이분화환인들이 만났다면서, 만난 대목에서 이야기가 끝인가요? 서로 어울려 무사히 잘 살았다는 거예요?"

"좀 전에 상준과 두손에 대한 이야기를 하면서 여집 선생의 견해를 전했지요. 이분화환인들은 한 인간이 원래 가진 두 측면이 분리 강화되면서 따로 태어나는데 어두운 쪽이 먼저 그걸 깨닫는 것 같다고. 그런데 다른 나라에서 찾은 기록들에도 거의 그렇게 나타납니다."

"어떻게요?"

"한쪽이 다른 한쪽을 제거하려 드는 것으로요."

"제거, 한다고요? 왜요?"

"그들에게는 한 현실 안에 존재하기 어려운 요인이 작용하는 것 같습니다. 서양 쪽에 도플갱어라는 게 있지요? 독일어인 도플갱어가 우리말로는 분신, 생령, 분신 복제 쯤으로 해석되겠지요. 영혼의 분화로 이루어진 두 개체. 한쪽은 음영으로만 존재하는. 그것들과 이분화환인은 명백히 다르지만 둘이 충돌한 이후 한쪽이 죽게 된다는 속설의 결과는 비슷해요. 이분화환인 중 먼저 깨닫는 쪽이 나중 깨닫는 쪽을 제거합니다. 그것도 전생들의 모든 분노를 응집시켜 표출하듯이 가장 악랄한 방법들로요. 자신이 왜 그렇게 하는지도 모르면서 상대를 죽이는 거지요."

　방 안에 침묵이 흘렀다. 침묵 사이로 창을 흔드는 바람 소리가 스며들었다. 채 박사의 서재 밖 거실에서 노부인이 켜놓은 텔레비전 소리도 자그맣게 들려왔다. 채 박사는 탁자 위에 놓였던 《간지러움》을 들고 책날개에 실린 유아리의 사진을 보고 있었다. 채 박사가 먼저 침묵을 깼다.

　"이 작가의 티알피가 나타난 것 같소? 하여 그대들이 날 찾아온 것이오?"

　"어쩌면요. 우리 주변에 유아리와 동일성을 지닌 인물이 나타난 게 아닐까, 그런 즈음입니다."

　"아직 단정할 만한 단계는 아니라는 건데, 어쨌든 유아리가 티알피라면 그의 다른 티알피는 이미 이 유아리를 알아봤을 수 있고, 반대 경우일 수도 있겠지요. 물론 아직 서로를 못 알아봤을 수도 있고. 디알피들끼리는 회귀가 일지 않는다는 기록이 있어요. 그들이 서로를 알아보는 경우는 자신들의 동일성이 충돌했을 때라고. 그 또한 가정일 수밖에 없으나."

　"그럼, 박사님, 박사님께서 티알피들을 만나시면 그들이 티알피인지 알아보실 수 있습니까?"

　재엽의 질문에 채 박사가 고개를 저었다.

　"둘을 세밀히 비교 분석한다면 모를까, 따로인 상태에서는 아마도 알아보지 못할 게요. 전해오는 말이지만 티알피들은 우리 상상을 뛰어넘을 영특함을 지녔다고 했어요. 나는 그걸 위장술의 천재라는 뜻으로 이해하고 있어요. 우리가 알아보기 힘들 거라는 의미요. 어쨌든 유아리 작가를 나도 만나보고 싶소. 그대들과 이렇게 이야기 나누듯 진지하게 대화하다보면, 그럴 수 있다면, 짐작이나마 해볼 수 있지 않겠소? 그런데, 이 유아리 작가가 -환還에 들지 않겠다고 했다면서요?"

채 박사의 물음에 해인이 대답했다.

"네. 그래서 박사님께 오게 된 것입니다. 어쩌면 좋을까요?"

"세 분이 대화가 가능한 사이라면, 솔직해야지요. 그대들이 생각하는 것, 이렇게 알게 된 모든 것을 유아리 씨에게 전해야 하고. 그리고 유 작가가 거절했다고는 하나 -환還에 들게 해 도움을 받아야지요."

"그러다가 혹시 특급 분류 대상이 되면요?"

재엽이 물었고 채 박사가 대답했다.

"장담할 수는 없으나, 그리 되지는 않을 것 같소. 유아리 작가가 자신의 회귀들을 풀어가는 방식이 글쓰기이지 않습니까. 젊은 나이에 글을 이만큼 풀어냈고 풀고 있다면, 물리적인, 우리가 염려하는 방식의 공격성은 나타나지 않을 것 같다는 거예요. 그대들, 아니 이제 나까지 아울러서 우리가 이 시점에서 생각해봐야 하는 것은 유아리가 티알피라면, 다른 티알피의 존재요. 우선 한 가지 확인해봅시다. 유아리가 세상에 처음 나온 게 지난 8월, 이《간지러움》으로써인 게 확실하오?"

해인이 고개를 저었다.

"불확실합니다. 7,8년 전에 유아리는 '글마루'라는 소설 창작 교실에 다닌 적이 있습니다. 그때 이 친구가 급우들 앞에서 발표한 글 중에 〈가역성 세계〉라는 소설이 있었습니다. 다중 인격을 지닌 젊은 여자에 관한 내용이었고요. 유아리는 글마루를 석 달 만에 그만뒀고 교실에서 발표했던 작품들도 묻혔지요. 그런데 그 이듬해에 전소명이라는 작가가《둥근 빈 방》이라는 장편소설을 발표했죠. 그 책이 나오자마자 〈가역성 세계〉의 표절이라는 논란이 일었습니다. 논란이 길지는 않았죠. 〈가역성 세계〉가 누구의 작품인지도 확실하게 알려지지 않았으니까요. 그러니 그때 유아리가 세상에 나온 것으로 볼 수 있을지, 잘 모르겠습니다."

"당시에 해인 씨는 〈가역성 세계〉를 읽었습니까?"

"네, 전소명 작가가 유명하니 표절 시비의 진위를 알아보기 위해서 찾아 읽었습니다."

"해인 씨가 찾아 읽을 수 있던 곳에 〈가역성 세계〉가 있었다면 유아리는 그때 세상에 나온 것으로 봐야 하지 않겠소? 이 모든 대화가 유아리 씨가 티알피라는 전제에서 이루어진다 치고, 유아리는 그 즈음에 자신의 티알피에게 발견된 것으로 볼 수 있겠지요. 반대의 경우일 수도 있고. 혹은 근자에 서로를 향해 다가들고 있는지도 모르죠. 그 때문에 지금 두 사람이 나한테 오게 된 것인지도."

한숨을 삼키는 것 같던 해인이 어깨를 펴며 물었다.

"박사님. 가령 유아리가 티알피라면요, 저와 손재엽이 그 친구를 만나 이미 회귀를 겪었는데, 또 한 사람의 티알피를 만났을 때도 똑같은 회귀를 겪게 될까요?"

"그건 나도 알 수 없소. 동반 환생은 드물지 않지만 지금 세 분과 같은 경우의 동반 환생의 경우에 대해서는 나도 읽은 적이 없어요. 가족관계, 원수지간, 연애로 얽힌 경우가 대분분이지, 동성의 친구들끼리 동반 환생하는 경우는 그만치 드물다는 거지요. 혹여 유아리가 티알피이고 그의 다른 티알피를 두 분이 만나게 되신다면, 그때도 회귀가 일어나는지, 일어난다면 유아리 때와 어떻게 같고 다른지, 나한테도 반드시 말씀해주시기 바라오. 이건 연구자로서 간곡히 부탁드리는 것이오."

혹 떼러 왔다가 혹을 서너 개쯤 덧붙인 것 같았다. 재엽은 혹들을 뜯어내듯 자신의 뒷목을 거칠게 훑어내고는 입을 열었다.

"박사님, 마지막으로 한 가지 더 여쭙고 싶습니다."

"성의껏 대답하겠소."

"국가라는 거대한 조직을 운영하는 한 수단으로 경찰이 있다면 환인들이 모인 -환圜에는 가디언이 있지요. 경찰은 국민의 필요와 합의에 의해 존재합니다. 가디언은 -환圜에 입문한 환인들의 동의에 의해 존재하지요. 하지만 -환圜에 입문하지 않는 환인들은 가디언에 동의한 적이 없습니다. -환圜에 들지 않는 환인들이, -환圜으로부터 제재받을 까닭은 없는 것 아닐까, 저는 가디언의 한 사람으로서 이따금 그걸 회의합니다. -환圜이 그들을 제재하는 게 마땅한지."

재엽은 -환圜의 가디언이었다. 재엽에게 맡겨진 첫 임무에서의 표적은 -환圜의 운영자이면서 슈퍼바이저였던 한성준 목사였다. 창세교회 목사였던 그가 교회를 사유화하면서 기독교 성향의 환인들을 제 교회로 모아들이기 시작했을 때, 한성준을 제외한 운영자들이 그를 격리하기로 결정했다. -환圜에서의 격리는 제거를 의미했다. 그 결정은 재엽을 비롯한 외과 의사와 필체 모사가 등, 세 명의 가디언들에게 전달되었다. 한성준은 자신의 아파트 지하 주차장에서 유서를 남기고 자살한 사체로 발견되었다. 그 과정에서 재엽이 한 일은 현장 조작이었다. 타인의 흔적이 남지 않게, 아무도 타살 혐의를 가질 수 없게. 재엽은 어떻게 하면 범죄 증거가 남지 않게 할 수 있는가에 관한 한 전문가였다.

"재엽 씨의 고심을 이해하겠소. 다수의 환인을 위해 특정 환인을, 다수의 의지로 제거하는 게 옳은가. -환圜이 누대에 걸쳐 고민해온 근본적인 문제이기도 하지요. 우리 환인들의 운명 중 가장 비극적인 일면이 아마 그것일 터인데, 해법이 없는 문제라고나 할까. 내 개인적인 소견은 소수의 그들을 -환還에서 제재하는 게 필요악이라는 것이지만, 그대의 질문에 답이 되지는 못할 것임을 아오. 미안하오."

"박사님께서 그리 말씀하시면 제가 송구합니다. 알겠습니다. 나중에 다시 뵙고 고견을 청하겠습니다."

재엽은 그만 나가자고 해인에게 신호했다. 우두망찰해 있던 해인이 채 박사에게 다시 연락드리겠다며, 오늘 이 자리의 대화 내용을 우선은 박사님만 알고 계셔달라는 쓸데없는 부탁을 했다.

바깥은 거의 어두웠다. 재엽과 해인은 느릿하게 채 박사 집의 골목을 내려와 도로로 들어섰다. 둘 사이에 아무 말도 오가지 않았다. 수종리 수변공원 앞에 이르러 재엽이 공원 주차장으로 들어섰다. 가로등 밑에 차를 세운 재엽이 전조등을 껐다. 히터에서 쏟아져 나오는 더운 바람도 줄인다.

"왜에?"

재엽은 아까부터 품속에서 진동하던 전화기를 꺼냈다. 전화기에는 권 경장으로부터 세 통의 메시지가 들어와 있었다. 첫 번째 메시지는, 통화가 불가능하신 것 같으니 음성 메시지에 요청하신 자료를 남기겠다는 것이고 두 번째는 사진이고 세 번째는 음성 메시지였다.

두 사람은 액정 화면을 가득 채운 로즈 이가 밀러의 사진을 바라보았다. 부드러운 얼굴형에 쌍꺼풀이 뚜렷한 큰 눈, 윗입술에 비해 도톰한 아랫입술, 엷게 웃는 얼굴. 로즈 밀러는 김부전을 닮지는 않았을지라도 김부전처럼 아름다웠다. 재엽은 사진을 그대로 둔 채 권 경장의 음성 메시지를 스피커 기능으로 틀어놓았다.

"대장께서 요청하신, 조형예술 작가 로즈 이가 밀러에 관한 자료입니다. 로즈 밀러는 1973년 7월 4일생으로 기록돼 있습니다."

둘이 동시에 서로를 바라보았다. 로즈의 출생 연도가 자신들과 같았던 것이다.

"로즈는 1973년 8월 11일 05시에 응암동에 있던 한빛영아보호소 앞에서 발견되었습니다. 이가라는 이름과 생년월일이 기록된 쪽지가 함께 있었지요. 1년 뒤 이가는 영아보호소와 같은 건물 안에 있던 한빛보육원으로 옮겨집니다. 그리고 1976년 7월 1일에 홀트아동복지회를 통해서 로스앤젤레스 웨스트몬트 지역의 백인 부부 애덤 밀러와 수전 밀러에게 입양됩니다. 밀러 부부는 당시 40대 중반으로 이가를 세 번째 자식으로 입양했습니다. 애덤 밀러의 직업은 의사였고요. 그 부부는 예수재림교회 신도였습니다. 로즈는 캘리포니아대학교 순수미술학과를 졸업했고, 졸업 전부터 화가로 활동했으며 엘에이에서 세 번의 전시회를 열었습니다. 2000년도에 로터스월드라는 자원봉사 단체의 일원으로 태국에 가서 14개월 동안 활동했습니다. 2002년 7월 4일에 한국으로 들어왔고요, 그달 말일에 홀트를 찾아가 자신의 출생 기록을 확인한 걸로 되어 있습니다. 2003년 3월에 인문학 단체 정鼎의 한국사, 한국 미술사, 한국 철학 등 세 과정에 등록합니다. 이듬해에도 같은 과정을 반복합니다. 2004년 봄부터 대학 언어교육원에서 영어 강사를 하고 있고 현재 거주지는 고양시 백석동입니다. 알고 계시다시피, 로즈 밀러는 일주일 후인 새해 1월 8일부터 1월 21일까지 동방갤러리에서 전시회를 갖기로 했고 출품작이 74점이랍니다. 오늘은, 여기까지입니다, 대장."

차창에 수증기가 서려 부옜다. 재엽이 전화기를 접으려는데 해인이 뺏어가더니 다시 사진을 들여다본다. 재엽은 히터의 바람을 키웠다. 더운 바람이 거세지자 해인이 전화기를 접으며 허, 한숨을 뱉었다. 차창의 수증기가 걷혀나갔다. 가로등 불빛만큼의 밝기를 품은 어둠이 차창에 드리워졌다. 가로등 저편에 흰 승용차가 서 있다. 시동을 끈 차는 그냥 서 있는 게 아니라 약간씩 움직였다. 들썩, 기우뚱. 곁에서 해인이 헛, 실소했다. 재엽도 흐흐 웃었다. 두 사람의 실소는 그렇지만 웃음으로 번지지는 못했다. 다시 침묵이 찾아들었다. 차창 밖에서 미처 쓸려나가지 못한 나뭇잎들이 바람에 날아다녔다.

"대체 우리, 무슨 영화를 보고 싶어서 다시 태어났을까?"

재엽은 대꾸할 말이 생각나지 않았다. 왜 다시 태어났을까. 그것도 환인으로. 8,90년 전쯤 세 여자가 살던 세상과 지금은 달랐다. 그때 여자들은 사람이 아니라 사람이 되고자 몸부림치던 짐승들이었나. 당시 세 여자가 원했던 세상이 어쩌면 지금 세상의 모습일 것이었다. 여자도 사람이다!

"옛날 우리가 바랐던, 만들고 싶었던 세상이, 지금 보면 뭐 별것도 아니잖아. 여전히 온갖 폭력이 난무하지만, 그때 우리가 바랐던 것은 여자와 남자가 같은 세상, 여자도 사람이라고 악악거리지 않아도 되는 그 정도뿐이었다고."

"누가 아니래."

"다는 아니어도 지금 세상은, 예전 우리 시절에 비하면, 천지가 개벽을 한 것만큼이나 달라져서 남녀가 비슷해. 그때 우리 기준으로 보자면 더 바랄 것이 없을 정도야. 그걸 확인했으니 우리는 그냥 순하게 살다 가도 되잖아? 그런데 왜 부전이 둘이냐고. 어쩌라고!"

"아직 단정할 단계는 아니잖아. 설마 우리 주변에서 그런 일이 일어나겠어?"

말은 그렇게 하지만 재엽도 불안하긴 마찬가지다. 김부전과 나유석과 김한주가 동반 환생한 것도 전례에 드문 일이라는데 김부전이 둘이 되지 말라는 법도 없었다. 더구나 유아리는 2003년에 정鼎의 글마루에 등록했다. 그때 로즈 밀러도 정鼎에 있었다. 8년이 지나 두 여자는 같은 시인의 시구로 자신들의 작품을 치장하고 나섰다. 그리고 비슷한 시기에 석해인과 손재엽 앞에 출현했다. 정鼎에서 브레히트의 시구에 이르기까지 그 두 사람 간에 어떤 동질성이 작용했는지 어떻게 알까.

"장차 로즈 밀러를 만나게 될 때 유아리 때와 똑같은 회귀를 겪으면 어쩌지? 그들이 진짜 티알피라면 그땐 어떡해? 둘 다 부전으로 여겨야 할까? 아니면 둘 다 부전이 아닌 척, 부전 같은 건 모르는 척해야 하나?"

"아직 생기지 않는 일에 안달하지 말고 일단 돌아가자. 제야잖아. 박신의 씨는 지금 공연하고 있을 시각이지? 오늘 만날 거야?"

"열 시 반에. 당신은?"

"제야니까 자취방 대신 홍제동 집에 가서 귀염둥이 노릇이나 하든가."

귀염둥이라는 말이 웃겼는가, 해인이 비로소 웃는다. 아리를 만나고 싶지만 재엽에겐 제야에 그녀를 불러낼 만한 명분이 없었다. 아리는 먼저 전화를 해오거나 만나자고 하지 않았다. 전화를 걸면 상냥히 받고 끼니때와 상관없이 밥 먹었는지 물어오고 가능하면 와서 식사하라고 하지만 그건 해인에게도 똑같았다.

"일단 청운동으로 가 밥이나 얻어먹자. 그 뒤에 남자를 꼬시러 가

120

든지 귀염둥이 노릇을 하러 가든지."

재엽이 차를 움직이면서 반문했다.

"신의 씨를 아직 못 꼬셨어?"

"오늘 밤에도 넘어오지 않으면 싹 다 때려치우려고."

"말본새 하고는. 그러니까 안 넘어오지. 신의 씨 꽤 단정한 사람이던데."

"단정한 건지, 나에 대한 맘이 약한 건지 구분을 못하겠어. 만나자면 꼭꼭 만나면서 스킨십은 피하는 게 말이 돼?"

"왜 그러는 거 같은데?"

"나를 못 믿는 모양이야. 몇 번 몸 섞고 나면 달아날 여자로 보이나봐."

"지금까지 대개 그랬잖아. 너하고 나, 너하고 도민섭이 이렇게 오래 허물없이 지낼 수 있는 것도 그거 안 한 덕분이고."

도민섭은 해인의 대학 동기였다. 대학 1학년 가을 학기 첫 수업 날, 수업 직전의 강의실에는 학생들이 여럿 들어와 있었다. 도민섭과 나란히 앉아 교재인 《한국 근대 신문 역사》를 넘겨보던 해인은 그 책에서 전생의 김한주를 발견하고는 넘어졌다. 어린 시절 내내 막연했던 자신의 실체를 얼굴까지 확인한 순간 발작을 일으켰던 것이다. 그때 도민섭은 강의실에 들어와 있던 학생들을 모두 쫓아내고 문을 잠가버린 다음에 해인을 감싸안았다. 그리고 그녀의 발작이 끝날 때까지 안고 있다가 업고 나왔다.

"그걸 해봐야 본색을 알 수 있지. 섹스 몇 번에 밑천이 바닥나는 남자하고 계속 만날 수는 없는 거니까. 지금까지 만난 남자들이 다 그랬어. 여자하고 그 짓 하고 나면 우리가 진저리치던 백 년 전 남자들하고 엇비슷해졌다니까."

"그렇다면 박신의 씨도 그럴지 모르는데 왜 한사코 확인하고 싶어
해? 나나 도민섭처럼 그냥 친구로 지내."

"그 사람은 섹시한데 어떻게 그대로 두니? 그건 그렇고 너는 아리
한테 남자로서 맘 있지?"

"화살이 왜 그리로 꽂혀?"

"백 년을 넘게 살아도 남자를 모르겠어서 그런다. 여자 남자 다 해
보는 네가 한번 말해봐. 맘에 있는 여자를 왜 한 걸음 앞에 두고 보고
만 있는지."

"아까워서 그럴 거야. 깨질까봐서, 오래 함께하고 싶어서."

"앓느니 죽겠다."

도로 옆으로 가로등에 비친 북한강이 살얼음이 덮인 듯 느리게 흘
렀다. 해인이 아리에게 전화를 걸고 있었다. 밥 먹으러 가는 중이니
밥 좀 달라. 끼니때 놓치고 하숙집 찾아들어 밥 좀 달라 말하는 하숙
생 같은 말투다.

***

아리가 안채에서 가져온 와인병을 붙들고 씨름했다. 오프너를 코
르크 마개에 꽂고는 뽑아내려 기를 쓴다. 기를 쓸 일이 아니라 균형
을 맞추면 간단한 일이지만 재엽은 그냥 두어보았다. 죽은 전소명에
게는 와인병 열기가 수월했던 것 같다. 술병 열기가 어려웠다면 그날
밤 그녀는 테트로도톡신이 섞인 와인을 마시지 않았을 것이고 그렇

게 죽지 않았을지도 몰랐다.

"그게 그렇게 어렵나?"

재엽의 질문에 아리가 오프너가 꽂힌 와인병을 탁자 위에 올려놓고는 두 손을 펼쳤다. 손바닥이 벌겋다.

"손님 대접 삼아 열어보려니 안 되네."

재엽이 술병을 집어다가 시범을 보이듯 마개를 쑥 뽑아냈다. 아리가 술 잔 두 개를 재엽 앞에다 밀어놓으며 물었다.

"와인은 마개를 열고 반 시간쯤 지나야 맛있다면서? 정말 그래?"

"와인 마시는 일이 드물어 그런 차이까지는 나도 몰라."

재엽은 두 잔에 술을 따라 하나를 아리 앞으로 건네며 물었다.

"전소명 작가 자살 이야기 알지?"

아리가 제 잔을 들여다보며 되물었다.

"나도 방금 병마개 붙들고 그분 생각했는데. 그분, 자살한 거 맞대?"

"신문에 음독 자살이라고 나왔잖아."

"표면적인 상황이 그렇다는 거고, 내가 당신한테 묻는 건 이면 상황이 따로 있느냐는 거지. 경찰이니까 더 아는 게 있는지."

"왜 이면이 따로 있을 거라고 생각해?"

아리가 와인 한 모금을 마시고는 떫다며 치를 떨었다.

"전인순이 전소명에게 와인을 보냈다. 그런데 전인순은 전소명의 본명이다. 그러므로 자살이다. 삼단논법 같지만 아주 소설적인 내용이지. 수사 결과도 그렇게 발표됐고. 근데 그건 개연성이 없어. 그렇게 준비해 자살하는 수도 있기는 하겠지만, 전소명 사건에서는 너무 작위적이라고. 전소명 선생은 30년 가까이 개연성을 따지면서 소설을 쓴 작가야. 그런 작위적인 방법을 쓸 리 없어. 또 한 가지는, 이름에 있어. 전소명에게 본명이 따로 있다는 걸 아는 독자는 지금까지 없었을 거야. 애써 숨긴 게 아니라 하더라도 작가 전소명에게 전인순이라는 이름은 대외적인 게 아니지. 그런데 죽으면서 본명이 전인순이라고 공표해? 뭘 위해?"

재엽은 괜한 화제를 꺼내 분위기를 헝클었다고 후회했다. 조금 있으면 새해 아닌가. 몇 시간 전 도착했을 때 안채에서는 설 차례 상 준비가 한창이었다. 아리는 청운동에서는 양력설을 쇠고 음력설과 추석 때는 추선재라는 이름의 광주 집으로 간다고 했다. 추선재의 제사는 한식날에, 여기서의 제사는 중양절에 합사로 모신다. 유아리가 현실과 동떨어져 산다고 여겼는데 오늘 와서 본 그녀는 양쪽 집안의 제사를 책임진 기둥이었다.

"개연성 맞추는 일에 넌더리가 났던 모양이지. 어쨌건 당신 설날은 내일이고, 올해는 한 시간 남았어. 가는 해 보내고 오는 해 맞이하는 기념으로 술이나 마십시다."

"술 깨고 가려 남은 거잖아. 많이 마시진 마요."

"술 못 깨면, 방도 넓은데 여기서 자고 가지."

"부모님 뵈러 간다더니. 뭐, 그러시든가."

딩 소리나게 잔을 부딪고는 아리가 술을 입에 댔다. 몇 모금을 마시고는 혀를 내밀며 웃는다. 해인은 양평에서 오던 길 내내 유아리를 —환還에 데려가야 하지 않느냐고 앙앙댔지만 재엽은 고개를 저었다. 유아리를 어떻게 될지 모를 상황 속으로 데려가고 싶지 않았다. 그 생각은 지금 더 굳어진다. 와인 한잔으로 저렇게 귀엽게 웃고 있지 않은가. 계속 웃을 수 있게, 소설 속에서 연쇄살인을 하든 나라를 팔아먹든 지구를 멸망시키든, 내버려두면 될 일이었다.

"새 나라의 어린이는 철철이 차례, 제사 지내고, 무지막지하게 소설 쓰는 것 말고, 바느질하는 것도 빼고 연애도 하나?"

"가끔 하겠지. 재엽 씨는, 연애해?"

"가끔 하겠지."

"가장 최근에 한 연애는? 아니면 현재 진행 중인?"

"지난봄까지 만난 사람이 있었어. 지금은 아무도 없고. 아리 씨는?"

"나도 사람을 기다리고 있지."

"어떤 사람?"

"겉과 속이 같은 사람. 상황 따라 변하지 않는 사람. 상대를 이용하지 않는 사람. 내가 거품 물고 기절했을 때 도망가는 대신 안아주는 사람. 내가 살인귀일지라도 내 편을 들어주는 사람. 나한테 예쁜 사람. 나를 예뻐해주는 사람. 우리 할머니가 예뻐할 사람. 우리 할아버지가 믿음직해 할 사람 ……."

"그런 남자가 현실에 있을 것 같아?"

"현실에 있을지 없을지 모르지. 그렇지만 그런 사람이 이 세상 어딘가에 있을 것 같아. 난 그이 만날 날을 꿈꾸고 있어."

아리가 꿈꾸는 남자는 전생의 세상에 없었고 요즘 세상에도 존재하지 않는다. 재엽은 남자로 태어나서 알았다. 남자는 태어난 순간부터 남자로 키워져 남자가 된다. 아리는 연애뿐만 아니라 인간에 대한 기대가 없다는 것을 말하고 있었다.

"그렇다면 그 연애는 꿈속에서 계속하시고, 현실의 연애에 대해 한 번 말해봐."

"왜?"

"어떤 연애를 하는지 들어보고 내가 끼어들 틈이 있는지 알아보려고. 내가 끼어들 틈이 있다면 그 틈을 핑계로 새 연애를 시작해볼까도 싶고."

"내가 당신을 내 방에 들였는데, 뭘 또 알아봐?"

"내가 아리 씨의 연애에 끼어든다는 건, 당신이 나를 만나는 동안에는 다른 남자하고 연애할 수 없다는 뜻이야. 나는 내가 만나는 여자를 여러 여자 중의 한 사람으로 만들고 싶지 않은 사람이야. 마찬가지로 내가 만나는 여자한테 내가 여러 남자 중의 하나가 되기를 바라지 않고. 그럴 거라면 시작을 않는다는 주의야. 내 말뜻 이해해?"

"이해는 하는데 동의는 못 해."

"뭐?"

"마음이 생각대로 되나? 생각은 맘대로 되고?"

아리의 손이 건너와 재엽의 턱을 만졌다. 잔을 만지작거리던 손가락이 고드름인 양 싸늘하다. 싸늘함에도 무장이 해제될 수 있는 모양이었다. 맥이 풀려 아리의 손을 걷어내지 못한다. 고양이처럼 상체를 늘이며 다가든 아리는 입술도 차가웠다. 입술을 맞댄 채 탁자를 넘어온 그녀를 재엽이 엉겁결에 받아 안으며 잔을 치웠다. 그 바람에 떨어졌다가 다시 다가오는 아리의 입술을 재엽이 손바닥으로 막으며 눈을 들여다보았다. 눈이 장난기로 초롱초롱하다.

"말했지. 아리 씨가 현재 다른 사람하고 연애 중이라면 난 당신하고 연애 시작하지 않는다고. 나하고 시작하면, 나하고 끝날 때까지 당신은 다른 사람하고 연애 못 한다고."

"나도 말했어. 이해는 하는데 동의는 못 한다고. 섹스에 무슨 그리 큰 의미를 둬? 종족 보존하자는 게 아니고, 대한 독립 투쟁하자는 것도 아니고, 인류 평화를 지키자는 것도 아니고. 그냥 둘이 안고 노는 것뿐인데, 술 마시거나 노래하거나 춤추며 노는 거하고 뭐가 달라서?"

남자는 연애에 대해 말하고 여자는 섹스에 대해 말했다. 그 두 가지는 남자 재엽에게 같은 것이지만 여자 아리에게는 달랐다. 다른 걸 알겠는데도 재엽은 아리의 말이 사리에 맞는지 맞지 않는지 분석할 의지가 사라졌다. 술이 아니라 아리한테 취한 상태였다. 사실은 진작부터, 어쩌면 처음부터 취한 터였다. 밥 한 끼 얻어먹자고 일주일이 멀다하고 드나들었겠는가. 넋 채 옷을 벗겨낸 아리의 몸은 갈비뼈가 도드라질 정도로 마르고 젖가슴은 움켜쥐기 애처로울 만치 작다. 그런데 나비가 날았다. 아랫배 왼쪽 거웃 가까이에 새겨진 나비 문신이었다.

"무어야, 이 나비는?"

놀란 재엽은 알몸의 여자 앞에서 무릎을 접었다. 황갈색 바탕에 검은 점이 박힌 두 장의 겉 날개와 연황색 바탕에 검은 점이 박힌 속 날개. 검은 몸통에서 뻗어나간 검은 두 줄의 더듬이가 배꼽을 향한 채 나비는 금세라도 날것처럼 날갯짓을 하고 있었다. 여린 몸과 어울리지 않게 은밀한 부위에 새겨진 나비는 꽤나 도발적이다.

"어쩌자고 여기다 나비를 숨겨놨어? 언제부터?"

"걘 나 열다섯 살 때부터 거기서 살아. 할머니 따라서 뉴욕 갔을 때 첫 달거리를 시작했는데 할머니가 아주 기뻐하셨어. 내가 달거리도 못 하고 아이도 못 낳을까봐 꽤 걱정하셨던 모양이야. 사실, 할머니도 환인, 다생환인이셔. 걘 내 할머니의 기쁨의 표현으로 거기 새겨진 거야. 걔 새길 때 타투이스트가, 몇 가지 나비 도안을 보여주면서 고르라기에 골랐지. 타투이스트가 걘 모나크 버터플라이라고 했어.

5,000킬로미터쯤 날아다니는 나비래. 회귀본능인지 귀소본능인지, 그 본능에 의해 제가 난 곳으로 돌아오기까지 4세대가 걸린다고 해. 자신이 할 수 있는껏 최선을 다해 날다가 힘이 다하는 지점에서 다음 세대로 자신을 물려주는 순수 본능의 결정체라던가. 이제 나비 그만 보고 안아. 춥다고."

　작업실 공기는 덥지도 춥지도 않은 정도였지만 알몸에는 서늘할 만했다. 순수 본능의 결정체인 모나크 나비. 환인으로 태어난 아리를 당신 딸인 양 감싸 안고 살아오신 유접오 주인 최산호 선생은 순수 본능, 절대 사랑을 꿈꾸셨을지도 몰랐다. 손녀에게도 그걸 바라며 키우셨을지도. 재엽은 그걸 전설도 아닌 낭설로 여겼다. 앞으로도 절대 사랑을 꿈꿀 것 같지 않은 재엽은 서두르지 않고 아리를 품어 안았다.

11

〈동방일보〉사옥 2층의 아트 스퀘어에는 관광 기념품 가게며 찻집, 음식점들이 있고 동방갤러리가 있었다. 고한빈은 오늘 아트 스퀘어에 있는 카페 아이리스에서 비교문학자인 클리포드 박사와 그의 부인을 만났다. 클리포드 박사는 뉴욕대에서 정년퇴직한 뒤 세계를 돌며 포럼이나 세미나에 참석하고 비교문학을 공부하는 학자들과 학생들을 상대로 강연을 했다. 그는 한빈의 뉴욕대학 시절 지도 교수였다. 내한하기 전 박사는 공식석상 통역을 부탁했고 박사의 체류 기간 동안 한빈은 하루 한 차례씩 그의 공식 일정을 보좌했다. 한국에서의 마지막 일정인 〈동방일보〉 문화부와의 인터뷰에도 동석했다. 인터뷰를 하러 나온 석해인 기자는 전문용어를 설명할 때를 제외하면 통역이 필요했을까 싶을 만큼 영어가 유창했다.

인터뷰가 끝난 뒤 두 사람은 박사 내외를 택시 앞까지 배웅했다. 박사 내외는 도쿄로 가기 위해 공항으로 향하는 참이었다. 석해인이 택시에 오른 박사한테 행운을 빈다며 인사하고 문을 닫았다. 돌아선 그녀가 코트 깃을 여미고는 웃었다.

"고한빈 씨, 오늘 반가웠습니다. 차는요?"

"전철 타고 왔습니다."

"그럼 언젠가 다시 뵙기로 하죠."

"저는 이왕 여기 온 김에 갤러리 구경 한번 하려고요. 아까 보니 조형전이 열리고 있는 것 같던데요? 내가 사랑하는 사람이 나에게 말했다?"

석해인이 '아!' 하는 얼굴이 되더니 고개를 끄덕이며 건물 안으로 들어섰다. 한빈도 뒤따랐다.

"그 전시회, 구경하셨습니까?"

"매번 챙겨 보지는 못해요. 이번 전시회도 아직 못 봤고요. 여튼 지금은 마감해야 할 기사가 있어서 사무실로 올라가봐야겠어요."

같이 구경하자는 뜻은 아니었는데 치근거리는 사내 떨치듯 엘리베이터 쪽으로 달아난다. 한빈은 그녀가 석해인이라는 명함을 내밀었을 때 유아리에 관한 기사를 맨 먼저 쓴 그 기자라는 게 떠올라 아주 반가웠다. 더구나 오늘 나온 김에 서점에 들러 유아리가 쏟아냈다는 작품들을 한꺼번에 사려는 참이었다.

한빈이 아리를 처음 본 장소는 20년 전쯤의 장례식장이었다. 그때 아리는 부모님과 동생을 한꺼번에 잃은 계집아이였다. 아리를 다시 만난 건 6년 전, 유학을 떠난다는 인사를 하기 위해 추선재에 들렀을 때다. 그리고 지난 설, 한빈이 유학 마치고 돌아온 뒤 조부인 승원당을 좇아 나간 골프장에 그녀도 제 조부 추선재를 좇아 나와 있었다.

아리는 어릴 때와 달리 명랑하고 예의 발랐다. 웃기도 잘했다. 한

130

빈에게도 그러했다. 할아버지들을 대하는 것과 똑같았다. 고한빈은 자신이 누군가한테 그림자 같은 존재일 수도 있다는 걸 그날 비로소 느꼈다. 그건 몹시 생소한 감각이었다. 그 무관심 때문이었던지 골프장 이후 불쑥불쑥 그녀가 떠올랐다. 이번 설에도 보게 될 유아리는 앞서 만난 그녀가 아니었다. 그사이에 유아리는 책을 일곱 권이나 낸 '미친 작가'이며 '신비 작가'가 되었다. 인터넷에서 유아리 독자들이 요즘 그녀를 그렇게 불렀다.

엘리베이터로 들어가는 석해인의 뒷모습에 멋쩍어진 한빈은 그냥 나가 서점에나 들를까 하다가 계단을 오른다. 《간지러움》을 읽기는 했지만 작가로서의 유아리는 아직 몰랐다. '내가 사랑하는 사람이 나에게 말했다'는 유아리가 《간지러움》 서문에 사용한 시 구절이었다. 문학과 조형예술이라는 다른 분야의 두 작가가 동일한 문구를 쓰는 게 드문 일은 아니겠지만 기회가 왔으니 직접 비교해보는 것도 재미있을 것 같았다.

갤러리 안은 얼음 나라 같다. 온통 유백색으로 이루어진 조형물들이 제각각의 형상으로 놓여 있었다. 구상과 추상과 반추상 작품들이 비슷한 숫자로 전시된 듯했다. 전시회 타이틀이 '내가 사랑하는 사람……'인 까닭이 뭘까. 뇌까린 한빈은 입구 안내대에서 팸플릿을 집어오지 않은 걸 깨닫고 가지러 가려다 그냥 면전에 있는 작품에 눈길을 고정했다. 사람 크기의 반추상 작품이다. 외꺼풀의 큰 눈은 반쯤 감긴 채 사팔뜨기처럼 이지러졌고 입은 있는 듯 없는 듯 희미하다. 콧날은 오뚝하고 양 눈썹은 시선이 향한 방향으로 치켜올랐다. 사람으로 치면 아름다운 얼굴은 아니되 추하지도 않다. 기묘하게 비어 있는 인간의 한순간을 담고 있다고 생각하던 한빈은 한 걸음 물러났다. 하얗게 이지러진 얼굴의 여자 속에 유아리가 들어 있지 않은가! 설마 유아리를 모델로 했나? 작품 왼쪽 측면에 '디아나'라 쓴 명찰대가 서 있었다.

한 걸음 더 물러나 본 디아나에게서는 아리가 한층 더 선명하다. 아리는 여럿이 어울리면서도 이따금 혼자 골똘해지는 때가 있었다. 표정뿐만 아니라 전신이 멍해 보이는 순간의 그녀는, 아무것도 없으므로 내가 들어가 채워야 하는 빈 유리병 같았다. 지금 디아나가 그랬다. 그녀가 비어 있으므로 내가 거기에 들어가 있는 착각을 하게 만들었다. 유아리가 그 안에 들어가 있고 그걸 고한빈이 보고 있는 것이었다. 작품이 일으키는 공감인가. 그는 한참을 더 디아나 앞에 서서 무감해질 순간을 기다렸다. 디아나 속의 아리가 사라지기를.

아리는 사라지지 않았다. 고한빈의 무의식이 작품에 투영되어 나타난 환각으로서의 아리가 아니라, 디아나가 실제로 아리를 닮아 있는 것이다. 그걸 깨달은 한빈은 돌아서서 안내대로 다가들었다. 안내대 안에서 컴퓨터 화면을 바라보던 큐레이터가 일어났다.

"디아나, 매수자가 정해졌습니까?"

"아니요."

"살 수 있습니까?"

"무, 물론이지요."

"그럼 제가 구하겠습니다. 수속해주십시오."

큐레이터가 동방갤러리 전시 작품 매수, 매도서라 적힌 용지를 안내대 위에 올려놓으며 머뭇거렸다.

"왜요?"

"디아나에게는 조건이, 조건이라기보다 작가의 부탁 한 가지가 달려 있습니다. 디아나를 데려가시고자 하는 분은 수속하시기 전에 작가에게 전화를 한 통 해주십사 하는 겁니다."

"그게 뭐 어려운 일입니까. 연결해주세요."

큐레이터가 전화를 거는 동안 한빈은 서류를 작성했다. 이름과 주소, 전화번호와 이메일 등만 적으면 되는 용지였다. 이쪽의 상황을 설명하던 큐레이터가 전화기를 건네주지 않고 끊었다.

"작가가 지금 이쪽으로 오는 중이라고 합니다. 1층 로비라고요. 다 왔다고 잠깐이라도 뵙고 싶다고요."

어려운 일이 아니었으므로 한빈은 화장실을 다녀왔다. 다시 갤러리에 들어섰을 때 큐레이터가 디아나 쪽을 가리키며 작가가 왔다고 했다. 작가는 디아나 옆에 서 있었다. 30대 후반쯤으로 보이는 작가는 호리호리한 몸피의 미인이다. 한빈이 다기들며 목례를 하자 작가도 마주 인사를 해왔다.

"디아나를 데려가려는 사람을 보자 하셨다고요?"

"네. 고한빈 선생님, 고 선생님께서는 무슨 일을 하세요?"

"학생들을 가르치고 있습니다. 왜요, 사람 봐가면서 작품 내어주시려고요?"

작가가 웃었다.

"애착이 있는 작품이라 어떤 분이 데려가시는지 알고 싶었을 뿐입니다. 디아나가 어디에서 살게 될지 대충이라도 짐작하고 싶어서요."

"제작 기간이 얼마나 걸리셨습니까?"

"6개월 정도지만 작품을 처음 구상한 건 7년 전쯤이었어요."

"애착 가지실 만하군요. 디아나는, 공공장소는 아니어도 햇빛과 달빛이 잘 드는 유리벽 안쪽의 고즈넉한 장소에 있게 될 겁니다. 언젠가는 미술관으로 옮겨갈 거고요. 미술관으로 옮겨가면 인터넷에 기록이 뜰 테니 언제든 소재를 확인하실 수 있을 겁니다. 너무 걱정 마십시오. 아, 왜 디아나라고 칭하신 겁니까?"

"디아나가 달빛 속에서만 모습을 드러낸다는 달의 여신이잖아요."

"디아나는 아르테미스이기도 하지요. 아르테미스는 달보다 사냥의 여신 이미지가 더 강하지 않습니까?"

"그렇죠. 거칠고 복수심 강하고 무자비하고, 그 화살에 맞은 생물은 순식간에 목숨을 잃기 때문에 희생물들이 고통 느낄 겨를이 없고. 고통 없이 빠르게 희생물을 사냥하는 게 아르테미스, 디아나의 유일한 미덕이죠."

"그런데 그 이름이 이 친구한테 어울린다고 보신 거예요? 이렇게 기묘한 얼굴을 조형하시는 과정에?"

"기묘한 표정이라는 건 해석하기 나름 아닐까요?"

그렇기는 했다. 한빈은 작가에게 인사하고는 안내대로 돌아와 큐레이터에게 신용카드를 내밀었다. 카드를 받은 큐레이터가 머뭇거리며 말했다.

"선생님, 작품료가 얼마인지 묻지 않으셨어요."

"얼마입니까?"

"3,800만 원입니다."

"알겠습니다. 직불카드니까 그냥 결제하시면 될 겁니다."

결제 승인이 난 카드며 영수증을 건네받고 나오려는데 큐레이터가 팸플릿이며 도록 등이 담긴 듯한 봉투를 들려주었다. 열흘 뒤 배달하겠다는 말을 들은 한빈은 갤러리를 나왔다. 로비로 내려와서야 작가의 이름을 묻지 않았다는 사실을 깨달았다. 몇 분 동안이나 마주 서서 작품에 대해 이야기 나누었던 작가 얼굴도 감감했다. 그녀 대신 디아나만 떠올랐다. 봉투 속에서 팸플릿을 꺼내 보니 작가 이름이 로즈 이가 밀러다. 생김새며 말투는 한국 사람인데 국적은 미국에 둔 사람이었다.

***

시작한 지 나흘째인 전시회는 아직은 성공이라고도, 실패라고도 말하기 어려운 상태였다. 조금 전 고한빈이 매입한 디아나까지 포함하면 74점의 작품 중에서 11점이 팔렸다. 디아나를 제외하면 대개 소품들이었다. 고한빈이 사라진 뒤 큐레이터는 한껏 고무되었다. 그녀가 공들여 준비한 전시회가 별 주목을 받지 못하는 즈음에 '디아나'를 팔게 되어 들뜬 것이다. 로즈는 내동댕이쳐진 듯 멍한 상태였다. 고한빈 앞에 서 있던 자신이 투명인간이었던 것 같았다.

"방금 그 고한빈이라는 사람, 어떤 것 같아요? 나이가 어느 정도나 될까요?"

"서른 살 안팎? 왜요, 선생님. 뭔가 마음에 걸리세요?"

"선생 노릇 한다는 30세 안팎의 남자가 3,800만 원짜리 작품을 선뜻 구입할 수 있을까요?"

"젊은 부자인가보죠. 젊은데 점잖고 날렵하고 지적인 데다 예술을 보는 안목에, 돈도 많고. 그런 부자들이 몇 명만 더 찾아오면 좋겠네요."

스물두 살의 이다솜은 제 개인 재산이 50억이라고 자랑하는 아이였다. 로즈는 그런 그녀의 개인 교사였다. 오늘 서초동으로 가는 날이었다.

"그러게요. 고한빈을 검색해봅시다. 어떤 사람인지."

안내대 안쪽으로 들어간 로즈는 교사 고한빈을 검색해보았다. 웹 문서에서 고한빈은 《비교문학의 재미》라는 책의 저자로 올라 있을 뿐 사적인 내용은 나타나지 않는다. 큐레이터가 말했다.

"대학에서 비교문학을 가르치는 강사쯤 되겠네요. 교수가 되기에는 너무 젊잖아요. 하기는 젊은 부자들이 있으니 젊은 교수들도 있겠죠? 그렇더라도 3,800만 원을 3,800원처럼 쓰는 사람들은 대체 어떻게 사는 걸까요?"

로즈는 이형호 저택을 드나들면서 구경은 실컷 하는 셈이었다. 3,800만 원을 3,800원처럼 쓰는 사람들.

"그나저나 미스 밀러, 카프카미술관 초대 작가 되셨다면서요?"

"계약한 지 얼마 안 됐는데 어떻게 알았어요?"

"우리 업계가 뻔하잖아요. 거기 큐레이터로 있는 친구하고 대학 동기예요. 3월부터 부속실에 입주하신다고 들었어요. 축하드려요."

학연과 혈연과 지연으로 이루어진 인맥이 바로 곁에서 작용하고 있었다. 로즈 이가 밀러가 속할 수 없는 광대한 그물.

"고마워요. 곧 함께 모여 한잔해요. 제가 살게요."

"내일도 들르실 거예요?"

"내일은 가야 할 곳이 있어요. 봐서 연락할게요."

내일은 엄마한테 가기로 약속했다. 강아지를 데리고 가겠다고 약속한 게 사흘 전이었다. 부영희는 지금쯤 세 밤만 자면 우리 이가가 강아지 데리고 온다고 동네 아주머니들한테 속삭이며 다닐 것이다.

　지난가을 부영희의 늙은 남편이 정리되었다. 그때 로즈가 한 일은 없었다. 병원에 데려가야 할 늙은 주정뱅이를 방 안에 둔 채 바보 아내를 그의 곁에서 떼어놓았을 뿐이다. 사흘 뒤 부영희를 데리고 돌아갔을 때 늙은이는 방문 앞까지 다가와 있었다. 문을 열고 나오려고 애쓴 것 같았다. 숨은 아직 쉬고 있는 그를 병원으로 데려간 건 사망에 따른 절차를 줄이기 위해서였다. 그는 입원한 다음 날 숨을 거뒀다. 다섯이나 된다는 늙은이의 자식들은 연락이 되지 않았다. 애써 수소문하지 않은 채 이웃 노인들 도움을 받아 장례 치르고 화장해 유해는 마을 뒷산에 묻었다.

　부영희는 남편이 되돌아오지 않는다는 사실을 실감하면서부터 얼굴이 피기 시작했다. 변함없이 별장집 뜰을 돌보고 이 집 저 집 불려다니며 품팔이를 하면서 점점 명랑해졌다. 로즈는 이따금 다니면서 그녀 집안의 찌그러진 것들의 아귀를 맞추는 참이었다. 새것으로 바꿔줄 재력은 없었지만 강아지 한 마리 구해다주는 정도의 해줄 수 있는 일은 많았다. 이제 봄이 오면 그녀는 자기 마당의 꽃밭을 넓힐 터였다. 그 곁에서는 강아지가 뛰어다닐 것이다. 부영희는 조금만 돌봐주면 웃으면서 살 만한 사람이었다.

12

지난 2주 동안 해인은 카페 아이리스를 몇 번이나 드나들면서도 건너편의 동방갤러리를 못 본 듯 지나쳤다. 그때마다 로즈 밀러가 유아리의 티알피일지도 모른다는 상상 자체가 어불성설이라고 스스로를 몰아붙였다. 전시회는 내일까지였다. 내일은 오전 열 시부터 취재를 겸한 인터뷰 약속이 잡혀 있었다. 그 일을 끝내고 돌아와서는 주말판 기사를 써야 한다. 그동안 갖가지 핑계로 피해 다닌 로즈 밀러의 전시회를 보려면 기회가 지금밖에 없었다. 아니, 피할 핑계가 바닥난 것이다.

될 대로 되겠지 뭐. 해인은 언덕에서 굴러 내리는 기분으로 갤러리로 들어섰다. 관람객 대여섯 사람이 드문드문 있을 뿐 사진으로 보았던 로즈 밀러는 보이지 않는다. 작품들은 대개 두세 작품씩의 연작으로 미니어처 공간에서 살고 있는 인물들이었다. 작품마다 이야기가 서렸을 법했다. 이미 팔린 작품이라는 딱지를 붙이고 있는 '어느 날 그가 왔다' 시리즈는 세 작품으로 이루어졌는데 모델이 어쩐지 조연선 화백을 닮은 듯하다. 하관이 발은 듯 동글한 얼굴에 깊은 눈매. 트레이드마크인 양 늘 올린 머리채에 비녀처럼 꽂힌 붓 자루.

작품들 대개가 '어느 날 그가 왔다' 시리즈와 비슷한 양상인데 '디아나'는 단연 도드라진다. 우선 그 크기가 다른 작품들에 비해 컸다. 유백색 라텍스 재질로 조형된 몸에 같은 빛깔의 반투명 천을 걸쳤다. 회교도 여인들의 사리처럼 넓은 스카프는 임의대로 걸칠 수 있게 디아나와 분리되어 있지만 몸에 둘러져 있는 지금은 부착된 것처럼 보인다. 디아나는 탁자에 오른손을 가볍게 짚고 서서 고개를 오른쪽으로 약간 돌리고 기이하게 큰 눈을 반쯤 감은 듯, 혹은 뜬 듯 어딘가를 바라본다.

해인은 디아나의 눈길이 향한 방향에 서서 시선을 가로막듯 그녀를 쳐다보다 한숨을 쉰다. 얼굴이 기묘하게 비틀려 있긴 해도 제 앞에 선 사람을 반만 뜬 눈으로 골똘히 바라보고 있는 조형물은 유아리였다. 얼굴이 이상하지만 유아리를 아는 사람이라면 단박에 그녀를 알아볼 수 있을 만큼 영락없다. 이 일을 어째. 한참 노려보고 있어도 덤덤해지지 않는다. 재엽에게 괜한 설레발이었다고 말할 수 있기를 바랐는데 그른 것이다.

디아나의 사진을 찍어 재엽에게 전송하는데 누군가 말을 걸었다.

"석 기자, 갤러리에서 작품 사진 찍는 건 금지 아니야?"

조연선 화백이다. 조연선과의 인연은 해인의 〈동방일보〉 입사 초기에 맺어졌다. 입사해서 발령받은 곳이 문화부의 전시·공연팀이었다. 당시 조연선은 스물네 살의 신참 기자가 쓴 기사를 마음에 들어 했고 그 전시회가 끝난 뒤 그림 한 점을 소포로 부쳐왔다.

"선생님. 여기서 뵙네요? 혹시 '어느 날……' 시리즈의 모델이 선생님이세요?"

"해인 씨, 눈썰미가 좋네. 맞아. 나를 모델로 삼았기에 내가 매입했잖아. 제목이 뜨겁지 않아? 어느 날 그가 왔다."

"작가하고는 어떻게 아세요?"

"13년 전인가. 내가 뉴욕에서 전시회를 한 적이 있잖아. 그때 엘에이 살던 그 친구가 뉴욕으로 여행을 왔어. 젊은 화가의 미술관 순례였지. 프릭컬렉션에서 내 그림을 본 그 친구가 나를 만나야겠다고 연락처를 가르쳐달랬대. 나도 그때 뉴욕 관광 중이었고. 그때 만났는데, 세상에, 웬일이야. 미국에서 자랐다는 친구가 글쎄 한국말을 나보다 더 잘하는 거야. 회화에 대한 감각은 또 얼마나 독특하던지. 그 친구가 한국으로 와서 다시 날 찾아왔어. 로즈는 아기 때 미국으로 입양됐다가 서른 살 다 돼 모국으로 돌아온 거야. 삶이 다채로워서인지 이야기가 많이 서려 있어. 그 친구는 꼭 소설가 같아."

로즈 밀러가 유아리의 티알피가 맞다면 다생환인이므로 아마도 그녀의 전생 중에 조연선과 맺힌 삶이 있을 터였다. 김부전과 로즈 밀러 사이에 낀 직전 생일 가능성이 높다. 조 화백이 모를 뿐 로즈는 맹렬하게 소설을 썼던 전생을 지니고 있었다.

"선생님이 여기 전시회를 주선하신 거예요?"

"무슨. 해인 씨가 몰라 그렇지 로즈는 회화 쪽에서 아주 감각 있는 작가로 알려져 있어. 그런데 조형도 이렇게 잘하네. 카프카미술관이 로즈를 올해 초대 작가로 정했잖아."

"그것도 선생님이 소개하신 건 아니고요?"

"좀 돕고 싶어 소개는 했지. 작품을 이렇게 잘하는데, 황야에 내버려진 들고양이처럼 살고 있는 게 짠하잖아. 여튼 오늘 로즈한테 몇 사람 소개도 시켜줄 겸 해서 저녁 자리 마련했는데, 석 기자 함께할 테야?"

"저는 아직 오늘 기사 마감을 못한 상태예요."

"아직 시간 있잖아. 나는 여기서 로즈 만나 인사동으로 갈 테니까 석 기자 마감하고 인사동으로 와."

"이따 연락드릴게요."

해인은 도망치듯 조 화백 앞을 벗어나며 탄식했다. 이 일을 어째. 유아리와 해인은 전생에 대해 직접적인 대화는 하지 않고 지내는 터수였다. 전생에 대해 거론하지 않지만 마음이 가는 것을 어쩌지는 못한다. 로즈 밀러가 정말 김부전의 현신이라면, 그리하여 그녀가 아리의 쌍둥이라면, 그녀에게도 마음이 갈 것이나. 마음은 한 사람을 향해서도 한길로만 흐르지 않는다. 상황 따라 길이 달라지고 색깔도 달라지는 게 마음이다. 한 사람이 그 한 사람일 때 그랬다. 같은 사람이 둘이라면 어떻게 되는 것일까.

엘리베이터가 올라와 열렸고 안에서 몇 사람이 나왔다. 해인은 서두르다 엘리베이터 안에서 뒤늦게 나오던 여자와 몸을 부딪쳤다.

"실례했어요."

사람 눈이 그 사람의 영혼의 창이라는 말은 적확했다. 환인들이 사람 때문에 회귀를 겪는 경우는 대개 시선이 마주쳤을 때였다. 상대가 환인이 아니라서 회귀를 깨닫지 못할 때도 환인에게 일어나는 증세는 같았다. 양쪽이 환인인 경우는, 더구나 전생에 기억이 맺힌 대상이었을 때는 반드시 회귀가 일어났다. 어떤 여자와 부딪쳐 아차 했을 때는 이미 늦었다. 돌이킬 수 없이 눈길이 마주쳤다. 마주친 눈길을 해인은 피할 수 없었다.

로즈도 피하지 못했다. 이게 무슨 일이지? 왜? 의혹으로 커진 로즈의 눈이 해인을 뚫을 듯 노려보았다. 아, 해인이 먼저 비명을 질렀다. 눈알이 튀어나갈 것 같은 안구통과 머리가 깨지는 것 같은 두통 때문이었다. 온몸이 산산이 흩어지는 듯한 격렬한 통증과 더불어 70년 전 경성역에서 기차에 오르던 부전이 나타났다. 그때 부전은 일본으로 가기 위해 부산행 기차를 타려던 참이었다. 여기보다는 나을 것 같아 가보는 거야. 경성엔 숨을 곳이 없잖아. 해인은 쓰러지려는 몸을 내던지듯 엘리베이터 안으로 들어갔다. 등 뒤에서 문이 닫혔다. 닫힌 문 밖에서 로즈 밀러가 넘어지는 걸 느낄 겨를은 없었다.

방금 그 여자가 김한주였다. 로즈의 전생이었던 김부전이 일본으로 떠나던 날 경성 역으로 배웅을 나왔던 그녀. 부전에게 조선은 그때가 마지막이었고 한주와도 마지막이었다. 이 원수 같은 경성에, 조선에 다시 돌아올 일은 없을 거야. 거기서 죽을 거니까. 그 순간에는 그 말이 진심이었다. 현해탄을 건너던 배 안에서는 한주에게 그렇게 독한 말을 내뱉은 걸 후회했다.

"아니 대체 이게 무슨 일이야? 이 사람이 왜 이래?"

마침 갤러리 밖으로 나오다가 로즈가 쓰러진 것을 발견한 조연선이 비명을 질렀다. 오가던 사람들이 모여들었고 갤러리 큐레이터가 나와 로즈를 부축했다. 로즈는 허방을 디딘 듯한 충격에 넘어지긴 했지만 기절하지는 않았다. 눈앞이 캄캄했던 두통이 걷히면서 로즈는 자신이 기도문을 외고 있는 걸 깨닫고는 자조한다.

전능하신 하나님, 날마다 우리를 바른 길로 인도해주시니 감사합니다……. 양모인 수전 밀러의 기도는 언제나 감사로 시작되어 기원으로 진행되다 참회로 끝났다. 어릴 때는 자장가 같았던 기도였다. 약하고 작은 것을 사랑하는 마음을 달라던, 모든 죽어가는 것을 사랑하게 해달라던, 그들을 위한 기도가 늦은 밤이든 이른 새벽이든 계속되게 해달라던 것이 수전의 기도였다. 아버지 애덤의 기도문은 〈시편 23편〉인 '다윗의 노래'였다. 야훼는 나의 목자이시니 아쉬울 것 없어라로 시작되어 영원히 주님의 집에 거하리다로 끝나는 애덤의 기도문을 로즈는 더 좋아했다. 양부모의 기도문을 로즈는 교회를 떠나면서 잊었다. 늘 참회를 해야 했던 기도문이나 언제나 감사를 해야 하는 기도문에 걷잡을 수 없이 화가 나던 시절 이후였다.

카페 아이리스의 구석 자리로 옮겨졌던 로즈는 머리를 들고 일어났다. 통증은 가셔 있었다. 나이 들면서 회귀통이 엷어지긴 했다.

"로즈 괜찮아? 병원에 안 가도 되겠어?"

조 화백이 물을 마시고 컵을 내려놓는 로즈에게 물었다.

"이제 괜찮아요."

"대체 왜 넘어진 거야? 어디 아프니?"

"어젯밤에 잠을 제대로 못 잤는데, 그래선가봐요. 그런데 선생님. 조금 전에 얼핏 아는 사람을 만난 것 같았어요. 갑자기 어지러워서 자세히 못 봤지만 검정색 재킷을 걸친 제 또래쯤의 여자였어요. 혹시 선생님, 갤러리에서 그런 이를 보셨어요?"

"검정색 재킷에 로즈 또래라면, 석해인 기자를 본 모양이네. 그 친구 〈동방일보〉에 있잖아. 사무실로 올라간다고 했는데. 로즈가 그 친구를 알아? 석 기자는 로즈를 모르는 눈치던데?"

"제가 다른 사람하고 착각한 모양이에요."

엘리베이터 안으로 달아나던 그녀. 석해인도 회귀했던 것이다. 로즈의 마음이 마구 설레었다. 내 안의 나를 알아봐주는 사람을 드디어 만났다. 석해인 그녀가 한주인 게 틀림없다면 동반 환인인 셈인데, 로즈에게 동반 회귀는 처음이었다. 셀 수도 없는 전생들을 살면서 보았던 많은 인물들이 현생에서도 드물지 않게 살고 있었다. 그 때문에 이따금 머리가 터질 것 같고 심장이 찢길 듯하며 눈이 멀 것 같은 통증에 시달리지만 그들은 로즈를 못 알아보았다. 말하지 못하고 나누지 못하는 전생의 감정은 웅덩이의 물 같았다. 비가 내리지 않으므로, 씨앗이 내려앉아 풀 한 포기 키울 여력 없이, 현실이라는 햇볕과 바람 속에서 차츰 마르다 종내에는 패인 자국만 남았다. 로즈에게는 그렇게 패인 빈 웅덩이 흔적이 숱하게 많았다. 그건 전생에서 기인해 만들어지는 현생의 상처였다. 동반 환인을 만났을 경우는 어떨까. 이 설렘과 이 기쁨은 어떤 양상으로 전개될까.

"그렇잖아도 석 기자한테 이따 우리 저녁 자리에 오라고 했어. 기사 마감하면 오겠다고 하더라. 로즈하고 나이가 비슷할 거야. 화통한 친구라 편하게 어울릴 수 있을 거고. 석 기자하고 친구가 되면 로즈한테 도움이 될 거야."

석해인은 자신을 추스를 시간이 필요할 것이므로 당장은 오지 못할 것이다. 로즈가 연락할 것이므로 그건 괜찮았다. 석해인이 도움이 될 거라는 조 화백의 말은 쓸쓸하다. 조 화백은 기회 있을 때마다 로즈 밀러에게 도움이 될 만한 사람들을 연결시켜주었다. 그 덕에 도움을 많이 받았다. 고마웠다. 그녀를 통해 만나는 사람들이 모두 로즈 밀러를 도와야 할 대상으로 여기는 걸, 그렇게 느끼는 자신이 고맙지 않을 뿐이다.

13

신학자인 라인홀트 니버는, 아무리 선한 일이라도 상대방의 입장에서는 베푸는 자가 보는 만큼 선하지 않다고 했다. 일반적으로 선하다고 알려진 일도 그렇다고 할 때, 회귀 살인한 자를 -환還에서 제재하는 게 환인 자신에게 정당할 수 있는가. 재엽은 아직 그 문제를 해결하지 못했다. 경찰로서 살인범을 잡아 사형수로 만드는 것과 가디언으로서 어떤 환인을 세상으로부터 격리시키는 것과는 차원이 달랐다. 경찰로서 하는 일은, 범인을 15층 건물의 옥상 아래로 내던졌을 때조차도 당당했다. 일의 성격으로는 비슷한 데도 가디언으로서의 임무는 범죄 같았다.

강지안 박사는 -환還의 슈퍼바이저이며 운영위원 중 한 명이었다. 재엽은 강 박사를 통해 환인 인증을 받았다. 그가 삼청동의 대원문화연구원大圓文化硏究院이 아니라 종로에 있는 자신의 병원으로 오라 했을 때 불안했다. 대원문화연구원에서 운영위원을 통해 가디언인 재엽에게 내리는 임무란 살인과 관련되기 십상이기 때문이었다.

"자네, 유아리라는 작가를 알지?"

어지간한 일에는 놀라지 않는 건 환인들의 공통점일 터였다. 하지만 지금 재엽은 좀 놀랐다. 해인이 -환還에다 유아리의 존재를 고자질했을 리는 없는데 그가 어떻게 알았을까.

"대답 못하는 걸 보니 벌써 만났구먼?"

조금 뒤에 유아리 집으로 간다는 걸, 안고 잠까지 자는 사이라는 말을 지금 하기는 어렵다.

"박사님께서 그 친구를 어찌 아시고요?"

"그 친구 여섯 살 때부터 열아홉 살 때까지 내 환자였어."

"여섯 살 때부터요?"

"그 아이 외할머니인 최산호 선생이 환인이셔. 환갑 즈음에 은퇴하셨지만 우리 -환還의 슈퍼바이저이시기도 했고. 아이의 증세가 회귀증이라는 걸 그래서 일찌감치 알아보신 거지. 다른 치료가 불가능하다는 걸."

최산호 선생이 다생환인이라는 건 알고 있었지만 -환還의 슈퍼바이저였다는 건 새로운 사실이다.

"아리의 첫 회귀는 여섯 살 때 텔레비전 사극에서 시작됐어. 어머니의 출산 때문에 외가에 머물고 있었지. 당시 텔레비전에서는 조선 효종 시대를 배경으로 한 사극 드라마가 방영되던 참이었어. 청국 사신이 조선 조정에 공주를 청국으로 보내라고 요구했고 조정에서는 이개윤의 딸 의순을 보내기로 결정하는 내용이었던가봐. 출산한 어머니와 텔레비전을 보고 있던 아리가 갑자기 경기를 일으키다 기절했던 거지. 정신을 차린 아이는 주변에서 알아듣지 못할 말들을 마구 쏟아내다가 또 숨이 막혀 기절하기를 거듭했어. 네 번째 기절에서 깨어났을 때 최 선생님이 아이를 업고 나를 찾아왔고, 나는 너무 어린 아이에게는 금기시하는 최면 치료를 아리에게 감행했어. 그 치료 때 여섯 살배기한테서 두 생을 찾아냈지. 덕분에 내가 역사 공부 좀 했고. 이후 내 환자로 한두 달에 한 번씩은 광주에서부터 내 병원을 찾아왔는데 부모와 동생을 잃은 사고로 서울로 옮겨온 후, 그때부터는 일주일에 한 번씩은 그 아이를 만났어. 아리 전생들 속에서 작가 김부전을 찾아낸 게 그 아이 열다섯 살 무렵이야. 그 친구한테 스스로를 치료하는 방법으로 소설 쓰기를 권한 것도 나고. 내가 자네를 만난 건 13년 전쯤이지? 내가 아리에게서 김부전을 찾아낸 직후에 석해인인 김한주와 자네, 나유석을 만났잖아. 간섭할 수 없는 사안이라 가만있었지만, 그대들 세 사람이 만나게 될 거라고 예감은 하고 살았어."

"그 친구를 진료하시는 그 긴 시간 동안 그 친구가 다생환인인 걸 ─ 환還에 보고하지 않으셨습니까?"

"죽을 둥 살 둥 연명하면서 나한테 의탁된 아이를, 자네 같으면 요주의 인물이라고 일러바치겠나?"

"이제껏 아무 말씀도 안 하시다 지금 저를 부르신 까닭은 뭔데요."

"유아리의 소설들을 며칠 전에야 다 읽었기 때문이야. 거기까지는 아리와 나의 사적인 부분이고, 대문연大文硏을 대리해서 자네를 부른 이유는 자네가 맡았던 파주의 탈릉 사건이 회귀 살인으로 규정되었다는 걸 알려주기 위해서고."

"그 사건은 맨 마지막에 자살한 어룡농원 노인의 연쇄 범죄로 종결되었습니다."

"그건 자네가 속한 쿠파의 입장이고 ─환還에서는 그동안의 분석에 의해 회귀 살인으로 규정했다는 것일세. 자네와 다른 두 가디언한테 주어진 이번 임무는 그 사건을 저지른 환인을 찾아 -환還으로 데려오라는 것이야. 현재로서는 격리시키라는 것 까지는 아니고."

 -환還에서 임무를 받은 가디언이 임무를 거절할 수도 있었다. 재엽도 두 번 거절해본 적이 있었다. 거절했을 때 내 일을 누군가에게 떠넘긴 듯 마음이 불편했다. 누군가 해야 할 일이라면 임무를 받은 사람이 행하는 게 당연했던 것이다. 그 때문인지 -환還의 임무는 세 사람을 한 팀으로 정해 주어지는 게 규칙이었다. 독단을 막기 위함이고 임무를 혼자 수행했을 때 느껴야 할 회의와 죄의식을 덜기 위한 장치였다.

 "이미 죽고 없는 진범을 어떻게 데려옵니까?"

 강 박사가 엄격한 눈길로 건너보았다. 재엽의 뒷덜미에 서늘한 기운이 서렸다. 강 박사는 다생환인이고 20대 초반에 -환還에 들었다. 한국 인터넷 -환還의 시대를 여는 데 그의 역할이 컸다. 그 역시 손재엽처럼 갈등을 겪지 않은 게 아니었던 것이다.

 "탈륨 사건을 맡았던 자네가 그 사건들을 환인에 의한 회귀 살인으로 인정할 수 없다면, 그에 걸맞는 보고서를 대문연 운영위에 올려."

 재엽은 탈륨 사건들의 진범을 어룡 노인의 딸 염미경으로 단정했다. 모든 증거는 어룡 노인의 범행과 자살을 가리키고 있었지만 한 꺼풀만 더 벗기면 염미경에 의한 정교한 연쇄살인이 드러날 터였다. 하지만 재엽은 염미경이 환인이든 아니든 그녀를 새삼스럽게 연쇄살인범이나 회귀 살인범으로 만들고 싶지 않았다.

 "그 임무를 제가 수긍할 수 없다면요?"

 "내가 유아리 소설을 읽었듯 자네도 읽었겠지. 그 친구는 제 전생

들을 소설로 써내고 있어. 조선 초기를 배경으로 한《하늘의 아내》같
은 경우를 생각해봐. 극단적인 삶이지. 그래서 기억해내는 것일 테
고. 유아리가 전생의 인물들을 소설 속 인물로 만드는 것밖에 방법이
없는 경우에는 소설로 끝날 거야. 그런데 유아리는 자신의 전생에서
만난 인물들을 현실 속에서도 알아보지. 오래전 생에서도 그렇다고
할 때 최근 몇 생에서는 어떨까? 김부전 이후에 살았던 생애에서는?
아직 생존한 사람들도 있다고 보면?"

"김부전과 유아리 사이에도 다른 생이 있습니까?"

"두 생이나 끼어 있어. 회귀 살인을 일으킬 수 있는 모든 경우의 수
를 그 아이가 갖추고 있다는 뜻이야. 자네하고만 하는 말이지만 자네
가 맡았던 파주 노인들 연쇄살인 사건이 유아리와 무관하지 않아. 부
전 다음 생애에서 아리는 홍란이라는 재일 교포 아이였어. 란이 모친
의 고향이 파주였고. 란이 열두 살 땐가 모친하고 외가에 왔어. 그리
고 한 무리의 술에 취한 왈짜들한테 걸려서 모녀가 살해됐지. 집단
강간 살인이었던 거야. 암장당했고. 아리는 그 기억을 열두 살 때 찾
았어. 당시 가정부 친정이 파주였던가봐. 정초에 가정부가 최산호 선
생하고 파주 이야기를 하던 참이었던 모양이야. 파주에 출판 단지가
들어섰느니 어쩌니 그런 이야기. 파주라는 단어 하나에 애가 넘어진
거야. 내원을 못해서 내가 왕진을 했는데 온몸의 모든 구멍에서 피가
나오고 있었어. 피죽도 못 먹고 산 것처럼 빼빼 마른 열두 살짜리 계
집애 전신에서 피가 나는 모습을 자네는 상상할 수 있겠나?"

두 사람 사이에 정적이 고였다. 강 박사가 가만히 다관을 들어 양
쪽의 찻잔을 채웠다. 재엽은 찻잔을 들어 후, 불었다. 아리가 쓰고 있
는《파르마콘》이 그거였다. 홍 경사가 세 자매의 막내로 살아남아 복

수를 했다는 설정만 다를 뿐 이름까지 똑같이 썼다. 재엽의 손이 떨렸다. 몸에 물이 꽉 찬 듯했다.

"유아리가 발표한 소설들에 그 얘기는 없더군."

요즘 아리는 그 이야기의 종반부에 이르러 있었다. 아리는 오전 여덟 시부터 오후 여섯 시까지 컴퓨터를 켜놓고 지냈다. 중간에 점심을 먹고 한 시간 정도 뜰을 바장이며 하루 여덟 시간씩 《파르마콘》에 매달려 살았다. 그 반작용인지 밤에 재엽이 찾아가면 억세게 품을 파고들었다.

"하지만 언젠가는 그 이야기가 소설로 나오겠지. 결국은 유아리가 —환還에 걸려들 수도 있다는 뜻이야. 그 위험을 자네도 모르지는 않을 걸. 자넨 그걸 바라지 않을 테고, 나도 그걸 바라지 않아. 그 아이는 이제 제 몸과 제 의식을 스스로 다스릴 수 있게 됐지만 나한테는 평생 몸이 부실한 딸 같은 아이야. 자네가 그 아이와 전생의 동무라서 그 아이에 대한 마음이 유다르다면, 그 아이를 다른 가디언들이 발견하기 전에 환還으로 데려오거나, 영원히 숨길 수 있는 방법을 찾으라는 게, 오늘 내가 자네를 부른 목적이야."

"아리는 —환還에 들지 않겠다고 분명히 말했습니다."

"아리는 열 몇 살 때도 싫다고 했어. 제 삶이라면, 겪어야 할 거라면 스스로 겪을 거라면서. 일련의 치료 과정이 끝난 뒤에 나를 일체 만나려 하지 않은 것도 그 때문이고."

"그런 사람을 제가 무슨 수로 박사님께 데려옵니까?"

"그 수를 자네가 찾아보라는 거지. 못 찾으면 숨길 방법을 찾으라는 거고."

재엽은 열흘 전쯤 해인으로부터 전송되어온 로즈 밀러의 작품 사진을 찾아 강 박사 앞에 내밀었다. 그가 유아리에 대해 말하지 않았다면 내놓지 않았을 사진이었다.

"이게 무슨 사진이야? 좀 이상하긴 해도 아리를 닮았는데, 자신을 모델로 한 조형물인가? 그 아이가 요새는 이런 것도 만들어?"

"아리를 모델로 한 건 맞는 것 같은데, 그 친구가 만든 건 아닙니다."

재엽은 전화기에서 로즈 밀러의 사진을 찾아 강 박사에게 다시 내밀었다.

"그 사람은 로즈 이가 밀러라는 화가입니다. 몇 년 전부터는 조형 예술을 하는 자가인데, 엘에이로 입양됐던 미국 국적의 사람이죠. 그 사람이 얼마 전에 동방갤러리에서 작품 전시회를 했는데 작품에 나타난 유아리 얼굴은 그 사람 작품입니다. 서는 전시회에 못 가봤지만 석해인에 따르면 실물 크기의 작품이라 했습니다."

"유아리와 로즈 밀러가 아는 사이인가?"

해인은 로즈 밀러와 만난 순간 회귀했을 뿐만 아니라 정식으로 만나기까지 했다. 해인은 로즈 밀러가 다생환인이며 김부전의 생애를 지니고 있다는 걸 확인한 참이었다. 김부전에 관한 기억이 아리보다 더 자세하고 감정이 극명하더라고 했다.

"로즈 밀러가 유아리처럼 김부전의 생을 갖고 있습니다."

"그게 무슨 말이야?"

재엽은 로즈 밀러가 김부전으로 밝혀지기까지의 과정을 설명했다. 다 듣고 난 강 박사가 책상 서랍에서 담배를 꺼내 불을 붙이더니 책상 뒤편의 창을 열고는 연기를 뱉었다. 그는 담배 한 개비를 다 태운 뒤에야 돌아섰다.

"내가 엘에이 삼사라 쪽과 연결해 로즈 밀러에 대해 알아보겠네.

채경문 박사님을 찾아뵙고 이야기를 나눠보겠고. 자네는 일단 운영위에 상정된 탈륨 사건을 해결하도록 하게. 회귀 살인이라면 진범인 환인을 찾아야 할 거고, 회귀 살인이 아니라면 그에 대한 근거를 제시하는 보고서를 올려 확실히 마무리 짓도록 하게. 다른 두 가디언에게도 이미 임무가 전달되었을 테니 그들도 납득시키거나 설득할 만한 보고서여야겠지. 어떤 식으로든 아리가 걸려 있음이 분명하다는 걸 명심하고."

"언제까지입니까?"

"5월 15일까지."

강지안 박사의 병원을 나와 주차장으로 향하는 재엽의 마음이 침침했다.

아리는 내일 아침 설 명절을 지내러 광주로 간다고 했다. 아리를 데리러 추선재 차가 온 모양이었다. 매번 데리러 오고 데려다주고. 지금까지 유아리는 그렇게 살아왔다. 소설 쓰는 일 이외에는 아무것도 하지 못한 채 갇힌 듯이. 그럼에도 아리를 아는 사람들은 그녀를 회귀 살인을 저지를지도 모를 위험 인물로 간주한다. 재엽도 그렇지 않다고 자신하기 어려웠다. 유아리가 투명한 장막을 두르고 있는 사악한 존재가 아닐까. 위장술의 천재일 수도 있지 않을까. 로즈 밀러가 나타났다고 그 불안이 가신 것은 아니었다. 로즈는 파주와 관련이 없는 것 같으므로 아리에 대한 혐의와 불안은 여전했다. 로즈가 전소명과 어떻게 연결되어 있는지 모르는 상태에서는 전소명의 죽음에 대한 혐의도 아리에게 있었다.

차에 들어앉은 재엽은 아리에게 10여 분 뒤에 도착한다는 문자 메시지를 보냈다. 3분쯤 지나 답장이 왔다.

"매콤 달콤한 낙지볶음 완성 직전!"

추선재에서는 전라도 인근의 특산물들을 수시로 구해 청운동으로 보내는 모양이었다. 큰아들 이름이 남해라서 남해 아주머니 아저씨로 불리는 도우미 부부는 목포 사람들이라 했다. 젊은 날 추선재에서 일하던 그 내외가 청운동에서 산 지는 20년이 가까웠다. 아리가 부모님을 잃고 청운동으로 올 때 그들 식구도 청운동으로 옮겨왔다. 덕분에 아리네의 식단은 전라도식에 가까웠고 해산물이 풍성했다.

자랑이 미진했던가, 문자가 다시 들어온다.

"내가 거의 준비했답니다. 맛있겠죠?"

추선재의 기사 아저씨가 싣고 온 낙지를 아리는 오늘 저녁 메뉴로 정했을 것이다. 남해댁이 낙시 다듬는 걸 지켜보았겠지만 저는 기껏해야 양파며 당근 썬 게 고작일 텐데 자랑이 넘쳤다. 그런 자랑에도 재엽의 가슴은 매번 뜨거워졌다. 아리는 그저 소설을 쓰고 있었다. 수만 권의 책을 성처럼 쌓아놓고 책상 앞에 앉아 이따금 손톱을 물어뜯으며 자판을 두드리며 살았다. 다듬어진 채소에 칼질 몇 번 하고 나서 음식 준비 다 했노라 자랑하는 여자가 소설 쓰기 말고 무슨 짓을 더 하겠는가. 설령 그렇다고 해도, 설혹 아리가 투명한 막을 둘러쓴, 나비까지 대동한 고도의 위장술을 부리고 있을지라도 재엽은 이미 늦었다. 경찰로서든 가디언으로서든 사내로서든, 모든 방법을 동원해 아리를 가릴 수밖에 없다. 이분화환인인 로즈의 등장이 그래서 어지러웠다. 두 여자가 서로의 존재를 깨닫고 난 뒤 친밀감이 아니라 적대감을 갖게 된다면, 채경문 박사의 말대로 서로를 소멸시키려 든다면 어찌할 것인가. 벌써부터 그렇게 진행되고 있는 것이라면.

　명성재단 이사장인 승원당 고상만은 추선재 유인곤의 대학 선배이자 골프 동무였다. 작년 여름 추선재의 유일한 혈손인 유아리가 작가가 되었다는 말을 들은 뒤 승원당은 유인곤에게 사돈지간 맺자는 제의를 했다. 자신의 큰손자 한빈과 아리를 엮어주자는 것이었다. 한빈은 서른두 살로 5년간의 뉴욕 유학을 마치고 돌아와 명성대학이 아닌 제 모교에서 시간강사 노릇을 하고 있었다. 장차는 대정그룹이 아니라 명성재단을 이어갈 젊은이였다. 반듯한 청년인 데다 아리하고 잘 어울렸으므로 추선재는 솔깃했다.

　한빈은 천생 문사로 태어난 듯한 청년이었다. 대정 총수인 고상만이 큰손자를 학교 안에서 살아가게 내버려두는 것도 그 문사 기질을 알아본 탓이었다. 많은 손자들 중에 학자 하나쯤 있어도 괜찮거니와 그의 짝으로 소설 쓴다는 유아리를 고명처럼 얹어도 보기 좋으리라 여기는 것이다. 하지만 아리는 결혼 생각이 없다고 고개 저었다. 나중에 결혼하겠다는 뜻이 아니라 한빈을 거절한 것이었다. 유인곤은 한빈이 탐나기는 할망정 아리에게 강요할 수 없고 강요하고 싶지도 않았다.

20년 전, 아리의 어미 아비가 부실한 딸자식을 두고 사고를 당해 사라졌을 때 유인곤 내외는 아이를 어째야 할지를 몰랐다. 당시 아리의 조모는 손녀가 요물로 태어나 제 어미 아비, 또 동생을 잡고 집안을 망해먹은 거라고 참척의 애통과 심화를 어린것에게 풀려 들었다. 그만치 양주가 제정신이 아니었다. 그때 사돈인 최산호 여사가 애를 데려가겠노라 했고 추선재는 못 이기는 척 아이를 내주고 말았다. 끼고 키우지 못한 게 내내 한이었다. 그런 마당에, 제가 욕심이나 낸다면 모를까, 대정그룹의 이전투구 판이 환인이라는 약점을 가진 아리에게 무슨 영화이겠는가. 재산이라면, 재벌은 아닐지라도 제 평생 쓸만큼 양가에서 물려받을 터. 제 일생 혼자서도 꾸릴 일도 이미 만들지 않았는가.

대정그룹은 고상만의 부친 대에 나주에서 잘나가던 술도가로 시작됐다. 술도가가 술 공장을 갖춘 회사가 되고 전국 규모의 양조회사인 대정주조로 커졌다. 대정주조가 리조트 사업 등을 함께하는 대정그룹으로 확장되는 동안 대정그룹이 견지해온 분야가 명성재단이었다. 명성재단이 거느린 학교가 열다섯 개나 되었다. 고상만에게는 아우 둘과 3남 3녀의 자식이 있었다. 큰아들 원영이 명성대학 총장이었다. 다른 자식들과 형제들은 대정그룹 산하의 각 회사들을 꾸렸다. 대정주조가 대정그룹이 되는 동안 고씨 집안사람들이 치른 싸움과 저지른 비리는 남녁 사람들이라면 다 알 만큼 요란했다. 고상만만 해도 자신의 이복동생들이며 사촌들을 모조리 숙청하고 제 형제들과 자식들로 그룹을 채워놓았다. 명예 회장인 고상만 사후 대정그룹이 치르게 될 분란은 받아놓은 밥상이었다.

이사장실 안에는 유인곤을 비롯한 명성재단 고문 다섯 명과 명성재단 내의 초등학교, 중학교, 남녀 고등학교 교장은 물론 전문대 학장과 명성대학 총장까지 죄 들어와 있었다. 새로운 고문단이 발족된 자리였다. 발족이라기보다 이왕의 고문단에서 작년에 세상 뜬 사람을 빼고 새로운 사람을 영입하면서 고문직 수락 서류에 도장을 찍는 형식적인 자리였다. 절차가 끝났으므로 이제 곧 이사장의 별저에서 마련 중이라는 점심 자리로 옮겨가게 될 터였다. 이사장의 별저이자 총장의 사택으로 쓰이는 승원당은 명성대학 뒤편의 숲 속에 있었다. 점심 뒤에는 이왕 만난 김에 공을 치기로 했다. 명성재단에 속한, 화순에 있는 컨트리클럽으로 갈 예정이었다.

"이보게, 유 군."

이사장 고상만이 아리를 불렀다. 소파에 파묻히듯 조용히 앉아 있던 아리가 어깨를 세우며 미소 지었다.

"네, 이사장님."

"혹시 우리 학교에 들어와서 한자리 맡아줄 의향이 계시는가?"

아리가 무슨 말인지 모르는 듯 유인곤을 돌아보았다. 그는, 물정 모르고 할아비에게 도움을 청하는 손녀의 몸짓도 흐뭇했다.

"네게 명성대학에서 강의를 해주겠느냐, 물으시는 게다. 사실은 내가 그 말씀을 들은 적이 있으나 네게 전하지 않았다. 네가 학위가 없거니와 몸도 약해서 강의할 형편이 못된다, 이 할애비가 미리 사양의 말씀을 드렸더니라. 했음에도 또 네게 물으시는 것이니 네 의견을 말씀드리려무나."

고개를 끄덕인 아리가 이사장을 향해 앉으며 말했다.

"제 할아버님 말씀이 맞으십니다, 이사장님. 저는 자격도, 능력도 갖추지 못했습니다."

"자네 능력은 물론이고 자격도 충분하지. 요새 한국을 떠르르 울리고 있는 작가 아니신가. 국문과 선생 노릇에 자네 자격이면 충분하고 말고. 차후 자네가 학위의 필요를 느낀다면 그것이야 아무 때나 갖추면 될 것이고."

"나중에, 제가 학위를 갖추고 강의할 능력이 생기고 욕심이 돋는다면, 이사장님, 그때는 제가 찾아뵙고 저를 써주십사고 도움을 청하겠습니다. 오늘은 이사장님의 후의만 감사히 받겠습니다."

"그리 말하니 더는 욕심을 못 부리겠구먼. 해도 자네는 우리 학교를 염두에 두고 차후에라도 와주기 바라네."

"네, 이사장님. 고맙습니다."

진심이든 아니든 승원당은 대학 선생 노릇을 제안함으로써 자신의 권력을 과시했고, 아리는 사양함으로써 조부의 체면을 뒷받침했다. 노인들이 만족한 얼굴로 자리 옮길 차비를 차렸다. 승원당陞原堂은 이사장실이 있는 대학 본관에서 1킬로미터 남짓한 거리였다. 이사장이며 고문들이 각자의 차에 오르는데, 아리는 할아버지에게 산보 겸해서 걸어갈 테니 먼저 가시라 했다. 유인곤이 하늘 한번 올려다보고는 그리하라 한 뒤 차에 올랐다.

승원당으로 향하는 길목 곳곳에는 이정표가 있다. 도로와 인도는 화단으로 분리되었다. 화단에는 측백나무와 빨간 꽃을 매단 동백나무들이 띄엄띄엄 서 있고 그 사이사이에는 남천이 울타리처럼 심겼다. 인도 왼쪽은 소나무 숲이었다. 2월 중순이라 바람은 아직 차가워도 오늘은 햇살이 좋다. 아리는 핸드백을 추스르고 두 손을 코트 주머니에 꽂은 채 또각또각 걸었다. 내일은 서울로 돌아갈 작정이었다. 추선재나 청운동 집이나 조용하기는 마찬가지지만 여기서는 아무래도 조부모와 함께해야 하는 시간이 많았다. 추석과 설, 합사한 제삿날 등, 광주 올 때마다 열흘 정도씩 묵어가는데 노인들은 어쩌다 한번 찾아드는 손녀를 노상 눈앞에 두고 싶어하셨다. 노인들과 함께 지내는 동안에는 혼자 있을 시간이 없었다. 청운동 집의 일상이 그리웠다.

"유 선생."

측백나무 건너편에 검은 승용차가 서 있고 거기서 사람이 나와 있었다. 명성대학 총장 고원영이다. 고한빈의 부친. 며칠 전 골프장에서 고한빈을 만났다. 1년 만의 재회였다. 고한빈을 보고 있노라면 또래의 남자들이 어떤 모습인지 보였다. 유아리 자신이 이제 막 스물아홉 살에 접어든 여자라는 게 느껴졌다. 고한빈이 고원영의 아들이 아니었다면 그를 향해 손을 뻗어보았을지도 몰랐다.

아리가 가만 서 있으려니 고원영이 화단을 건너왔다. 주인을 내려놓은 그의 차가 스르르 승원당 쪽으로 향했다.

"안녕하세요, 선생님."

"춥지 않소?"

"괜찮네요. 설이 지나선지 봄기운이 감지되는 것 같고요."

"예민하기도 하시구려."

파주에서 죽은 홍란은 이듬해에 전라도 화순읍에서 태어나 은복으로 자랐다. 존 레넌의 노래들을 좋아하고 조용필을 좋아하기 시작했던 여고 3학년 봄, 광주에서 '사태'가 났다. 광주에서 벌어진 사태로 그해 내내 뒤숭숭했지만, 은복은 그 도시의 국립대학 국문과로 진학

할 참이었다. 그날은 개천절이었고 연휴 기간이었다. 백일장은 연휴 첫날에 있었다. 화정여고에서는 은복 혼자 참여하기로 했다. 고등학생으로서는 마지막 백일장일 것 같아서 혼자서라도 나섰더니 버스정류장으로 가는 길목에 담임인 고원영 선생이 데려다주겠다며 와 있었다. 고원영 선생의 차를 타고 간 그 백일장에서 대상인 도지사상을 받았다. 돌아오는 길은 이미 저물어 있었다. 은복은 차 안에서 졸았다. 눈을 떴더니 고원영이 덮쳐들고 있었다. 그를 밀쳐내면서 차 밖으로 나섰더니 저수지 방죽이었다. 그가 차에서 쫓아 나오고 있었다. 은복은 뒷걸음질을 치다 방죽 아래로 발을 헛디뎠고 추락했다. 머리를 부딪쳤던 것 같았다. 마지막으로 의식했던 건 숨이 막힌다는 것이었고 그걸로 끝이었다.

"나도 좀 걷고 싶고, 유 선생한테 할 말도 있을 것 같아서 내렸어요. 아까 우리 이사장께서 하신 말씀, 진지하게 생각해보시라고."

그는 아리의 발걸음에 맞춰 걷고 있었다.

"아까 말씀드렸다시피, 학생들 앞에 설 만한 입장이 못된답니다. 제 학력도 문제지만 그만한 배짱이 없고, 무엇보다 현재로서는 제 방에 앉아 글 쓰는 일 이외에는 다른 관심이 없어서요."

다 사실이었다. 환인인 걸 부끄러워해본 적 없고 그럴 겨를조차 없이 자랐지만 낯선 사람들을 만날 때면 혹시 회귀가 일어나지 않을까 두려웠다. 낯선 사람들을 만나 회귀가 일지 않는다는 걸 확인할 때까지의 몇 초나 몇 분이 아리에게는 늘 너무 길었다.

"나중에라도 고려해보시라는 거지요."

"그렇게 하겠습니다. 감사합니다."

"추선재엔 언제까지 머무십니까?"

"내일쯤 돌아갈까 합니다."

"근자에 책 여러 권을 한꺼번에 내셨던데, 바쁘시지요?"

"그보다는 워낙 혼자 지내는 게 버릇이 돼서요. 어른들과 함께 있는 동안에는 제 방에 혼자 박혀 있기가 어렵더라고요."

"그래서 어른들 모시기가 힘들지요. 그래도 추선재께서 요즘 손녀 자랑을 어찌나 하시는지, 그러시는 그 어른이 뵙기가 좋습디다."

"제가 어렸을 때부터 걱정을 많이 끼쳐드렸지요."

"유 선생은 몰랐겠으나 나는 유 선생 어릴 때 본 적이 있어요."

그는, 부모님과 여섯 살이었던 유아침의 장례식장을 말하고 있었다.

"저를 언제 보셨는지는 여쭙지 않을래요. 알 것 같으니까요."

"내가 괜한 말로 상처를 건드렸군요. 미안합니다."

걸음을 멈춘 고원영이 깍듯이 사과했다. 아리도 멈춰 서서 그를 건너다보았다. 머리카락이 희끗희끗하고 얼굴에 주름살이 생겼지만 그는 아직 늙어 보이지 않았다. 다행이다! 생각하며 아리는 미소 지었다. 자신이 왜 그의 덜 늙음에 대해 다행이라 여기는지는 몰랐다. 30년 전 은복은 저수지에서 실족사한 것으로 된 듯했고, 고원영은 자신이 그날 은복을 데리고 다녔다는 사실을 밝히지 못했던 것 같았다. 그럴 수밖에 없었으리라고 아리가 이해하는 데에 시간이 꽤 걸렸다.

"이젠 괜찮습니다. 오히려 제 어린 날을 아신다는 분을 뵈니 반가운 걸요. 저를 숨기지 않아도 될 것 같은 안도감이 느껴져서요."

"그렇다니 다행이에요. 이후라도 혹시 내 도움이 필요한 일이 있다면, 연락하세요. 아버지처럼 의지해도 좋아요."

그가 명함을 꺼내 내밀었다. 아리는 명함을 보다가 전화기를 꺼내 명함에 새겨진 그의 전화번호를 눌렀다. 그가 재킷 안주머니에서 전화기를 꺼내 들여다보며 미소지었다.

"오늘 오후에도 어른들 따라 골프장에 가신다면서, 공 좀 칩니까?"

"그럴 리가 있나요. 어른께서 같이 가자고 하시니 고명처럼 얹혀 다니면서 골프장이 어떻게 생겼는지, 골프를 어떻게 치는지 눈으로 라도 익혀두는 거죠."

"소설에 써먹으려고요?"

"네. 소설을 쓰다보면 별의별 걸 다 알고 있었으면 좋겠다 싶거든 요. 상상력으로 해결이 안 되는 장벽을 만났을 때요."

"혹시 나한테도 물을 사안이 생기면 어려워 말고 전화주세요. 내가 할 수 있는 한 성의껏 답해 드리지요."

"고맙습니다, 선생님."

승원당 정문으로 오르는 길은 약간 경사가 섰다. 양쪽으로 소나무 숲을 거느린 정문까지의 거리가 50미터 쯤 될 듯했다. 아리는 경사진 길을 오르기가 약간 숨이 찼다. 걸음걸이가 느려지자 고원영이 한 걸 음 앞에서 돌아서며 싱긋이 웃었다.

"젊은 사람이 고작 그걸 걷고 숨을 색색거립니까?"

"신사답지 못하시네요. 오르막길에서 숙녀 손을 잡아주지는 못하 실망정 도리어 놀리세요?"

고원영의 얼굴에 홍조가 서렸다. 찬 공기 때문은 아니었다. 예순세 살에 이른 그를 스물아홉 살의 아리가 남자로 칭했기 때문이었다. 신 사와 숙녀는 동급이라 선언한 아리가 새침한 얼굴로 걸음을 옮겼다. 승원당 안에서 학교 직원들이 나와 총장과 아리를 맞이했다.

15

진눈깨비 날리는 일요일 저녁. 누군가의 집을 방문할 때가 아닌 것 같은데 로즈 밀러가 찾아왔다. 그녀의 두 번째 방문이다. 한 달여 전 전시회가 끝난 뒤 그녀는 디아나를 배달하는 용역꾼들을 따라 고한빈의 아파트에 왔다. 디아나가 어디에 있게 될지 확인하고 싶어서 왔다는 그녀의 말을 그때는 그럴 만하다고 수긍했다. 오늘은 과하다 싶다.

"이쪽에 올 일이 있었는데, 가깝다 싶으니 디아나가 어떻게 지내는지 궁금했어요. 무례를 용서하세요."

경비실에서 방문자가 있다는 인터폰이 왔을 때 이미 수화기를 들고 집에 사람이 있다는 걸 알렸으므로 한빈은 차마 거절하지 못했다. 디아나를 살피며 용서를 구하는 로즈의 어조에서 미안한 기색은 느껴지지 않는다. 디아나는 시선이 창 쪽으로 향하게 서 있었다. 한 달여 전 로즈 밀러가 세워놓은 그대로였다. 집으로 들어온 디아나는 갤러리에서 한빈이 볼 때보다 훨씬 컸다. 공간의 넓이에 따른 상대적인 느낌이었겠지만 아리보다 몸피가 큰 건 사실이었다.

"눈보라 날리는 날의 야경이 볼만하군요. 눈송이가 빛의 입자처럼 난무하잖아요."

높은 지대에 자리한 21층 아파트의 꼭대기였다. 밤이면 빛이 밑에서부터 어둠을 들어 올리는 듯한 야경이 펼쳐지곤 했다. 그렇지만 한빈은 발코니 쪽의 로즈 가까이 다가들지 않는다.

"저녁을 먹던 참이었습니다. 아직 식전이실 텐데 함께하시죠."

지금 방문객이 유아리라면 어떨까. 한빈은 자조하고는 주방으로 향한다. 지난 정초 골프장에서 1년 만에 아리를 만났다. 그녀는 비거리를 내기는커녕 공을 한 번에 맞추는 일조차 드물었지만 전력을 다해 놀았다. 아직 겨울 풍경에 싸인 황량한 그린이 그녀가 있어 봄 같았다. 골프가 끝나고 식당으로 옮겼을 때는 잘 먹었다. 제 앞에 놓인 음식의 재료를 모르면 사람을 불러 일일이 물었다. 그녀의 호기심은 연이어 화제를 부르고 웃음을 벌었다. 무엇에든 호기심을 보이던 그녀는 유일하게 젊은 사내인 한빈에게만 관심이 없었다. 전년 설 즈음에 만날 때와 같았다.

"고한빈 씨, 술 있으면 한잔 주세요. 이제 정말 디아나와 작별해야겠다고 작정하고 왔는데, 맨 정신으로는 못 떼어놓고 갈 것 같아요."

한빈은 술을 자주 마시지 않았다. 가끔 술자리에 가지만 취하도록 마시지도 않았다. 요즘 유아리의 소설을 읽으면서 한 잔씩 마시는 버릇이 생겼다. 한참 책을 읽다보면 목이 마르는 순간이 있었다. 그때마다 얼음을 잔뜩 넣고 술을 부어 마셨다. 소설 한 권을 다 읽을 때쯤이면 마신 만큼의 취기는 사라져 있곤 했다.

한빈은 찌개 대신 술병을 가져다 로즈에게 따라주고 자신도 한잔

따랐다. 그녀가 잔을 들어 보이곤 한잔을 단숨에 비웠다. 그녀에게 한잔을 다시 따라준 뒤 한빈은 제 잔을 반쯤 비우고 내려놓았다. 지금 더 취하면 이따 혼자 된 뒤 책을 읽을 때 아무래도 집중력이 떨어질 것이다. 이번 학기 '비교문학의 실제' 과목 텍스트에 유아리의 작품들을 끼워넣은 참이라 어제부터 《간지러움》을 다시 읽기 시작했다.

쌍둥이 자매가 살벌하게 싸우다 파국을 맞는 《거울 닦기》, 어린아이들을 성추행하는 노인 이야기인 《꽃이 피었네》, 한 정치인의 행태를 통해 대중의 속성을 풍자한 《손이 하는 말》, 조선 시대 노비 출신 여자 이야기인 《하늘의 아내》, 한 시골 집배원이 난독증 때문에 제 내면의 야수성을 발견해가는 《불모성 용어》, 천재라 불렸던 작가의 몰락을 그린 《참말이야》 등. 유아리의 소설들은 사뭇 집중이 필요했다. 한 문장을 놓치면 다음 문장에서 걸렸다. 한 단락을 놓치면 다음 단락을 이해하기 어려웠다. 스토리를 모르는 게 아니라 작가를 읽을 수가 없었다. 요즘 한빈은 유아리와 홀로 연애 중이었다.

"전시회 타이틀이었던 '내가 사랑하는 사람이 나에게 말했다'는 어디서 나온 겁니까? 혹시 브레히트의 시에서 온 겁니까?"

"맞아요. 그의 시 '아침저녁으로 읽기 위하여'에서 차용했어요. 오래전에 알게 된 그 시가 전시회 준비하는 중에 떠올라서요."

한빈은 유아리의 소설 서문에 그 시 전문이 쓰여 있는 걸 아느냐고 물으려다 만다.

"디아나라는 이름을 통해서 어느 정도 짐작하겠는데요, 디아나에 투영하신 작가님의 의도, 아니 의도는 적당치 않고 일단 꿈이라 칭할까요, 꿈은 뭐였습니까?"

디아나에 투영돼 있는 유아리를 제외하고 이야기를 하자니 질문이

불분명하다. 그렇더라도 한빈은 이 자리에서 아리를 거론하고 싶지는 않았다. 로즈 밀러에 대한 예의도 아니었다.

"꿈이라는 표현, 적당하시네요. 타이틀이었던 문장하고도 연결된다고 생각해요. 결국 사랑이 인간의 꿈이라고 할 수 있지 않을까요? 디아나는 지금 꿈꾸면서 그 꿈의 실현을 모색하고 있는 거고요."

"디아나의 방식으로요? 거칠고 무자비하고 상대가 고통조차 못 느낄 만큼 빠르게 누군가를 희생물로 만들면서요?"

"아이, 설마요!"

로즈가 깔깔거린다. 한빈도 따라 웃는다.

"갤러리에서 작품들을 둘러봤더니 작품 크기에 상관없이 대개 실제 인물 같은 모습이던데요, 디아나는 실제 모델이 있는 겁니까, 상상으로 빚으신 겁니까?"

처음부터 그게 궁금했다. 어떻게 유아리 닮은 작품이 로즈 밀러 손으로 빚어졌는지. 그리하여 자신에게까지 왔는지. 이게 우연인지, 필연인지, 혹은 운명인지.

승원당께서 추선재께 손자와 손녀를 결혼시키면 어떻겠느냐고 제의했다가 아리가 아직 결혼할 마음이 없는 것 같다는 말로 거절당했다. 승원당께서, 마음에 있으면 네 능력껏 해라, 하신 걸로 미루어 아직 포기하지 않은 것 같고 한빈도 포기한 것은 아니었다. 포기는커녕 비로소 맞수를 만난 듯 설레고 긴장됐다. 사지 멀쩡하고 미혼인 데다 병역의무도 착실히 마쳤고 공부도 할 만큼 하는 중이었다. 그 조건이 서른두 살 남자들에게 일반적인 것이라면 대정그룹 총수의 맏손자라는 유별난 타이틀도 있었다.

그런데 유아리와 추선재께서 마땅찮아 하는 게 그것인 듯했다. 고

한빈이 승원당의 맏손자라는 것. 명성재단뿐만 아니라 대정그룹의
복잡한 내막을 잘 아는 터수라 추선재께서는 손녀를 그 복마전 속으
로 들여놓기 싫은 것이다. 그룹 안으로 들어가길 처음부터 포기했던
한빈이 명성대학의 교수직조차 미뤄놓고 모교에서 시간강사 노릇을
하고 있는 속내와 다르지 않았다. 이해할 만하므로 포기할 상황도 아
니었다.

"꽤 오래전에 푸켓 여행을 간 적이 있어요. 거기서 한 여자를 봤어
요. 디아나와 닮은 이미지를 가진 젊은 여자였죠. 한국 사람 같았고
요. 망원렌즈로 수백 번의 셔터를 눌렀는데, 기이하게 찍힌 건 단 한
컷이었어요. 그 한 컷으로 그녀가 나한테 남기까지, 상상과 실상의
차이가 나한테는 충격이었죠. 한 사람을 향해 그만큼 몰두할 수 있었
던, 나를 그렇게 만들었던 그녀에 대한 오마주랄까."

그 여자가 유아리였을 것이다. 그래야 두 작가 사이에 만들어진 동
질성이 설명된다. 아리가 외조모를 따라 외국 여행을 많이 했다던 말
은 지난 정초에 추선재께서 하신 말씀이었다. 아리가 몸이 약해 학교
를 못 다녔으나 여행 경륜은 꽤 쌓았노라고. 일본어는 제 말처럼 하
거니와 영어도 제법 한다고. 노인께선 기회만 있으면 손녀를 자랑했
다. 승원당이 욕심내는 것은 아리의 학력이나 경력이 아니라 300년이
넘은 추선재의 세월이었다. 어떤 재력으로도 살 수 없는 추선재의 명
망. 추선재가 그걸 모를 리 없었다. 결국 추선재한테는 당신 손녀가
학교를 다니지 못한 것이, 아리 외의 자손이 없다는 사실이 뼈아픈
것이다.

"갤러리에서 디아나 맞은편에 있던 세 작품이 '어느 날 그가 왔다'
시리즈였는데, 인물의 나이가 달랐지만 한 사람 같았습니다. 그 작품

들은 작가님 자신의 초상인가요, 어떤 분을 모델로 한 건가요?"

한빈은 그날 갤러리에서 본 다른 작품들은 거의 기억하지 못했다. 현재 아는 건 갤러리에서 가져온 도록을 통해 익힌 내용이었다. 디아나에 대한 이야기를 멈추고 싶어 '어느 날 그가 왔다'를 화제로 삼은 것뿐이다.

"제가 아는 어느 화가의 젊은 날과 중년과 갓 노년에 이른 모습을 조형해본 거예요. 어떤 시에서 빌려온 건데, 제목 괜찮죠? 어느 날 그가 왔다."

"예에."

디아나에 관한 화제가 이어지지 않으니 대화가 막힌다. 한빈은 로즈에게 개인적인 사항을 묻고 싶지 않았다. 낯선 남녀가 마주 앉으면 물을 법한 내용들. 신상 정보를 주고받고 술에 취하고 취기만큼의 욕정으로 뒤엉키는 일련의 과정들, 할 만큼 해봤다. 순서가 어떻든 결과는 비슷했다. 몇 조각의 옷을 벗듯 몇 겹의 허울을 벗고 나면 남는 건 알몸과 알몸 속에 끓는 욕망이었다. 알몸 속에 들어 있는 욕망은 사출하고 나면 그뿐이었다. 그리하여 새로운 상대를 찾아 같은 방식의 과정을 되풀이하는 악무한이 계속되는 것이다. 유아리는 그 악무한의 고리를 끊어줄 수 있는 존재일지도 몰랐다.

"고한빈 씨, 갤러리에서 보신 즉시 디아나를 매입하셨잖아요. 디아나의 어떤 점 때문에 그런 결정을 했는지, 물어봐도 될까요? 평소에도 전시회에서 작품을 구입하곤 하세요?"

로즈 밀러는 디아나 이야기를 더 하고 싶은 모양이다. 한빈은 약간 싫증이 났다. 아무리 제 작품이라는 핑계가 있다지만, 이런 날 이런 시각에 남의 집에 들이닥칠 수 있는 여자가 어지간할까 싶다.

"단순하게 표현하면 첫눈에 마음에 들었고, 멋을 부려 말하자면 작품 속에서 저의 숨어 있던 자아를 발견한 것 같았달까. 저뿐만 아니라 작품을 대하는 사람마다 자신을 투사할 수 있을 것이란 생각이 들었고요. 제가 아는 사람 중에 그런 사람이 있습니다. 그 스스로는 가만있는데 보는 사람이 자신을 그에게 비춰서 되돌아보게 하는 사람이요. 디아나를 볼 때 그 사람 같다는 생각을 했습니다."

기세로 보면 그 사람이 누구냐고 물을 것 같은데 로즈 밀러는 가만 술잔만 비운다.

"묻지 않았으면 좋았을 것을 물어, 듣지 않았더라면 좋았을 대답을 들었네요. 차라리 침묵할 것을."

제 작품에 대한 평으로 야박했던 것 같지 않은데 낙담한 말투다. 한빈은 비로소 그녀의 눈을 바라보았다. 눈이 취기에 약간 달은 것 같지만 눈매가 깊다. 30대 후반쯤 됐을까. 눈여겨볼수록 아름다운 얼굴이다. 게다가 오늘은 머리며 화장에 신경을 썼는지 디아나를 배달하러 왔을 때보다 더 젊어 보인다. 한빈이 대화를 잇지 않으니 그녀가 물었다.

"고한빈 씨, 이 집에서 오래 사실 건가요?"

"빌려 사는 집인데 계약 기간이 올해 말까지니까 최소한 올해 말까지는 여기서 살 겁니다. 디아나가 앞으로 어디 있게 될지 궁금하신 것 같은데, 갤러리에서 말씀 드렸듯 언젠가는 대학 미술관으로 갈 겁니다. 저 홀로 감상하는 건 작품에 대한 예의가 아니잖습니까."

"언제쯤, 어느 대학으로요?"

"제가 어느 대학의 전임이 되는지에 따라 다르겠죠?"

"교수가 되면 그 대학의 미술관에 기증하시겠다는 말씀이세요?"

"그러려고요. 작가님께도 그게 더 나으시지요? 디아나도 자신의
삶을 살아야 할 테고요?"

"그렇기는 하죠. 저는 다음 달부터 카프카미술관이라는 곳으로 들
어가요. 그 미술관의 부속 작업실에서 1년 동안 작업하게 될 거예요.
디아나를 잊고 새로운 테마의 작업을 시작하게 되는 거죠."

"작가한테 테마를 묻는 건 실례지요?"

"상대가 누구냐에 따라 다르죠. 동종 업계 사람끼리는 금기고요."

흐흥 웃더니 술잔을 비운다. 그녀의 술잔을 채우다보니 식탁 위의
음식들이 거의 그대로다. 알코올 농도 45퍼센트의 17년산 술병이 어
느새 반도 넘게 줄었다. 어느 사이 경계심이 풀어졌던 것이다. 한빈
도 취기를 느꼈다. 이른바 코스대로 진행되는 중이었다. 로즈가 제
술을 홀랑 비우고 그 잔을 또 건네온다.

"디아나의 주인이 되신 기념으로 한잔 받아주세요."

한빈은 술을 받아 마셨고 그 잔에 술을 따라 로즈에게 건넸다. 그
녀가 고개를 숙이며 술잔을 받는 모습이 은근히 귀엽다. 유아리는,
온실 속 화초처럼 사는 것 같지만 낯선 것에 대한 두려움이나 모르는
것에 대한 거리낌이 없었다. 로즈 밀러는 끊임없이 주위의 눈치를 살
피는 어린 계집아이 같다. 한편으로는, 저만 바라보라고 요구하는 애
착증 환자 같았다.

"이제부터 하게 될 제 작업의 테마는 저예요. 나. 내 속에 들어 있
는 무수한 나의 모습들요."

어느 예술가의 작품인들 그 자신이 아니랴만 한빈은 고개를 끄덕
였다. 어느새 술병이 비었다. 밖엔 눈보라가 휘날리고 맞은편의 여자
는 취했다. 사내인 고한빈도 취했다. 술병이 비었다고 취한 여자를

눈보라 속으로 내보낼 수는 없게 되었다. 이대로 나가자고 찾아온 여자도 아닐 것이었다.

"더 하시겠습니까, 멈추시겠습니까?"

한빈의 정중한 물음에 여자가 흐흥 웃더니 일어나 식탁을 돌아왔다. 다가든 그녀가 곧장 입술을 맞댔다. 한빈은 어리둥절해 잠자코 있었다.

"나예요. 키스해요."

입술을 맞대면 상대의 얼굴은 보이지 않는다. 자신이 보고 싶고 느끼고 싶은 대상만 보고 느끼기 마련이다. 취한 상태에서는 말할 것도 없었다. 한빈은 지금 자신 안에 들어 있던 유아리가 일어난 걸 느꼈다. 로즈를 유아리로 대치한 건 비겁한 일이었다. 어쩔 수 없었다. 취한 지금은 여자만 보였다. 여자에게 닿고 싶었다. 그런데 지금 닿고 싶은 여자는 유아리였다. 고한빈의 품 안으로 들어온 여자도 유아리였다. 한빈은 입술을 맞댄 채 그녀의 가슴팍에 손을 넣었다. 그의 손바닥에서 유두가 금세 도드라졌다. 셔츠를 밀어올리고 젖꼭지에 입술을 댔다. 남녀가 엉기는데 소파나 침대가 굳이 필요한 건 아니었다. 남자의 급소는 얼마나 단순하던가. 이 여자는 그걸 잘 알고 있었다. 한빈은 주방 바닥에 여자를 뉘고 그녀의 하의를 벗겨냈다. 잠깐이나마 제정신이 든 건 그녀 안으로 들어서기 위해 몸을 맞추려던 순간이었다. 당신, 이대로 괜찮아요? 열에 뜬 채 한빈이 물으니 여자가 흐흥, 웃으며 그를 끌어당겼다.

16

제주 대정비발디파크에서 열린 전국 사립대학 총장 연례 연석회의는 의례적이고 요식적인 절차만 거친 채 세 시간 만에 종료되었다. 예정되어 있었던 비발디파크 프리미엄 그린에서의 라운딩과 라운딩 후의 만찬을 애초부터 취소하고 시작한 회의였다. 회의가 열리기 나흘 전 일본 동북부에 진도 8.8의 지진이 터졌다. 사망자와 실종자가 2만을 넘을 것이라는 참혹한 뉴스가 한국은 물론 세계를 뒤덮었다. 일본에 난리가 나 있는 즈음에 서울에서는 국회의원 이형호 변사 사건이 터졌다. 어제였다. 이형호는 한 호텔방에서 스물한 살의 접대부를 기다리다 시체로 발견됐다.

대학 총장들의 골프 회동이 의례적인 것이라도 지금은 회동할 시기가 아니었다. 가뜩이나 대학생들의 등록금 인하 요구가 거센 즈음이었다. 회의를 마친 사람들이 자신들의 비행기 시간에 맞춰 떠나거나 남거나 했다. 고원영의 비행기 표는 내일 오전 열 시 서울행으로 맞춰져 있었다.

누이 은옥네에 참사가 생겼으므로 들러볼 참이었다. 그의 서울 집도 서초동이었다. 그러니 회의가 아니었더라면 이미 다녀왔을지도 몰랐다. 못 갔을 수도 있었다. 승원당께서 온 집안은 물론 그룹 전체에다 은옥네를 향한 금족령을 내린 상태였다. 빈소가 마련된 것도 아닌데 이형호와 대정과의 관계를 세상에 떠들 필요 없다는 요지였다. 승원당 말씀이 아니었어도 대정그룹 안에 이형호를 변호하고 나설 사람은 없었다. 그가 죽음으로 일으킨 구설이 집안에는 구설수 정도가 아니라 재앙이었다. 때문에 승원당은 그쪽으로 범접도 말라고 진노했다. 그렇지만 사태의 파장을 줄이기 위해 승원당에서는 이미 손을 쓰고 있을 터였다. 특수경찰청의 서인환 청장이 대정주조 대표이사인 서인순의 사촌 동생이었다. 고원영의 사촌 처남이기도 했다.

사체 부검 결과는 내일 저녁쯤에나 발표될 듯했다. 매스컴이 먼저 떠들지 않았더라면 사체를 부검하는 사태에 이르지도 않았을 것이다. 어쨌든 부검이 끝나면 빈소를 차리기 위해 준비 중이라는데, 대정에서 이형호와의 관계를 외면하고 있듯 여당에서도 공식 논평을 내놓지 않았다. 예순두 살의 그가 호텔방에서 스물한 살의 접대부를 기다리다 죽었다는 사실 앞에 입을 다물어버린 것이다. 잘 산다는 것, 잘 죽는다는 것에 대해 생각하지 않을 수 없도록 만든 것이 이형호가 남긴 교훈인 셈인데! 고원영은 매제의 수치스러운 죽음을 생각하다 운전대를 잡은 채 한숨을 내쉬었다.

만의 안쪽으로 드넓게 펼쳐 들어온 협재 바다에 안개가 뭉게뭉게 몰려다닌다. 습한 공기가 금세 눈보라로 변하기라도 할 것처럼 써늘하다. 바닷가에 사람이 드물고 차는 더 드물다. 고원영은 주위를 느리게 돌며 아리가 묵는 펜션을 찾아냈다. 지붕이 깔때기 모양인 이층 건물은 깔끔하고 귀엽다. 오기는 했는데, 이제 어떻게 해야 할까. 이럴 때인가. 나이가 몇인데. 젊은 여자 때문에 화려했던 생애를 망가뜨린 이형호를 보고 있지 않은가. 이럴 때가 아니었다. 그는 애써 차를 돌려 세웠다.

전조등 불빛 속에 사람이 보였다. 오르막길 가장자리를 다박다박 걸어 오르는 젊은 여자. 청바지에 노란 파카를 여며 입고 파란 모자를 썼다. 차가 내려오는 기척에 길가 쪽으로 더 붙어 걷는 여자는 유아리다. 안개 속을 걷는 그녀는 차 안의 그를 알아보지 못하므로 그도 지나가야 맞았다. 그는 지나가지 못하고 제동기를 밟고 만다. 막 비켜 가는 그녀 옆에서 고원영은 경적을 울렸다. 모자챙을 치키며 그녀가 다가왔다.

"선생님!"

지난 설 무렵 승원당 어름에서 아리가 고원영을 향해 선생님이라 불렀을 때 그는 전율했다. 30여 년 전의 그 아이 은복이 떠올랐기 때문이었다.

서른두 살, 화정여고에 근무할 때였다. 400여 명의 학생 중에서 홀로 빛나던 아이. 그 아이가 예뻤다. 백일장에 데리고 갈 때나, 상을 탄 아이를 데리고 돌아올 때나 자랑스러웠다. 돌아오는 길에 잠이 든 은복을 범할 생각은 추호도 없었다. 어린것들은 어떻게 이렇게 빛이 나며 아름다운 것들은 어떻게 이처럼 연약하게 생겼을까. 그게 궁금해 잠깐 닿아보고 싶었다. 그 아이가 놀라 깬 뒤 그를 밀치면서 차문을 열고 달아날 때, 그런 게 아니라고 변명하기 위해 쫓았다. 내 말 좀 들어 봐. 나쁜 짓 하려던 게 아니야. 외쳤는데, 은복은 자꾸 도망쳤다. 그 자리가 하필이면 저수지 방죽이었다. 뒷걸음치던 은복이 눈 깜짝할 새에 방죽 아래로 추락했다. 그 가을에 저수지 물이 어찌 그리 많았던지. 방죽 아래가 무저갱처럼 깊고 캄캄했다. 그때 그는 은복을 따라 뛰어들지 못했다.

"일정이 일찍 끝나, 모처럼 드라이브를 나섰다가 아리 씨가 이쪽에 있다는 게 생각나 와봤소. 시국이 워낙 어수선한 즈음이라. 저녁식사 하셨소?"

"아니요. 산보하다 안개가 짙고 차가워서 들어온 참이에요. 어수선 한 시국 탓인지 바다가 무섭기도 했고요. 선생님, 저랑 같이 저녁 하실래요?"

"식사를 어떻게 해결하오?"

"하루 한 끼는 해변 식당에서 먹고 한 끼는 제 방에서 먹어요."

"나머지 한 끼는?"

"차를 마시죠."

"부자 되겠소. 괜찮다면 일단 타요. 한 끼 해결해드리고, 그 덕에 나도 한 끼 해결하고 가리다."

해변 식당에 손님은 두 사람뿐이고 텔레비전에서는 일본 지진 뉴스가 계속되고 있었다. 일본 지진이 워낙 커 이형호 사건이 그나마 약간 가려지기는 했다. 매운탕으로 저녁을 먹으면서 고원영은 반주 삼아 소주 몇 잔을 마셨다. 아리는 술을 많이 못한다며 소주 한잔을 아껴가며 마신다. 술 한 모금씩 마시고 치를 떨 때마다 그녀의 파란 모자 속에서 흘러나온 긴 머리카락이 나부댔다. 은복이 앞에 와 있는 듯했다. 자신의 실책으로 그 아이를 잃은 뒤 진정으로 웃어본 적이 있는지, 고원영은 기억나지 않았다. 그 아이를 잃었고 자신을 잃었다. 죄의식과 상실감의 우물 속에 갇혀 살았다. 사실상 아무것도 못하고 은퇴가 멀지 않은 나이가 되어버렸다. 아리가 은복의 자리에 나타나 두레박을 드리워주는 것 같았다.

아리의 방은 침실 하나와 거실 겸 주방인 공간으로 이루어져 있었다. 주방과 거실 사이에 4인용 식탁이 놓였고 노트북이 그 위에 있었다. 바다 쪽으로 난 거실 창 앞에는 원탁이 놓였고 양쪽에 의자 하나씩이 마주보고 있었다.

고원영을 거실에 두고 방으로 들어온 아리는 안개에 젖은 옷을 벗고 원피스를 뒤집어 쓴 뒤 매무새를 살폈다. 전화를 해온 고원영에게 그냥 여행 중이라고 말해도 될 걸 굳이 제주도에, 그것도 협재 바다에 있다고 말한 까닭이 뭐였을까. 그리하여 오늘 제주도에서 행사가 있었다는 그가 안개 자욱한 바닷가까지 홀로 찾아오게 만든 이유가? 고원영이 어떤 사람이었는지, 어떤 사람으로 나이 들었는지 궁금했을 것이다. 자신의 욕망을 절제할 수 있는 사람인지 아닌지. 오늘 그를 이곳으로 불러들인 이유는 어쩌면 그걸 확인하기 위한 것이었는지도 몰랐다. 지금 거울 속의 여자는 은복이었다.

방을 나온 아리는 일회용 녹차를 우려 낸 잔을 고원영에게 건네주었다. 표면에 I'm not a paper cup이라고 적혀 있는 도자기 잔은 펜션에 비치되어 있는 것이었다. 고원영이 나는 종이컵이 아니라고 몇 번을 소리 내어 읽는다.

"나는 종이컵이 아니라고 거듭 읽다보니 자꾸 할 말이 생기는 것 같소."

"어떤 할 말이요?"

"변명 같은 것들 말이오."

그가 잔을 들여다보며 후, 차를 식힌다. 아리도 차를 불었다.

"일주일째라면서 여기 와서 쓰는 소설은 어떤 내용이요?"

"발표하기 전의 소설은 비밀이랍니다, 선생님."

"제목만 말해봐요."

"제목은, 아직은 가칭이지만 《푸른 눈》이에요. 오래전에 써놨던 원고를 개작하고 있는 중이고요. 일종의 탈출기인데 배경이 옛날이에요. 어느 양반집의 계집종과 사내종이 손잡고 목숨 걸고 도망치는 이야기요."

"도망에 성공하오?"

"그건 저도 모르겠어요. 죽을힘을 다해 도망쳐서 이제 됐어, 하는 순간에 운명처럼 돌림병이 닥치고, 죽죠. 운명 앞에 속절없이 무너지는 허망한 인간사? 거창하게 표현하면, 자신의 운명에 대항하는 인간의 투쟁사라고 할 수도 있고요. 그래서 일종의 탈출기라고 하는 거예요. 운명으로부터의 탈출을 꾀하는 이야기니까요. 오는 초여름에 출간하기로 계약한 상태랍니다."

사람이 달아날 수 없는 게 운명이라면 고원영에게 30여 년 전의 은복도 운명이었다. 그가 이 자리까지 온 까닭이 그것이었다.

"이 방에서 인터넷은 되오?"

"아니요. 되는 방도 있다는데 안 되는 방을 골랐어요. 아, 전화가 왔네요. 실례하겠습니다. 제가 전화 안 받으면 당장 쫓아올 사람이거든요."

아리가 폴더를 밀어 올리며 미소 짓는다. 아리의 전화기는 요즘 유행하는 스마트폰이 아니라 몇 년쯤 된 구식이다. 고원영은 자신의 전화기를 꺼내 시각을 확인한다. 그의 전화기도 구식이었다. 일곱 시다.

1년처럼 긴 것 같던 오늘이 아직도 많이 남았다. 아리는 창가로 옮겨가며 통화하고 있었다. 발등까지 덮는 회색 원피스 자락이 열두 폭 치맛자락처럼 그녀의 움직임을 따라 살랑거린다. 저 차림으로 바람 속에 나서면 옷에 실려 날아갈지도 모르겠다고 생각하며 고원영이 웃는데 아리는 창을 향해 서서 통화한다.

"음, 남자 손님이야. 옛날 친구! 안개를 뚫고 찾아오셨어. 음, 밥 먹으면서 소주 한잔 마셨고, 지금은 차 마시려는 참인데, 당신 덕분에 술이 좀 늘었나봐. 몇 잔 마셔도 될 것 같아. 으음. 운명을 이긴 것으로? 알았어. 신중하게 생각할게. 당신은 언제 퇴근하는데? 아! 그래. 퀴즈의 답? 답은 함정 속에 있어. 모든 퀴즈의 답은 원래 함정 속에 있잖아? 그래, 충성 많이 하세요. 네에."

통화를 끝낸 아리가 전화기를 창턱에 놓으며 미소 지었다.

"친군데, 운명에 사로잡히지 말라네요. 제가 무슨 소설 쓰고 있는지 알거든요. 운명에 굴복한 결말로 만들지 말아달라나요."

"아리 씨 일에 대한 관심이 지대한 친군가봅니다. 남자 친구요?"

"네. 남자고 친구예요."

"남자 친구가 뭐하는 사람이오? 몇 살이나 먹었고?"

대답 없는 유아리를 돌아보던 고원영은 아차 싶다. 정신이 나간 게 틀림없었다. 처음 승원당 앞에서 아리가 그를 향해 신사답지 못하다 했을 때 고원영의 가슴이 두근거렸다. 동시에 1년 넘게 오줌 누는 이외의 용도로 사용한 적 없던 성기가 곤추섰다. 그날 이후 아리가 떠오를 때마다 다 늙어 다시는 쓸모없을 줄 알았던 그것이 머리를 세웠다. 지금도 그것은 부끄러움을 모르고 나대는 참이다.

남자의 인생에서 가장 놀라운 시기는 노년이라고 말한 사람은 노

년의 톨스토이였다. 톨스토이가 말한 놀라운 노년이 노년의 지혜로
움일지도 모를 일이나 노년에 이른 고원영은 그 말이 떠오를 때마다
코웃음을 쳤다. 톨스토이도 자신보다 삼십 몇 년쯤 젊은 여성과 맞닥
뜨려 매혹되었더라면 허둥거렸을 것이다. 그 여자의 젊은 남자 친구
가 나타나면 이렇게 분별없는 질투에 몸서리를 쳤을지도.

"퀴즈 하나 낼게요, 선생님. 거울이 하나 있어요. 그 거울로 글자
몸을 비춰봤더니 좌우가 바로 보여요. 그런데 그 거울에다 글자 눈
을 비춰봤더니 좌우가 바로 보이지 않아요. 그 거울은 어떤 거울일까
요?"

고원영은 조금 전 아리가 통화하면서, 모든 퀴즈의 답은 함정 속에
있다고 한 말을 생각했다. 답은 몸이나 눈에 있는 게 아니라 수수께
끼의 전제인 거울에 있을 터였다.

"조금 전에 답을 들은 것 같소만, 그냥 거울 아니오?"

하하 거린다. 이제 보니 아리는 잘 웃고 잘 먹고 종알거리기도 잘
한다.

"예민하시네요. 맞으셨어요. 답은 거울이에요. 그나저나 안개가 짙
어져서 가로등조차도 흐릿하네요. 숙소까지 돌아가시려면 애 좀 먹
겠어요."

돌아가라는 말이다. 고원영은 아리의 그 말에 바깥을 내다보기 위
해 창으로 다가들었다. 마당가에 선 가로등이 흐릿하게 안개를 뿌리
고 있을 뿐 주차된 차량도 보이지 않을 지경이었다. 아리에게서는 서
러운 듯, 결리는 듯 여릿한 향내가 났다.

"안개가 걷히든, 술이 깨든 해야 출발할 수 있겠소."

아리는 몸을 비켜가지 않으면서 다가들지도 않는다. 제가 다가들

어주면 좀 좋으랴. 고원영은 그녀의 긴 머리채에 손을 대보고 싶은 욕망을 한숨으로 다스렸다.

"주무시고 가셔도 될 것 같으면 이웃 방을 하룻밤 빌리셔도 괜찮을 거예요. 인터넷이 되는 방을 빌리시면 심심하지 않으실 거고, 일도 보실 수 있겠고요."

"그럼 한번 알아봐요."

정말 방을 알아보려는 듯 아리가 창에서 돌아서다 곁에 선 고원영의 어깨에 부딪쳤다. 그는 부축하느라 그녀의 어깨를 붙들었다. 눈이 마주쳤다. 너무 가까운 탓에 아무것도 읽을 수 없는 눈빛인데 그는 그 눈에서 달아나지 못한다. 끌어안고 싶은 욕망으로 손이 떨리고 몸도 떨렸다.

"당신은 귀한 사람이오."

고원영은 아리를 당겨 안았다. 그녀는 거부하지 않는다. 도리어 그를 마주 안았다. 비로소 그녀가 너무 젊은 여자가 아니라 그냥 여자로 느껴진다. 자신은 너무 늙은 남자가 아니라 그냥 남자 같아진다. 하지만 고원영이 그렇게 여긴 순간 그의 등에 있던 아리의 손이 그를 다독이기 시작했다. 남자가 아니라 지친 동료를 위무하는 우정 어린 동작이다. 혹은 늙은이에 대한 연민이거나. 우정과 연민의 손길은 애정을 필요로 하는 인간에게는 싸늘한 거절이라는 걸 그는 처음 느끼는 듯했다. 욕망으로 달았던 그의 몸이 부끄러움에 떨렸다.

특수팀으로 가야 맞을 이형호 사건이 연쇄팀으로 오게 된 것은 순전히 국장의 심술 때문이었다. 국장 앞에 열중쉬어 자세로 선 재엽은 그렇게 단정했다. 재작년과 작년에 걸쳐 연쇄팀에서 처리해버린 연쇄살인범이 셋이나 된 탓에 국장이 여러 차례 징계 위협을 받았다. 국장이 책상에 앉은 채 라이터 권총을 흔들어대며 소리쳤다.

"18일 06시에 발인한다니까, 18일 18시까지 진범 찾아와. 찾아오되 손가락, 아니 손톱 하나도 다치지 않게 곱게 데려와. 알았냐?"

18일이면 모레다. 범인을 찾으라는 게 아니라 발표문에 맞춰 사건을 종결하라는 명령이다. 테트로도톡신이 묻은 은단 몇 알로 인생을 끝낸 이형호의 죽음은 심근경색에 의한 심장마비사로 발표되었다. 서울시경과 특수경찰청과 국립과학수사연구원과 이형호의 부인 고은옥의 합작에 의한 것이었다.

"그럼 밀레니엄 베이비 사건은 좀 미뤄도 됩니까? 그 사건도 이번 주말까지 해결하라고 하셨는데요."

2000년 벽두에 밀레니엄 베이비들이 대거 태어났다. 한국의 출산율이 밑 모를 절벽 아래로 내리닫듯 하강할 즈음 생긴 일시적인 베이비붐이었다. 아기 도둑질이 시작된 것도 그해 1월이었다. 서울 소재의 작은 산부인과 세 곳에서 아기들을 도둑맞았다. 3월에 전라도 광주와 전주 소재 산부인과에서 각기 아기들이 유괴되었다. 8월 염천에 마산과 대구에서 두 아기가 사라졌다. 그때는 조산원에서 갓 집으로 돌아간 아기들이었다. 일곱 아기 중 여섯의 산모가 열여덟 살 미만의 중고생이거나 학교를 다니지 않는 소녀들이었고, 한 산모가 서른 살의 지적장애인이었다. 그나마 그 아기들이 가기로 된 시설이나 예정돼 있던 입양 부모들이 아니었다면 신고조차 되지 않은 채 사라졌을 아기들이었다.

수사는 조용히 진행되었다. 공론화시키지 못했으므로 탐문으로만 진행했다. 그해는 물론이고 이후 두해 동안 수사를 벌이고도 아기들을 찾지 못했다. 그런 사건을, 더구나 전국에 걸쳐진 사건을 무슨 수로 일주일 안에 해결하겠는가. 국장은 사건을 내놓을 때마다 일주일 안에 해결하라고 소리치지만 그냥 내지르는 말이었다.

"까불다 맞아죽는 놈 많이 봤다."

"죽이든 살리든 맘대로 하시고요, 도봉 쪽에서 누가 합류합니까?"

"비밀로 하기로 했는데, 합류는 무슨 합류! 서류며 자료들 넘어온 뒤 그쪽 기록은 말소될 거야."

"옛날 사건도 아니고, 엊그제 사건의 초동팀을 뺀다는 게 말이 됩니까?"

"너는 새끼야, 말이 돼서 범인만 잡았다 하면 옥상 아래로 차 던지냐? 너 같은 놈을 숨기느라 뒷집에 앉아서 머리털이 다 빠지는 나 같은 놈들은 말이 되고? 잊지 마. 이 시간부터 이형호 사건은 백 프로 너희 팀, 네 책임이라는 걸.”

국장이 특수경찰청을 뒷집이라 칭하는 건 청사가 국립과학수사원 뒤쪽에 있기 때문이고, 전국의 경찰을 치다꺼리하는 기관이라는 자조적인 표현이다. 전국 지방 경찰청의 사건 해결 지수는 평균 91퍼센트였다. 나머지 9퍼센트를 위해 쿠파가 존재했다. 또 한 가지, 쿠파의 청장과 죽은 이형호가 사돈지간이라 사실상 사적인 치다꺼리를 하고 있는 것에 대한 분풀이이기도 했다.

“우리가, 제가 이형호를 죽였습니까? 왜 제 책임이에요? 이왕 터질 거 다 터졌는데, 뭣 땜에 비밀 수사를 합니까? 누구 좋으라고요? 이미 엠엠피로 분류하고서, 우리한테 떠넘긴 거 아닙니까? 그냥 까놓고 말씀하세요. 진범을 잡으라는 건지 말라는 건지.”

라이터 권총이 날아왔다. 재엽이 몸을 비틀어 피한 권총이 출입문을 강타하고 바닥으로 떨어졌다. MMPmystery mission play는 의도적인 의문 사건을 뜻하는 쿠파 내의 은어였다. 굳이 내용을 규명하거나 진범을 잡을 필요 없는 사건들은 대개 정계나 재계 거물들과 연결되어 있었다. 엠엠피로 분류되는 순간 사건에 대한 은폐가 시작되므로 이른바 몸통들은 드러나지 않았다. 수사를 하다가 중단되거나 내용을 다 밝혀놓아도 증거 부족으로 판결나 유야무야, 흐지부지되고 말았다. 이번에는 일본 강진의 여파가 이형호의 죽음을 가려주면서 그 가족과 여당이 뒤집어쓴 오물을 덮어줄 모양이다.

“엠엠피든 아니든 새꺄, 너는 네 할 일 하면 돼. 분명히 18일까지라고 했다. 그리고 그 뭐야, 친구 중에 피디 있잖아. 코리아 365? 그 피디한테 냄새 풍기지 말고. 우리 사건이 우리 때문에 방송 타는 일이 한 번만 더 생기면 너 죽고 나 죽을 줄아.”

코리아 365가 아니라 '365 코리아'다. 도민섭이 시사 프로그램 '365 코리아'의 프로듀서 중 한 명이었다. 그 프로그램에서 다룬 사건을 재엽의 팀에서 수사한 적이 있었다. 재엽이 냄새를 풍긴 게 아니라 도민섭 팀의 프로그램이 냄새 풍긴 사건을 재엽 팀에서 수사한 것이므로 국장의 말은 생어거지였다. 재엽은 라이터 총을 주워 총구로 머리를 득득 긁으며 말했다.

“거울이 하나 있습니다, 국장님.”

“머어?”

“거울 하나가 있는데 이 거울로 글자 '몸'을 비춰봤더니 좌우가 바로 보입니다. 그런데 이 거울에다 '눈자'를 비춰봤더니 좌우가 바로 보이지 않습니다. 이 거울은 어떤 거울일까요?”

“뭐, 몸? 눈?”

재엽은 클클 웃고는 총 모양 라이터를 국장의 책상 모서리에 올려놓았다.

“총 바꾸셔야겠습니다. 성능이 너무 떨어졌어요. 아무래도 주인 닮아가나봐요.”

국장이 또 총을 집기 위해 허리를 빼는 것을 보고 재엽은 잽싸게 국장실을 나왔다. 닫고 나온 문에 텅, 총신 부딪는 소리가 났다. 국장은 지금쯤 거울 퀴즈 때문에 거울을 찾든가 종이에다 몸자와 눈자를 써보고 있을 것이다. 그 퀴즈는 아리가 제주도에서 낸 것이었다. 퀴즈놀이는 혼자 놀기에 이골이 난 유아리의 취미였다.

《파르마콘》 초고를 마친 아리를 협재 바닷가에 데려다놓고 온 지

일주일째였다. 일주일 뒤 데리러 가기로 했다. 그사이에 일본 지진이 터졌고 이형호가 죽었다. 이형호 사건 소식을 접했을 때 재엽은 즉각 유아리의 소설 《손이 하는 말》을 떠올렸다. 아리는 오래전부터 매체에 등장하는 이형호의 설화(舌禍) 행태들을 보며 소설을 구상했던 것 같았다. 그가 죽기 전에 이미 널리 퍼져 있던 '이형호 망언록'의 여러 말들이 소설 곳곳에 쓰인 게 그 증거였다.

《손이 하는 말》의 주인공은 수시로 뉴스거리가 되는 거물 정치인이었다. 그는 표리부동한 인물이 아니라 표리일체의 인물이었다. 집에 있을 때나 대중 앞에 있을 때나 한결같았다. 열등한 인간들에 대해 야멸치게 말하고 자신에게 쏟아지는 대중의 비난을 즐겼다. 그는 자신을 비난하는 대중의 반대쪽에서 입을 다물고 있는 또 다른 대중들이 자신을 용인한다는 걸 알았다. 이형호를 용인하는 사람들은 그를 통해 심리적인 충족, 대리 만족을 느끼는 것이다. 자신을 이해할 뿐만 아니라 옹호하는 그들이 존재하는 한 그의 행위는 그 자신에게 언제나 정당했다. 자신의 딸에게 살해되는 그는 자신이 왜 딸에게 죽어야 하는지도 몰랐다. 그가 자신의 딸을 비난할 때마다 어떤 손짓을 했는지, 자신의 딸이 그 손짓에 어떤 상처를 받았으며 어떤 증오를 키우고 어떻게 미쳐갔는지 알지 못한 채 죽었다.

"저녁 먹었어?"

재엽의 질문에 팀원들이 검거되기 직전의 살인마들처럼 짐짓 유들거리며 딴청을 피운다. 엠엠피일 게 빤한 이형호 사건을 맡아온 팀장에 대한 불만이다.

"배진홍, 밥 시켜라. 듬뿍 시켜."

재엽의 명에 배 순경이 수화기를 드는데 최연식이 소주 몇 병 가져오라 하라고 덧붙였다. 박 경위가 최 경장한테 화장지 통을 던지며 소리쳤다.

"에라 이 덜 떨어진 새끼야, 소주 몇 병? 몇 박스가 아니고?"

팀원들이 일제히 웃음을 터트렸다. 재엽이 자리에 앉으며 말했다.

"밥 오는 동안 오늘 작업들 종합해보지. 1조부터."

1조는 서울에서 사라진 아기들을, 2조는 광주와 전주 아기들을 맡았고 3조는 마산과 대구 아기들을 찾고 있었다. 아기들이 있던 산부인과 병원의 운영 실태를 설립 때부터 현재까지 파악하고 당시의 산모와 아기들이 가기로 한 시설이며 양부모들에 대해서 알아보는 중이었다. 산모는 물론 산모의 부모며 가족들의 과거와 현재 상황까지 살폈다. 관계된 사람들의 종교와 그와 관련된 종교 기관들도 파악해 나갔다. 4조는 아기들의 실종 당시 만들어졌던 서류와 증거들을 다시 분석했다. 동시에 사라진 아기들의 갓난아기 당시 사진과 아기들의 부모 얼굴을 합성해 11세 아동들의 사진을 만들었다. 씨도둑질은 못한다는 옛말이 과학적으로 증명된 게 DNA와 남녀 얼굴을 조합한 가상의 자녀 얼굴일 터다. 그제부터 사무실 게시판에 일곱 명의 아동 사진이 걸렸다. 남아 다섯과 여아 둘이었다. 5조는 4조와 함께 일주일 전, 재수사를 시작한 이후 날마다 새로 얻은 자료를 업데이트 시키면서 새로운 자료들을 만들어나갔다.

2000년 당시에도 사라진 일곱 아기를 애타게 찾는 가족은 없었다. 기억하는 사람이 없어 찾을 필요도 없게 된 아이들에 관한 수사가 재개 된 이유는 최근에 미혼모의 아기가 사라졌기 때문이었다. 3월 1일 오전. 아기를 입양하기로 했던 부부의 신고로 경찰이 찾아갔을 때 아기를 낳은 소녀는 담배가 피우고 싶어 아기를 안고 '미혼모의 집'을 나왔으며 담배를 산 뒤 전철을 탔다고 했다. 부천역에서 내린 소녀가 역전 광장 으슥한 곳에 앉아 담배를 피우는데 어떤 할머니가 다가와 아기 안고 담배 피우면 되느냐면서 아기를 잠깐 봐주겠다고 했다. 소녀는 아기를 할머니에게 안겨주고 콜라를 사 마시기 위해 자리를 떠났다. 소녀가 콜라를 마시며 벤치로 돌아갔을 때 아기와 할머니는 보이지 않았다는 게 사건의 전말이었다.

3.1절 아기 실종 사건이 밀레니엄 베이비 실종 사건과 연쇄 사건인지 아닌지는 아직 단정할 수 없었다. 미혼모의 집이 있어 관할이 된 영등포서에서 정보 공유 차원의 수사 자료를 전국 경찰 인트라넷에 올렸을 뿐 3.1절 아기 사건은 쿠파의 밀레니엄 베이비 사건과 아직은 별개였다.

"대장, 그리고 여러분, 화면 좀 보세요."

팀원들에게 상황 보고를 받아 입력하던 권여선 경장이었다. 학교 교실의 칠판만 한 화면이 16조각으로 나뉘어 있고 각각의 조각마다 희미한 영상들이 떠 있다. 아기들이 사라진 병원 인근 폐쇄 회로 카메라에서 추출한 화면들이다.

"음영을 더 제거한 건 알겠는데, 뭘 보라는 거야?"

권 경장과 동갑인 황동광 경장이 불퉁거린다. 어제는 보지 못했던 무언가가 화면에 나타난 듯하다. 2000년 당시에는 폐쇄 회로 카메라가 드물기도 했지만 몇 군데 카메라에서 채취한 필름을 샅샅이 분석할 기술이 없었다. 지금은 흐릿한 화면을 훨씬 선명하게 만들 수 있고 안면 인식 기술도 발달했다.

"맨 배불뚝이들이네. 저 남자도 임신한 거 같잖아."

최연식의 외침에 재엽은 자신의 이마를 쳤다.

"권, 5번, 11번, 13번 화면만 키워봐."

권 경장이 재엽이 지적한 화면들을 키우고 다른 화면들을 제거했다. 5번 화면 속, 병원 모퉁이에서 찍힌 젊은 배불뚝이 여자를 지금까지 산부인과에 내원한 임신부로 보았다. 11번 사진의 배불뚝이 사내는 배 나온 중년으로 여겼다. 13번 화면의 두 여자 중 젊은 쪽을 만삭의 산모로, 그 곁에서 가방을 들고 있는 나이 든 여자를 산모의 보호자로 생각했다. 박 경위가 외쳤다.

"와아, 이제 보니 저것들이 배에다, 아기들을 붙이고 있잖아."

박형주 경위는 서른여섯 살로 두 아이의 아버지고 부인이 셋째를 임신해 만삭이 가까웠다. 그 탓에 눈이 밝아진 것이다. 지금까지 모두들 눈뜬장님이었다. 그들의 배 모양이 자연스럽지 못한 걸 발견하지 못했다.

"권, 5번과 13번 여자들이 같은 인물인가 대조해봐."

5번과 13번의 얼굴들은 그 자체로는 누군지 알 수 없게 측면에서 찍혔다. 권 경장이 화면 중앙에다 각도가 다른 두 얼굴을 띄우더니 코의 높이며 미간이며 인중들을 비교했다. 몇 초 만에 불일치 판정이 났다.

"11번 배불뚝이 사내는 안면 인식이 가능하겠어?"

"일단 시작해보겠습니다."

배불뚝이의 주민증 사진이 화면의 얼굴과 현저히 다르지 않다면 그의 신상이 나올 것이다. 안면 인식 대조 시스템의 작동 속도를 따라가지 못한 모니터가 파란 화면을 띄운 채 시스템의 움직임이 멈추기를 기다렸다. 팀원들이 숨을 죽이다 참지 못하고 주섬주섬 담배를 꺼내 물었다. 여기는 오늘도 너구리 잡네요? 밥을 가지고 들어온 지정 식당 배달원이 정적을 깨며 회의 탁자에다 음식을 늘어놓다가 대꾸가 없자 줄행랑쳤다. 모두 탁자로 모여들어 식사를 시작했다. 애써 화면에서 고개들을 돌리고 밥을 먹는다.

"나왔습니다."

권 경장의 외침과 함께 화면이 바뀌었다. 배불뚝이가 화면의 절반을 차지했고 나머지 절반에 그의 주민등록이 나타났다. 1955년생, 전규철. 원적지가 인천이고 주민등록지는 부천이다. 배불뚝이 화면이 사라진 자리에 전규철의 이력이 떴다. 신학대학을 졸업한 전규철은 부천의 성음교회에서 전도사로 활동하다 목사가 되었고, 화곡동에 있는 창세교회에서 부목사로 재직하던 중 파문되었다. 1998년 10월이었다. 이력서는 화곡동 창세교회에서 그를 파문한 뒤 파문 사유서에다 첨부해 인터넷에 탑재해놓은 것이었다. 전규철의 파문 사유는 이단 사상으로 인한 교단과의 마찰과 목회자로서의 부적절한 행위에 있었고, 그를 파문한 책임 목사의 이름은 한성준으로 기록되어 있다. 창세교회, 한성준 목사!

이런! 재엽은 속으로 탄식한다. 한성준 목사는 재엽이 –환䲜의 가디언으로서 받은 첫 번째 임무를 통해 제거된 인물이었다. 2002년, 월드컵으로 온 나라가 붉게 달아올랐을 때였다. 한성준은 자신을 통해 –환䲜에 입문한 다수의 환인들을 –환䲜으로부터 격리시키며 세력을 키웠다. 수평 조직인 –환䲜에 수직적인 계급 체계를 세우려 했고 운영위원회의 수장으로 나서려 획책했다. 당시 그가 내세운 명분은 원활한 조직 운영이었지만 그와 같은 명분은 –환䲜을 사교집단으로 만들고자 시도해온 여러 사람들이 내세운 것과 다르지 않았다. –환䲜의 운영위원들이 가장 경계하는 게 일인 독주였다. 운영위원들 사이의 균형이 무너지면 -환(環)이 분열될 수 있기 때문이었다.

재엽은 수저를 내려놓고 물을 들이켰다.

"권! 창세교회 홈피에 전규철의 이력서나 파문 사유서 등이 남아 있는지 알아보고 김기욱, 신도나 간부들 명부에 전규철이 올라 있는지 살펴봐."

인터넷에 오른 기록은 원본이 사라져도 네트워크 어딘가에는 존재했다. 그런 기록들은 권여선이나 김기욱 같은 컴퓨터 귀신들에게 반드시 걸릴 뿐만 아니라, 어지간한 일반인들도 찾아낼 수 있었다. 지금 알아야 할 건 창세교회에서 그 기록을 공식적으로 유지하고 있는가 하는 것이었다.

"우와, 이거 보세요."

모니터에 전규철에 관한 새로운 정보가 떴다. 전규철은 1998년 2월에 전창세로 개명했고 1999년 10월에 부천 성음교회에 목사로 부임했으며 11월에는 성음교회 명칭을 창세교회로 개칭했다. 2002년 10월 전창세는 한성준이 사라진 화곡동 창세교회에 부목사로 부임했으며 2005년에는 담임 목사가 되었다. 현재 창세교회의 주목사는 전창세이고 휘하에 세 명의 목사와 여덟 명의 전도사가 포진했다. 철원군 갈말읍 지경리에 창세교회 부속 기도원인 창세원이 있는 것으로도 나타났다.

"온통 창세네. 어쩐지 큰일 난 거 같은데요. 사이비 냄새가 진동하잖아요."

"꼬라지가, 먼지 나는 방바닥 슬쩍 들췄더니 진시황 무덤이 들어 있는 격이라!"

주하준 경장과 양현남 경위가 한마디씩 했다.

"파리 한 마리 쫓아갔더니 구더기 바글대는 똥간이 있더라! 그게 낫지 않아?"

"에이, 박 경위님. 밥도 덜먹었는데 구더기며 똥간이 뭐예요?"

박 경위의 비유에 배진홍이 질색을 했다.

김기욱이 창세원을 검색한 내용을 화면에 띄웠다. 창세원은 철원군 갈말읍 지경리 묘현산리 1번지에 위치했고, 기도원이 아니라 약초를 생산해 가공하는 농원으로 나타났다. 창세원 상표의 약초와 약재는 유기농법에 의해 생산되는 것으로 꽤 알려졌고 상품 판매는 유한회사인 창세유통이 대행하고 있었다. 창세유통의 대표는 전창세의 부인인 한유정 목사이며 그녀는 창세교회의 목사 중 한 명이다.

"전창세 씨, 아주아주 무서운 아저씨네요. 그 아저씨가 밀레니엄 베이비들을 훔쳐다가 뭘 했을까요?"

무서운 아저씨라는 배진홍의 말에 다들 웃지만 예사로 넘길 수 없는 뭔가가 생겼다는 걸, 한동안 퇴근하기 글렀다는 걸 짐작하는 얼굴들이다. 재엽이 말했다.

"아주 무서워 보이는 전창세가 우리 밀베들을 훔쳐다 뭘 했는지, 이제부터 알아보기로 하자. 그런데 두 사건을 동시에 진행해야 한다. 다들 알다시피 이형호 변사 사건이 우리한테 배당되었다. 국장께서는 모레, 18일 18시까지 이형호 사건이 해결되기를 바라신다. 조금 있으면 도봉 서에서 이형호 사건에 대한 수사 자료며 증거들이 올 거야. 이형호 사건에 관한 회의는 내일 아침 아홉 시에 하기로 하고 오늘밤엔 일단 전규철, 혹은 전창세에 대한 자료들을 찾아보기로 한다. 30분 뒤, 1조는 철원 창세원으로 가고, 2조는 성음교회였던 부천의 창세교회로, 3조는 화곡동 창세교회로 간다."

1조의 박형주 경위가 말했다.

"여덟 시 다 되어갑니다. 철원까지는 두 시간 넘게 걸릴 거고 그쪽은 순전히 산이라 아마도 그 시간쯤이면 창세원에 접근하기도 어려울 겁니다."

"그 앞까지만 가보자고. 길은 있을 거 아냐? 야간 드라이브 한다 쳐."

3조의 황 경장이 손을 들었다.

"대장. 저희 조가 화곡동 창세교회에 도착하면 아홉 시라 치고요, 밤 아홉 시에 교회를 어떤 방식으로 들어갑니까? 긴급 수색영장 받아 쳐들어갑니까, 신도인 척하고 들어가 동정만 살핍니까? 체포영장 받기엔 근거가 없고, 신도인 척 들어가봐야 얻을 게 없을 거고요."

황 경장의 말과 함께 정복 차림의 순경 둘이 들어와 재엽을 찾았다. 도봉서에서 이형호 사건 자료를 들려 보낸 순경들이다. 자료를 전송하지 않고 인편으로 보내온 까닭은 정보를 노출하지 않기 위해서다. 인터넷을 통해 움직이는 자료들은 맘먹고 덤비는 인간들에게는 반드시 걸리기 마련이었다. 인터넷은 물론 인트라넷에도 띄우지 않겠다는 것은 엠엠피라는 의미였다. 이형호는 혼자 돌연사한 것으로 마무리되어야 하는 것이다. 사건 해결하라고 주어진 이틀은 그야말로 요식 행위였다.

순경들이 내민 인수증에 사인을 해서 돌려보낸 뒤 재엽은 황 경장의 말에 답했다.

"일단 어떻게 생겨먹은 곳들인지 보자는 뜻이야. 이왕 간 김에 최대한의 자료를 수집해야겠지. 절대 외부 침입이 있었다는 걸 눈치채지 못하도록 하고."

"결국 또 도둑놈들처럼 들어가 빼오라는 거죠. 어떻게 된 놈의 일이 허구한 날 도둑놈처럼 기어 다니는지 몰라. 가끔 내가 경찰인지 도둑놈인지 헷갈린다니까."

구시렁거리는 황 경장을 향해 권 경장이 화장지통을 내던졌다. 화장지통은 황 경장의 이마를 가격하고 떨어진다.

"4조는 사무실에서 전창세와 성음교회, 창세교회, 창세원의 관계, 창세교회와 한성준 목사와 한유정의 관계. 교회나 창세원과 아기 부모들, 조부모들 관련 내역을 파악해. 더불어 4조, 기독교나 사이비 기독교 등에서 숫자 7을 어떤 의미로 쓰는지 그에 관한 자료 좀 뽑아봐. 아기 일곱을 훔쳐간 이유를 찾아보자는 말이지. 일곱이 그냥 일곱인지, 지들 나름의 필요에 의한 일곱인지. 지들의 필요에 의한 일곱이 아니었다면 사라진 아기들이 더 있을지도 모르니까. 또, 3.1절 아기 사건의 용의자 몽타주와 창세교회 관련 사진들을 비교해서 비슷한 인물이 나오는지도 찾아보고."

"말씀하신 대로라면 논문 써야 할 것 같은데요?"

4조의 김기욱이 볼멘소리를 했다. 재엽은 듣지 못한 척 하던 말을 이었다.

"5조는 지금부터 이형호 사건 파일을 분석 정리하고, 진홍이와 나는 1조와 함께 철원으로 간다. 출동은 30분 뒤다. 이상!"

재엽은 봉인된 상자를 열어 내용물을 5조에게 건넨 뒤 사건의 대강을 인지하기 위해 자료가 다 담긴 시디를 자신의 컴퓨터에 넣었다. 우이동 호텔의 현장 사진이 수백 장이고 초동수사에 관한 소견서가 첨부되었고 이형호 자택의 구조며 그의 차와 차고 사진들도 있었다. 수사 대상에 오른 이형호 주변인이 서른한 명이나 되었고, 그들 한 명 한 명에 관한 신상 정보가 담겼다. 이형호 자택의 피고용인은 여섯 명이다. 두 명의 가정부와 두 명의 운전기사와 정원사 한 명에 개인 교사 한 명. 이형호의 막내딸 다솜의 개인 교사 이름이, 로즈 밀러다. 로즈 밀러? 마우스를 돌돌 굴리던 재엽의 손이 뚝 멈춘다.

'카프카의 정원'은 소나무며 낙엽송, 삼나무 등의 침엽수종을 중심으로 가꿔진 수목원이었다. 텔레비전 드라마나 영화 촬영팀이 심심찮게 찾아들 정도로 숲이 넓고도 깊었다. 수목원에서 높은 지대에 위치한 미술관은 3층 건물이었고 부속 작업실은 미술관에서 서쪽으로 100미터쯤의 편백나무 숲에 감싸여 있었다. 단층이면서 작업만 하게 되어 있는 120평의 전용 공간이다. 부속실 앞은 잔디 마당이고 마당 건너편에는 키 낮은 미송들이 다복다복 서 있다.

"끝내주는 곳이네. 이런 공간을 거느린 미술관의 후원 작가 겸 초대 작가가 되다니, 로즈 씨 정말 멋져요. 위대해!"

해인의 경탄에 로즈는 고개를 끄덕이며 맥주 깡통을 들어올린다. 이 부속실이 2월부터 비어 있었으므로 집을 따로 얻지 않았다. 가구며 살림 도구를 김포의 엄마 집으로 옮겼고 작업에 관련된 것들은 이곳으로 옮겨왔다. 그동안 좁은 집 안에서 먼지 방지 덮개를 뒤집어 쓴

채 웅크리고 있던 수십 점의 판넬과 조형물들이 넓은 공간을 만나 활
개를 펴게 되자 작업실이 곧 로즈 이가 밀러의 작품 전시실이 되었다.

브라보! 해인이 맥주를 들어 창을 향해 외친다. 그녀는 여섯 개들
이 깡통 맥주를 열 상자나 싣고 입주를 축하하러 온 참이었다. 고향
집에서 보내왔다는 김치며 밑반찬들도 잔뜩 싸왔다. 동방갤러리에서
의 조우 이후 세 번째 만남이었다. 조연선 화백에게서 해인의 전화번
호를 알아내 로즈가 먼저 전화를 걸었다. 해인이 동반 회귀를 부정하
리라는 염려 따윈 하지 않았다.

"그런데 이 수목원이며 미술관에 어쩌자고 카프카를 데려다났대
요? 카프카하고 무슨 상관이 있어서?"

"나도 그게 궁금했는데 어제야 알게 됐어요. 미술관장이 수목원장
이기도 하더라고요. 미술관 3층이 관장의 집무실 겸 별저예요. 거기
200호는 됨직한 카프카 사진이 걸려 있었어요. 관장이 카프카 팬인
모양이에요."

3층에 들어서자 입구에서 마주 보이는 벽면에 카프카 초상화가 걸
려 있었다. 크고 깊은 눈과 짙은 눈썹. 기둥처럼 완강한 코와 나귀처
럼 도드라진 귀를 가진 남자의 흑백사진이었다. 작은 사진을 확대한
탓에 사진이라기보다 검정색 주조의 초상화처럼 보였다. 카프카의
정원에서 볼 수 없는 카프카는 거기 있었다. 어제 관장이 불러 3층에
가기까지 로즈는 카프카가 어떻게 생겼는지 몰랐다. 예전 언젠가 그
의 사진을 본 적 있었겠지만 기억할 수 있는 한 사진 속 카프카는 처
음이었다. 체코에서 태어났고 독일어로 소설을 썼고 젊어서 죽었다
는 그의 대표작이 《변신》이라는 정도가 카프카에 대해 로즈가 아는
전부였다. 인간의 부조리와 인간 존재의 근원적 불안에 대해 썼다는

그의 작품 《변신》을 대학 신입생 시절에 교수의 과제 때문에 읽었다. 그 작품에서 가족, 혈육은 아무것도 아니었다.

"관장이 은수영이죠?"

"어떻게 알아요?"

"당신 업계에서 뿐만 아니라 문화계 전반에 꽤 알려진 사람이잖아요. 이른바 문화계의 큰손? 미스터리한 인물로 알려져 있죠. 오대양 그룹의 직계라던가. 그룹 경영권에서 밀려난 비운의 왕녀! 그런 식이었던 것 같은데, 별저에다 대형의 카프카 사진을 걸고 있다니 어쩐지 신비한 사람 같네."

은수영은 신비한 사람이라기보다 아픈 사람 같았다. 인사동 음식점에서 처음 만날 때 냉정한 사업가처럼 보이던 그녀가 어제는 검은 바지에 검은 셔츠를 입고 검게 패디큐어한 맨발에다 매니큐어도 검게 하고 있었다. 그녀는 날지 못하고 둥지에서 어기적거리는 까마귀 같았다. 과음의 뒤끝인지 부은 얼굴은 부석부석했다. 그녀의 공간이 미술관이므로 그대로 세워놓고 〈불안〉이라는 제목을 붙이면 작품이 될 듯했다.

어제 로즈를 부른 관장은 창세원이라는 기도원에 대해 말했다. 철원 창세원은 창세교회의 부설 기관이자 창세교회 신도들의 자치 마을 같은 곳이다. 거기 정주민이 1,000명가량 된다. 괜찮다면 한 달에 한두 번이라도 다니면서 원하는 사람한테 그림 그리기를 가르쳐보지 않겠느냐. 물론 그 강의료는 카프카미술관에서 지급한다. 관장의 제안에 로즈는 창세원에 한번 가보고 나서 결정해도 되겠느냐고 반문했고, 그녀는 예의 컴컴한 얼굴로 알아서 하라 했다.

"로즈 씨, 책 많이 읽어요?"

　로즈는 시나 소설 읽기가 싫었다. 특히 한국어로 쓰인 소설은 더 싫었다. 뒤엉켜 있다가 기회 있을 때마다 한두 개씩 풀려나오는 전생의 기억들 중 작가 김부전으로 살았던 생애가 제일 또렷했다. 그 생애가 로즈에게 남긴 치욕의 기억은 더욱 선명했다. 한국으로 돌아온 뒤 대학 도서관에서 쉽게 찾아낸 김부전의 책들을 구경만 하고 거의 읽지 못했다. 나유석의 글과 김한주의 글도 읽기 싫었다. 읽지 않아도 그녀들의 글에 담긴 열망과 열망보다 깊었던 절망을 고스란히 느꼈다. 특히 부전이 쓴 시 〈유언〉이 떠오를 때면 뼈 마디마디가 아팠다. '조선아…… 죽은 시체에게라도 더 학대해다오. 그래도 부족하거든 이 다음에 나 같은 사람이 또 나더라도 할 수만 있다면 또 학대해보아라…… 이 사나운 곳아 이 사나운 곳아.'[1]

　"난 시나 소설을 직접 읽는 경우가 드물어요. 2차 텍스트를 읽죠. 왜 읽기 싫은지는 당신도 이해할 거고, 그런데 왜요?"

　"당신이 지난번 전시회 때 타이틀로 시구를 인용했던 게 생각나서. 책을 많이 읽는다면 내가 이따금 가져다줄까도 싶고요. 내 책상에 일주일이면 신간이 많을 때는 5,60권씩 쌓이거든요."

　"그걸 다 읽어요?"

　"어이구, 무슨 수로요. 잘해야 네댓 권, 보통 두세 권이나 읽을까."

　"그 책들을 다 어떻게 해요?"

　"재미없게 생긴 책들은 회사 도서관에 두고 재미있게 생긴 책들은 내가 봉사 다니는 단체 도서관에 가져다놓죠. 때로는 여기저기 나누어 보내기도 하고."

---

1) 김명순의 시 〈유언〉중에서.

"봉사를 어디로 다니는데요?"

"대미원이라고 들어봤어요?"

두어 달 전까지 카프카미술관도 몰랐던 로즈에게는 대미원도 금시초문이었다. 해인이 그럴 줄 알았다는 듯이 대미원에 대해 설명했다. 환인들의 재활 기관이자 사회에서 살지 못하는 환인들의 집단 거주지 같은 곳이라고. 한 달에 한 번씩 그곳 도서관에서 환인들을 대상으로 책 읽기를 지도한다고 설명하는 해인의 표정에는 열정이 어렸다. 아름답다. 대미원은 어쩌면 창세원과 비슷한 곳일지도 몰랐다. 해인이 대미원에 한 달에 한 차례씩 다니면서 저만큼 반짝일 수 있다면 로즈 밀러도 창세원을 다니면서 그만큼 생기로워질지도 모른다.

"로즈 씨, 이제 여기서 어떤 작업을 할 거예요?"

"나. 내 속에 들어 있는 무수한 나를 한번 풀어보려고요. 무슨 뜻인지 알죠?"

다생환인으로서 여러 생의 기억들을 작품으로 만들어 기억으로부터 추방하겠다는 로즈의 말을 해인은 잘 알아들었다. 고개를 끄덕이며 새 맥주 깡통을 연다. 지난달 말경, 로즈가 억지로 찾아가 만났던 고한빈에게 '나'를 테마로 작품 하겠다고 했을 때 그는 알아듣지 못했다. 그냥 막연하게 하는 소리로 여기는 것 같았다. 그게 당연했으므로 상관없었다. 적당히 취한 채 치렀던 섹스는 깊고도 길었다. 그리고 일주일이 지나도록 고한빈은 연락이 없었다. 그 스스로는 결코 연락할 사람이 아니라는 걸 처음부터 알았다. 그는 로즈 밀러가 지금까지 만난 여러 남자들과 다를 것 없는 남자였다. 여자가 제 품에 안겼으므로 안았을 뿐 로즈 밀러가 어떤 인간인지에 대해 알려 하지 않았다. 그런데도 로즈는 나무들에 새싹 돋듯 그가 그리웠다.

당신 이대로 괜찮아요? 그가 속삭이던 말이 떠오를 때면 전율이 일곤 했다. 그의 목소리가 환청처럼 들릴 때마다 그를 향해 달려가고 싶었다. 물론 못 갔다. 그는 21층에 있고 로즈는 맨땅에 있었다. 21층과 맨땅 사이에는 엘리베이터는 물론 계단도 없었다. 계단이라도 놓자면 주변이 시끄러워져 안 될 것 같았다. 고한빈은 고독에 익숙한 사람이었다. 로즈는 그의 고독에 동감했다. 그에게 다가갈 수 있는 계단은 고요하고 외로운 길에 놓여 있었다. 그렇게 그를 다 파악한 듯이 느껴도 그에게 전화를 걸 명분이나 핑계는 지금까지 없었다.

"로즈 씨, 당신 전화 오는 거 아녜요?"

탁자 구석에 있는 로즈의 전화기가 진동하는 중이다. 발신인은 우찬규다. 해인이 왜 전화를 안 받느냐고 묻는다.

"몇 달 전에 나랑 헤어져 뉴욕 간 남자예요. 뉴욕을 가게 되어 헤어진 건가? 어쨌든 한잔하고 나면 전화를 하는데 받기 싫어요."

뉴욕의 우찬규는 일주일에 한 번쯤 전화를 걸어 로즈에게 그쪽으로 건너오라고 하는 참이었다. 당신은 서울과 어울리지 않아. 뉴욕이나 엘에이가 당신하고 맞아. 그렇게 말하는 그는 8개월 후 자신이 돌아왔을 때 서울에 로즈가 없기를 바라고 있었다. 제 삶에서 로즈 밀러와 함께했던 시간들에 대한 흔적을 지우려는 것이다.

"기혼자예요?"

"기혼자였는데 몇 달 전에 독신 됐어요. 그의 부인이 남편 안식년 맞아 함께 뉴욕으로 가기로 했는데 출국 얼마 남기지 않고 세상 떠났어요. 장례 치르고 남자 혼자 갔죠."

해인의 눈이 커졌다.

"당신이 지금 말하는 그 사람이 혹시 우찬규 교수예요?"

"어떻게 그리 금세 알아요?"

"그들은 내 업계에 속한 사람들이잖아요. 그와 세상 떠난 그의 부인, 전소명. 당신이 우 교수와 사적으로 알고 지냈어요?"

"내가 한국에 돌아온 이듬해부터 알았고, 사귄 지는 3, 4년 됐어요. 지금은 헤어졌고."

1년 전 어느 밤 술집 '딥블루'에서 작가 전소명이 로즈 곁에 앉아 말했다. 참 모범적인 미인이시네. 화중지화畫中之花처럼. 그림 속의 꽃 같다는 말을 나중에야 알아들었다. 그건 로즈 밀러가 살아 있지 않은 존재이므로 무시한다는 뜻이었다. 술에 더 취한 그녀가 말했다. 와인이나 마시다 취한 듯이 홀로 죽어도 좋을 것 같지 않아요? 그때 그녀는 로즈가 제 남편의 여자인 걸 알고 있으면서도 깡그리 무시했다. 끝내 세상에 없는 존재로 취급했다.

"내가 관여할 문제가 아니지만 말해도 된다면, 한번 끝난 사람하고는 다시 이어지지 않는 게 낫다는 게 내 생각이에요. 끝났던 사람들이 미련 때문에 다시 연락한다고 해도 결국 똑같지 않나 싶거든. 이런 말, 미안해요."

"당신이 맞아요."

로즈는 해인이 간섭해주는 게 좋았다. 세상 사람들에게서 느끼는 결락, 그건 로즈에게 익숙한 감각이었다. 완벽한 동질감, 결속감은 어차피 있을 수 없으므로 바라지도 않았다. 다만 단 한 명의 내 편이 없다는 것, 새로운 사람을 만날 때마다 이 사람이 혹여 내 편이 되어줄 사람인가, 내가 그의 편이 되고픈 사람인가, 기대하다가 무위로 끝날 때마다 상대가 지나간 자리가 폐허인 양 늘 막막했다. 그 빈자리로 들어온 해인이 내 편이 되어 내 편이 되어주지 않는 남자와 잘 헤어졌다고 말하고 있었다.

"손님들이 온 거 같은데요?"

해인이 가리키는 창가에 사내 둘이 어른거렸다. 안에 사람이 있는지 살피는 그들은 경찰인 것 같았다. 두렵지는 않았다. 어제도 경찰이 다녀갔지만 한두 번은 더 겪을 것이라 예상했다. 삶이 시끄러운 인간들은 죽음도 시끄럽기 마련이다. 이형호가 좀 시끄럽게 살았는가.

"해인 씨, 작업실에 잠깐 들어가 있을래요? 저이들 경찰이거든요."

해인은 눈이 동그래지면서도 경찰이 왜 왔느냐고 다그치지 않는다. 마시던 맥주를 들고 깡통 하나를 더 챙겨 작업실로 들어간다. 로즈는 경찰들을 맞아들였다. 이형호의 장례식이 치러진 어제 저녁 참에 이다솜이 전화를 걸어와 말했다. 엄마가, 요새 너무 복잡하다고 당분간 선생님 오시지 말래요. 당분간 뭘 하지 말자는 건 대개 아주 하지 말자는 뜻이었다. 예상했던 해고였고 짐작했던 것보다 오히려 훨씬 늦은 통고였다.

"특수경찰청의 양현남 경위와 황동광 경장입니다."

앞서 만났던 경찰들이 아니라 다른 얼굴들이다. 양 경위는 30대 중반쯤이고 황 경장은 서른 살 안팎일 것 같은데, 체구들이 길고도 단단해 보인다. 거실 겸용으로 쓰는 진열실의 벽면을 따라 진열된 작품들을 둘러보는 눈매는 예상보다 날카롭지 않다. 양 경위가 물었다.

"로즈 밀러 씨, 이미 진술을 하신 걸로 압니다만 확인차 다시 찾아뵀습니다. 이다솜의 개인 교사로 이형호 씨 집을 처음 간 게 2009년 12월부터인 게 맞습니까?"

"네. 2009년 10월 말에 다솜의 어머니 고은옥 변호사가 모교에 오실 일이 있었던가봐요. 당시 다솜이가 시드니에서 돌아온 즈음이었던 것 같고요. 고 변호사님은 어학원의 영어 교사들 프로필을 살피다가 저를 눈여겨보셨나 보더라고요. 11월 초에 저한테 연락이 왔어요. 전 그때, 지금도 다를 것 없지만, 몹시 쪼들리던 참이라서 고 변호사님의 제안을 기껍게 수락했죠. 그제께 해고 통고를 받을 때까지 일주일에 한 번씩 다솜과 만나 세 시간씩 수업했고요."

고은옥 변호사는 그때 총학생회 초청으로 강연을 왔다. 그 학교 출신 저명인사들의 릴레이 강연이었다. 교내 게시판에서 고은옥 변호사의 강연 공고를 발견했을 때 로즈는 그녀가 이형호의 부인인 걸 알고 있었다. 그녀가 어학원 영어 강사들 중에서 딸의 개인 교사를 구한다는 소문이 강사들 사이에 떠돌았다. 개인 교사 자리는, 교습료가 월등하게 높은 조건이라면 모를까, 사실 강사들이 선호하지 않는 아르바이트였다. 내국인이든 외국인이든 다들 몇 번씩의 경험을 통해 부잣집에서 받는 개인 교습료가 그 집에서 수시로 겪어야 하는 모멸감에 비하면 턱없이 낮다는 걸 알기 때문이었다.

"밀러 씨하고 이 의원의 관계는 어땠습니까?"

로즈가 DNA 진단까지 거쳐 확인한 사실이지만, 이형호와 로즈 이가 밀러가 생물학적인 부녀지간이라는 사실은 아무도 몰랐다. 로즈의 중간 이름인 이가가 이형호의 성씨인 이가라는 사실을 아는 외할머니는 재작년 봄에 세상을 떠났다.

"관계라는 말이 어울리는지 모르겠네요. 그분을 몇 번 뵙지도 못했는데요. 네다섯 번쯤? 물론 다솜이나 고 변호사님과 함께였고요."

로즈가 이형호와 단 둘이 부딪친 건 두 번이었다. 처음은 다솜과의 수업이 끝나 차고로 내려갔을 때 마침 개인적인 저녁 외출을 위해 차고로 내려온 그와 부딪쳤다. 그는 인사하는 로즈를 향해 누구냐고 묻지 않고 차를 몰고 나갔다. 두 번째는 수업이 있는 월요일이 연휴에 걸렸던 작년 3.1절이었다. 다솜은 수업을 못할 형편일 때 선생한테 오지 말라고 전화할 줄도 모르는 아이였다. 서초동에 갔더니 다솜은 제 모친을 따라 외가 모임에 갔다고 했다. 다솜의 외가는 대정그룹 사주 집안이었다. 집에는 가정부들만 있었다. 그들에게서 차 한 잔을 얻어 거실에서 마시고 있는데 이형호가 돌아왔다. 로즈는 인사했다. 고개를 끄덕이고 안으로 들어가려던 그가 불쑥 돌아보며 로즈를 향해 물었다. 그대가 누구더라?

그대가 누구더라? 너는 누구니? 우리 처음 만나는 거 아니지? 따위의 말들을 어릴 때부터 노상 들었다. 이형호에게서 들은 그 말도 새삼스러울 건 없었다. 그에게 로즈 이가 밀러가 부영희의 딸이고 당신 딸이기도 하다는 걸 밝힐 생각은 애초에 없었다. 때문에 그가 이가에 대해서는 몰라도 괜찮았다. 로즈 밀러를 알지 못한다는 사실에는 부끄러웠다. 그대가 누구더라? 그 질문을 받으니 자신이 선 자리가, 존재 자체가 우스웠다. 우습고 부끄러운 존재 안에서 분노가 일었으나 내색할 수 없었다. 내지를 수 없는 분노는 증오로 깊어져 로즈 자신에게 향했다.

"밀러 씨, 이형호 의원의 차 베엠베에 타본 적이 있다고 진술하셨는데 맞습니까?"

"두어 번, 다솜이가 아빠 차 타고 놀러 나가자고 해서 같이 탄 적이 있어요. 다솜이 취미 중 한 가지가 엄마 아빠 차 몰고 드라이브하는 거거든요."

"최근에 그 차에 탄 게 언제입니까?"

"한 달 전쯤? 일요일에 눈이 많이 내렸어요. 그 눈이 수업 날인 목요일에도 제법 남아 있었죠. 제가 수업하러 갔더니 다솜이가 스키장 가고 싶다고 했어요. 그러고는 제 아빠 차 베엠베 운전석에 앉았고요. 물론 그날 다솜이는 스키장에 못 갔어요. 다솜이 모친께서 전화로 말렸거든요. 다솜이는 부모님 말씀을 잘 듣는 착한 아이고요."

"그 차에 있던 은단에 대해서는 아십니까?"

"은단은 이 의원님의 기호품이라고 알고 있는데요. 다솜이가 아빠 생신 선물로 은단을 선물할까 농담할 정도로 의원님이 수시로 즐기시던 것이고요. 담배를 끊으신 뒤부터 생긴 습관이라고 들은 것 같아요."

"이다솜이 제 부친한테 은단을 선물하기도 했습니까?"

"아마 그럴걸요?"

경찰에서 로즈 밀러를 용의자로 지목하지 않았다는 것을 알려주고 있을 뿐인 지리멸렬한 대화다. 그 집안을 드나드는 사람들이 모두 용의선상에 오를 수 있지만 정작 용의자는 될 수 없었다. 경찰에서는 이형호 변사 사건을 사건이 아니라 돌연사로 이미 결론 내린 것이다. 이형호는 불운하게도 못 볼꼴을 연출하면서 혼자 죽은 것으로 되어가는 게 분명했다. 두 경찰은 몇 가지 중요해 보이지 않는 질문을 더 하고 대답을 들은 뒤 물러갔다.

"로즈, 이형호 의원 집에서 가정교사를 했었어?"

작업실에서 나온 해인의 질문에는 놀라움이 배어 있다. 그 덕분인지 반말이 시작됐다.

"당신 들었다시피. 이 의원이 횡사하는 바람에 내 부업이 사라졌지. 어학원 강의는 이 미술관하고의 계약 때문에 못 하게 됐고. 정말 전업 작가가 됐는데, 꼭 실업자가 된 기분이야. 그 기념으로 안주거리를 장만해 본격적으로 마셔볼까?"

로즈는 그만큼 말하고 냉장고로 향한다. 해인도 더 묻지 않는다. 반말을 하게 됐을망정 해인에게 할 수 있는 말과 할 수 없는 말이 아직은 너무나 뚜렷했다. 그건 로즈 스스로의 문제이면서 해인이 자아내는 조심스러움 때문이기도 했다. 로즈가 하지 못하는 말들이 아직 너무 많듯 해인도 그런 것으로 느껴지는 것이다. 조심스러움이란 결국 벽이었다.

***

김부전 생애까지 한 사람이었던 두 사람을 따로 겪다보니 그들이 어느 시점까지 한 영혼이었다는 것을 믿기가 어려웠다. 아리와 로즈는 빛과 그림자로 나누어져 태어난 것이 아니라 각기 빛과 그림자를 한 몸에 지니고 태어나 각자의 삶을 살고 있었다. 밝기로 따진다면 유아리의 빛은 100촉쯤으로 밝고 따뜻해 그 그림자도 선명했다. 사람의 시선은 밝고 따뜻한 곳으로 향하고, 눈이 닿은 곳으로 마음도 따라가기 십상이었다. 유아리 소설과 관련된 인터넷 카페가 여섯 개나 생겨 있었다. 로즈의 빛은 5촉쯤이나 될까. 그 빛은 너무 여려 그림자 만들기도 버거울 듯했다.

로즈를 찾아왔던 양 경위와 황 경장은 재엽의 팀원이었다. 그는 로즈를 대면할 자신이 없어 팀원들을 보낸 것 같았다. 해인은 재엽이 이형호 사건 수사를 맡은 줄도 몰랐지만 그가 얼마나 놀랐을지는 짐작했다. 오늘 해인은 로즈가 우찬규를 통해 죽은 전소명과 연결되어 있다는 사실에 더 놀랐다. 재엽과 해인의 놀람은 결국 로즈의 어둠에 닿아 있었다. 빛이 만들어낸 그림자가 아니라 그림자조차도 만들 수 없는 그녀의 태생이었다.

"유아리 씨하고 통화했어요?"

박신의도 유아리 추종자였다. 로즈에게 인사하고 나와 차에 들어 앉자마자 조금 전에 헤어진 로즈에 대해 말하는 게 아니라 유아리에 관해 묻지 않은가.

"통화했어요."

박신의가 운영하는 극단 '원형'에서는 유아리의 소설 《꽃이 피었네》를 연극으로 만들고 싶어하는 참이었다. 문제는 원작료였다. 가난한 극단 '원형'은 일반적인 계약 조건으로 《꽃이 피었네》의 2차 저작권을 살 형편이 못됐다. 유아리에게 대신 말을 해보겠다고 먼저 나선 사람은 해인이었다. 제주도에서 전화를 받은 아리는 대번에 출판사와 상의해 원작료 없이 공연할 방법을 찾아보겠노라 했다.

"뭐라고 합디까?"

"팔 하나 주면 안 잡아먹지!"

취기에 젖은 해인이 헤실헤실 웃으며 농을 던졌다. 시동을 걸려던 그가 오른팔을 쑥 내민다. 해인이 그의 손등을 물었다. 아! 그가 과장된 비명을 질렀다. 손을 빼가지는 않는다.

"박신의, 이제 당신 오른팔은 내 거야."

"오른팔, 왼팔, 두 다리, 머리, 몸통. 다 가져갔으면서 새삼스럽긴."

살을 섞고 나면 남자가 만만해질 거라고 여겼고, 편해졌다는 측면에서 박신의도 어느 정도는 그랬다. 몇 번 거듭하다보면 밑천이 바닥나 보일 거라 여겼던 건 오해였다. 박신의는 아직 무진장이었다. 알몸 속에 든 게 많았다. 무엇보다 그는 석해인의 알몸 속에도 든 게 많

206

다는 걸, 그리하여 알몸으로도 부자라는 걸 느끼게 해주는 남자였다.

"아리 씨가 승락했어요. 출판사하고 의논해서 원작료 없이 공연할 수 있는 방법을 찾아보겠대요."

"출판사가 거부할 수도 있지 않아요?"

"유아리의 다음 소설을 출간하고 싶은 출판사가 줄섰는데 그 친구 말에 이견을 달 수는 없을 거예요. 그건 염려 말고 극본이나 잘 만드세요."

박신의는 전용 극장도 없는 극단 '원형'의 운영자일 뿐만 아니라 희곡작가이며 배우이자 대학 연극영화과의 시간강사였다. 빈털터리 주제에 하는 일은 그렇게 많았다.

"유아리 씨는 인터뷰도 통 안 하고 신문이나 잡지 등에 짧은 글 기고하는 일도 없이 숨은 듯 사는네, 그 사람하고 당신은 어떻게 그렇게 스스럼없는 친구가 됐어요?"

"여기서 그 말을 하기엔 사연이 너무 길어요. 일단 카프카가 보이지 않는 카프카의 정원에서 나가요. 얼큰한 거 먹고 싶어요."

해인은 자신이 환인이라는 걸 그에게 아직 밝히지 않았다. 안개 바다를 찾아 제주도로 간 유아리가 석해인의 전화 한 통에 판권 사용을 대번에 승낙한 까닭, 손재엽과 조금 전 로즈와의 관계 등. 그 모든 것을 말하지 않고도 그와 오래 지속될 관계를 만들 수는 없을 터였다. 하지만 어쩌면 로즈 밀러가 이형호 변사 사건과 전소명의 자살 사건의 용의자일지도 모른다는 걸, 재엽이 그걸 이미 의심하고 있을 거라는 사실을 어떻게 설명할까. 해인은 입을 뗄 엄두가 나지 않아 취한 척, 자는 척 눈을 감는다.

　남대천이 내려다보이는 묘현산 갈골 근방 임야 안에 숨은 듯 들어앉은 창세원은 일종의 해방구였다. 1,000여 명을 동시에 수용할 수 있는 거창한 예배당과 교리를 가르치는 학당과 도서관과 보건소와 놀이터와 제복 공장과 공동 세탁소와 공동 식당과 여러 동의 숙소 등, 어지간한 일들을 자체적으로 해결했다. 상주민이 최소한 800명은 되는 듯했고, 그중에는 같은 복장의 아이들이 드물지 않게 섞여 있었다. 성인들의 옷차림도 몇 가지 색깔이 다를 뿐 동일했다. 무릎까지 내리닿는 펑퍼짐한 상의에 같은 색깔의 바지를 받쳐 입었다. 남자들은 대개 회색이나 갈색이나 검정색이고 여자들은 분홍색이나 은색이나 연두색을 입는데, 남녀를 불문하고 옷마다 왼쪽 가슴 부위에 십자가 모양의 창세원 로고와 함께 이름을 새기고 있었다.

　그들은 곳곳의 유리 온실이나 비닐 온실을 옮겨 다니며 함께 약초 농사를 지었으며 그 약초를 가공해 바깥 세상에 팔았다. 노동 시간은 하루 다섯 시간이었다. 새벽에 원내의 예배당에 모여 예배를 하고 하루 다섯 시간의 노동을 제외한 나머지 시간은 자유로웠다. 자유 시간에 그들은 약초밭을 계속 가꾸거나 채소밭을 일구거나 꽃밭이며 꽃길을 다듬었다. 식당에 가서 밥을 먹거나 노래를 하거나 춤을 추거나 책을 읽었고, 숲을 배회하거나 아이들과 놀거나 어른들끼리 놀기도 했다. 섹스가 곳곳에서 빈번하게 벌어졌다. 창세원은 그들의 이상향이었다.

전창세의 면면은 분석할수록 기이했다. 그가 전임 창세교회 목사 한성준 사후에 교회를 장악하고 통합한 것은 그렇다 하더라도, 그가 한유정과 재혼한 시기는 한성준 목사 사후 3개월 뒤였다. 독신으로 지내던 한유정은 부친이 죽자마자 전창세와 결혼했는데 전창세가 이혼한 건 그늘이 결혼하기 한 달 전이었다. 전창세의 전부인은 이혼 뒤 행적이 묘연했고, 그의 아들과 딸은 창세 선교회에 소속되어 태국과 호주에 나가 있었다. 한유정은 서류상으로는 낳은 아이가 없었다.

2003년 10월에 정식 개원한 창세원의 부지는 한성준이 1970년에 헐값에 구입했고 1980년부터 기도원으로 쓰던 곳이었다. 그 부지의 소유권은 한성준 부인의 명의로 되어 있다가 현재는 딸인 한유정으로 등기되어 있었다. 그냥 임야에 가건물들이 얹혀 있었을 뿐인 그 부지에 예배당을 비롯한 20여 동의 건립 비용을 전창세가 일거에 해결할 수 있었던 건 복권 당첨 덕분이었다. 전창세는 2003년 1월에 그 무렵 시작된 로또 복권을 샀고 60억 원의 1등 번호에 당첨되었다. 신도들에게 그 사건이 하나님의 역사로 인식되면서 그를 맹목적으로 추종하는 계기가 된 것 같았다. 복권 당첨금과 그 당시 걷힌 건축 헌금이 현재의 창세원을 완성했고 두 창세교회의 기반을 다진 것으로 추측할 수 있었다.

그뿐 창세원에 접근할 명분이 없었다. 온 지구를 연결하는 인터넷이 창세원 내의 상황을 알아보는 데에는 무용지물이었다. 전파 수신 장치가 마련돼 있지 않은 산속 마을 창세원은 오프라인 상태였다. 인근 마을에서 매달아 놓은 각종 수신기들은 그 파장을 창세원까지 전해주지 못했다. 창세원 사람들은 텔레비전 대신 비디오디스크플레이어 화면을 보고 라디오 대신 시디플레이어를 들었다. 오만인지 자신감인지는 알 수 없으나 창세원은 디지털 시대의 기기들을 외면한 채 자신들의 공동체를 아날로그 방식으로 꾸려가고 있었다.

"창세원에서 걸려온 전화예요."

주하준의 외침에 운전석에서 졸고 있던 재엽은 몸을 곧추세우며 일어났다. 박선자의 집 전화가 울리고 있었다. 박선자는 3.1절에 부천역 광장 벤치에서 아기를 안고 사라진 할머니이자 밀레니엄 베이비 사건에도 얼굴을 드러낸 여자였다. 두 사건이 그녀로 인해 연쇄 유괴 사건으로 연결되었다. 박선자는 부천 창세교회가 성음교회일 때부터 그곳 신도였고 창세교회로 개칭된 뒤에는 집사로 활동했다. 교회 사무실에 도둑처럼 들어가 복사해낸 신도 명부에 그녀가 있었다. 부천역에서 멀지 않은 단독주택 1층에 세 들어 홀로 사는 그녀는 62세였다. 그렇게 시작된 잠복과 감청이 엿새째였다.

"소리 좀 높여봐."

재엽의 말에 뒷좌석의 주하준이 감청기 스피커의 볼륨을 높였다. 여자들의 통화는 길지 않았다. 한 시간 전에 출발한 차가 한 시간 쯤 뒤에 도착할 테니 준비하고 있으라는 당부였고 알겠다는 대답이다. 통화를 끝낸 박선자가 말했다. 아이구 우리 믿음이, 이제 좋은 데로

가겠네. 이쁘게 목욕을 좀 할까요? 그녀는 부천역 벤치에서 훔쳐온 아기를 믿음이라 불렀다.

그녀의 외출 준비는 한 시간이 걸렸다. 박선자를 따라 움직일 감청기는 그녀의 진주 목걸이에 장착되었다. 그녀가 마트에 간 사이에 들어가 집 안을 살피다가 그녀의 하나뿐인 목걸이 진주알이 크다는 걸 발견한 김우현 경사가 생각해냈다. 기술팀에서 진주알 속에다 팥알만 한 감청기를 감쪽같이 넣어주었다.

"저 차인 것 같습니다. 검정색 에스엠세븐. 창세원 차량입니다."

에스엠세븐은 한유정 소유로 등록된 차량이었다. 재엽은 창세원 근방에 나가 있는 박형주 경위에게 전화를 걸어 이쪽에 차가 나타났음을 알렸다. 창세원 근방에서 스마트폰이 터지지 않은 터라 다섯 명의 잠복조는 아예 안테나를 시고 들이기 있었다. 박선자의 대문 앞에 선 에스엠세븐에서 한 여자가 내렸다. 50대 초반으로 보이는 평범한 여자다. 배 순경이 그녀 사진을 찍는 사이 주 경장이, 차에서 내린 여자의 주소지가 창세원으로 되어 있는 남정희라고 검색 결과를 읊었다.

집 안으로 들어간 남정희가 아무 일 없느냐고 묻고 박선자가 대답했다.

"하나님 행사이신데 무슨 일이 있겠어요. 한 목사님이 제가 믿음이 데리고 있는 걸 아시지요?"

"당연하지요. 두 목사님 다, 박 집사님에 대해 잘 알고 계시고 고마워하세요. 아이고, 장군 천사가 나셨네, 우리 믿음 씨. 예쁘기도 해라. 하나님 나라의 참 일꾼이 되겠구나."

여자들이 아기를 안고 대문 밖으로 나왔다. 철원군 갈말읍까지는 고속도로가 뻗어 있었다. 지경면 소재지까지 두 시간이 못 걸렸다.

창세원 부지 전체에 담장이 둘러져 있는 건 아니지만 갈골까지의 차량 진입로는 지경면사무소 오른편으로 난 한 길 뿐이었다. 면 소재지에서 갈골 입구 주차장까지 6킬로미터고 주차장에서 창세원까지 다시 1킬로미터 길인데 차량 두 대가 비키기 어려운 외길이었다. 차를 숨길 만한 곳이 없는 것이다. 재엽은 농협 건물 주차장으로 들어서서 차를 세웠다. 이제 야전을 위한 장비들을 잔뜩 챙겨 지고 7킬로미터를 걸어야 했다.

창세원의 자기 숙소로 들어가 옷을 갈아입던 박선자가 자신을 찾아온 남자를 대뜸 끌어안고 섹스를 시작했다. 그녀에 비해 꽤 젊은 사내인 듯 그녀는 그를 상규라 부르고 사내는 그녀를 집사님이라 칭하고 있다. 말수가 적고 어눌한 것으로 미루어 지적장애가 느껴지는 사내는 창세원을 주민등록지로 하고 있지 않아 검색되지 않는다. 아이고, 상규야. 나 죽겠다. 아이고, 좋다 좋아. 색정에 빠진 박선자의 신음이 꽤나 원색적이다. 창세원이 그녀뿐만 아니라 전창세의 신도들에게 신세계일 수 있는 이유 중 한 가지는 분명해졌다. 바깥세상에서는 실현하기 어려울 욕망을 대번에 풀고 있지 않은가. 그건 그녀뿐만 아니라 그녀 비슷한 사람들이 전창세에게 충성할 만한 요인으로 충분했다.

"거참 민망하네. 야, 주 박사. 볼륨 좀 줄여라. 너 혼자 듣든가."

박 경위 말에 주 경장이 큭큭 웃으며 소리를 낮췄다. 10분 쯤 뒤 박선자는 상규와 떨어져 옷을 마저 입고 양치를 하고 나온 뒤 아기를 안았다. 상규가 그녀를 인도해 식당으로 향했다.

어둠이 내리면서 컴퓨터 모니터 위에다 돔형의 차광막을 설치했다. 아래쪽에서는 느끼지 못할 모니터 불빛이 숲속에 있는 사람들에게는 그나마 조명이 되어 주었다. 배진홍이 도시락을 나눴다. 8인분의 저녁 도시락인 주먹밥은 몇 시간 동안 굳어서 실리콘으로 만든 음식 같다.

"야전치고는 참 한심하네."

박 경사의 혼잣말에 차광막 바깥에서 도시락을 먹던 배진홍이 저기는 좋겠다고 뇌까렸다. 녀석이 가리키는 곳은 불이 환한 창세원 식당 근방이다. 오늘 창세원 식당의 메인 메뉴는 돼지 불고기였다.

"고추장 양념한 불고기 맛있겠죠? 맵고 뜨거워서 후후 불면서 먹을 건데. 소주도 마시려나?"

녀석 저러다 한 대 맞지 싶은데 이순욱한테 여지없이 쥐어박힌다. 진홍이 울 엄마한테 이를 거라고 엄살떨다가 힌 대 더 터진다.

"매를 벌어요 아주. 대장, 혹시 낙하산 아래서 애 주워오셨소?"

"그러게. 난 분명히 면접하고 골랐는데, 그 위에 낙하산이 떠 있었던 것 같기도 하고."

쿠파 내 각 팀의 팀원을 뽑는 재량권은 팀장에게 있었다. 면접 때 네 특기가 뭐냐고 물었더니 진홍이 대뜸 브레이크댄스를 추었다. 길다란 몸피의 녀석이 음악도 없이 사지를 꺾어대는 춤을 추는데 눈이 부셨다. 몸에서 노래가 쏟아지는 것 같았다. 유쾌했다. 이렇게 노상 쥐어박히는 녀석일 줄은 몰랐다.

형사들이 농담으로 산 속의 하릴없는 시간을 메우는 동안 창세원 식당 앞에는 수백 명의 사람들이 북적였다. 그 앞 광장 건너편은 예배당이었다. 예배당 앞에는 밖으로부터 들어오는 사람들이 서성이거나 예배당 안을 들락거렸다. 모니터 속의 예배당에는 예배 준비를 하는 사람들과 한 무리의 아이들이 성가대 옷을 입고 나타나 있었다. 예배단 왼쪽의 2층 성가대 석으로 옮겨가는 아이들의 몸피가 들쑥날쑥해 몇 명인지 세기는 어렵지만 서른 명 남짓은 될 듯했다. 열 살 안팎일 아이들이다.

2조의 박 경사와 이 경장이 어젯밤에 잠입해 예배당 정면 십자가에 매달린 예수의 옷주름 틈새에다 초미니 카메라를 부착했다. 예배당의 불이 켜지면 센서에 의해 작동하는 카메라는 파일 송출 거리가 980미터밖에 안 됐다. 예배당이 내려다보이는 지점에다 기지국을 겸한 아지트를 마련한 것도 그 때문이었다. 카메라 건전지가 70시간 분량인데, 현재까지 16시간 정도 사용된 것으로 나타났다. 16시간 동안의 화면 속에 유의할 만한 사항은 나타나지 않았다. 아이들이 나타난 것도 처음이었다.

"성가대 애들 얼굴이 먼 데다 그쪽 조명이 약해서 밀레니엄 베이비들 사진과 대조하려면 시간이 좀 걸린답니다. 아까 검색 요청한 임신부 신상은 나왔습니다."

주하준과 김우현의 컴퓨터는 사무실의 김기욱, 권여선과 연결되어 있었다. 20분 전쯤 한 젊은 임신부가 교당으로 들어와 출입문에서 가까운 좌석에 앉아 기도를 하는데 나이 든 여자가 들어와 데리고 나갔다. 모녀지간으로 보기엔 임신부가 어린 듯했고 행동도 어쩐지 굼떴다. 배가 불러 굼떠 보이기보다 지능이 좀 모자란 듯 싶은 움직임이었다. 임신부와 그녀를 데리고 나간 60대 여자를 검색하라 했다. 60대 여자는 창세원에 주소지를 둔 신도인 것으로 금세 밝혀졌다.

신상이 파악된 임신부는 2009년 5월 10일 오후 네 시경에 대전 은혜학교 교문 근방에서 실종된 오지혜였다. 당시 지혜는 14세로 지능지수 65의 지적장애인으로 등록되어 있었다. 지혜의 가족은 아이가 사라진 다음 날 아침 실종 신고를 냈고 그 실종 신고는 아직 유효했다. 여기 박혀 있어 찾을 수 없었던 것이다.

"걍, 쳐들어가면 딱 좋겠구먼."

이순욱이 주먹밥 쌌던 은박지를 구기며 탄식했다. 박선자에 대한 체포영장은 가진 상태였다. 당장 가서 그 한 사람을 잡고 3.1절 아기를 데려갈 수는 있었다. 그러기엔 창세원의 내막을 아직 너무 몰랐다. 더구나 지혜가 임신한 몸으로 새롭게 등장했다. 최연식이 말했다.

"목사관엘 못 들어가봤는데 쳐들어가서 뭘 해요?"

1조의 박 경위와 최 경장은 어젯밤 목사관 잠입을 시도했다. 목사관은 예배당 왼쪽 뒤편 숲에 있는 2층 건물이었다. 지하층이 있어 연건평이 200평 남짓인데 외양으로는 다른 건물들과 비슷했다. 드나드는 사람이 드물었지만 목사관으로 들어가보지는 못했다고 했다. 정문 이외 문들엔 자물쇠가 아니라 빗장이 질려 있었고, 창은 유리벽으로 되어 있기 때문이었다.

"어이, 김 경사! 최 경장 따라가서 숨바꼭질 한바탕하고 와."

팀에서 몸놀림이 제일 민첩한 사람이 아시안게임 태권도 금메달리스트 출신인 최연식이었다. 환인인 그의 전생은 고아 출신의 깡패였고 살인범으로 체포되어 사형당했다. 현생에서도 그는 태어나자마자 버려져 고아원에서 자랐다. 초등학교 때 담임선생의 권유로 시작한 태권도가 그를 회귀하게 했지만, 그 덕에 최연식은 현재의 그가 되었다. 김우현은 무술이 기본 단수뿐이어도 프로파일러였다. 목사관에 잠입할 수 있을지는 미지수여도 재엽은 프로파일러의 눈으로 그 안을 들여다보고 싶었다.

"오지혜나, 오지혜 같은 사람들이 있을 만한 장소를 찾아봐. 아무와도 부딪쳐서는 안 된다는 걸 명심하고. 여의치 않으면 그냥 돌아오라는 뜻이야. 특히 최연식! 사고 치지 마. 혹시 모를 상황이 발생하면 도망쳐오라고."

"나라 북인가, 만날 나만 가지고 뭐라셔. 갑시다, 김 박사님."

최연식이 어젯밤 제가 훔쳐온 창세원복을 뒤집어쓰며 툴툴댔다. 최와 김이 어둠 속으로 들어갔다. 박선자는 식당을 나와 예배당이 아니라 자신의 숙소로 되돌아갔다. 우리 믿음이, 내가 먹여주는 마지막 밥이 되겠네. 정이 많이 들었는데, 이 밥 먹고 좋은 데 가서 잘 커라. 박선자의 말에 아기가 옹알이 소리를 냈다. 10분 쯤 뒤 박선자는 양치질을 하고 아기를 안은 뒤 예배당으로 향했다.

화면 속에서는 비슷한 복색의 사람들이 뭉게뭉게 밀려들어와 자리를 채웠다. 1층은 물론 2,3층 좌석까지 사람으로 빼곡했다. 목사나 전도사인 듯한 사람들이 예배단 양쪽의 문에서 들어와 배치된 의자 앞에 섰다. 이어 붉은 빛깔의 목사 가운을 입은 전창세와 한유정이 들어왔다. 와아, 터진 함성이 예배당을 공중으로 들어 올릴 듯했다. 전창세와 한유정이 십자가 앞쪽의 두 자리에 나란히 앉자 진행자가 토요 예배의 시작을 알렸다.

재엽은, 진행자를 아울러 단 위에 나타난 사람들을 검색하라고 주하준에게 지시했다. 소년 소녀 성가대가 일어나 찬송가를 부르자 신도들이 따라 부르는 소리가 아지트까지 들리는데 잠입한 김우현으로부터 '목사관 진입?'이라는 문자가 들어왔다.

그럴 만한 상황일 것이라 재엽은 OK를 찍어 보냈다.

박선자는 아직 예배당 안으로 들어가지 않았다. 그녀는 예배당 측면 출입구 근처의 대기소에 있는 것 같았다. 박선자는 그 방에서 낮은 목소리로 옆 사람과 속삭이다 찬송가를 부르는 참이었다. 박선자의 목걸이에 장착된 감청기로 전창세의 설교를 알아듣기는 어려웠다. 그의 말 대신 박선자와 주변 여자들의 아멘 소리만 높았다. 20여 분간의 설교 끝에 예배가 마무리 단계로 접어들면서 박선자 주변에서 낯선 목소리가 났다.

"이제 영광의 하나님과 우리 주 예수그리스도와 우리 전창세 목사님의 영성 아래 세례식을 시작합니다. 집사님들께서는 아기들을 안고 성단 앞으로 나와주십시오."

잠시 뒤에 아기를 안은 여인들이 성단 쪽에 나타났다. 대기소에 있던 여인들이 서너 명일 것이라 여겼는데 열세 명이다. 전창세가 아기들을 향해 축사와 축언 기도를 한 뒤 성난 위로 올리온 여인들의 품을 일일이 헤치며 아기들의 머리와 입술에 성수를 발랐다. 성가대의 찬송 소리가 낭랑하게 울려 퍼졌다.

"이거 어쩐지 털면 안 될 먼지 터는 기분이네. 그렇지 않소, 대장?"

재엽도 박 경위의 기분을 이해할 것 같았다. 동조하기는 어려웠다. 분명히 뭐가 있었다. 이해는 하는데 동조는 못 해요. 아리가 그렇게 종알거린 적이 있었다. 그 말을 이해할 듯했다.

"기다려보자고. 박선자 한 사람의 유괴 사건으로만 끝나면 좋고."

열셋 아기들에 대한 세례가 끝났는데 아기를 안은 여자들은 성단 위에 그냥 서 있는 참이었다. 박선자의 침 삼키는 소리가 그녀의 심장 소리보다 크다. 예배 진행자가 아기들이 하나님의 자식으로 다시 태어났음을 알리면서 계속 말했다.

"그리하여 오늘 하나님의 아기들로 다시 태어난 아기들을 여러분께 보여드립니다. 아시다시피 이 아기들은 하나님의 역사로 우리 앞으로 온 순결한 생명들입니다. 저 고모라의 세상에서는 버려졌을지라도 우리에게는 빛이요 진리이며, 소리이며 영혼입니다. 축복 찬양하시고, 이제부터 이 아기들을 하나님의 자식으로, 우리 창세원 새 역사의 일꾼으로, 아름답게 키워주실 형제자매님들께서는 앞으로 나와주십시오. 순서대로 호명하겠습니다. 먼저 차용현 형제님, 박진희 자매님! 3년 전 우리 창세원의 바깥 가족이 되신 형제자매님이십니다. 두 분의 아기 얻으심을 여러분, 축복하고 찬양하십시오."

아멘 소리와 박수가 열렬하게 쏟아지는데 40대 안팎의 남녀가 성단으로 올라가 앞으로 나와 있던 아기를 받아 안았다. 재엽은 차용현과 박진희에 대해 검색하라 지시했다. 두 번째 아기는 모녀인 30대 여자와 60대 여자한테 안겼다. 믿음이가 세 번째 아기였다. 박선자가 한 부부에게 믿음이를 건네며 속삭였다. 정말 순하고 이쁜 아기랍니다. 건강하고요. 잘 부탁해요. 박선자 곁에 선 탓에 이름이 들리는 네 번째 아기는 사랑이인 듯했다. 사랑이는 60대 초반의 여자한테 안겼는데, 그녀는 혼자였다. 다섯 번째, 여섯 번째를 지나 일곱 번째 아기가 고부간인 듯한 여자들에게 안겼다. 아기를 받은 사람들과 아기를 건넨 여자들이 박수 속에서 성단을 내려갔다. 단 위에는 여덟 번째 아기부터 열세 번째 아기까지 남아 있었다. 진행자가 말했다.

"이제 원 밖에서 커나갈 미래의 우리 일꾼들은 성단을 내려갔습니다. 축복 찬양하십시오."

아멘 소리와 우리 주 찬양 소리로 감청기가 먹통이 되는 듯했다. 진행자가 두 손을 들어 좌중의 소란을 가라앉혔다.

"단 위에 있는 우리 아기들은 여기, 창세원 내에서 우리 형제 자매님들이 함께 키우실 겁니다. 하나님을 대신하여 아기를 키워주실 분들께서는 앞으로 나서주십시오. 우리 목사님께서 축복과 찬양으로 아기를 안겨주실 겁니다. 아기를 원하는 형제자매님들이 너무 많으셔서 오늘 아기를 얻지 못하시더라도 실망하시지 마십시오. 우리는 바깥세상을 구하면서 우리의 하나님의 세상을 열어가는, 방주에 오른 사람들입니다. 하나님의 역사가 여러분께 계속 되실 겁니다. 자아, 나오셔서 아기들 앞에 서십시오. 하나님의 역사를 체험하십시오."

찬송가가 울리면서 신도석에서 사람들이 하나둘씩 일어서 단으로 나아가는데, 김우현으로부터 문자가 들어왔다.

목사관 지하층 방 여덟 개, 여성 30여 명 추정. 지혜들 6명 목격.

목사관 지하에 서른 명가량의 여성이 있고 지혜처럼 임신한 여성을 여섯 명 발견했다는 뜻이다. 재엽이, 가능하면 철영하고 불가능시 그냥 복귀하라고 문자를 보내는데 옆 컴퓨터 앞에서 주하진이 말했다.

"차용현, 박진희의 신상 명세 나왔습니다. 창세원에 대한 기부 내역도요."

차용현은 마흔한 살이고 박진희는 서른아홉 살이다. 남편의 직업은 변호사로 나오고 부인의 직업은 따로 없다. 작년 11월 인구주택총조사 내역이었다. 아내의 종교는 기독교이고 연희동의 59평 아파트를 소유하고 있으며, 한 달 수입은 3,000만 원가량이다. 그들은 30년 전부터 다달이 100만 원씩을 화곡동 창세교회에 송금하고 있고, 작년 11월부터 이번 달까지 창세원 계좌로 매달 1,000만 원씩을 송금했다.

"이거 아기 매매네."

박 경사가 뇌까렸다. 두 번째 아기를 안아 내려온 모녀의 신상 내역도 나왔다. 두 번째 아기는 할머니 쪽이 창세원에 3,000만 원을 송금했고 세 번째 아기 믿음이를 안고 내려간 부부는 1,000만 원을, 네 번째 사랑이를 안고 내려간 60대 여자는 서류상의 재산세나 소득세 납부 내역이 없음에도 5,000만 원을 보냈다. 다섯 번째는 1,000만 원, 여섯 번째는 3,000만 원, 일곱 번째 아기는 5,000만 원. 창세원으로 들어간 돈이 아기 거래 비용이라면 최소한 2억 4,000만 원이 오갔다. 믿음이를 비롯해 외부로 입양된 아기들은 상품이었던 것이고, 원내에서 자라게 될 아기들은 팔리지 못한 상품인 것이다.

"아기를 못 낳는데 갖고 싶으면 입양 기관에서 입양하면 되잖아요. 왜 돈 내고 사죠?"

주하준 뒤에서 화면을 쳐다보고 있던 배진홍이 선참들을 둘러보며 물었다. 범죄심리학 박사이자 프로파일러인 주 경장이 설명했다.

"입양은 조건이 까다로워. 부모 자격이 있는지 기관으로부터 심사를 받지. 가령 사랑이를 안고 내려간 61세의 최씨 같은 경우엔 입양할 수 없어. 남편이 없거니와 재산세, 소득세 내역이 없고 나이가 많으니까. 어쨌든 저 사람들은 헌금을 했을 뿐 아기를 샀다고 생각하지 않아. 저들은 하나님에게 아기를 낳게 해달라고 빌었던 사람들이고, 그 결과로 하나님으로부터 온 아기들을 맞이한 거야. 만인의 축복 속에 세례 받은 아기를 낳은 거라고. 더구나 저들은 아기를 구원했다고 믿고, 자신이 세상을 구원하고 있다고 믿고 있지. 아기를 데리고 집으로 돌아가는 사람들은 주변에 입양했다고 밝히지 않을 거야. 그들은 아기를 병원에서 낳아온 것으로 할걸. 산후조리원에서 퇴원했다고 할지도 몰라. 몇 달 전부터 오늘을 대비해 임신한 척했던 사람들도 없지 않을걸. 저들은 오늘 아기를 받게 되리라는 걸 의심한 적이 없을 테니까. 그건, 저들이 다 인정할 만큼의 전례가 이 안에서 있어왔다는 뜻이지. 저들이 받은 아기들은 아마 혈액형이 부모와 맞을 거야. 성별도 원하는 대로일 거고. 장애 유무도 이미 검사했을 거야. 오늘 밖으로 나가지 못한 아이들은 아마 그런 조건에서 탈락한 아기들이겠지. 어쨌든 범위를 아무리 줄여도 밀레니엄 베이비들부터 시작됐다고 봐야 하니까, 매달은 아닐 거고, 1년에 한 번이라 쳐도, 유괴한 아기들과 여기서 자체 생산한 아기 몇 십 명이 팔렸을 거라는 말은, 지금 성가를 부르는 저 애들도 팔리지 못해 저기 서 있는 걸지도 모른다는 말은, 끔찍해서, 차마 못 하겠다."

주하준이 끔찍해서 말 못 하겠다면서 할 말 다 하는 동안 화면에는 아기를 안은 사람들에 관한 모든 게 연속해서 떠올랐다. 무대 위에 서 있는 사람들의 신상도 계속 밝혀졌다. 카메라에 잡혀 안면 인식이 가능한 인간들이었다.

"저는요, 또 매를 버는 소린데요, 요새 중국에서 수입한다는 그거 있잖아요. 베이비들이 화장품하고 보약 원료로 쓰인다는……."

진홍의 말이 끝나기 전에 박 경사가 녀석의 머리통을 퍽 소리가 나게 갈겼다. 진짜 매였다. 진짜 매를 번 녀석이 비명을 삼키며 제 머리통을 안으며 쭈그려 앉았고 주변엔 적막이 감돌았다. 아기들이 부모 품에 안기는 행사가 끝나고 마지막 찬송가도 끝났다. 주하준이 말했다.

"밀레니엄 베이비들 중에 성가대에 끼어 있는 아이가 둘 있답니다."

열한 살이면 이렇게 자랐을 거라고 컴퓨터가 뽑아냈던 일곱 아이 사진 중 두 장과 일치하는 두 아이가 나란히 주하준의 모니터에 떠 있었다. 10년 전에도 팔리지 못했던 아이들이 있었던 것이다. 팔리지 못한 아이들은 창세원이 세상의 전부라고 여기며 그 세상 안에서 찬송가 부르며 웃고 있었다.

창세원 사람 복색의 최연식이 나타났다. 뒤따라 창세원복을 벗어든 김우현이 숨을 헐떡이며 올라왔다. 배진홍이 두 사람에게 생수통 하나씩을 건넸다.

"대장. 목사관 지하층에 있는 여자들이 전부 바보들이에요. 서른살 넘었을 것 같은 여자는 하나도 없는 것 같고, 갇혀 있지도 않아요. 포르노 보면서 놀고 있습니다. 지하층 입구만 가볍게 잠겨 있을 뿐, 안에서는 이 방 저 방 돌아다니고. 시설도 끝내줍니다. 텔레비전이 공중파나 케이블 방송 대신 비디오디스크플레이어 노릇만 한다는 걸 제외하면 천국이에요."

최연식의 보고를 김우현이 보충했다.

"제 판단으로 이제부터 우리가 전창세보다 더 유의해야 할 사람은 한유정 목사입니다. 이제 동영상 보시면 짐작하시겠지만 목사관 지하층에 있는 여성들이 보는 화면이 전창세 목사의 설교가 아니라 한유정 목사의 설교입니다. 전창세가 외형적인 카리스마라면 한유정은 전창세와 신도 전체를 감싸는 아우라를 가지고 창세원을 지배하고 있습니다. 목사관 지하층에서 눈에 띌 신체장애인은 발견하지 못했습니다. 지적장애인 여자들만 있다고 봐야겠지요. 그들은 오늘처럼 외부 신도가 대거 참석하는 예배시에만 자신들 공간에 갇히고 나머지 시간에는 자유로울 겁니다. 표정들이 환하고 건강합니다. 평상시 그들은 아무 숙소에나 드나들면서 남성 신도들과 관계 맺고 임신하면 더욱 대접을 받게 되고 출산 뒤 육아에 대한 책임은 지지 않겠지요. 아기들은 바깥으로 입양되거나 원내의 사람들이 나누어 키울 테니까요. 원내의 아기들은 나이 든 사람들과 지적장애인이 다수인이 창세원의 새로운 역사로 보호받으며 크고 있는 중이지요. 오지혜는 임신 7개월쯤으로 보였습니다. 물러나오면서 지하층 유리문 상단의 자물쇠를 잠그려는데 인기척이 나서 못 잠그고 왔습니다.”

김우현이 보고하는 동안 주하준은 디지털카메라를 컴퓨터에 연결해놓았다. 지하층 계단이 나타났다. 계단은 복도로 연결되었고 복도 왼편 벽에 한유정의 초상화가 걸려 있다. 초상화 복도는 거실로 연결되었다. 거실은 환했고 세 여자가 냉장고 앞에서 가위바위보를 하며 웃고 있었다. 비디오디스크플레이어는 보는 사람 없이 혼자 움직이는데 화면 안에서 설교하는 사람은 한유정이다. 거실 주변의 방문들이 열려 있는데 문은 격자무늬의 유리문이다. 여자들은 방 안에서 텔레비전을 향해 눕거나 앉아 있는데 복장들은 여신도들과 동일하다. 화면이 깜박거리다 다른 거실로 향했다.

역시 비디오디스크플레이어가 거실에 있다. 비디오에서는 한유정 목사의 설교 장면이 나오고 두 여자가 화면에 바싹 붙어 앉아 한유정을 바라보고 있다. 그 건너 화장실 문이 열렸고 두 여자가 화장실에서 알몸으로 서로를 만지며 까르르댔다. 화장실은 꽤 넓고 흰색과 분홍색으로 치장되어 있다. 화면이 깜박 어두워지다가 다시 밝아진 방에 오지혜가 있었다. 카메라 렌즈와 눈이 마주쳤는데, 저게 뭘까 골똘해진 눈빛이다. 놀랄 법한데, 비식 웃고는 곁에 있는 임신부를 향해 고개를 돌린다. 두 사람, 아니 네 여자가 보는 건 포르노다. 남녀의 성기가 직접 접촉하는 장면이다. 동영상은 거기까지였다.

예배당 안은 이제 거의 한산해졌다. 육안으로 보이는 예배당 근방은 밖으로 나가려는 사람들과 다시 식당으로 향하는 사람들과 숙소 건물로 향하는 사람들로 엇갈리고 있었다. 식당에서 여흥이 있는 것이다. 박선자는 식당으로 향하는 중이었다. 육안으로 그녀를 구분할 수 있는 거리는 아니지만 박선자가 지금 상규가 아닌 다른 남성에게 접근하고 있다는 것은 알 수 있었다. 권명하 전도사라고 불리는 남성이다. 모처럼 얼굴 본다는 박선자의 말투로 보아 권 전도사는 창세원 밖에 거주하는 남성 같았다. 저는 한 목사님을 뵈러 온 길입니다, 집사님. 남자가 한유정 목사의 부름으로 가는 길인 건 분명하겠지만 그걸 핑계로 박선자를 물리칠 수 있어서 다행이라는 안도감과 경멸이 느껴졌다.

"권 전도사한테 차였네, 뻥! 쌤통이다."

진홍의 말에 응답하듯 주하준이 권명하의 신상 명세가 나왔다며 읊는다.

"권명하, 1960년생. 창세교회 전도사이며 창세유통 발기인으로 현재 전무이사이며 창세유통 유통본부장으로 재직 중. 주민등록은 창세원으로 되어 있고, 6년 전 이혼, 슬하에 2남이 있습니다."

주하준의 읊조림에 아무도 대꾸를 못 한다. 재엽이 말했다.

"박 경사, 이 경장하고 지금 주차장으로 나가서 아기를 데리고 나가는 부모들 동정 살피다가 아무나 선택해 집까지 따라가봐. 믿음이를 따라가보든지. 연후에 사무실로 복귀하고. 김우현, 주하준은 지금 자료 챙겨 사무실로 가서 권 경장, 김 경장하고 같이 자료 정리 시작해. 어젯밤부터 우리가 카메라 회수할 때까지 화면에 나타난 인물들 모두 식별하고, 실종자 인트라넷과도 연결해보고, 한유정에 대해 우리가 놓쳤던 것들 다시 찾아봐. 권명하에 대해서도 더 알아보고. 나머지 사람은 여기서 지켜보다 예배당에 불이 꺼지면 카메라 회수해서 철수한다."

"박선자한테 부착한 감청기는요?"

"그건 박선자가 집으로 갔을 때 틈내 회수하기로 하지. 움직일 사람들은 움직여."

네 명의 형사가 챙길 것 챙기고 남길 것 남긴 뒤 어둠 속으로 들어갔다. 남은 네 사람은 빈 예배당이 비치는 화면을 가운데 두고 하릴없이 서성였다. 박선자가 있는 식당에서의 여흥이 시작되려는 참이었다. 박형주 경위가 감청기 볼륨을 줄이며 말했다.

"까딱하면 또 엠엠피가 되지 않겠습니까?"

"그보다 박 경위. 이걸 우리가 해야 할까?"

재엽의 반문에 최연식이 끼어들었다.

"못 봤다면 모를까 두 눈으로 똑똑히 보고 있는데 안 합니까? 방법을 찾아서 세내로 합시다. 아무도 엠엠피 따위를 거론조차 힐 수 없게, 아예 외부에서 전방위로 팡 터지게 만듭시다."

저들의 기이한 세상은 한성준에게서 비롯된 것으로 봐야 했다. 그가 꾼 꿈이 새로운 세상을 여는 것이었다면 그 과정에 전규철과 마찰이 있었을 터였다. 이상은 같았을지라도 방법이 달랐든가, 전규철이 한성준에게 복종하지 않았든가. 그래서 한성준 목사는 전규철을 파문과 동시에 내쳤다. 전규철을 창세교회에서 내몰았을 뿐 살려둔 것을 보면 한성준은 권력은 높되 과격한 인물은 아니었던 것으로 추측할 만하다. 그런 그를 -환還이 제거했다. 제거 과정에 재엽이 참여했다. -환還은 한성준을 제거함으로써 전창세에게 날개를 달아주고 현재의 창세원에 이르는 길을 열어준 셈이었다. 혹은 한유정의 야심에 불을 질렀든지.

최연식이 단정하듯 말했다.

"머리가 터지든 심장이 터지든, 한번 덤벼보자고요."

재엽의 머리는 일주일 전 종결시킨 이형호 변사 사건으로 이미 한 차례 터졌다. 엠엠피로 분류되어 돌연사로 종결하고 말았지만, 재엽은 이형호 사건의 진범이 로즈 밀러라고 심증을 굳힌 참이었다. 더불어 작가 전소명을 자살로 위장해 죽인 범인도 그녀라고. 전소명 사건에서 택배점에 와인을 맡겼던 전인순이 어떻게 본인인 전소명의 얼굴을 하고 있었는지, 이해할 수 있는 사람은 현재 로즈 자신과 재엽뿐일 터였다. 조형 예술가인 그녀는 어떤 사람 얼굴이든지 만들어 제 얼굴을 위장할 수 있는 능력이 있었다. 관건은 이형호 사건이 엠엠피로 분류되지 않았더라면 그 사건을 낱낱이 뒤적이고, 전소명 사건을 다시 파헤쳐 로즈 밀러를 뽑아낼 수 있었을까 하는 것이다. 해인에 따르면 어쨌든 그녀는 분명히 김부전이었다.

"제법 쌀쌀하네요. 운동 삼아 내려가 식당 구경이나 하고 오죠."

창세원복을 집어 들며 일어서는 박 경위 말투가 무겁다. 태산처럼 다가와 어깨를 짓누르는 일을 실감하는 것이다.

"그럴까."

재엽도 장갑 낀 두 손을 마주 주무르며 일어서 창세원복을 꿰입는다. 봄이라지만 아직 3월이었고 밤 아홉 시 산속이었다. 저만치 신세계에선 새로운 종족들이 환히 불 밝히고 노래 부르며 춤추며 놀고 있었다.

20

'비교문학의 실제'는 어문학 관련 학과들의 선공 신택 과목이고 수강생은 마흔세 명이었다. 한빈은 과목의 중간고사를 원고지 80매 분량의 리포트로 대치한다는 걸 학기 초에 고지했다. 현재 살아서 활동 중인 한국 작가의 작품과 외국 작가의 작품 한 편씩을 비교한 작품론을 쓰거나, 작가론을 쓰거나. 리포트 예비 과제로 어떤 작품들을 왜 선정했는지, 어떤 작가들을 왜 선택했는지 개요서를 써서 3월 말까지 과목 사이트에 탑재하라 했다. '비교문학의 실제'를 수강하는 학생들이 다른 학생의 텍스트를 짐작해가며 제 리포트를 쓰게 하기 위해서였다.

작품론이나 작가론 중 한국 작가와 작품으로 유아리와 그녀의 작품에 대해 쓰겠다는 학생이 일곱 명이나 되었다. 요즘 학생들 사이에서 유아리의 인지도가 그만큼 높아졌다는 의미였다. 이형호 의원의 변사 사건으로 유아리의 《손이 하는 말》이 그의 죽음을 예고했다는 말들이 유포되고 있었다. 이형호가 어떻게 살았고 어떻게 죽었든 그는 한빈의 고모부였다. 유아리와 이형호 사이에 아무 관련이 없을지라도 둘 가운데에 낀 셈인 한빈에게는 유쾌한 일이 아니었다. 개인적으로 그렇거니와 한 작가에게 그렇게 편향된 게 한빈의 수업 방향에 긍정적이지도 않았다. 그걸 조정해야겠다는 생각에 수업을 마친 한빈이 학생들에게 말했다.

"그래서 드리는 말씀입니다만, 유아리 작가를 선택한 학생들 중에서 조정할 의향이 있고, 4월 말일까지 리포트를 쓸 수만 있다면 작가나 작품을 바꾸셔도 좋습니다."

왜요? 까닭이 뭔데요? 유아리를 제외할 근거를 제시하세요. 우우. 리포트 텍스트로 유아리를 선택한 학생들은 물론이고 다른 작가들을 선택한 학생들도 한빈의 말에 반발하고 있었다.

"작품론은 몰라도 작가론을 쓰기에, 유아리 씨 경력이 아무래도 너무 짧지 않아요? 작가론이란 작품과 작가의 삶과의 관계를 함께 궁구하는 것인데, 그 작가는 사회적인 이력이랄지, 활동이랄지가 전무하잖아요. 따라서 작가론을 쓰자면 아무래도 유아리 작가의 일곱 작품을 모두 다뤄야 할 텐데, 일곱 작품이 시기를 따질 수 없게 짧은 시일에 출간된 상태라 작가론을 쓰기 쉽지 않으려니와 쓰려고 들면 일이 너무 커지겠기에 제안하는 겁니다."

핑계라면 경력이 너무 짧은 작가여서 작가론의 대상으로는 어색하지 않느냐는 것뿐인데 학생들의 반발이 한층 거세진다. 그게 무슨 상관이냐고 따지고 든다. 듣고 보니 상관없는 일이었는데 괜한 짓으로 벌집을 건드린 결과가 된 것 같았다.

"여러분의 숙제를 돕기 위한 제안이지만 수용하는 건 여러분 맘이죠. 알아서들 하세요. 여러분들이 어떤 내용이든 충실하게 써주시기만 하면 됩니다. 그래도 한마디 덧붙이자면 말이죠. 제가 쓸데없이 텍스트를 조정하라 운운했던 까닭은, 개인적으로 유아리 작가를 좀 알기 때문이에요. 작가론의 대상으로서는, 그 작가가 아직은 좀 어려운 상대라는 걸 알거든요."

내가 지금 무슨 짓을 하고 있는 건가. 한빈은 아우성이 일어난 강의실을 둘러보며 자신이 벌인 일의 의미를 깨닫는다. 당장 증명하라는 말이 어디선가 나오더니 학생들 전체가 재미난 놀이를 만난 양 목소리를 모아 외쳐댔다. 증명해. 보자 해. 전화해. 놀자 해. 지금 해. 오라 해. 부탁해. 당장 해. '하다' 체를 사용해 3음절로 만들 수 있는 명령어는 모두 나오는 성싶다.

"지금 유아리 씨한테 연락을 하란 말예요? 여러분의 선배이자 선생인 내 말을 믿지 못해서?"

불을 내놓고 진화를 하는 게 아니라 기름을 붓고 있다.

지난 설 이후 한빈은 아리와 만날 일이 없었다. 그녀는 전화를 해오지 않았고 한빈에게는 전화 걸 핑계가 없었다. 학생들이 아리와 친구인 걸 증명하라니 핑계가 생겼다. 한빈은 전화기를 꺼내 학생들에게 들어 보이고는 아리의 전화번호를 눌렀다. 알아두기만 했을 뿐 걸어보기는 처음인 번호였다. 아리는 몇 번의 신호 만에 나타났다. 한빈이 손가락을 세워 브이 자를 만들어 보이자 학생들이 환호성을 울렸다.

"아리 씨, 저 고한빈입니다."

"번호가 낯설어 누구신가 했네요. 근데 지금 시끄러운 곳에 계시나 봐요?"

한빈은 사정을 설명했고 다음 강의에 학생들 앞에 나와 자신의 체면을 세워줄 수 있느냐고 물었다.

"진담이세요?"

"어쩌다보니 상황이 그렇게 되고 말았어요. 물론 거절하셔도 됩니다."

잠깐 잠잠하던 아리가 아무라도 학생을 바꿔달라고 했다. 한빈이, 유아리 작가가 학생과 통화하고 싶다고 한다고, 누가 전화를 받겠느냐고 학생들에게 말하자 일제히 손을 들었다. 국문과의 복학생 주호걸이 양손을 벌려 다른 학생들을 제압하며 나섰다. 군대 다녀와 스물다섯 살이라는 그는 4학년이자 과목 대표였다. 소설가 지망생이기도 했다. 앞으로 나온 그에게 한빈은 전화기를 건네주었다.

"안녕하세요, 작가님!"

주호걸이 전화 속의 아리를 향해 고개까지 숙여 정중히 인사하는 바람에 학생들이 왁자하게 웃었다. 저쪽에서 뭐라 하는지는 알 수 없다. 주호걸이 학생들에게 조용히 하라 손짓하면서 말했다.

"저는 두 학기째 고한빈 선생님의 학생이자 유·사·모의 회원이기도 합니다. '비교문학의 실제'에서 '유아리와 체자레 파베세 비교작가론'을 쓰려고 계획한 학생이기도 하고요. 그러니 작가님, 저희들에게 한번 모습을 보여주시지 않으시렵니까?"

학생들이 보여줘, 보여줘를 연호했고 주호걸이 손가락으로 브이자를 만들어 보이더니 한빈에게 전화기를 돌려주었다.

"어려운 청인데 들어줘서 고마워요, 아리 씨."

"제가 무슨 일을 하겠다고 한 건지 잘 모르겠으니까, 가능한 한 빨리 저희 집으로 오세요. 오늘 일정이 어떻게 되시죠?"

"이게 이번 주 마지막 수업이에요."

"그럼 문자로 주소 알려드릴게요."

나가는 학생들이나 아직 자리에 앉아 있는 학생들 거의가 스마트 폰이나 아이패드로 통신을 하고 있었다. 그들은 강의실을 벗어나기도 전에 자신들이 가입한 네트워크에 유아리가 다음 주 저희들 강의실에 나타난다는 소식을 쏘아 올리는 참이었다. 과목 대표 주호걸이 한빈에게 다가왔다. 그가 제 손에 들린 아이패드를 들어 보이며 말했다.

"유아리 작가가 다음 주 우리 강의실에 나타난다는 트윗을 올렸거든요? 그랬더니 2분 만에 네 명이 청강해도 되느냐는 댓글을 달았어요. 선생님, 아무래도 일이 커질 것 같은데요."

"약간은 커지겠지?"

"금세 학내에 소문이 날 거예요. 유아리 팬 카페들에 소식이 전해질 테고요. 《간지러움》 이후 유아리 작가는 리뷰 기사 이외에 독자들 앞에 나타난 적 없잖아요. 청강하겠다는 사람이 그만큼 많을 거라고요. 어떻게 할까요, 선생님?"

"우리 강의실 수용 인원이 뻔하지만 최대한 오라 하지 뭐."

"제가 신청자를 받아도 될까요?"

"그렇게 해. 하되, 유아리 작품을 어느 정도 읽은 사람이라야 한다는 기준은 있어야겠다. 안 읽은 사람이 여기까지 유아리를 보러 오겠다고도 하지 않겠지만 작가를 초청한 마당이니 기준은 세워둬야겠다는 거지. 여튼 청강생 문제는 대표인 네가 알아서 해라. 나는 지금 유아리 작가한테 가서 일을 벌인 것에 대해 사과하고 경위 등을 정식으로 설명해야 해."

"지금 유아리 씨를 만나러 가세요?"

"어."

"저도 따라가면 안 될까요?"

"그건 안 되는 일인 거 아시지요, 주호걸 씨?"

씩 웃어 보인 한빈은 탁자 위를 정리한다. 청운동까지 얼마나 걸리려나. 유아리에게 다가들기 위한 방법치곤 거창하다 못해 유치하지만 제가 오지 않으니 내가 갈 수밖에 없지 않은가. 가방을 챙긴 한빈은 호걸과 함께 강의실을 나선다. 학내엔 온통 봄이 와 있었다.

21

오늘 고한빈의 '비교문학의 실제' 강의를 듣겠다는 신청자가 500명을 넘어섰다. 장난삼아 청강 신청자를 받던 과목 대표 주호걸은 강의실로 감당이 어려워지자 학사지원본부에 강당을 요청했다. 인문대학 강당을 내준 본부에서는 일개 과목 수업을 학교 공식 행사로 만들었으며 학교 홈페이지에 공지했다. 인문대학 강당은 720석이었고 좌석들은 강단을 향해 완만한 내리막으로 배치되어 있었다. 좌석은 물론 계단들도 청중으로 채워졌고 서 있는 사람도 많았다.

한 시에 주호걸이 사회자로 나서 오늘 강연이 갑작스레 이루어진 과정에 대해 5분 정도 설명했다. 아리의 책 일곱 권을 안은 한빈이 주호걸을 이어 강단에 올라가 탁자에 책을 올려놓고 마이크 앞에 섰다. 아리의 경력과 일곱 작품들에 대해 간추린 뒤 오늘 아리가 하게 될 말에 대해서도 간략히 소개했다. 아리는 무대 위로 올라가서 인사하고는 탁자에 놓인 의자에 앉았다. 마이크를 약간 밀어내고 탁자 위

놓인 자신의 책 위에다 두 손을 놓았다.

"고한빈 선생께서 말씀하셨다시피 제게 이런 자리는 처음입니다. 제가 좀 떨더라도 이해해주시기 바랍니다. 제 이야기의 중간에 혹시 질문하고 싶은 분이 계시면 하셔도 되는데요, 제 말과 말 사이의 적당한 틈에 저기요, 하면서 살짝 불러주시길 부탁드려요. 제가 놀라면 이 자리를 위해 어렵게 써서 간신히 외운 원고 내용을 까맣게 잊어버릴 수 있기 때문입니다."

아리의 말에 강당에 왁자한 웃음과 함께 박수 소리가 터졌다.

"작년에 《간지러움》을 출간하면서 한 기자분과 친구가 되었습니다. 그분이 얼마 전에 저를 찾아 오셔서 최근에 《손이 하는 말》이 독자들 사이에 회자되고 있다는 말씀을 해주시더군요. 저는 인터넷 문맹까지는 아니지만 뉴스나 문화의 흐름 등을 주로 종이 신문을 통해 접합니다. 디지털 통신기기로 이루어지는 일들과 그다지 친하지 못한 까닭은, 종이 활자가 만들어져 유포되는 속도가 저한테 맞는 것 같기 때문입니다. 기자 친구는 그래서 상대적으로 뉴스에 둔한 저한테, 저와 관련된 세상 소식을 설명해주시는 분입니다. 아무튼 《손이 하는 말》이 최근에 다시 회자되는 이유가 지난달 돌아가신 한 정치인 때문이라고 하더군요. 《손이 하는 말》이 그 정치인의 죽음을 예고한 것처럼 쓰였기 때문이라고요."

아리가 잠깐 말을 쉬는 틈에 객석 어디선가 저기요, 하는 소리가 났고 동시에 웃음소리가 터졌다. 객석 가운데의 남학생이었다. 아리가 네 말씀하세요, 했다.

"불문과 3학년 연준성입니다. 이제 말씀하실 텐데도 그냥, 미리 끼어들었습니다. 죄송하고요, 《손이 하는 말》이 정말 고 이형호 의원의 죽음을 예고한 격이 되었다고 작가님 스스로 생각하시는지 여쭙고 싶고, 그 때문에 《손이 하는 말》의 판매 부수가 많이 늘었는지 궁금합니다."

"나중 질문에 먼저 답할게요. 고 이 의원 사건이 일어나기 전에 판매가 줄어들어 거의 중지되다시피 그 책이 그 사건 이후 한 달 사이에 1만 권 가까이 팔렸다고 하더군요. 그분의 불운이 저와 출판사에 득이 된 셈이라 죄송했습니다. 그래서 그분 사망 이후부터 향후 1년간 팔리는 《손이 하는 말》의 인세를 유니세프로 보내달라고 출판사에 부탁했어요. 그랬더니 출판사에서도 덩달아 그 책의 수익금을 함께 기부하겠다고 하더군요."

와아, 하는 함성과 함께 박수가 터졌다. 아리는 박수가 잠잠해지기를 기다렸다가 말을 이었다.

"제 자랑에 박수를 보내주시니 고맙습니다. 솔직히 지금까지 저는 타인에게 어떤 것도 베풀어본 적이 없습니다. 인세를 기부한 것도 타인을 위한 일은 못되지요. 타인을 위한 것도 아니면서 자랑하게 된 까닭은, 고한빈 선생 때문입니다. 고 선생께서 고인 덕에 돈 번다는 오해는 불식시키는 게 낫다 하시더군요. 더불어 이 발언을 기회로 그 책이 더 팔린다면 책 한 권의 인세가 한 아이의 며칠 밥값이 될 테니 좋은 일 아니냐고, 제가 써놓은 원고에다 빨간 글씨를 덧붙여주셨지요."

우우, 놀림 반 연호 반의 함성이 일었다.

"연준성 님의 처음 질문에 대한 답은 예, 입니다. 결과적으로 예고한 셈이 되었습니다. 제 책이 먼저 나왔으니까요. 음, 저는 신문을 꽤 찬찬히 읽는 편이에요. 그리고 신문을 통해 지식과 정보를 많이 얻습니다. 기자 친구에 따르면 제가 학교를 거의 다니지 못했다는 걸 인지한 독자 분들이 계시다고 하더군요. 맞습니다. 어느 인터뷰에서 밝혔지만 어릴 때 몸이 자주 아파 학교를 다니지 못했습니다. 조울증을 앓았고 대인기피증도 아직 남아 있습니다. 그렇다고 전염병을 앓았던 건 아니니까, 혹시? 하시지는 마세요. 이웃에 전염시키지 못하는 병만 앓았으니까요."

와르르 터진 웃음이 잦기를 기다렸다가 아리가 말을 이었다.

"제가 전염병을 앓은 건 아니지만 오래 아프면서 깨달은 한 가지는 모든 병은 주변에, 최소한 가족에게는 전염된다는 겁니다. 아픈 사람 혼자 앓는 게 아니라 가족들이 함께 아프게 되니까요. 그 당연한 사실도 저는 참 늦게 알았습니다. 그래서 저는 책 읽고 신문 읽으면서 집 안에서 주로 살아온 셈입니다. 사회 경험이 별로 없는 거지요. 그런데, 소설을 쓰려 마음먹은 뒤에 제가 깨친 게, 신문이 제 밭이라는 거였어요. 밭, 아시죠?"

다시 웃음의 파도가 한바탕 지나갔다.

"신문에 소설거리가 널렸다는 걸 아시기 때문에 웃으신 거라고 믿어요. 《손이 하는 말》은 《간지러움》보다 앞에 쓴 작품입니다. 5년 전쯤, 그 무렵에도 물론 신문을 열심히 읽었는데, 당시 제 눈에 가장 소설적인 인물이 한 달 전쯤 돌아가신 그분이었어요. 고인께는 죄송한 말씀이지만, 그분이 대중을 향한 언어폭력을 본격적으로 행사하기 시작한 게 그 즈음부터가 아니었을까 싶어요. 제가 인지한 게 그 즈음부터라고 해도 마찬가지겠죠? 그 무렵 그분은 재선 의원이셨잖아요. 제 기억으로 그분이 그해에 여러 차례 빨갱이에 관한 말씀을 하셨던 것 같아요. 부당 해고당한 노동자들의 복직 투쟁과 환경 운동가들의 활동과 관련해서, 우리 사회에 아직도 빨갱이들이 너무 설친다는 식이었죠. 그분의 발언을 옹호하고 보강하는 신문 사설들이 여러 차례 실렸고요. 저는 그분의 말씀이 대개, 약자들의 반대편에 서 있다고 느꼈어요. 그분이 이따금 일으키는 설화 사건들에 제 마음도 이따금 다쳤다고나 할까요. 오랫동안 아팠고 현재도 그리 건강한 편이 못되는 저는, 저를 불구로 여길 때가 있습니다. 그래서 그분이 겨냥한 사람들 속에 저도 속해 있다고 느낄 때가 있다는 거지요. 집에서 신문이나 들여다보며 사는 제 마음이 그렇게 다칠 때, 그분이 과녁처럼 겨냥한 사람들의 마음은 얼마나 많이 다칠까 싶었습니다. 그리고 한 정치인이 이렇게 사람들에게 상처 입히면서도 유력한 정치인으로 건재할 수 있는 까닭이 뭘까, 생각하게 됐고요. 사실 그분뿐만이 아니죠. 지신의 한마디가 다수의 약자들에게 상처를 입힐 수 있는 위치에 계신, 많은 분들이 수시로 그렇게 막말들을 하시니까요. 암튼 저는 그분의, 그런 분들의 막된, 혹은 못된 권력의 기반이 어디에 있을까 싶었던 거죠. 그 사람을 용인하고 옹호하는 사람들에게서 그의 권력과 폭력이 나오는 거라고 생각했고요. 자신을 용인하는 사람들의 마음을 충전기처럼 지닌 채로 살 수 있는 사람과, 그들에게 그런 폭력을 허여하는 사람들의 묵시적인 관계에 대해서 써보고 싶었어요. 그렇게 해서 그분이 제 소설의 모티브를 제공하셨고 제 소설 속으로 스스로 걸어 들어오신 셈이죠. 그렇지만 《손이 하는 말》의 주인공은 이 의원님의 언어를 이따금 빌렸을 뿐 그분은 아니에요. 제가 죽인 사람은 소설 주인공이지 그분은 아니라는 거지요. 그 점을 부디 상기해주시기 바랍니다."

천 명 가까운 사람들이 유아리의 말에 귀를 기울이며 웃고 박수쳤다. 그녀는 무대 가운데에서 빛나는 발광체 같았다. 그녀를 향한 카메라 플래시가 곳곳에서 수시로 터졌다. 청중 앞에 처음 나선다는 여자는 카메라를 전혀 의식하지 않는 것 같았다. 로즈는 머릿속이 하얗게 빈 듯했다. 작년 여름 〈동방일보〉에서 그녀를 발견했을 때, 가을 남산 예지원에서 스쳤을 때도, 푸켓의 그녀인 걸 확인하고 전율했지만 잊고 살았다. 지금 생각해보면 의식적으로 그녀를 도외시했던 것 같았다. 그녀를 디아나의 모티프로 삼았기 때문에, 그녀의 순간의 아우라를 흡수했고 그건 어쩐지 그녀의 뭔가를 훔친 느낌이라 미안하고 꺼림칙했다. 그래서 그녀를 만날 일이 없는데, 상관없지 않느냐고 한사코 잊고 지냈다. 고한빈이 아니었더라면 그녀를 떠올릴 일도 없었을 터였다. 일주일 전 트위터에 고한빈에 관한 기사가 떴다.

비교문학의 실제, 고한빈 선생. 신비 작가 유아리를 강단으로 끌어내다! 고한빈의 학생들이 올린 글이었다. 쉼표와 마침표와 느낌표 사이에서 두 이름을 만났을 때 로즈는 뱀을 만난 듯 서늘했다. 이 기이한 느낌이 뭘까 싶어 일주일 내내 서성였다. 인터넷에서 유아리를 검색했고 그녀의 팬 카페들을 뒤져 글이란 글을 모두 읽었다. 그러다 이 강당까지 와서 두 사람을 함께 보았다. 고한빈이 디아나에게서 발견한 그녀는 다름 아닌 유아리였다는 걸 확인했다. 두 사람은 오래전부터 아는 사이였던 것이다. 그런데 지금 그건 별 문제 아닌 것 같았다. 다른 뭔가가 있었다. 뱀이 스쳐간 자국처럼 냉기가 흐르고 꺼림칙한 무엇이었다. 그게 뭔지를 로즈는 아직 알지 못했다.

저기요, 질문 있습니다. 자신을 인문정보대학원생이며 유아리 팬 카페 '아리랑 글사랑'의 회원이라고 소개한 여자가 질문했다.

"작가님의 일곱 작품을 다 읽었는데요, 《참말이야》를 읽으면서 작년에 작고한 전소명 작가와 오버랩 되는 걸 느꼈습니다. 《참말이야》

의 발상이 어디서 비롯됐는지 궁금하고요, 실제 전소명 작가를 빗대서 쓰신 건지도 알고 싶습니다."

가만히 듣고 있던 유아리가 대답했다.

"《참말이야》는 20여 년 뒤의 제 모습을 상상하면서 시작됐습니다. 3년 전쯤에, 며칠 동안 심하게 앓다 일어났더니 창에 비친 햇살이 새삼스럽더군요. 불쑥 2,30년 뒤에도 내가 글을 쓰고 있을까, 살아 있기는 할까 싶었습니다. 더불어 《참말이야》에서 서술한 마지막 장면이 떠올랐고요. 《참말이야》에서 작년에 돌아가신 전소명 선생님의 분위기를 느꼈다고 하셨는데, 그건 우연인 듯합니다."

유아리의 이야기는 《참말이야》를 지나서 《거울 닫기》로 접어들었다. 예전 언젠가 비행기를 탔는데 이웃 자리에 여섯 살 정도의 쌍둥이가 있었다. 탑승한 여덟 시간 중에 절반을 쌍둥이가 투닥거렸다, 한 아이를 엄마가 데리고 있고 한 아이를 아빠가 데리고 다른 자리로 옮겼어도 서로 찾아다니며 싸웠다. 수백 명의 승객이 그 아이들 때문에 낯을 찌푸렸지만 승무원들의 제재에도 쌍둥이의 소란이 그치질 않았다. 쌍둥이가 사이좋은 줄 알았던 관념이 그날 깨지면서 소설에 대한 상상이 시작되었다고 한다.

유아리는 나지막한 목소리로 서두름 없이 간간이 질문도 받아가며 여유롭게 강연하고 있었다. 시선은 처음부터 끝까지 고한빈이 앉아 있는 객석 즈음에다 둔 채 청중들과 눈을 맞추지 않는다. 사람들의 시선을 피하는 환인들의 버릇이다. 오래도록 아팠다는 그녀의 어린 날과 대인기피증. 학교를 다니지 못하고 집에서 책만 읽어 소설가가 된 그녀는 환인일 뿐만 아니라 로즈 밀러처럼 다생환인인 것이다.

로즈는 한국과 미국 사이의 거리 때문이었던지 몸으로 직접 겪는 회귀통은 덜했다. 회귀를 일으킬 대상과 마주치는 횟수가 적었기 때문이다. 몸으로 덜 겪는 대신 혼란은 극심했다. 어떤 이미지에 사로잡혔을 때 그 이미지를 해독하기 어려워 혼자 미쳤다. 지금 유아리를 마주보면서 느끼는 혼란도 같다. 유아리와 로즈 밀러는 전생 어느 지점에서 맺힌 적이 있고 그걸 먼저 느낀 사람이 로즈 자신이다. 푸켓에서부터 알아볼 정도였으면 지금 회귀통이 일어야 마땅하고, 어느 생에서 만난 인물인지 드러나야 하는데 아무 일도 일어나지 않는다.

왜!

로즈는 자문했다. 왜? 회귀하지 않거니와 유아리의 소설을 한 편도 읽지 않았음에도 어쩐지 그녀를 다 알 것 같은데, 알 것 같은 게 무엇인지 감이 잡히지 않았다. 한 시에 시작된 강연이 두 시를 넘어서는 참이고 유아리는 마무리를 향해 나가는 중이다.

"다음 작품 출간은 오는 6월 말쯤 될 것 같습니다. 운명에 대항하는 인간들의, 운명으로부터의 탈출기라고 할 수 있습니다만, 출간 때까지는 내용을 언급하지 말아달라는 출판사의 부탁이 있어 여기까지만 말씀드리겠습니다. 이제 제가 이 자리에서 하려고 준비했던 이야기는 얼추 다 내놓은 듯합니다. 질문을 받아가며 이야기했기 때문에 질문을 더는 안 하셨으면 좋겠지만, 그래도 질문하실 분이 계시면 한 분께만 받겠습니다."

앞자리의 한 남학생이 저기요, 하고 나섰다. 사회를 보던 남학생이었다.

"국문과 주호걸입니다. 작가님의 개인사적인 질문을 드려도 됩니까?"

"질문 내용에 따라서 대답을 하든지 안 하든지 하겠습니다."

"첫 번째, 작가님의 작품 《꽃이 피었네》가 연극으로 제작된다는 소식을 들었는데요, 다른 작품들의 2차 작품화 내용에 대해 알고 싶습니다. 두 번째, 결혼은 안 하신 것 같고, 남자 친구 있으십니까? 세 번째, 작가님께 연락하려면 고한빈 선생님을 통해야 합니까?"

우우, 청중들이 야유했다. 유아리가 미소 짓더니 고개를 끄덕였다.

"《꽃이 피었네》가 연극화되기로 한 거 맞습니다. 극단 '원형'에서 현재 극본 작업하고 있다고 들었습니다. 《하늘의 아내》가 드라마 제작사와 계약을 한 상태고요, 《거울 닫기》는 영화제작사, 《불모성 용어》는 독립영화 기획사와 작품화 계약을 했습니다. 두 번째 답, 저, 남자 친구 있습니다. 세 번째 연락에 관한 사항은 주호걸 님께서 말씀하신 대로입니다. 제가 오늘 고한빈 선생을 통해 여기 왔으므로 이 자리에서 비롯된 연락 사항은 고 선생님을 통하시는 게 맞다고 봅니다. 마지막으로요, 지금 제 앞에 제 작품집 일곱 권이 있는데 일곱 분께 드리려 가져왔지만 한 분께 몰아 드리는 게 나을 듯합니다. 난센스 퀴즈 하나 내겠습니다. 맨 먼저 맞히신 분께 책을 드릴게요. 세계에서 가장 큰 섬인 오스트레일리아가 발견되기 이전에 가장 큰 섬이었던 곳은 어디였을까요."

몇 초간 강당 안에 고였던 고요가 강단 앞 왼쪽 좌석에서 손을 번쩍 들고 저기요, 하고 나서는 소리에 의해 흩어졌다. 유아리가 네에, 했다.

"유·사·모 회원으로 오늘 작가님의 강연을 들으러 온 김동성입니다. 답은 오스트레일리아입니다."

"왜요?"

"오스트레일리아가 발견되기 전이든 발견된 후이든, 퀴즈 자체가 세상에서 가장 큰 섬이 오스트레일리아라고 전제하고 있기 때문입니다. 그리고 오스트레일리아를 대륙이 아니라 섬으로 친다면 지구상의 섬 중에 가장 큽니다."

김동성을 향해서 박수가 쏟아졌다.

"네, 김동성 님. 제가 문제와 함께 읽은 답도 그것입니다. 고맙습니다. 이 시간 끝난 뒤 김동성 님께 이 책들을 드리겠습니다. 오늘 이 자리에 저를 초대해주셔서 고맙습니다. 이제 고한빈 선생께서 마무리 하시도록 저는 내려가겠습니다."

환호와 박수가 쏟아지면서 유아리가 일어서자 고한빈이 무대 아래서 그녀의 손을 잡아 내려주고는 무대로 올라갔다.

로즈는 고한빈이 마이크를 빼들고 유아리에게 수고하셨다고 인사하는 소리를 들으며 좌석에서 일어났다. 통로 반대편 끝자리에 석해인이 앉아 옆자리의 남자와 소곤거리는 게 보였다. 해인의 옆 사람은 연극배우 박신의였다. 극단 '원형'이 《꽃이 피었네》를 연극으로 만든다더니 그것도 석해인의 주선인 모양이었다. 그들은 이쪽을 못 보았고 로즈가 아는 척을 하며 당장 다가가기엔 좀 먼 거리였다. 로즈는 사람들을 헤치고 밖으로 나왔다. 건물 밖에서 기다렸다가 해인을 잠깐 보고 가기 위해 먼저 계단을 내려 걸었다.

강당은 2층과 1층에 걸쳐져 있었다. 1층 로비에 다다른 로즈는 벽에 붙은 유아리 강연 포스터 앞에 섰다. 인문학부 주최, 신예 작가 유아리 초청 강연. 그녀의 사진은 옆모습이고 약력에는 일곱 권의 책 제목이 쓰여 있다. 그뿐인데, 로즈는 감전된 듯 뭔가를 다시 느낀다. 나와 닮았다! 내가 이형호나 전소명에게 느꼈던 살의를 유아리도 느꼈다. 《손이 하는 말》과 《참말이야》가 그 결과이다. 왜! 대체 왜? 왜

242

냐고 거듭 자문하면서도 로즈는 스스로가 그 답을 알고 있다는 걸 깨달았다.

몸이 덜덜 떨렸다. 유아리는 김부전이었다. 김부전 전에는 열아홉 살에 남편한테 맞아죽은 순이였을 것이고, 그전 언젠가는 청나라로 시집간 의순이었을 것이고, 그 앞에는 계집종 속새였을 것이고, 더 오래전에는 귀족 집안의 노비였다가 그 집안을 멸문시킨 비알이었을 것이다. 아마도 드라마가 될 거라는 《하늘의 아내》가 비알의 이야기일 터였다. 비알은 자신을 하늘이 내린 여인이라고 큰소리치며 제 앞에 걸림돌이 되는 사람들을 모조리 제거하고 스스로도 죽음에 이르렀다. 그런 이야기를 알 사람이 누구이겠는가. 그녀와 자신은 김부전 이후 갈라진 티알피였던 것이다. 그리고 해인은 그 사실을 이미 알고 있었다. 그녀에게서 비치던 극도의 조심스러움이 그것이었디. 로즈는 떨리는 몸을 끌며 로비를 벗어나 밖으로 나왔다. 주차장까지의 길이 너무나 멀었다. 세상에서 가장 큰 무인도에 갇힌 것 같았다.

***

아리 씨 사진발이 끝내주네요. 한번 보세요. 운전하는 해인의 눈앞에다 민태용이 카메라 액정 화면을 들이민다. 흰 원피스에 받쳐 입은 빨간색 재킷이 지적이면서도 명랑하고 표정은 수줍은 듯 당당하다. 〈주간 동방〉에 해인의 기사와 함께 싣게 될 사진이다.

"너도 유아리한테 관심 있니?"

"관심이야 있죠. 아까, 떨지 않으려고 짐짓 낮고 느리게 말하고, 회귀할까봐 아무도 못 쳐다보고 고한빈 씨한테만 시선 맞추는 걸 보고 있자니, 아휴, 등 뒤에 가서 받쳐주고 싶은 거 참느라고 혼났어요."

아까 강당에서 옆자리에 앉았던 박신의도 비슷하게 말했다. 작품 《꽃이 피었네》를 연극 대본으로 만들고 늙은 주인공 역을 하기로 한 그가 해인의 귀에 대고 속삭였다. 첫 무대가 저 친구한테 너무 큰 거 같지 않아? 내 간이 오그라들 지경이야. 그가 그렇게 말할 때 해인은 앞쪽에 앉아 있는 김동성이 난장을 치면 어쩌나 조마조마했다. 다행히 그는 아리의 퀴즈를 맞혀 사인북을 채가는 것으로 오늘 외출에 만족했다.

"왜, 카메라 팽개치고 무대로 진출해보지? 단번에 스타가 됐을 텐데?"

"손 경정한테 맞아죽을 일 있어요? 그나저나 선배, 그 소문 들었어요? '365 코리아' 말예요."

"느닷없이, 도민섭이 뭐?"

"그 팀이 요새 어마어마한 프로젝트, 교단을 상대로 싸울 준비한다던데, 못 들었어요?"

"뭐어? 왜? 어디를?"

동대문을 돌아가는 중이었다. 청계광장 쪽에서 대학생들의 등록금 인하 시위가 있다더니 길이 거의 주차 상태였다. 어둑해지기 시작하면 거대 기업 '대진 중공업'의 집단 정리 해고에 대항하는 노동단체와 시민들의 시위도 시작될 것이고, 수천 명의 경찰도 나올 것이므로 길은 점점 더 엉킬 터이다.

"철원에 있는 창세원이라는 곳이래요. 들어본 적 있어요?"

"금시초문인데?"

"나도 첨 들었는데 그렇다대요."

"뭔지는 모르지만 쑤시기도 전에 너까지 알 정도로 파다해졌다면 이미 틀어진 일 아니야?"

"파다한 정도까지는 아닐걸요. 도 피디 팀에 있는 친구한테 대외비라는 전제하에 들은 얘기예요."

"그 자식도 참. 대외비라면서 왜 떠들어?"

"친구는 나한테 말한 거고 나는 선배니까 얘기한 거죠. 괜히 말했네. 비밀이에요."

도민섭은 피디 일곱 명과 에프디 일곱 명과 막강한 촬영팀으로 이루어진 '365 코리아'의 책임 프로듀서는 아니었다. 그는 수석 피디 휘하의 피디 중 한 명이었다. 그렇지만 그 팀의 일곱 피디는 한 몸처럼 움직였다. 각자의 기획으로 한 꼭지씩 기사를 만들어내든 일곱이 합쳐 한 기사를 만들어내든, 일요일 밤 열한 시에 70분간 방영되는 '365 코리아'는 한 작품이었다. 지금 민태용이 말하는 정도의 프로젝트라면 70분 동안 일곱 명의 피디가 한 사건만 다루는 기사를 만들어내고 있다는 의미고, 소문이 돌기 시작한 건 프로젝트가 거의 완성 단계에 접어들었다는 신호일 터였다.

세 시였다. 다섯 시까지는 원고를 넘겨야 했다. 원고지 5매 분량이니 한 시간이면 쓸 수 있겠지만 나아가지 않는 차 때문인지 조급하다. 해인은 전화기에 이어폰을 연결해 귀에 꽂았다.

"어디다 전화하시게요? 설마 도 피디님이요? 떠들고 다녔다고 제 친구 혼나요."

"네 친구가 혼날 사안인지 아닌지 알아보려는 거야."

도민섭은 금세 나타났다. 해인이, 내가 방금 당신네 프로그램에 관한 이야기를 들었다고 하자 그가 잠깐 기다려, 하더니 자리를 옮기는 듯했다. 10초쯤 뒤에 다시 나타나 그 소식이 어느새 너한테까지 들어갔느냐고 한숨 쉰다.

"나한테서 더 퍼지지 않을 거니까, 말해. 창세원이 뭐 하는 데야?"

"하긴 나도 좀 떠들어야 속이 풀릴 것 같기는 하다. 경문왕의 복두장이를 이해할 것 같으니까."

"사설 한번 기네."

"창세원은 자치주의 이상을 실현한 마을이라고나 할까. 원래 장로회 계통인 창세교회 소속인데, 이미 창세교야. 교주 이름이 전창세고. 거기서 지적장애인들을 유괴해 아기들을 생산해. 미혼모의 아기들을 유괴하기도 하고. 그 아기들을 팔고 있어."

"지금 그게 우리나라 이야기야? 미국이나 남미, 아프리카 어디 딴 나라가 아니라?"

"한국 이야기 맞아. 유괴, 납치, 인신매매가 최소한 10년쯤 공공연히 진행되어 왔어. 2000년에 아기 연쇄 실종 사건 있었던 거 기억하려나 모르겠지만 그 즈음부터 시작됐어. 증빙 자료, 화면 얼추 갖췄고 편집하면서 보강 중이야."

"혹시 그거 손재엽 팀하고 같이 하는 거야?"

"도사네. 그 친구 팀에서 합동하자는 제의가 들어왔어. 창세원에 줄줄이 걸린 문제가 대개 법으로는 해결이 안 되는 거라서, 먼저 이슈화시키는 게 낫다는 결론이 났던가봐."

"유괴, 납치, 인신매매인데, 왜 경찰이 해결 못해?"

"그 과정에 손해본 사람이 별로 없거든. 창세원으로 들어간 장애인들이 그 안에서 나름 행복하게 살고 있다는 게 이 일의 최대 딜레마야. 유괴당한 아기들은 거의, 이미 버려지기로 된 존재들이라 애써 찾는 사람이 없고, 장애인들도 마찬가지야. 거기서 아기를 산 사람들은 돈을 교회에 헌금 형식으로 기부한 사람들이고, 그들은 거의가 납세 증명과 세금 감면 증명서를 가졌어. 일사부재리원칙, 법적으로 면죄부를 받아버린 사람들이지. 그래서 우리는 우리 사회가 미혼모들과 미혼모의 아이들, 장애인들을 어떻게 취급하고 있는지, 차라리 창세원을 행복하게 여길 수밖에 없는 그들의 현주소랄까, 그쪽에 초점을 맞추기로 했어. 어쨌든 창세원이 자행하는 유괴와 납치와 인신매매는 멈추게 해야 하잖아. 손 경정 팀과 우리 팀이 직면한 딜레마를 이해하겠지?"

"딜레마는 이해하겠어. 그런데, 거기 있는 사람들, 거기 사는 아이들이 정말 행복해 보여? 노동력을 착취당하거나 성적 학대를 받는 게 아니라?"

"거기 있는 사람들은 넓은 공간에서 자유롭게 활보해. 잘 먹어 윤기가 흐르고, 공공 학교는 아니어도 아이들은 공부하고 보호받으면서 커. 성인들은 하루 다섯 시간, 원하는 시간에 노동하면서 여유자적 살아. 남녀를 불문하고 장애인들은 그 안에서 자신들이 장애인인지도 모르는 것 같고. 그리고 거긴 섹스의 신천지야. 아이들을 제외한 모든 사람들이 아무나하고, 아무 때나 섹스를 해. 숙소는 물론이고 숲 속, 온실, 각종 일터 등에서."

"섹스에서 제외되는 아이들의 나이가 몇 살인데?"

"애들은 거의 확실하게 애들이야. 창세원에는 열두 살에서 열다섯 살까지의 청소년은 아예 없는 것 같거든. 아무튼 거기선 강제가 없어. 강간이 없다고. 지적장애인 여성이나 남성을 유괴해 그 안에 머

물게 한 자체가 강제고 그 안에서 이루어지는 섹스가 크게 보면 강간
이지만, 그 울타리 안에서는 강간이 아니야. 싫다는데 억지로 하면
인민재판 형식의 징벌을 당해. 하나님의 뜻에 어긋나는 짓을 했다고
공개 비판을 받는 거야. 교주가, 아니 목사가 수십 여자들을 거느리
고 사는 것도 아니야. 교주가 약초 농사에 직접 참여하는 모범 주민
이라니까. 샅샅이 뒤졌는데도 교주 일가가 따로 은닉한 재산이 없어.
창세원 부지 자체는 은닉이 아니라 원래 교주 일가의 소유였는데, 교
회를 위해 쓰고 있는 셈이고."

"이상하긴 해도 신천지 맞네. 정말 새로 만들어진 세상 같잖아. 그
냥 냅둬야겠네 뭐."

해인의 자조 어린 한탄에 민섭이 후, 한숨을 쉬고는 말했다.

"지금이라도 정말, 건드리지 말고 그냥 놔두자 하고 싶은 심정이
야. 손형한테도 유괴범 몇 명만 잡고 말라고 하고 싶고. 일이 진행 될
수록 솔직히 그러고 싶어. 근데 그러면 안 되는 거잖아."

"그러면 안 되지. 그만큼이나 캐고도 그만둔다면 경찰이나 너희 프
로그램이 존재할 이유가 없잖아. 그나저나 어쩌니? 본전 건지기가
어렵겠다 싶은데."

"그런 상태라니까. 아무튼 시기를 조정하는 중이라 아직 연기 나면
안 되는 단계니까, 조심해."

"까닥하면 팀 해체되게 생겼는데, 너나 조심해."

"알았어. 어디야? 혹시 아리 씨 강연 갔었어?"

"어, 트위터에 떴지?"

"뜨기만 해? 이형호 같은 사람들의 막된, 혹은 못된 권력의 기반?
운명으로부터의 탈출기? 아리 씨 말이 낱낱이 분해, 편집돼서 마구

퍼지고 있어. 완전히 난리야. 그런데, 해인아, 아리 씨, 너무 심하게 유명해지는 거 아냐?”

“그 친구는 작년에 책 여섯 권 한꺼번에 낼 때 이미 사고를 쳤어. 오늘 고한빈이 친 사고는 그때 시작된 거고. 그러고 보니 어째 내 주변엔 사고치는 인간들이 이렇게 바글거리니. 끊어.”

차가 몇 미터 나아가는가 싶더니 또 멈춘다. 세 시 반이 가까웠다. 곁에서 민태용이 통화 내용을 알고 싶어 안달하는 기색이 느껴졌다. 해인은 입을 열 계제가 못됐다. 절친한 친구 둘이 함께 사고를 치려는 참이었다. 그들의 상관들이 동의해 벌이는 일이겠지만 더 윗선에서는 어떻게 반응할지 몰랐다. 사이비 교단이라 해도 기독교에 관련된 단체인 게 분명한데 기독교 연합회 등에서는 어떻게 나올지.

“안 되겠다, 태용. 유아리의 오늘 행사에 관한 기사, 좀 신중하게 써야 할 것 같아. 난 전철 타고 갈 테니 넌 노래나 부르면서 천천히 와라.”

“의리 없이 이러기예요?”

“의리가 원고 써주니?”

“알았어요. 아 참, 아까 로즈 밀러 씨 강연장에 온 거 봤어요?”

“뭐라고?”

“제가 지난번에 ‘내가 사랑하는 사람이 나에게 말했다’, 그거 취재하는 박 기자 따라가 그 사람 인터뷰 사진 찍었잖아요. 아까 강연장 뒷자리에 보이던데요?”

“그 말을 왜 이제 해?”

“남자 친구 옆에 앉혀놓고, 강단에 앉은 친구 말하는 거 듣느라고 정신없으시기에, 말았죠. 무슨 대수인가 싶었고요.”

"알았어."

해인은 가방을 들쳐 메고는 운전석에서 내려 차량 사이를 가로질렀다. 종로 5가역 근처였다. 로즈가 아리의 강연에 왔다니. 왜? 트위터에 숱하게 떴으므로 그럴 수도 있었다. 전철역 계단을 다 내려온 해인은 벤치에 걸터앉는다. 로즈가 유아리의 강연 소식만으로 강연장까지 찾아온 사실에 대해서는 아직 납득하지 못했다. 그동안 유아리는 셀 수도 없이 신문이며 인터넷에 등장했으므로 로즈가 이제야 아리를 발견한 건 이해하기 어려웠다. 지금까지 로즈에게 아리는 상관없는 사람이었기 때문에 찾아볼 필요도 없었던 것이다. 근 한 달 《손이 하는 말》이 회자되었다고는 하지만 지금까지 유아리 행적의 연장선이었다. 로즈가 새삼 관심을 가질 일이 아니었다. 그렇다면 누군가가 끼어든 것으로 봐야 했다. 그게 누굴까. 로즈를 그 강당까지 이끈 사람이.

"고한빈?"

해인은 자신의 목소리에 놀라 주위를 둘러보았다. 쳐다보는 사람이 아무도 없었다. 아이패드를 꺼낸 해인은 트위터에 뜬 아리 강연 소식들을 읽었다. 6월 하순에 새 작품이 출간된다는 기사들이 잔뜩 떴고, 운명으로부터의 탈출기라는 그 작품의 제목이 뭘까 궁금해하는 리플이 계속 떠오르고 있었다. 아이고! 한숨을 내쉰 해인은 고한빈의 전화번호를 검색했다. 한참 만에 나타난 그가 해인에게 곧장 물었다.

"오늘 혹시 강연에 오셨습니까?"

"네. 아리가 지금 바로 곁에 있나요?"

"아니요, 아직 학곤데, 아리 씨는 지금 화장실에 있습니다. 저한테 전화하신 걸 보면 그 사람 바꿔달라는 건 아니실 거고, 왜요?"

"그럼 그 친구가 나오면 언제든지 전화 끊으세요. 이유는 나중에 제가 따로 설명할게요. 그리고 제 질문이 무례하더라도 우선 양해하시고 대답해주셨으면 좋겠어요. 로즈 밀러를 아세요?"

"그 작가의 작품 디아나를 제가 구입했습니다. 전시회 끝난 뒤에 로즈 씨가 직접 배달왔더군요. 저녁을 함께 먹었습니다."

저녁만 함께 먹은 사람의 어투는 아닌 게 분명하지만 그걸 따질 입장은 아니다.

"오늘 강연장에 로즈 밀러가 있었던 건 아세요?"

"그, 그랬어요? 왜요?"

"디아나 모델이 유아리이기 때문이겠죠. 더 큰 이유는, 제가 그래서 고 선생께 전화를 드리게 된 건데, 고 선생 때문이기도 한 것 같습니다. 아리 씨가 환인이라는 건 아시지요?"

"아리 씨한테 들었습니다."

"저도 환인이고, 로즈도 환인이에요. 저와 아리가 친구이고 저와 로즈도 친구예요. 아리와 로즈는 아직 모르는 사이죠. 그런데 그 사람들은 만나지 않는 게 그 둘을 위해 좋아요. 지금 그 이유를 설명할 자리가 못되지만 우선은 그 말씀 드리려고요."

"알겠습니다, 선생님. 나중에 다시 연락드리겠습니다."

아리가 돌아온 모양인지 전화가 서둘러 끊긴다. 해인은 전화기를 들여다보다가 로즈를 찾아 걸었다. 전원이 꺼져 있다. 해인은 하릴없이 손재엽에게 전화를 걸어 지금 상황을 줄줄 설명했다. 응, 응 하며 듣고 있던 재엽이 말했다.

"어차피 만나게 될 사람들이었어. 너랑 나는 채 박사님 만나고 온 뒤로 그 두 사람이 서로를 알까봐 벌벌 떨어온 셈이지만, 달리 생각할 수도 있지 않을까 싶어. 그 둘이 꼭 적대적이기만 할까 싶다는 거지. 옛날 문헌에 그렇게 나왔다지만 그 경우의 수는 일반화시킬 수 없을 만큼 드물잖아. 오히려 자신의 반쪽을 만난 것 같은 운명적인 친밀감이 생성될 수도 있지 않을까? 차라리 아예 트고 만나는 게 어떨까 싶은데, 그 자리에 우리도 끼고. 너랑 내가 만나서 이렇게 좋은데, 그들은 더 좋을 수도 있지 않겠어?"

"긍정적이라 듣기는 좋네. 우선은 그래, 그렇게 여기자. 달리 방법도 없잖아?"

"강 박사님한테 의논을 좀 하는 걸로 하자. 내가 전화 드릴게."

"그래. 잠깐! 도 피디하고 무슨 일 벌인다며?"

"들었나보네."

"조심해. 깨야 할 바위가 너무 클 것 같으면 궁리를 더 하는 것도 좋을 거야."

"조심할게. 들어가."

오늘 로즈가 강연장에 있었으므로 자신의 티알피인 유아리를 알아채고 충격받았을 터였다. 그 충격으로 석해인을 만나지 않고 사라지고 만 것이다. 재엽 말대로 나쁘기만 한 일은 아닐 수도 있다. 아예 트고 살게 되면 자신의 운명적인 반쪽을 만난 양 친밀감이 생길 수도 있지 않은가. 그런데 어쩌자고 이렇게 한숨이 나는 걸까. 해인은 다시 한숨을 쉬며 일어선다.

***

조형물인 여자는 살아 있다. 아리가 다가드니 그녀가 내리깔고 있던 눈을 치떴다. 드디어 왔니? 인사하는 듯하다. 한빈의 집 거실에서 바깥 풍경을 내다보고 있는 조형물은 유아리였다. 수천 번은 보았을 그 시선이었다. 언제나 나를 바라보고 있는 것 같은 또 하나의 나, 그 푸른 눈빛. 두 달 뒤 출간될 《푸른 눈》의 보이지 않는 주인공, 운명의 눈.

"한빈 씨, 이게 뭐예요? 누가 만든 거예요?"

아리의 비명 같은 질문에 한빈이 로즈 밀러라는 조형 작가의 작품이라고 했다. 일이 있어 〈동방일보〉 사옥에 갔다가 들르게 된 갤러리에서 발견한 작품이라고. 유아리를 닮아서 샀노라고. 로즈 밀러에 대해 아는 긴 별로 없디고도.

"한빈 씨는 잘 모르는 사람이지만 나는 어쩐지 그이를 아주 잘 아는 것 같아요. 컴퓨터 좀 쓸게요."

한빈이 서재에서 노트북을 들고 나와 펼쳐주었다. 로즈 이가 밀러에 대한 인터넷 기사는 많지 않다. 사진은 프로필용이 실렸고 작품 '디아나'의 사진이 작가 사진 대신 주로 다루어졌다. 프로필 사진의 로즈 밀러는 도드라질 만큼의 미모임에도 유순하고 평이한 인상이다. 어디선가 본 듯한 얼굴이긴 해도 유다른 느낌이 생기지 않는다. 디아나는 달랐다. 더구나 전시회의 타이틀이 '내가 사랑하는 사람이 나에게 말했다'이다. 이건 우연일 수 없다.

"한빈 씨, 이이 전화번호 있어요?"

한빈이 전화기를 검색하더니 전화를 걸었다. 신호가 떨어지자마자 고개를 갸웃하더니 전화기를 아리의 귀에 대주었다. 전원이 꺼져 있다는 안내다.

"이이하고 최근에 통화한 게 언제예요?"

"두 달쯤 됐을 거예요. 로즈 밀러가 당신 닮은 작품을 만든 게 그렇게 심각한 일이에요?"

"그걸 잘 모르겠어요. 왜 이이가 나를 다 알고 있는 것 같은지, 나도 이이를 다 알 것 같은지. 모르겠는데 이이가 빚은 디아나가 나와 닮은 게 아니라 나를 빚은 것이라는 확신이 생기는 건지. 이이가 어디 있는지 짐작은 하세요?"

한빈은 카프카의 정원 안에 있다는 카프카미술관을 아리에게 가르쳐주고 싶지 않았다. 석해인도 로즈와 아리가 서로 만나지 않는 게 좋다고 했지 않는가. 그게 무슨 뜻인지 물을 겨를은 없었다. 어쨌든 디아나는 아리를 닮기는 했어도 아리가 아니었다. 두 사람이 만나지 않는 게 좋다는 석해인의 말을 납득하기 어렵지만 한빈도 로즈와 아리가 서로를 몰랐으면 싶은 심정은 같았다.

"이따 다시 전화해보기로 해요. 급할 거 없잖아요. 그리고 아리 씨가 다른 작가들 작품에 감동받고 영감을 얻기도 하듯이, 이 경우에는 아리 씨가 어떤 작가한테 영감을 준 거라고 생각할 수 있는 거 아니에요? 아리 씨, 예전 언젠가 태국의 푸켓 섬에 간 적 있어요?"

"열아홉 살 때 할머니 따라서요. 방콕에서 태국 왕실이 주최한 세계 전통 의상 패션쇼 겸 전시회가 있었거든요. 그거 끝나고 할머니하고 푸켓에 갔고 태국 간 김에 그 이웃 나라에 있는 앙코르와트에도 갔어요. 로즈 밀러가 저를 푸켓에서 봤다고 하던가요?"

"그랬대요. 호텔 발코니에서 바닷가 쪽에 있는 한 여자를 보고 셔터를 백 번도 넘게 눌렀는데, 정작 찍힌 사진은 한 장뿐이었다고 했어요. 그 사진 속 인물을 모델로 해서 조형한 작품이 디아나라고요. 그러니까 아리 씨가 신문 기사를 통해 소설거리를 얻듯이 로즈 밀러는 그런 우연한 이미지를 통해 모티브를 얻은 거죠."

그렇게 간단한 상황이 아니었다. 로즈 밀러가 디아나를 계기로 고한빈에게 다다른 어떤 이유가 있는 게 분명했다.

"한빈 씨, 로즈 밀러하고 사귀었어요?"

아리의 질문에 한빈은 펄쩍 뛰어오르려는 마음을 가라앉혔다.

"잘 모른다고 했잖아요. 전시회 끝나고 작가가 디아나를 직접 가져왔더라고요. 마침 식사 때여서 함께 식사했죠. 디아나에 관한 이야기를 나누었고요. 그 뒤에 통화만 두 번 더 했을 뿐 다시 만난 적도 없어요."

다 사실이었다. 삐긴 내용은 단 한 가지, 그건 아리에게 알리고 싶지 않은 고한빈의 치부였다. 그날 밤, 취했고 그녀를 잠깐씩 아리로 착각하기도 했지만 온 정신이 다 없어진 상태는 분명히 아니었다. 그녀가 아리가 아닌 걸 느끼면서도 멈추지 못했다. 아닌 걸 알면서도 그냥 가게 되는 그 욕망의 혼돈을, 하여 부정을 저지른 것 같은 그 마음을 아리에게 들키고 싶지 않았다. 술기와 욕정에 뒤범벅되어 손쉽게 여자를 안은 것 같아서, 그래 놓고 여자를 안은 적 없는 듯 굴 뿐만 아니라 그 여자 탓이라 핑계 대는 스스로가 부끄러웠다.

"이이하고 사귀었냐고 따지는 게 아니라 로즈 밀러가 어떤 사람인 것 같더냐고 물어보려는 거예요. 그 사람을 이루는 어떤 중심점이랄까, 내가 나다운 나의 중심점 같은 것. 로즈 밀러의 그게 나하고 얼마만큼 닮은 것 같냐고요."

한빈이 대답하기 어려운 질문이었다. 그렇다고 반쯤 뜬 눈으로 대답을 기다리는 아리를 피해갈 수도 없었다.

"아리 씨 작품들을 읽으면, 작가가 이룬 인간에 대한 통찰을 개별적인 이야기를 통해 풀어내고 있다는 걸 알 수 있어요. 작가 자신의 이야기가 아닌 인간의 보편적인 삶을 묘사하고 있다고요. 아리 씨가 다생환인이라는 점을 감안한다면 억지스러운 분석이 아니고 후한 평가도 아니죠. 몇 달 동안 디아나를 바라보면서 내가 느낀 로즈 밀러는 그 반대의 시선을 가진 것 같아요. 접근 방식이 다르다고 해야 할지 해석 방식이 다르다고 해야 할지 모르겠지만, 로즈 밀러는 자신으로부터 출발해 자신만의 시선으로 세상을 보는 것 같거든요. 때문에 로즈 밀러는 아직 자기 안에 있죠. 그 작가가 현재 빚고 있을 작품들도 아마 디아나의 변주일 뿐, 그 범주 안에 머물 것이라 생각한 적 있어요."

"한빈 씨의 그 분석은 내 질문에 대한 답을 회피하려는 의도가 느껴져요. 난 어떤 동화작용, 혹은 로즈 밀러와 나의 동일성에 대해 물었어요. 한빈 씨는 우리 두 사람의 시선이라고 표현했지만 실상은 작품의 스타일에 관해 말했고요."

"당연히 두 사람 간의 동일성, 있겠죠. 어떤 인간들끼리 비교해도 반드시 내재된 동일성이 있고 한 인간을 그 자신이게 하는 개별성이 있는 거고요. 로즈 밀러와도 개별성을 찾아야 하는 거 아닙니까? 당신하고 그 사람은 전혀 다른 사람이라고요. 그리고 나는 당신 유아리를 사랑하는 거고요. 나는 당신과 로즈 밀러의 동일성이나 개별성을 논하기 위해 디아나를 데려다놓은 게 아니라, 디아나를 핑계로 내가 당신을 사랑한다고 말하고 싶었던 거예요. 그러니 야단치지 말고, 우선 뭐 좀 마십시다. 마시면서 찬찬히 얘기해요. 아리 씨 술 잘 못 하는 걸 감안해서 부드러운 와인 한 병 구해놨어요. 언젠가 아리 씨가 내 집에 오면 대접하려고요."

한빈한테 따질 일은 아니었다. 아리는 그를 따라 주방으로 갔다. 싱크대 위며 식탁 등에 나와 있는 물건이 거의 없는 단출한 주방이다. 로즈 밀러가 앉아 밥을 먹은 적이 있다는 식탁에 아리도 앉았다. 석해인의 아이디로 들어가본 −환幻 자료방에서 '쌍둥이 환인'에 대한 설명을 읽은 적이 있었다. 트윈리턴피플은 누생을 거듭하던 환인의 의식이 어느 시점에서 분리되면서 다른 개체로 태어나게 된 사람들이다. 그들이 현생에서 부딪치게 되는 원인은 동일성의 작용 때문이다. 그 동일성에 의해 유아리와 로즈 이가 밀러는 고한빈을 공유했다. 석해인과 손재엽 이외에도 이미 여러 사람이 얽혀 있을 터였다.

한빈이 와인병의 마개를 여는네 선화 진동음이 들렸다. 그의 비지 주머니에 든 전화였다. 전화기를 꺼내 발신자를 확인하던 그가 곤혹스러운 눈빛으로 아리를 쳐다봤다.

"로즈 밀러 전화인가보네요. 받으세요. 통화하시다 가능하면 저 좀 바꿔주시고요."

고한빈입니다, 하며 그가 등을 보이며 돌아섰다. 네? 지금 집에 손님이 있습니다. 네? 아니오. 그건 좀 곤란합니다. 네. 어려운 손님이십니다. 네. 다음에 기회가 되면 뵙도록. 그가 다음에 보자는 말을 미처 마치지 못한 채 잠깐 있더니 전화기를 접으며 돌아섰다. 저쪽에서 전화를 끊어버린 듯 계면쩍은 미소를 짓는다.

아리는 통화 내용에 대해 묻지 않고 그가 열어놓은 와인병과 잔을 들고 거실로 돌아왔다. 한빈이 따라 나와 술을 따랐다.

"아리 씨는 맛만 봐도 돼요. 남기면 내가 마실게요. 내 집에 와줘서 고마워요."

"데려와주셔서 감사해요. 디아나를 데려다놓으신 것도요."

아리는 로즈 밀러가 유아리의 티알피라면 어떤 생 이후에 분리된 것일까 생각했다. 아주 오래전이라면 동일성이 작용하기 어려울 터였다. 현생의 나이 차로 미루어보면 은복과 란이는 아니었다. 글쟁이 김부전 이후일 가능성이 가장 높았다. 석해인과 손재엽은 로즈 밀러를 알고 있었고 자신들이 안다는 걸 유아리에게 숨겼다. 그리고 어쩌면 로즈 밀러에게도 유아리에 대해 숨겨왔을 테지만 그녀는 알아챘을 것이다. 디아나가 그 증거였다. 아리는 술잔을 내려놓았다.

"로즈 밀러와 나는 공유한 생이 있어요."

"그 사람과 쌍둥이였던 생이에요?"

"비슷해요. 그래서 동일성에 의해 움직이는 측면이 있는 거예요. 하지만 개별적인 존재인 게 맞아요. 그래서 우선 한빈 씨 문제부터 정리해야겠어요."

"내 문제라니요?"

"로즈 밀러와 유아리 사이에 있는 당신이요. 어떤 상황이었는지는 알 수 없어도 디아나를 계기로 당신과 그 사람은 어떤 관계를 맺었을 것 같거든요. 지금까지는 어쨌든 앞으로는 싫어요. 왜 이렇게 싫은지는 모르겠는데 몹시 싫어요. 어떤 사이로든 한빈 씨가 나를 계속 보며 살 거라면, 선택을 하세요. 한빈 씨가 나를 통해 로즈 밀러를 떠올리고, 그이를 통해 나를 떠올리는 거 싫거든요. 디아나를 보면서 나를 떠올리는 것도, 디아나를 보면서 당신이 로즈 밀러에게 일말의 책임감이나 죄책감 같은 걸 느끼는 것도 싫고요. 무엇보다 디아나가 당신 집에 있는 게 싫어요."

아리는 한빈이 변명할 필요도 없을 만치 상황을 정리해버린다. 어차피 집을 내놓을 참이었다. 내년에 명성대로 들어가기로 했고, 아파트가 나가면 서초동 집에서 2학기를 보낼 계획이었다.

"그렇잖아도 언젠가 명성대학으로 보낼 생각이었어요. 내일 보낼게요."

아리가 고개를 저었다. 눈빛이 서늘하고 단호하다.

"나는 차생이 있다는 건 알지만 내일은 믿지 않아요. 이 순간에 내가 여기 살아 있다는 것도 못 믿을 때가 있는 걸요. 나는 디아나하고 같은 공간에 있기 싫어요. 당장 용역회사에 전화 걸어 내보내줘요. 그게 어렵다면 우리가 여기서 나가요."

떼를 쓰는 정도가 아니라 냉혹하다. 헤헤거리며 잘 웃던 그 여자가 아니다. 도리 없이 한빈은 전화기를 열었다. 114에 배달 용역회사 전화번호를 연결해달라고 했다. 조형 예술품을 이동시키려 한다고 하자 용역회사에서는 여섯 시까지 용도에 맞는 차를 보내겠다고 했다. 지금 네 시 반이었다. 한 시간 쯤 뒤에 용역차가 올 거라는 말에 아리 얼굴이 풀어진다. 방금까지 서슬 푸르던 눈빛이 착각이었던 듯 웃음이 서렸다.

"고마워요."

"이번 여름방학에 나, 뉴욕 가요. 석 달 가까이 뉴욕에 있게 될 거예요. 여름 내내 비워둘 집이니 미리 비우는 게 나을 거 같아 집을 내놓으려고 해요. 내년에는 광주로 옮겨갈 거라 반년이라도 어머니 집에 살자 싶어서 그러기로 했어요."

"뉴욕엔 왜요?"

"클리포드 박사라고 내 지도 교수이셨던 분인데, 그분의 최근 저서를 번역 출간하기로 했어요."

"번역 작업하는 데 뉴욕까지 가요?"

"클리포드 박사가 컴맹이에요. 메일은 하시지만 일주일에 한 번이
나 메일함에 들어와볼까. 그래서 궁금한 걸 매번 전화로 물어야 하는
데, 그게 번거롭잖아요. 그 양반 여름 안식 기간 동안에 옆에 붙어서
작업하기로 했어요. 아리 씨 같이 갈래요? 도서관에 박혀서 나는 번
역하고 아리 씨는 소설 쓰고. 둘이 여행도 하고."

아리도 구미가 당기기는 했다. 외국에 나가서 회귀를 겪은 적이 없
어서인지 낯선 도시에 머물 때면 그야말로 안식년을 맞은 듯 편했다.
산호 씨가 외국 여행을 할 때마다 아리를 데리고 다닌 것도 그 때문
이었다. 이제 산호 씨는 외국 여행을 할 만큼의 기력이 없었다. 아리
가 석 달씩 할머니 곁을 떠나 있을 수 없는 까닭도 같았다.

"어려워요. 며칠 여행이라면 모를까 그렇게 오래 집을 비울 수는
없어요. 할머니가 눈에 띄게 기운 없어 하시는 즈음이거든요."

"알았어요. 디아나가 나가고 나면 내가 로즈 밀러를 다시 만날 일
은 없을 거예요."

"한빈 씨한테 이렇게 무례한 요구를 하게 될 줄 몰랐어요. 미안해
요."

"알아요. 그렇지만 나는 당신이 어떤 상태이든 같이 풀어……."

같이 풀어가자는 말을 마저 하지 못한 한빈의 입술이 불쑥 다가든
아리의 입술에 막혔다. 고한빈으로부터 로즈 밀러를 떼어내기 위한
키스였다. 키스 한 번이면 자신이 원하는 대로 될 거라고 믿는 단순한
접근이다. 백치 같은 자신감이지만 아리가 맞았다. 한빈은 이미 넘어
간 상태였다. 와인 몇 모금을 마신 여자한테서는 와인 향이 났다.

22

이리는 물 두 잔을 따라서 엄마 아버지한테 가져다주었다. 엄마가 얼굴을 찌푸리며 말했다. 할머니 머리카락을 여기다 빠뜨리면 어떡하니? 엄마의 뜬금없는 머리카락 타령에 자세히 보니 두 물 잔 안에 머리카락 한 올씩이 빠져 있다. 물 잔에 빠진 머리카락은 물을 뜬 아리의 것일 텐데 할머니 머리카락이라 하는 엄마가 이상했다. 엄마, 이건 내 머리카락이야, 봐요, 길잖아. 하얗지도 않고. 아리의 말에 아랑곳없이 엄마가 물을 다시 떠오라고 소리쳤다. 엄마가 아리를 야단치는데도 무표정한 아빠는 더 이상했다. 이런 경우, 기억 속의 아버지는 언제나 아리를 감싸 안고 숨겨주었다. 맞아, 아빠는 죽었잖아. 그러니까 저런 얼굴이지. 아리는 스스로를 위로하며 물을 새로 뜨기 위해 주방으로 향하다가 꿈에서 깼다.

"무슨 엄마가 그래? 아빠는 또?"

중얼대며 돌아눕던 아리는 섬뜩한 예감에 퍼뜩 일어났다. 공기가

서늘했다. 비가 내리고 있었다. 아리는 자리옷 채로 아래층으로 뛰어
내려갔다. 할머니 방 앞에 이르자 불빛이 보이고 텔레비전 소리도 들
렸다. 아무 일도 일어나지 않은 것이다. 산호 씨는 이미 자리옷을 벗
고 세수를 마친 얼굴로 방바닥을 훔치는 참이다. 아침에 일어나면 방
청소부터 하시는 게 당신의 평생 습관이었다. 할머니 방에서는 늘 마
른 이끼 같은 냄새가 났다.

"잘 주무셨어요, 할머니?"

"오냐. 웬일로 이리 늦게 일어났어? 어디 아픈가 하고 올라가 보려
던 참이다."

"엄마 아빠가 꿈에 보였어요. 엄마가 물을 달라기에 떠다드렸더니
물에 머리카락을 빠뜨렸다고 막 야단을 치지 뭐예요. 아빤 멀거니 보
고만 계시고. 날궂이 하는 것도 아니고. 아니 날궂이 맞네. 비 오시는
거 보니."

"그 머리카락이 이 할미 거라고는 않든?"

아리는 멀뚱해져 산호 씨를 바라보았다.

"나도 꿈에 네 에미 봤다."

꿈에서 딸을 봤다며 걸레질을 마무리한 산호 씨가 당신 머리카락
이며 먼지 등이 묻은 걸레를 걸레받이에 넣어 들고 몸이 1톤쯤 되는
양 느리게 일어나 화장실로 들어가더니 수돗물을 틀었다. 요즘 노인
은 눈에 띄게 기운이 없었고 그래서 병원에 입원 예약까지 해놨는데
아리는 노인의 빨래를 말리지 못했다. 뭔가가 무너진 것 같은데 속수
무책 아무것도 못 하고 바라보는 것 같았다. 텔레비전에서는 이른 아
침부터 창세원 관련 뉴스가 나왔다.

'365 코리아'의 '창세원 아이들'이 방영된 건 지난 일요일인 5월 1

일이었다. 그때 프로그램은 심인광고 전단지를 클로즈업하면서 시작되었다. 대전의 모 특수학교 앞 버스 정류장에서 사라진 것으로 추정되는 열네 살 소녀, 오지혜. 아이가 사라진 뒤 그대로 보존된 채 주인을 기다리고 있는 지혜 방에는 마시마로 캐릭터가 프린트 된 이불보며 베개, 인형과 쿠션이 있었다. 책상에는 마시마로 인형이 있고 벽에는 아이가 그린 그림과 유치원 졸업식 사진이 붙었고, 지혜 엄마의 한숨과 눈물이 있었다. 지혜는 초등학교 1학년 때 교통사고로 뇌를 다쳐 일주일 만에 깨어난 뒤 지적장애아가 됐다. 화면은 17세가 된 지혜의 동그란 눈으로 연결되었다. 무엇엔가 놀란 듯 깜박이다 웃는 눈이 클로즈업된 뒤 비친 그녀는 만삭이 가까운 임신부였다.

그렇게 시작된 '365 코리아' 카메라의 눈은 목사관 지하층에 있던 여자들을 다 비추고 목사관을 조명했고 창세원 전체로 넓어졌다. 연후, 피디들이 등장해 각자 맡은 분야를 설명하면서 화면을 이어나갔다. 어떤 피디는 2000년에 실종된 아이들을 추적해 그들의 현주소를 밝혔고, 어떤 피디는 실종된 뒤 창세원에서 거주하는 장애인들에 대해 설명했다. 어떤 피디는 창세원의 세례식과 아기를 안아가는 사람들의 입금 내역을 설명했다. 어떤 피디는 유괴범으로 판명된 일곱 명의 여자들을 경찰이 체포하는 장면을 비춰주었다. 수석 피디 양세현은 창세원의 교주 일가인 전창세와 한유정에 대해 아우르면서 그들의 행적이 이 시대의 우리들에게 어떤 점을 시사하는지 물었다.

다음 날 창세교회 장로단은 성명서를 통해 '365 코리아'의 방송 내용을 편집 조작된 편파 방송이라 반박했다. 창세원 입주민 대표단은 '365 코리아' 팀을 사유지 불법 침입과 무고 혐의로 고소했다. 창세교회 신도들 3,000명씩이 번갈아 방송국으로 몰려와 시위를 벌였고 경찰에서는 5,000명의 전경과 의경을 동원해 그들을 막았다. 일주일 내리 창세원 관련 뉴스가 어지간한 매체를 장악하다 잦아지는가 싶더니 사흘 전에 다시 일이 일어났다. 창세교회 목사인 전창세가 창세원에서 목을 매어 자살했다는 뉴스가 터진 것이다. 그는 창세원의 예배당 정문에다 스스로를 매달았고, 유서에다 자신이 노아의 방주를 만드는 한 목판이 되노라, 써놓았다.

인터넷에서는 대통령 일가에 연관된 비리 사건을 덮기 위해 창세원 뉴스가 터졌다는 말이 들끓었다. 그동안 대통령 일가와 연루된 잡음들은 수시로 있었고 다 사소한 일인 양 유야무야 되어왔다. 그러나 지난 4월 25일에 터진 영부인의 사촌 오빠 사건은 사소한 일에 그치지 못했다. 현직 대통령이 여당의 대통령 후보 경선 당시에 영부인의 사촌 강필성이 받은 선거 자금 내막이 터졌기 때문이었다. 이른바 강필성 게이트였다. 경선 자금을 댄 기업인이 비자금 축적 과정에서 자행한 비리가 터지면서 검찰의 수사를 받게 되자, 여당 대통령 후보 경선 당시 강필성에게 건넨 돈이 20억 원이었노라 진술했다. 강필성이 그런 사실 없노라고 반박한 게 타는 불길에 기름 끼얹은 격이 되었다. 기업인은 영수증을 내놓았고 그 영수증은 공증되지 않는 것이었으나 필적이 강필성의 것으로 밝혀졌다. 난리가 나는가 싶더니 창세원 사건이 터지면서 강필성 관련 기사 찾기가 어려워졌다. 강필성이 대통령과는 무관하게 돈을 혼자 착복한 것으로 사건이 마무리되어가는 상태였다. 창세원 내막을 터트린 방송팀이 강필성의 덕을 봤는지, 강필성이 창세원 덕을 봤는지에 대한 논란은 아직 진행 중인데, 전창세가 자살함으로써 새로운 국면으로 접어들었다.

"이리 와서 앉아봐라."

화장실을 나온 산호 씨가 방바닥을 두드리며 아리를 불렀다. 아리는 다가들기 싫고 할머니 말도 듣고 싶지 않아 텔레비전 화면에만 눈을 박았다.

"할미가 뭔 말 하려는지 아는구나. 맞다. 할미가 죽는 꿈을 꿨다. 이대로 떠나는구나 싶어서 꿈속에서도 눈을 감았지. 숨쉬기가 답답하면서 숨이 끊긴 성싶었다. 그때 네 에미가 내 꿈으로 들어와 나한테 팩 소리치더라. 엄마, 애한테 말도 안 하고 오면 어떻게 해요? 허이구, 그 말본새라니. 내가 참, 어이가 없어 도로 숨을 쉬었다. 저야말로 말하고 갔니? 제 어미한테나 제 딸한테나?"

아리 기억 속의 엄마는 잘 웃고 잘 울었다. 연구소에서 옷을 지어 자신의 세계를 세우기보다 가족들을 귀하게 여기고 남편에게 수시로 사랑한다고 표현하던 여자였다. 아침이면 출근하는 남편에게, 여보 우리 안아주고 가야지이, 하며 콧소리를 하곤 했다. 한편으로는 수시로 회귀통 앓는 딸을 암탉처럼 품어 안고 미안하다고, 사랑한다고 속삭이며 병원을 찾아다니던 엄마였다.

"도로 숨 쉬셨으니까 됐잖아요. 꿈 얘기 그만하세요. 무섭다고요."

"어차피 네가 겪어야 할 일이니 하는 수 없다. 그렇다고 할미가 당장 가지는 않을 테니 걱정 마라. 오늘 병원 가서 진단받고 치료하면 네가 낳은 애가 시집 장가갈 때까지 살지도 모른다. 다만 늘 마음 준비는 하고 있으라는 것이다. 나도 그렇고 네 친가 어른들도 그렇고. 알겠니?"

"그런 건 나중에 다 알아서 할게요. 지금은 아침부터 놀라게 하지나 마세요. 병원 가시기로 한 날 그런 말씀하시니 간이 떨어지잖아요."

"꿈 얘기는 네가 먼저 했잖니. 아 참, 말 나온 김에 물으마. 네 맘에 있는 놈이 어떤 놈이냐. 한빈이하고 재엽이 중에."

"할머니는 누가 마음에 드시는데?"

"내가 같이 살 사람이 아니니, 네게 묻지 않아?"

"난 둘 다 마음에 들어요. 나는 내 맘에 드는 사람들하고만 만나잖아요."

"한빈이는 유순하고 맑아서 좋은데, 배경이 복잡해 못쓰겠다. 재엽이는 사내답고 속 깊어 좋은데, 환인인 데다 경찰이라 못쓰겠고."

아리는 웃음을 터트렸다. 꿈속에서 물 잔에 빠뜨린 머리카락 때문에 우둔거리던 맘이 진정되었다.

"할머니도 환인이고 나도 환인인데, 재엽이 환인이라 손녀사위 못 삼겠다니, 환인들이 들으면 참 서럽겠네요. 그리고 경찰이 어때서요. 나쁜 짓 하는 사람들 잡아주는데 고맙지, 되레 경찰이라고 퇴짜 놓으면 써요? 그리고 한빈은 점잖찮아요. 할머니 말씀대로 유순하고 맑고. 집안에서 자기 스스로 빠져나와 있는 셈이니 크게 문제될 거 없고. 솔직히 말씀해보세요. 할머니는 내가 누구랑 살았으면 좋겠어요?"

"둘 다 성에 차지 않는다만 네 맘에 누가 있다면 누구든 상관없다. 누가 더 편하냐."

"굳이 따지자면 같은 환인인 재엽이죠. 한 세상 공유한 친구였잖아요. 임의롭고 만만하고 뭔가를 애써 설명하지 않아도 되고. 나 이뻐해주고. 미안해하지 않아도 되고. 그 사람한테는 어쩐지 미안한 게 없거든요."

한빈도, 그의 아버지와 은복이 얽인 전사가 없었더라면 어땠을까 하고 생각해봤을 정도로 호감 가는 남자였다. 그래서 그의 삶을 복잡하게 만들고 싶지 않았다. 은복으로서 고원영을 용서한 것도 그의 아들인 한빈의 삶을 헤뜨리고 싶지 않아서였다.

"알았다. 남해댁한테 내 아침밥으로는 죽을 쑤라 했다. 너는 가 운동해라."

여섯 시 반이다. 부엌 쪽에서 남해댁 내외가 도란거리는 기척을 들은 아리는 자신의 방으로 올라와 창을 열었다. 빗소리가 제법 세어 도로 닫고는 시디플레이어를 작동시키고 가부좌를 틀고 앉아 눈을 감는다.

나의 묘지 앞에서 울지 말아요.

나는 그곳에 없어요.

나는 잠들어 있지 않아요.

나는 천 개의 바람이 되어 드넓은 하늘을 날고 있어요.[2]

드넓은 하늘을 바람으로 나는 누군가를 따라 아리의 의식이 하늘로 떠올랐다. 명상에 들면 온몸이 이완되는 게 느껴졌다. 이완된 몸이 구만리장천을 날아다니는 건 아니지만 환영처럼 떠올라 맴도는 무수한 얼굴들이 바람인 양 가볍게 보였다. 그들은 살아 있지도, 죽어 있지도 않은 공기 같았다. 아리 스스로도 형체 없는 존재가 될 수 있었다. 하지만 매번 명상에 들 수 있는 건 아니었다. 높고 깊은 명상은 드물었다. 노래를 따라 하늘로 올라간 의식이 곧장 추락해 심연이나 진탕에 구르기 일쑤였다.

오늘은 진탕이다. 아리의 의식을 끌어내리는 존재는 언제나 눈이었다. 아무 감정이 담기지 않아 서늘하게 느껴지는 시선. 그걸 오래도록 자신을 쏘아보는 스스로의 눈길이라 여겼고 운명의 눈이라 불

---

2) 노래 〈천 개의 바람이 되어〉 중에서.

렀는데, 로즈 밀러가 있었다. 로즈 밀러를 유아리의 운명이라 할 수
는 없었다. 그녀를 인정하고 싶지 않았다. 그러므로 '푸른 눈'이 누구
것인지 이제 알 수 없었다. 자신의 티알피인 로즈 밀러에 대해 깨닫
고 난 뒤 아리는 명상에 들지 못했다.

***

전화벨 소리에 잠이 깬 재엽은 누운 채 손을 뻗어 전화기를 집고는
창을 살폈다. 간밤에 술에 취해 홍제동으로 왔던 게 떠올랐다. 날은
밝은 듯했지만 창에 빗방울이 어렸고 전화가 오기에는 너무 이른 시
각이었다. 게다가 입력되어 있지 않는 번호였다. 재엽 군인가? 산호
씨 목소리였다. 재엽은 벌떡 일어났다.
"예, 할머님. 재엽입니다. 안녕히 주무셨어요?"
"잘 잤네만 너무 이른 시각에 전화해서 미안하네."
"괜찮습니다. 무슨 일이십니까?"
"오늘 쉬는가?"
"예."
요즘은 쉬는 날이 따로 없으므로 대답부터 하고 보았다.
"그럼 오늘 점심 참에나 서울대 병원에 들르게."
"어디 편찮으세요?"
"이따가, 아리가 아플 걸세. 비가 오기는 하네만, 와서 애 좀 살펴
주라고. 자네가, 또 해인 양이 우리 애랑 오랜 친구 사이라서 자네들
한테 특별히 부탁하네. 달리 부탁할 데도 없고."

"지금 갈까요?"

"이따 아플 거라니까. 나중에 보세나."

어이없는 말씀을 남긴 노인이 일방적으로 전화를 끊었다. 몸소 전화를 하신 걸 보면 당신이 편찮으신 것도 아니고 아리는 이따 아플 거라고 하셨다. 아리에게 전화를 걸어 무슨 일인지 알아볼까 하다가 시계를 보고는 포기한다. 일찍 자고 일찍 일어난다는 아리의 첫 일과는 명상과 요가라고 했다. 지금쯤 그걸 하고 있을 터였다.

"아버지, 오랜만입니다."

신문을 읽던 유상 씨가 돋보기를 치키더니 눈살을 찌푸린다. 신문 기사 때문인 듯하다. 전창세가 창세원 예배당 출입문 가로대에 목을 맸다는 소식은 어제 오후에 전해졌다. 박선자를 비롯한 유괴범들과 수사 자료들을 검찰에 넘긴 뒤였으므로 전창세 자살에 관한 수사도 검찰이 히기로 되었다. 재엽의 팀은 창세원으로부터 막 벗어난 참이었고 어제는 그 기념으로 모두 대취했다. 전창세가 과연 자살했을지, 타살되었을지가 술자리의 주된 화제였다. 한유정 목사를 중심으로 한 장로단이 그를 자살로 몰았거나 죽인 뒤 자살로 위장했을 거라고 결론지었다. 그를 희생양으로 삼아 창세교가 처한 총체적인 난국을 극복하려는 거라고.

"왜요, 아버지?"

"신문에 네 팀이 정식으로 거론됐다. 한국특수경찰청 별정수사국 연쇄 사건과. 무슨 일을 이렇게 하냐? 그런 일을 벌이면서 기자 놈들이 실무 팀 이름을 기사에 올리게 해? 그놈의 청은 대체 기자 관리를 어찌하는 거냐."

누구도, 어떤 조직도 사람을 자신의 의도대로 다 관리할 수는 없다. 하물며 기자들의 손을 무슨 수로 관리하겠는가. 강필성 게이트가 터진 뒤 일주일 만에 '창세원 아이들'을 내놓기로 하면서 그 정도는 각오했다. 기자들이 창세원 사건의 첫 출처가 어디인지를 캐는 건 당연했다. 그들에게도 자신들의 기사에 신빙성을 부여할 의무가 있었다. 여러 기관의 수뇌들이 '창세원 아이들'을 터트리라 허락한 것은 물론 '강필성 게이트'를 무마하자는 의도였지만 터트릴 시기를 벼르고 있던 '365 코리아' 팀이나 재엽 팀에게도 그건 기회였다. 강필성 게이트는 어차피 유야무야되고 말 사건이므로 창세원 아이들로 대통령 일가의 비리를 덮어버린 것이라고 자책하지도 않았다.

창세원은 계속 운영될 것 같았다. 창세교회 장로단이 창세원 운영 개선책을 내놓으면서 공표한 명분은 다수의 장애인을 무책임하게 밖으로 내보낼 수 없다는 것이었다. 실제 그곳에 거주하는 장애인 대다수가 갈 곳이라곤 결국 다른 시설이었다. 많은 가족들이 장애인들을 데려가는 걸 마다했고 가족이 없는 경우가 다수였다. 장애인들 스스로도 창세원 밖으로 나가길 꺼렸다. 열일곱 살의 임신부 오지혜처럼 아직 미성년인 데다 가족이 줄곧 아이를 찾았던 경우에도 문제는 난해했다. 지혜 어머니 경우 지혜가 한 달 뒤쯤 낳을 아이를 키울 수 없으므로 시설로 보내겠다고 했다. 그런 일이 지혜한테만 해당되는 것도 아니었다.

"얻는 것이 있으면 잃는 것도 있잖아요, 아버지. 며칠 더 지나면 가라앉을 테니 신경 쓰지 마세요. 여쭤볼 것이 있어요."

"뭐."

"좀 전에 제가 아는 어떤 할머님이 전화를 하셔서 당신 손녀가 이따 점심 참에 아플 거라고 절더러 병원으로 오라시는데, 그게 무슨 의미일까요?"

"해인이 할머니는 벌써 돌아가셨다고 했고, 무슨 친구? 혹시 그 양반 손녀라는 아이하고 사귀냐?"

"비슷해요."

"비슷한데, 노인네가 돌아가시려 준비하면서 당신 손녀 챙기라고 전화를 하셔?"

"돌아가신다고요?"

"그렇잖음 이 아침에 노인네가 전화를 왜 하시겠냐?"

"당신께서 오늘 돌아가실 걸 아신단 말씀이세요?"

"오늘이 될지, 며칠 뒤가 될지 몰라도 오늘 병원으로 널 오라 하신 건 그 준비 같구나. 예전에 네 조부님도 현장에 나가 있는 나한테 전화 걸어 그러시더라. 애비 임종 못 지켰다고 나중에 허튼소리 하지 않으리거든 오늘은 집으로 들어와 자거라. 네 할아버지 연세가 지금 나보다 덜하실 때였고, 그 사흘 전에 뵐 때만 해도 리어카 한 가득 돌덩이를 싣고 다니시더니 무슨 말씀인가 하면서도 그날 밤에 집으로 들어왔잖냐. 새벽에 나가려고 인사하려다 노인이 못 일어나고 계시는 걸 알았다. 그리고 이튿날 새벽에 돌아가셨고."

할아버지는 석수장이셨다고 했다. 홍제천변에 석물 가게를 벌여놓고 비석을 새기고 상석을 다듬고 돌부처를 깎고 맷돌을 만들었다고.

"여튼, 너한테 전화하신 그 양반 손녀하고 네가 사귄다는 뜻인데, 노인께서 손녀하고 사귀는 놈한테 전화를 하신 건 그 양반한테 그 손녀 말고는 자손이 없으시다는 것이고, 널 부르신 건 그 아이도 환인이라는 의미가 되냐?"

경찰공무원으로 32년을 보내고 퇴직한 자리가 파출소 소장이었던 유상 씨였다. 퇴직한 지 5년째에 접어들지만 육하원칙을 따지는 습관은 고스란히 남아 있었다.

"비슷해요."

"또 비슷? 경찰이란 인사의 말투가 그리 흐릿해도 되냐?"

"실상이 그런 걸 어쩝니까?"

"짝사랑이라 그 말이냐?"

"예, 그렇습니다. 됐습니까?"

"그 아이 이름이 뭐냐. 뭐하는 아이고?"

"소설 쓰는 친구예요. 나머지는 나중에 기회 되면 말씀 드릴게요."

손유상 씨가 돋보기를 벗어들며 아들을 노려보았다.

"지금 해인이한테 전화해서 물어보랴?"

당장 전화 걸고도 남을 아버지였다.

"유아리라고 해요."

"유아리? 작년에 소설책을 한꺼번에 예닐곱 권이나 낸 그 작가?"

"예, 그 작가요."

"사진으로는 어려 뵈던데, 몇 살이나 됐게 한꺼번에 책을 그리 냈다더냐? 어쩌려고?"

"어쩌긴 뭘 어쩝니까? 회귀통이 심해 학교를 못 다녔답니다. 남들 학교 다니는 동안 한 일이라곤 집에서 책 읽고 글 쓰는 것밖에 없어 써놓은 소설이 그렇게 많았대요."

"그 아이 혹시 다생인이냐?"

"혜안을 지니셨네요. 네. 집 밖으로 한 걸음만 나서려도 독립군처럼 몸조심을 해야 한답니다. 그런 주제에도 제 청혼을 거절한 여자고요."

작년 연말 밤 첫 교접을 하고 나서 청혼했다. 그때 아리는 깔깔대

다가 말했다. 내 몸도 내 맘대로 못하는데 무슨 결혼을 해요. 난 지금
은 결혼 못해요.

"알았다. 아침이나 지어먹고 나가봐라."

신문을 접은 아버지가 여보오, 영심 씨! 하며 안방으로 들어간다.
아내에게 아들의 연애사를 고하러 들어가는 것이다. 곰처럼 큰 몸피
의 남자가 노루처럼 작은 여자한테 40년째 설설 기며 살고 있었다.
노루처럼 작은 그 여자는 자식이라곤 애물단지인 환인 하나를 낳았
다. 초등학교 교사였던 지영심 씨한테는, 말문이 트이면서 글자를 읽
기 시작한 아들의 증상이 영재로서의 징후가 아니라 환인으로서의
징조로 느껴졌다. 교육대학 시절부터 환인에 대해 알고 있었던 영심
씨는 아들의 이상 징후를 회귀에 의한 재능이 아닌가 의심했고 그 의
심은 결과적으로 사실로 드러났다. 그래서 영심 씨는 둘째 아이 낳기
를 포기했다. 둘째도 환인일지 모른다는 걱정 때문이 아니라 환인으
로 태어난 아이를 보통 사람으로 키워내기가 얼마나 어려운지를 관
념적으로나마 알고 있었기 때문이었다.

"아들, 연애한다며?"

유상 씨에게 이끌려 나온 영심 씨가 부스스한 머리카락을 손 빗질
로 다스리며 물었다.

"어째 두 분 다 그렇게 핵심을 비켜 다니세요? 짝사랑하는 거라고
말씀드렸잖아요. 청혼했다 거절당했다고요. 그 친구는 엄마 아버지
의 아들한테 별 관심 없다니까요."

영심 씨가 발끈해 나섰다.

"설마. 그 애가 눈이 바로 달렸다면 우리 아들이 얼마나 멋진지 알
아봤겠지. 청혼이야 또 하면 되고. 그 아이가 널 알아봤으니 네가 자

신감이 생겨 우리한테 그 아이를 알려준 거 아니겠니?”

아리 이전에 부모한테 이름을 알릴 만한 단계까지 관계가 진행된 여자가 없었다.

“아버지가 저를 위협하셔서 말씀드린 거예요. 그 친구는 저하고 결혼할 생각 없다고요. 정말이에요.”

“알았어, 아들. 우리, 보채지 않을게. 언젠가 데려오기만 해.”

아들을 향해 한껏 여유를 부리던 영심 씨가 남편을 향해 말했다.

“근데 여보. 며느리가 생기면 딸 같을까? 며느리 같을까? 딸 같은 느낌은 어떻고, 며느리 같은 느낌은 어떨까? 아이를 데려다놓으면 어떤 느낌일까? 당신은 짐작이 가요?”

유상 씨가 의뭉스레 대답했다.

“난들 아나. 기다려보자고. 여튼 여보, 밥해 먹여 애 내보냅시다. 나가야 딸을 데려오든 며느리를 데려오든 할 게 아니오. 간밤에 진탕 퍼마시고 기어 들어왔으니 술국을 끓여야겠지? 애 이름이 유아리인데, 작가래. 저놈 나가면 인터넷에서 그 아이에 대해 찾아보자고.”

천연덕스레 늘어놓던 양주가 부엌으로 들어갔다. 재엽은 도리질을 하고는 신문을 펼쳤다. 1면의 절반을 창세원이 차지했다. 창세교회 신도들의 반발이 예상보다 거셌다. 그들의 시위 장면이 1면 타이틀 기사였다. 전창세의 자살에 관한 기사는 2면에 사진을 아울러 5단 크기로 실렸다. 며칠이면 창세원 사건도 사람들의 관심에서 멀어지리라는 징조였다. 재엽은 신문을 덮어버리고 주방으로 향했다. 아침을 먹은 뒤 비어 있을 사무실로 나갈 작정이었다. -환墨의 운영위원회에 숙제를 제출해야 할 날짜가 임박했다. 작년 가을의 탈륨 관련 사건들이 회귀 살인이 아니라는 것을 증명해야 하는 일이었다.

23

전통의복장인 최산호 명장은 1925년에 서울에서 태어났다. 젊은 시절 그는 뉴욕과 런던, 파리 등에서의 국제 전시회를 비롯한 패션쇼를 통해 한복의 아름다움을 현대화, 세계화에 힘썼고 중년 이후에는 고전 의상 재현에 몰두했다. 문화부로부터 전통의복장인 인증을 받았으며 금관문화훈장을 받았다. 다수의 사극에서 전통 의상을 재현했고 말년에는 자문 역으로 활동했다. 상주로는 소설가인 손녀 유아리가 있다. 발인은 5월 27일 06시이며 장지는 마석 모란 묘원이다.

사흘 전부터 신문이며 티비 뉴스에서는 최산호 선생 사망 기사를 내보냈다. 상주가 왜 유아리뿐인지 뉴스로는 알 수 없다.

"지금쯤 발인할 텐데 비가 내려 안 됐네!"

로즈는 텔레비전을 껐다. 밖은 아직 어둑했고 창에 어리는 빗발은 제법 드세다. 가로등에 비치는 소나무 잎들이 후들거리며 비를 뿌렸

다. 평일 수목원은 대개 고요했다. 입장료를 내고 들어온 사람들은
미술관까지만 배회하기 마련이라 부속실 주변은 휴일 낮에도 한적했
다. 비가 내리는 오늘은 종일 적막할 터였다. 비오는 날엔 부속실 주
변의 풍경이 정물화 같아졌다.

거푸집에 라텍스 용액을 붓는 날이었다. 용액 분량이 많아 간밤에
용해시켜놓고 잠자리에 들었다. 다섯 시간쯤 자고 일어났는데 용액
의 윗부분에 얇은 응고막이 생겼다. 응고막을 걷어내고 들통 하나를
수레에 옮겨 싣는다. 작업실 탁자에 누워 있는 두 기의 거푸집에는 30
리터 용액 두 통가량이 들어갈 걸로 예상했다. 준비해놓은 용액으로
여섯 개의 거푸집 속을 채우는 데에 두 시간가량이 걸린다. 말라 굳
기까지는 최소한 보름은 지나야 한다. 작품이 성공했는지 실패했는
지를 가늠하는 데에도 그만큼의 시간이 필요하다. 지난번 작품들은
실패작이었다. 익숙한 실패였으므로 로즈는 미련 없이 실패작을 폐
기했다. 여느 때의 실패작들과 다른 점이라면 폐기하는 데에 시간이
덜 걸렸다는 것뿐이다. 거푸집 표면에다 날짜와 시간을 써놓고 시너
로 들통들을 닦아 주방을 정리했다. 아홉 시가 가까웠다. 중노동 끝
이라 허기가 심하다.

로즈는 티비를 켜놓고 아침 식사를 준비했다. 창밖에 비는 그쳐 있
었고 햇살이 나뭇잎에 남아 있는 빗방울들을 휘저었다. 또 최산호 선
생의 장례식에 관한 뉴스가 나왔다. 장지에서 이뤄지는 영결식 장면
이다. 흰 삼베옷 차림의 유아리가 보였다. 검은 양복에 흰 삼배 완장
을 두른 방윤수는 유아리의 아버지 같다. 그 곁에 고한빈이 있고 검
은 치마저고리의 석해인도 눈에 띈다. 석해인 곁에는 검은 양복의 남
자가 있는데 그도 흰 완장을 둘렀다. 어디선가 본 듯한 남자다. 현생

은 아니다. 회귀가 일어나지 않았으므로 확신하기 어렵지만 어느 전생에선가 만났던 사람이 분명하다. 석해인 곁에 있으므로, 그리고 유아리와 함께 있으므로 그 둘과 연결된 누구일 것이었다.

"유석?"

부지중에 나온 자신의 목소리가 커서 로즈는 놀랐다. 놀란 푼수로는 금세 고개를 끄덕인다. 뉴스는 지나갔다. 98년 전, 경성 여학생 모임이 열렸던 덕수궁 옆 음식점에 갔을 때 맨 먼저 눈에 띈 사람이 나유석이었다. 부전은 그 옆으로 가 유석에게 손을 내밀며 말했다. 나는 평양서 유학온 김부전이오, 그대는? 유석이 손을 맞잡으며 대답했다. 나는 수원에서 온 나유석이오, 반가워요. 조선 여자들도 개명된 세상을 살아야 한다고, 우리가 부지런히 배워서 우리들 자신과 조선 여자들의 새 세상을 열어가자고 다짐할 때 그들은 열일곱 살이었다. 그 다짐을 투쟁의 시작이라 한다면 15년쯤 싸웠을 것이다. 그즈음 경성여학생대회에 참여했던 여자들 중 싸움터에 남은 사람은 한 주까지 아울러 셋이었다. 셋 다 넝마처럼 찢겨 있었다.

"유석조차도 이미 거기 있었단 말이지."

어떤 사실을 알고 나면 그 사실을 오래전부터 알고 있었던 것 같아진다. 그들 모두가 이미 유아리와 통하고 있었다는 사실을 진작부터 알고 있었던 것 같았다. 유아리가 김부전 시대까지의 모든 사람을 점유한 건 물론이고 로즈 밀러의 현재 사람들까지도 거의 선점하고 있다는 걸 수긍하는 데 오래 걸렸을 뿐이다.

창세원은 방송 터진 지 며칠 만에 1,000명 정도였던 인구가 700명쯤으로 줄었다. 손재엽이라는 경찰과 양세현이라는 수석 피디. 그들의 지휘 아래 경찰과 방송은 창세원을 무너뜨리기 위해 세세하고도 치밀하게 준비했다. 창세원 사람들은 자신들에게 어떤 위험이 다가들고 있는지 일체 감지하지 못했다. 사이비 교단답게 몽매했다. 로즈도 놀라기는 했다. 창세원이 아기들을 유괴했다는 것이나 창세원 안팎에서 태어난 아기들을 입양시키면서 헌금을 받았다는 사실을 방송을 보고서야 알았다. 창세교회의 대다수 신도들도 그랬을 것이다. 그 금액이 어마어마했다는 것도 놀라웠다. 그 책임을 지겠다는 듯이 전창세 목사가 예배당 앞 십자가에 자신의 목을 매달았다. 그게 자살인지 타살인지는 알 수 없지만 그의 죽음은 순교로 둔갑했고 그 덕에 창세원 사태는 예상보다 빨리 진화되어가는 중이었다. 창세교회 이영진 장로를 주축으로 한 장로단에서는 '수습 위원회'를 꾸리고 창세원을, 자연마을을 겸한 순수 기도원으로 운영하며 내부를 개방하겠노라 발표했다. 그들은 한유정 목사의 교단 운영권을 사실상 정지시켰으며 창세교회와 창세원과의 분리를 꾀하고 있었다. 내부적으로 교주였던 전창세의 자살은 미봉책만 되었을 뿐 장로단과 한유정은 교단 운영권을 놓고 대립 중이었다.

그게 어쨌다고! 창세원이 해온 일을 대하는 로즈의 심사가 그랬다. 아기들을 유괴한 것이나 유괴한 지적장애 여자들에게 아기를 낳게 한 것이나 그 아기들을 헌금을 받으며 입양시킨 것이나. 태어나기도 전에 이미 버려졌던 아기들이 둥지를 찾아갈 수 있었으니 좋은 일 아닌가. 지적장애인들도 마찬가지였다. 창세원에서 살고 있는 지체장애인 대다수는 그들의 가족들이 데려다놓은 사람들이었다. 그들 중 몇몇은 거리에서 데려다놓았을 수도 있었다. 그들이 유괴되었다는 사람들인데 그들은 창세원에서 행복했다. 그들에게는 창세원이 현재이며 미래였다. 그들은 먼 훗날 새로운 세상이 도래하리라 믿는 게 아니라 창세원이 새로운 세상이라 믿으며 살고 있었다. 떠나간 사람들이 돌아올 것을 믿었고 실제 돌아오고 있었다.

로즈는 나가지 않았으므로 돌아온 사람도 아니었다. 4월에 시작했던 학당 외벽 벽화를 방송 사태가 난 뒤에도 틈나는 대로 찾아와 그렸다. 학당 외벽은 학생이며 교사진들의 얼굴로 채워져가고 있었다.

"선생님!"

받침대 밑에서 로즈를 부르는 소리다. 분홍색 원복을 입은 가희와 연두색 원복의 상규는 머리 수건을 둘렀다. 여기서는 일하러 갈 때 머리 수건을 쓴다. 자신들이 몇 살인지도 모른다는 그들은 20대 후반이나 30대 초반쯤의 지적장애인들이었다. 임신 5개월쯤인 가희 손에 패랭이꽃 한 다발이 들려 있다. 로즈는 연필 대신 사용하던 분필을 작업복 주머니에 집어넣고 받침대를 내려왔다.

"가희 씨, 상규 씨. 왜요?"

가희가 로즈 손을 잡더니 패랭이 꽃다발을 쥐어준다.

"나 주는 거예요?"

"네, 선생님. 이뻐요. 나도 이렇게 이쁘게 그려줘요."

가희는 로즈에게서 그림을 배우는 학생이었다. 가희 같은 학생에게는 크레파스를 쓰게 하는데 가희는 아직 동그라미를 한 번에 그리지 못했다. 선을 둥그렇게 그리다 끝을 이어 원 하나를 만들 수 없는 사람들. 그들은 부영희와 같았다. 수족관에 갇혀 있는 레피도시렌 파라독사.

"가희 씨를 이 패랭이꽃처럼 예쁘게 그려달라고?"

"네. 예쁘게요. 우리 아기도요."

이런 일이 잦은 덕에 벽화의 밑그림은 수시로 달라졌다. 어차피 그들이 주인공이므로 로즈는 그들이 원하는 대로 해주었다. 그들이 원하는 대로 그들의 형상을 그리노라면 그들의 진화 과정을 목격하는 것처럼 설레곤 했다.

"그러죠. 상규 씨는? 할 말 있으면 하세요. 오늘 가희 씨하고 상규 씨도 그릴 거거든."

상규가 주머니에서 사진 한 장을 꺼내 내밀었다. 상규와 그의 어머니처럼 보이는 나이 든 여인이 팔짱을 끼고 예배당 앞에 서 있는 사진이다.

"상규 씨 어머니세요?"

"우리 박선자 집사님이랑 나예요."

"이 분도 그려 달라고요? 상규 씨 옆에다?"

"가희처럼 예쁘게요."

젊었을 때도 예쁜 얼굴은 아니었을 것 같은 사진 속의 여인은 예순 살은 넘었을 것 같다. 아마도 유괴범으로 체포되어 감옥으로 간 여인 중 한 명일 터이다.

"예쁘게 그려줄게요. 일하고 와서 내가 예쁘게 그려놓은 세 사람 모습 보세요. 알았죠?"

두 사람이 희희낙락 5월 하순의 더위 속으로 들어갔다. 요즘 그 둘이 커플인 모양이다. 이곳에서는 섹스가 죄가 아니었다. 뜻 맞는 상대만 있으면 아무 데로나 스며들어 엉겼고 그들을 발견한 사람들은 못 본 듯 태연히 지나쳤다. 어쩌면 그런 측면들 때문에 난리를 겪었을지 몰라도 이곳 사람들은 여전했다. 로즈가 다시 받침대 위로 올라가려는데 학당 앞 쪽에서 김찬식이 나와 말했다.

"밀러 선생님, 권명하 이사님께서 뵙자고 하십니다."

김찬식은 권명하의 수행인 격인 창세유통 직원이었다. 그를 따라
간 목사관 사무실에는 권명하 전도사와 한유정 목사의 비서인 양 집
사가 있었다. 보통 몸피에 낯빛이 유난히 흰 권명하가 한유정 목사를
대리하여 창세유통을 경영했다. 한 목사의 그늘 속에 들어 있지만 전
창세 목사가 세상을 뜨기 전에도 그는 한유정 목사의 손발이었다. 양
집사가 두 사람에게 큰 유리잔에 담긴 오미자차를 내다주고는 책상
으로 가 앉았다. 목이 말랐던 로즈는 잔을 반나마 비우고 내려놓았다.

"네, 권명하 전도사님. 이제 말씀하십시오."

"우선 선생님의 노고에 감사드립니다. 선생님이 여전한 모습으로
헌신을 해주시는 덕분에 간난을 겪은 우리 창세원이 건재하다는 걸
신도들이 다시 믿기 시작했습니다. 고맙습니다"

공치사를 날린 그가 탁자 위에 놓여 있던 두툼한 봉투 속에서 에이
포 용지 크기만 한 사진을 꺼내 내밀었다. 전창세가 예배당 성단에서
설교하는 사진이다. 그가 양팔을 올려 떠받치는 양상인 성단 정면에
는 십자가가 선명하게 나타나 있었다.

"전창세 목사님의 이 모습을 학당 벽화에다 새로 그리라는 말씀이
신가요?"

전창세와 한유정이 아이들의 손을 잡고 환히 웃는 모습을 학당 정
면에다 그려놓은 상태였다.

"아니오, 선생님. 학당 벽화는 선생님 뜻하는 대로 하셔도 됩니다.
오늘 이렇게 따로 뵙자고 한 건, 예배당 벽화 때문입니다. 우리 예배
당이 지어진 지 10년이 넘었는데 그동안 한 번도 손을 본 적이 없어
요. 구석구석이 낡았지요. 벽들도 군데군데 헐었고요. 뼈대는 튼튼하

게 지어졌다고 자부합니다만 겉면은 손을 봐야 할 때가 되었지요. 근
자에 우리가 큰일을 겪지 않았습니까? 쇄신하는 의미로 예배당을 새
로 꾸미자고 의논하게 됐습니다. 학당 벽화가 만들어져가는 과정이
좋아 보였던 건지 임원들이 예배당 안 왼쪽의 휑한 벽면에다 그림을
그리면 어떻겠냐는 의견을 냈어요. 그러기로 했고요"

"학당 벽화에는 외벽이라 페인트 용액을 사용하고 있는데요, 예배
당 내벽에도 페인트로 그림을 그리자는 말씀이세요? 그건 그리지 않
는 것만 못합니다. 예배당을 망치게 될 거란 말씀입니다."

"카프카미술관의 은수영 관장께서 그 지적을 하시더군요. 오래 두
고 봐야 할 그림에는 페인트를 사용하면 안 된다고요. 그런 그림을
그리려는 화가도 없을 것이라고요."

"그런데 저한테 그 말씀을 하시는 까닭이 뭔가요?"

"은 관장께서 벽화를 기증하기로 하셨기 때문입니다. 벽화 제작에
따른 일체의 비용을, 물감 값이든 인건비든 다 부담하시겠다고요."

"벽화를 얼마만 한 크기로 하시려고요?"

"성가대석 맞은편 벽, 창을 제외한 전면이죠. 그쪽은 2층 좌석이 없
어서 훤하잖습니까."

그쪽 벽면의 넓이는 대충 가늠하기에 가로 길이가 60미터쯤이고
세로 높이는 15미터가량 됐다. 900제곱미터 넓이에 아라베스크 문양
의 돔형 창이 여섯 개 달려 있다. 창 하나의 가로는 1미터, 세로는 5
미터쯤. 벽면에서 창 넓이를 빼도 870제곱미터다.

"거기에다 유화물감을, 아니 아크릴물감만 바른다고 해도 그 비용
이 얼마나 들지 아시나요?"

"저희들은 모르지요. 그쪽의 전문가인 은 관장께서는 아실 테고요."

그녀도 모를 것이다. 하기는 알아도 신경 쓰지 않을 터이다. 벽화가 그려질 벽면의 넓이를 신경 쓰는 사람이 그 감당을 하고 나서지는 않은 테니까.

"저한테 그 말씀을 하신 까닭은 저한테 그리라는 뜻이실 텐데, 예배당 벽화가 언제까지 그려졌으면 하시는데요?"

"다음 달인 6월 말에 부흥회를 하려 합니다. 1차 부흥회죠. 7월 말에는 2차 부흥회를 하고요. 9월 첫 주말에 3차 부흥회를 열 겁니다. 벽화는 8월 말까지 완성되었으면 합니다. 은 관장께서는, 그게 시일도 문제려니와 로즈 선생님 혼자서 하실 수 있는 일도 아니라고 하시더군요. 밑그림은 선생님이 그리시되 색칠은 작업 보조들을 구해서 도움을 받아야 한다고, 그것까지 다 부담한다고 하셨습니다."

이들은 전창세 목사에 대한 우상화 작업을 시작하려는 것이다. 로즈는 눈앞에 놓여 있는 전창세의 사진을 내려다보았다. 전창세가 떠받친 게 십자가이든 예수이든 혹은 자기 자신이든 로즈는 상관없었다. 성경을 신앙의 유일한 표준으로 삼는 재림교회에서 자라났다가 그 교조적인 억압을 견디지 못해 난리를 피웠고, 그 결과 어머니 수전에게 버림받은 로즈였다. 그럼에도 창세교의 변칙적 성경 해석을 사이비로 느껴왔다. 그들이 사이비인 한 그들이 무슨 일을 하든 상관 있으랴. 학당 벽화를 그들이 원하는 대로 그리듯 예배당 벽화도 뜻을 따르면 되는 것이다. 이들은 부활하는 예수를 대신하여 부활하는 전창세를 그려주길 바라고 있었다. 원하는 대로 못해줄 게 무언가.

"결정하기 전에 목사님을 봬야겠습니다. 목사님은 외출하셨나요?"

양 집사가 그렇잖아도 한 목사가 기다리고 있다며 기도실로 안내했다. 목사관 내의 기도실은 2층에 있었다. 지름 50센티미터 정도의

원형창이 예배당 쪽으로 나 있을 뿐인 기도실엔 아무 장식이 없었다. 정면 벽에 십자가가 걸려 있고 바닥엔 방석 몇 개가 있을 뿐이다. 검정 한복을 입은 한 목사는 방 가운데서 십자가 쪽으로 명상하는 듯 가부좌를 틀고 앉아 있다. 그녀는 전창세 목사의 장례를 치른 뒤 거의 이 방에서 지내는 것 같았다. 양 집사가 로즈를 목사 앞에 앉혀놓고 차를 준비해 오겠다며 나갔다.

"밀러 선생, 고운 얼굴이 많이 그을리셨어요. 좀 야위셨고."

한 목사야말로 푹 야위었다. 약간 억센 듯 활달한 인상에 보폭 크게 움직여 늘 남자 같던 그이가 한 달이 채 못되는 동안에 몸피가 절반쯤 준 듯했다. 여성스러워진 것 같달까.

"큰일들 겪어내시느라 목사님께서 야위셨죠. 권 전도사님께 예배당 벽화에 관한 말씀 들었습니다. 학당 벽화는 속도를 내면 며칠 안에 마무리 지을 수 있긴 하겠는데요, 예배당 벽화를 석 달 안에 마무리 지을 수 있을지 모르겠습니다. 꼭 그때까지 해야 하나요? 누가 하든 찬찬히, 신중히 해야 오래 남을 그림이 나올 건데요."

"밀러 선생 말씀이 맞아요. 다만 상황이라는 게 있지요. 밀러 선생 아시다시피 지금 우리는 눈에 보이는 변화가 절실한 상황 아닙니까. 우리들의 십자가를 빛내줄 무언가가 필요한 이 시점에서 우리 눈에 가장 잘 띌 것이 뭔가. 그게 벽화라는 것으로 결론이 난 거예요. 마침 은 관장이 벽화를 봉헌해주시겠다니 우리로서는 주님의 역사가 다시 시작됐다고 해석할 수 있게 된 거고요. 그 적임자로는 우리들의 고난을 지켜본, 함께해온 밀러 선생이 마땅하다 여겼고요."

"개인적인 궁금증인데요, 은수영 관장님은 독실한 기독교인은 아니신 것 같은데 창세원과 목사님을 후원하시는 이유가 뭔가요?"

한 목사가 미소 지었다.

"그래요. 은 관장을 독실한 교인이라 보긴 어렵죠. 그 사람은 그냥 심심해서 나를 후원하는 거예요. 그 사람한테는 그게 놀이와 한가지 거든. 아무 데서나 해도 될 놀이를 왜 여기서, 나한테 하는가. 그건 돌아가신 그 사람 모친과 내 모친께서 어린 날 교회에서 만난 동무이 셨기 때문이에요. 그 옛날에 미션스쿨을 함께 다닌 분들이셨고. 옛날 에 여학교들은 대개 미션 계통이었잖아요? 그 덕에 은 관장하고 나 도 자매처럼 지내는 거예요. 대답이 됐어요?"

결국 또 끼리끼리였다. 대물림으로 이어지는 유유상종.

"은 관장께서 봉헌을 하겠다 하셨으니 저 아니라도 작가는 얼마든 지 구할 수 있겠지요. 교회 안에서의 은 관장에 대해서는 모르지만 미술계에서, 작가들에게 은 관장이 어떤 영향력을 행사할 수 있는지 는 아니까요."

"돈 준다하면 와서 그림 그려줄 화가들 쌔고 쌘 거 알지요. 하지만 우리는, 아니 나는 그림 그리는 값을 받기 위해 일하는 화가를 원하 는 게 아닙니다. 마음을 다해 헌신해줄 사람을 원하는 겁니다."

"저는 열다섯 살 이후로 교회에 들어본 적이 없습니다. 은 관장님 께도 그 사실을 첨부터 말씀드린 걸요."

두어 걸음 거리를 두고 마주 앉은 두 사람의 눈이 마주쳤다. 눈빛 을 통해 목사의 속내를 읽을 능력 같은 건 로즈에게 없었다. 로즈가 들은 바로는 그녀의 부친이었던 한성준 목사가 창세교회 두 곳을 일 으켰고 창세원의 기반을 닦았다. 그녀는 자신의 부친을 지켜보며 자 란 여자였고 부친 사후 전창세가 창세교회를 물려받자 그와 결혼해 현재에 이르렀다. 이 깊은 산골짜기 마을에서 은거하듯 살고 있을지라도 그녀는 나를 한세상을 이끌어왔고 이끌어나갈 사람이었다. 로즈 밀러가 맞설 수 있는 상대가 아니었다. 그녀가 입을 열었다.

"'나는 너고, 너는 나다. 네가 어디로 가건 나는 거기에 있다. 나는 없는 곳이 없으니, 원하면 언제든지 나를 찾으라. 나를 찾는 것은 곧 너를 찾음이다.' 이 문구가 어디에 나오는 건지, 밀러 선생 혹시 기억합니까?"

"'이브의 복음 Gospel of Eve' 아닌가요?"

"맞습니다. 밀러 선생은 교회 밖으로 나간 적이 없는 거예요. 물론 지금도 교회에 들어 있는 거고. 은 관장이 로즈 선생을 입주 작가로 정한 이유도 그걸 느꼈기 때문이죠. 허실허실 사는 듯이 뵈는 은 관장도 그런 셈이고. 그래서 밀러 선생이나 은 관장이 지금 주님 앞에, 그리고 내 앞에 와 있는 것입니다. 이브의 복음을 기억하고 있어서가 아니라 밀러 선생이 지금 여기 있음으로 주님 안에 있고, 밀러 선생 속에 주님이 계시다는 거지요. 밀러 선생, 내 이리 부탁드립니다. 벽화를 맡아주세요."

"며칠 생각해보겠습니다."

"밀러 선생, 환인이지요?"

한 목사의 말투는 확신에 따른 듯 단정적이다. 로즈는 그걸 부정할 생각이 없거니와 그걸 부정하며 말장난 할 상황이 아니라는 걸 느꼈다.

"네, 저는 환인이고 다생환인입니다. 제가 환인인 게 문제인가요?"

"나도 환인이에요."

"네에."

대답은 하지만 그뿐이다. 로즈야말로 한유정이 환인이건 아니건,

그녀의 전생이 어떠했건 아무 상관없었다.

"'회귀생 -還환'에 대해서는 알아요?"

"엘에이에서 삼사라 리턴라이프를 통해 회귀 치료를 받았습니다."

"허면 잘 아시겠구려. 나는 지금 우리 창세원의 근원에 대해 말하려는 거예요. 10년 전쯤에 돌아가신 내 부친 한성준 목사가 다생환인이셨어요. 한국에 기독교가 유입되던 초창기부터의 생을 여러 번 반복한 분이죠. 내 아버님이 -환還에 속해 계셨어요. 그분은 한국 기독교가 현재의 양상으로는 하나님의 뜻을 펼칠 수 없다고 여기셨지요. 하나님의 뜻 아래 새로운 세상을 만들리라 계획하고 준비하셨고요. -환還과 더불어 그 일을 하려 하셨고, 실패하셨지만, 어쨌든 그분에 의해 현재의 창세원이 이루어졌어요."

"그러면 목사님도 -환還과 연결되어 계신가요?"

"나도 어릴 때 거기서 회귀 치료를 받았지요. 어쨌든 나는 내 부친의 신념을 현실화시켜야 할 사람이고 기껍게 그 길을 가고 있어요. 그래서 나는 밀러 선생의 결정을 따를 수밖에 없어요."

"한성준 목사님에 대해 말씀하시다 제 결정을 따르겠다는 게 무슨 말씀이세요?"

"내 부친께서 뜻을 펼치지 못한 채 세상을 떠나신 건, 자의였든 타의였든, 당신의 의지, 혹은 억지 때문이었다고 생각해요. 과정에 자연스럽지 못한 무엇들이 끼어들었으리란 거지요. 해서 중단될 수밖에 없었던 거고. 고인이 되신 전창세 목사님도 마찬가지죠. 나는 평생 부친과 남편의 자연스럽지 못한 일처리를 불안하게 여기며 살아온 사람이에요. 그건 주님의 뜻이 아닐 거라는 충고도 무수히 해왔고. 현재 우리 교회 안에도 내 아버님이나 남편처럼 나를 불안하게 하는 사람들이 있지요. 나를 넘어서는 건 물론이고 주님의 뜻을 거스르면서 경찰들을, 또 방송 카메라를 끌어들일 위험인물들이죠. 지금, 밀러 선생이 우리 예배당 벽화를 못 맡겠다고 하면 그 또한 주님의 뜻 아니시겠어요? 그러니 나는 벽화 말고 다른 방법을 찾아야지요."

"협박으로 들립니다, 목사님."

"그럴 리가 있나요. 기도하다보면 물 흐르듯, 바람 불듯 주님의 뜻과 어우러지는 방법이 또 있을 거라는 얘기입니다. 부담 갖지 마세요."

부담은 없었다. 로즈는 이미 결정한 상태였다. 굳이 한 목사를 만나러 온 건 로즈 밀러가 그들의 체계 안에서 한 부속품처럼 움직이는 게 아니라는 걸, 그들 손짓에 따라 움직이는 마리오네트가 아님을 주지시키기 위해서였다.

"부담 갖지 말라 하시지만 부담이 생깁니다. 목사님 측근들조차도 목사님을 불안케 한다 하시는 말씀을 들으니 어쩔 수 없다 싶고요. 벽화, 제가 하겠습니다."

"기다리지 않게 해주어 고맙습니다, 밀러 선생. 고마워요."

"하는데요, 다른 비용은 못 대더라도 제 수임료는 저도 주님께 봉헌하는 걸로 하겠습니다. 저 아니면 벽화 만들지 않겠다 하신 목사님 말씀에 저도 뭔가 해드리고 싶어서요."

한 목사가 앉은걸음으로 다가들어 로즈를 그러안더니 이마를 대온다. 방성 기도라도 하려나 싶어 질색하는데 목사는 이마를 맞댄 채 가만했다. 사람 마음 잡아들이는 데에 도사구나 싶어 로즈는 속으로 웃음을 삼킨다. 한 목사가 지금까지 남편을 조종하며 교회를 운영해온 힘이 어디서 나오는지 어렴풋이나마 알 것 같다.

24

진화기에 입력되어 있지 않은 번호였다. 아리가 진화기를 열며 내에, 하자 대뜸 일본어가 들렸다. 당신이 유아리 작가입니까? 그 목소리에 아리의 가슴이 함부로 널을 뛰었다. 무수히 들어본 듯한, 그래서 세포마다 그 어감이 새겨져 그리움을 일으키게 하는 엄마 같은 목소리였다. 아리도 일본어로 답했다.

"네, 유아리입니다. 누구신가요?"

"라나?"

'라나'라는 이름을 듣는 순간 아리의 눈앞에 홍란의 엄마 김순행이 나타났다. 아침마다 란을 깨우던 그이는 딸을 라나라고 불렀다. 우리 라나, 밥 먹고 학교 가야지! 깨울 때마다 겨드랑이에 손을 넣어 간지럼을 태우던 엄마.

"어, 엄마?"

엄마냐고 묻고 나니 아리의 코끝이 시큰해졌다. 엄마? 정말 엄마예요? 잘못 건드린 혈관에서 피가 새듯 아리에게서 눈물이 미어져 나왔다.

"그래, 라나. 엄마야."

저쪽에서도 목이 메는지 목을 가다듬는 기척이 났다.

"2주 전쯤에 티비에서 너를 봤어. 최산호 선생님 장례식 풍경 속에서. 망설이고 또 망설였지만 만나고 싶어서 전화했어."

"보고 싶어, 엄마. 당장요. 지, 지금 어디 계세요?"

"우니? 울지 마, 라나."

울지 말라면서 그녀도 울었다. 한참 울고 난 그녀가 말했다.

"라나, 난 지금 남양주에 있어. 어룡농원이라는 곳이야."

놀라서 아리의 눈물이 쏙 들어갔다.

"그, 그럼, 작년에 엄마가 그, 그거 했어요?"

그녀도 아리의 놀람을 느꼈는지 클클 웃는다. 콧물 훔치는 기척이 들렸다.

"그래, 그거, 엄마가 한 거 맞아."

"지, 지금은 어떤데요?"

"3개월 동안 구치소에 있다 나왔고 약사 면허가 취소됐지만 괜찮아. 요즘은 농원에서 시간 보내고 있어. 농사지으면서 장사도 하고."

"엄마는 지금 몇 살인데요?"

김순행이 깔깔대며 웃었다.

"엄마는 한국 나이로 마흔두 살이야. 그리고 지금 내 이름은 염미경이란다."

이번에는 아리가 흐히히 웃었다. 순행이든 미경이든 그녀는 홍란의 엄마였다. 그녀가 마흔두 살이 아니라 스물두 살이라도 해도 다를 것은 없었다.

"엄마, 내가 지금 그쪽으로 갈게요. 괜찮아요?"

"너, 이쪽에 오면 회귀할지도 모르잖니. 나중에 내가 그쪽으로 갈
게."

"나, 란이로서의 회귀를 겪을 만치 겪어서 괜찮아요. 게다가 란이
로 회귀시킬 만한 사람은 엄마가 다 정리했잖아요."

"그건 그렇지. 25년이나 걸렸지만 다 정리한 건 맞아. 그럼 작가로
서 취재 여행하는 셈 치며 다녀가렴. 운전하니?"

"해요. 두 시간쯤 뒤에 그쪽에 닿을 게요. 근데, 내 전화번호는 어
떻게 아셨어요?"

"리라이프앤북스 출판사 편집국에 전화해, 독자라면서 가르쳐달라
고 졸랐지."

"가르쳐줘요?"

"네 독자이자 너의 글마루 시절의 동기라고 둘러댔다."

"제가 글마루 몇 달 다닌 건 어떻게 아셨는데요?"

"얘, 봐. 나, 대학 나온 아직 젊은 여자다. 대학 때 평균 학점이 에이
였다고. 인터넷만 뒤지면 속속들이 나오는 걸 모르겠어? 그렇지만 미
련하긴 했지. 우리 라나가 유아리로 태어나 있는 건 물론이고 그렇게
유명한 것도 까맣게 몰랐거든. 얼마 전 너희 할머니 장례식 방송 보고
거기서 쪼그맣게 나온 네 얼굴 발견하고서야 너한테 회귀했잖니."

낄낄대며 웃다가 눈시울이 뜨거워진 아리는 당장 출발하겠다며 전
화를 끊었다. 작년 가을 파주 노인들 피살이 벌어지고 있다는 걸 신
문에서 읽었을 때 곧장 《파르마콘》을 시작하고 주인공을 홍란으로 삼
았지만, 엄마 김순행이 환생하여 복수를 시작했으리라는 생각은 전

혀 못 했다. 그래서 신기했다. 대성부동산에서 죽은 노인들이 김순행, 홍란 모녀를 끔찍하게 죽인 사람들이라는 걸 금세 알아보았던 탓에 그들을 없애고 싶은 내 마음을 누가 대신 실행했나 싶었다. 그런데 대신이 아니었다. 김순행은 어느 시점에선가 시작된 회귀로 인하여 자신이 원수의 딸로 태어났다는 걸 깨달았던 것이다. 속설에는 전생의 원수들이 부부로 만난다고 하지만, 아마 부모 자식으로 만나는 경우가 더 많을 터였다. 내가 죽인 누군가가 내 자식으로 태어나 나를 이중 삼중으로 죽이는 경우가. 그게 환인들의 비극이고 환인을 자식으로 둔 인간들의 비극일 수 있었다.

어룡농원 식당은 미구에 개발이 될 것 같은 어설픈 숲과 나대지들 사이에 있었다. 어룡식당 간판엔 오리고기를 소재로 한 메뉴들이 적혀 있었다. 지천으로 꽃이 피었으되 주인이 가꿨다기보다 그저 아무렇게나 핀 꽃들이 태반이다. 주차장도 넓긴 하지만 엉성하다. 아리가 차를 세우는데 연두색 생활한복을 입은 한 여자가 바라보고 섰다가 다가왔다. 윤기 나는 얼굴에 몸피가 보동동하다. 아리가 차 밖으로 나서자 그녀가 앞에 섰다.

"라나?"

아리가 팔을 뻗자 그녀가 마주 안았다. 그녀에게 안기니 겨울 산길을 헤매다 화로 지펴진 방에 들어선 것 같다. 엄마. 아리는 한숨처럼 엄마를 불렀다. 아리의 등을 찬찬히 쓰다듬던 그녀가 물었다.

"라나, 너 혹시 다생환인이니?"

"응, 엄마."

"어쩐지, 어린 게 책을 그렇게나 냈을 때 알아봤다."

한탄한 그녀가 주위를 두리번거렸다. 점심과 저녁 사이라 식당으로 들어오는 차는 없었다. 그녀가 자신의 방으로 가자며 아리 손을 잡아 이끌었다. 그녀의 숙소는 식당 건물 뒤편에 있었다. 널찍한 채소밭을 앞마당에 두고 있는 오래된 양옥이다. 내부는 방금 청소를 마친 듯 말끔하고 텔레비전 옆에는 유아리 소설책들이 조르라니 서 있다. 염미경이 집에 들어서자마자 에어컨을 켜더니 열려 있던 문들을 닫았다.

"에어컨 켜기엔 좀 이르지 않아요?"

"너 맞이하려고 청소하고 창을 열어둔 거야. 난 열이 많거든. 잠깐만 켰다가 끄자. 작년에 그 일 치르고 난 뒤로는 더위를 더 타."

그녀는 어쨌든 현생에서의 생부 목숨을 앗아버리고 난 뒤 스스로도 내상을 입었을 터였다. 그녀가 전기 포트에 물을 끓이기 시작하면서도 냉장고에서 물병을 꺼내 왔다. 아리는 물을 따라 마시면서 다구를 챙기는 그녀에게 물었다.

"엄마, 삿포로 가보셨어요?"

"아니. 너는 가봤니?"

"응. 우리 가게하고 집, 그대로 있어요."

"그럴 것 같아서 못 가봤어. 내가 삿포로를 떠나기 전에 여행 준비할 때부터 얼마나 들떴는지, 너도 기억할 거다. 그런데 엄마라는 사람이 어린 딸을 끌고 나왔다가 그 꼴로……"

목이 메는지 찻잔 헹궈낸 물을 마신다. 어린 딸을 데리고 사지로 들어섰다는 자책이 환생을 하고도 남아 있는 모양이다. 아리는 눈이 벌게진 엄마의 찻잔에 차를 따랐다.

"불가항력이었잖아요."

"그래도 네 아버지나 네 오빠를 찾아가보지는 못하겠더라. 산 사람은 어쨌든 산다지만 내가 널 데리고 고향이랍시고, 고국이랍시고 다녀오겠다고, 금의환향이라도 하는 것처럼 설치다 그 꼴이 됐으니…… 네 아버지가 어떻게 살았을지 너무나 훤해서……."

란의 아버지는 아내와 딸이 고국으로 떠난 뒤 돌아오지 않자 수십 번 한국을 오가며 허깨비처럼 살다가 쉰 살 무렵에 세상을 떠났다고 했다. 그의 아들 홍평주는 현재 66세였다. 그는 회귀의 기억으로 찾아간 아리를 동생으로 인정했다. 홍평주의 아들이 올해 마흔한 살이고 손자가 열 네 살이었다.

"그때가 떠오르면 혼자서도 숨이 턱 막히곤 해. 그 꼴로 죽지 않았더라면 우리가, 내가 다시 태어나지도 않았겠지. 나와 네 아버지는 네 오빠와 너를 홋카이도 다이가쿠에 보내려고 했는데. 내 자식들이 우리가 노상 보며 살던 그 대학의 학생이 되면 얼마나 멋질까 꿈꾸고. 그쪽만 생각하면 가슴이 갈라지는 것 같아서 한나절이면 도착할 그곳을 찾아갈 수 없더라. 거기 내 한 생이 오롯이 있지만, 내가 이미 그 생의 사람이 아닌데 거기 살고 있는 사람들을 괴롭히기 싫어서."

홋카이도 다이가쿠. 홍란으로서 삿포로에 찾아갔을 때 옛날 가게와 집보다 건너편에 있던 북해도 대학에 먼저 들어갔다. 어린 날 사나흘이 멀다 하고 들어가 놀던 그곳. 포플러와 느릅나무 숲이 란이의 어릴 때보다 훨씬 깊어져 있었다. 느릅나무 밑 벤치에 앉아 옛날 가게와 집이 그 자리에 있을까, 설레는 마음을 한참 동안 진정시켰다.

"엄마, 이복형제가 많지 않아요?"

"그걸 어떻게 알아?"

"그 사건 수사한 경찰 중 한 사람이 내 친구야. 그 사람이 내가 그

사건으로 소설 쓰는 거 아니까 사건 전말을 말해줬어요. 그 사건에서
온갖 증거들이 어룡 노인의 자살이라고 말해주기 때문에 자살로 결
론지었지만, 그 사람은 어룡 노인의 딸 염미경을 진범으로 여긴 눈치
였어. 한편으로는 나, 유아리가 진범 아닌가 불안해하고. 그 사람은
혹시 내가 그 사건들에 연루됐을까봐, 진범처럼 보이는 염미경도 눈
감아버리고 얼른 사건을 마무리 지은 거 같거든요. 그러니까, 엄마는
더 이상 무슨 일 벌이면 안 돼요. 엄마나 나를 위해서도 그렇지만, 그
사람을 위해서도요. 이제는 일 벌이지 마세요."

"라나, 그 사람 좋아해?"

"좋아해요. 그 사람, 나하고 동반 환인이에요. 란이 앞의 생에서 친
구였던 사람인데 처음 만나자마자 조금 전 엄마처럼 나를 옴폭 안아
주지 뭐예요. 그 순간부터 좋았어요."

"회귀로 만난 사람들끼리 보자마자 안을 수 있다는 건 다행한 일이
지. 보자마자 죽이고 싶은 사람을 만났을 때는……."

"그건 그렇죠."

"라나, 그 사람 사랑하는구나?"

그가 여자 친구인 해인처럼 좋을 때와 남자인 재엽 자체로서 좋을
때의 차이는 분명한데, 재엽 안에 있는 여자 유석을 느낄 때면 표현
이 애매했다. 재엽 안에는 여자로 살았던 때의 기억과 남자로 살고
있는 현실의 감각이 혼재되어 있는 것 같았다. 남자로 살면서 여자를
이해하는 재엽은 때때로 현실의 사람일까 의심스러웠다.

"아마도요."

"아마도?"

"숱한 생의 기억 속에서 남자한테 사랑받아본 장면이 드물어서인

지, 사랑을 잘 모르겠거든요. 그 사람이 나한테 너무 잘하니까 도리어 의심스럽다고나 할까. 혹시 섹스 때문이 아닐까, 싶기도 하고요."

"그 사람이 너하고의 섹스를 좋아해서 그렇다고?"

"아니, 아니. 그 사람보다 내가 그렇다는 거죠."

"무슨 뜻이니?"

"전생들에서 내 몸은 대개 폭력의 대상이거나 내가 상대를 향해 휘두르는 무기 같은 거였어요. 결과는 대개 죽음으로 연결됐고요. 현생의 나는 회귀통이 잦고 심해 남자 사귈 여력이 없었어요. 그러다 그 사람을 만났어요. 아 참 엄마, 엄마가 다시 태어날 때 원하는 모습으로 태어날 수 있다면 어떤 사람이었으면 좋겠어요?"

그녀가 웃었다.

"나는, 한 여자를 오래도록 사랑할 수 있는 남자가 됐으면 좋겠어. 따뜻하고 부드러우면서도 맺고 끊는 건 분명하고 불의에 맞설 줄도 알고 내가 사랑하는 사람들을 위해서는 굽힐 줄도 아는 남자. 한 여자한테 오래 사랑받고 존경받을 수 있는."

이번에는 아리가 깔깔 댔다.

"그런 사람이 있을 수 있다고 생각해요?"

"그러니까 이상이지."

"거의 그런 남자처럼 보이는 사람이 있다면 엄마는 믿겠어요?"

"구경을 해봤어야 믿든 말든 하지."

"내가 요즘 그래요. 인간이 이상적으로 진화한다면 이 남자 같지 않을까 싶을 만큼, 방금 엄마가 말한 이상과 비슷해 보이는 사람. 그래서 믿을 수가 없어요."

"넌 다생인이라면서 아직도 그렇게 복잡하게 생각하니? 지금 그렇게 보이는 사람이면 된 거지. 너한테 잘하고 너한테 멋지게 느껴지고, 네가 늘 그 사람이 보고 싶다면 그걸로 된 거 아니냐고.”

“그러게요. 현재의 엄마는요? 염미경 씨는, 좋아하는 사람 있어요?”

“나는 옛날에 오키나와에서 네 아빠 만났을 때가 전성기였어. 고무 공장에 다닌 지 7년쯤 됐을 때였는데 모처럼 쉬는 날 번화가에 나갔다가 네 아빠를 만났잖니. 당고 가게에서. 난 첫눈에 반한다는 걸 믿어. 첫눈에 반한 네 아빠와 자식 둘 낳고 가게 키우면서 20년쯤 함께 살았으니 전성기였지.”

“요즘, 염미경은요?”

“요즘은 없어. 좋아했던 사람이 없었던 건 아니지만 내가 누군가한테 다가들거나 다가오는 사람을 기꺼이 맞을 만한 상태였던 적이 별로 없어. 내가 벌여왔던 일들이 나를 현실 밖으로 밀어낸 게 아닌가 싶어. 처음 회귀한 뒤로 정상적인 것에서는 멀어져왔잖아.”

“첫 계기는 뭐였어요? 몇 살 때?”

“이복 오빠한테 강간당하면서였어. 중학교 3학년이 되기 직전 설날 오후. 바로 이 집이었어.”

그녀가 말을 멈췄고 모든 정황을 알 수 있을 것 같은 아리도 할 말을 잊는다.

“그 사람은 지금 뭐하고 사는데요?”

“딴 세상으로 내가 방출했어. 나, 약대 2학년 때 그놈이 결혼한다고 하더라. 그놈 그때까지도 나를 제 노리개로 여겼거든. 나는 내버려뒀고. 처음엔 약해서 당한 일이었지만 회귀를 거듭하면서 나는 내면의 나를 키웠어. 그놈은 나를 범하면서 나라는 괴물의 숙주가 된 셈이지.

끝내야겠다고 여긴 게 그놈 결혼한다고 나설 때였고. 그런 놈이 아이를 낳으면 너무 끔찍할 것 같았거든. 애가 무슨 죄야. 마누라 될 여자는 또 뭔 죄고. 그래서 블랙커피에 탈륨을 타 먹였어. 아무도 그놈이 독살당한 걸 눈치채지 못하게, 아주 정성들여 배합해서 먹였지.”

김순행, 아니 염미경은 파주 노인들을 아울러 최소한 일곱 사람을 죽였다고 말하고 있었다. 아리는 고개를 끄덕였다. 자신이 소설을 통해 죽인 사람은 그 보다 훨씬 많았다.

“그건 잘했어요, 엄마. 지금까지는 잘했지만 앞으로는 그러지 마세요. 위험해요.”

“다 끝났는데 뭐가 위험해?”

“‘회귀생 –환還’이라고 아세요? 환인들 조직이에요.”

“알지.”

“제 주변에 거기 소속된 환인이 여럿이에요. 거기 사람들이 지향하는 게 뭔지, 그 사람들이 어떤 일을 하는지 조금 알아요. –환還에서는 회귀 살인을 경계해요. 회귀 살인을 한 사람을 경찰은 찾지 못해도 –환還에서는 찾아낼 수 있고요. 엄마가 환인이라는 거, 그리고 회귀 살인 했다는 걸 거기서 알게 되면 큰일 날 수도 있어요. 엄마는 이미 그쪽에 요주의 인물이 돼 있을지 모르고요.”

“조심할게.”

“약속하셨어요.”

“약속했어. 그나저나 뭐 좀 먹자, 라나. 가게로 나가면 아무래도 시끄러울 거고, 엄마가 가서 먹을 것 좀 챙겨 올게. 오리고기 먹니?”

“저는 못 먹는 거 없어요. 가게로 나가서 먹어요. 엄마 일하는 거 보고 싶어요. 식당 내부, 주방도 궁금하고요.”

"그럼 나가자. 한상 차려줄게. 아, 네 형편은 어떠니? 할머니가 꽤 유명한 분이시긴 했더라만, 너 사는 건 괜찮아?"

"안 괜찮으면, 도와주시려고요?"

"도와주기만 해? 필요하다면 내 몸이라도 주지."

"엄마는 약사 면허도 잃었다면서 뭘 가지고 살려고요? 이 농원이 며 식당은 엄마 거예요?"

"주인은 내 모친이시지. 부친이며 이복형제란 인간들이 빼간 게 워 낙 많아 거의 모래성 수준이지만."

"그러면서 나한테 주긴 뭘 줘요."

"내 몸은 튼튼하잖니. 난 별로 필요한 게 없어. 내가 환인으로 태 어나 좋은 딱 한 가지는 돈이 절실하지 않은 삶을 살게 됐다는 거뿐 이다."

"그게 좋은 건지는 잘 모르겠네요만, 나는 돌아가신 할머니한테 꽤 물려받았어요. 또 요즘 돈도 제법 벌고요. 그러니까 엄마가 필요한 일이 있으면 나한테 말씀해요. 집을 팔아서라도 드릴 수 있다고 큰소 리는 못 쳐도 내가 책 써서 번 돈은 드릴게요. 아, 우리 이야기를 모 티브 삼아서 소설 썼어요. 내년이나 내후년 쯤 그 책 팔아 돈 벌면 그 건 엄마한테 꼭 줄게요."

염미경이 깔깔댔다.

"너, 살 걱정하지 않아도 된다면 나는 됐어. 너도 내 걱정은 일체 마. 모래성 어쩌고 했지만 땅이 꽤 넓어. 조용히 살고 싶어서 요즘 정 리해가는 중인데, 다 정리하면 나 살고도 남아. 튼튼한 몸으로 일도 열심히 하잖니. 그나저나 라나, 오늘 자고 갈 수 있어?"

"친가 할아버지 할머니가 와 계셔서 어려워요."

어른들뿐만 아니라 재엽 때문에도 그럴 수 없었다. 그는 저녁 나절이면 꼭 전화를 해왔다. 두 시간 뒤쯤 전화를 걸어올 그에게 집에 있는 척 거짓말을 할 수는 없었다. 거짓말을 참말로 믿을 만큼 둔한 사람도 아니었다. 거짓말을 느낄 것이고 걱정할 것이고 몇 분이면 유아리가 어룡농원에 있다는 걸 알아낼 터였다. 그건 염미경을 탈륨 사건의 회귀 살인범으로 다시 지목하는 일이거니와 그 사건을 맡았던 손재엽을 곤란케 하는 일이었다. 경찰로서든 가디언으로서든 그에게 유아리는 어느새 약점이 되어버렸다.

25

어제 오후, 미술대학을 다니거나 휴학 중인 서른다섯 명의 학생이 면접을 보러 창세원으로 왔다. 7,8월 두 달 동안 로즈의 예배당 벽화 작업을 보조할 열 명을 뽑을 참이었다. 일요일을 제외하고 하루 열 시간씩 작업하며 숙식 제공에 일당 7만 원이라는 조건이 괜찮았는지 지 지원자들의 열의가 제법이었다. 학당에서 만난 학생들에게 로즈 는 인물화를 그리라며 자신을 시제로 내놓았다. 그런데 완전무장을 한 듯 화구를 갖춰 나타난 한 학생의 가방 속에서 유아리의 신간 《푸른 눈》이 튀어나왔다. 로즈는 유아리의 신간이 나온 줄도 몰랐던 상태였다. 유아리 팬카페 회원이라는 그에게 '푸른 눈'이 무슨 의미냐 물었더니 운명 혹은 숙명에 관한 은유인 것 같다고 알은체를 했다. 로즈는 순간 그를 마음에서 탈락시켰다. 그러면서도 책을 빌려 들고 의자에 앉았고 면접생들에게는 편한 자리에서 그림을 그리라 했다.

유아리의 《푸른 눈》을 읽기보다 구경했다. 300년 전쯤의 생애를 되살린 이야기였다. 남자 눈재와 여자 속새. 열 살짜리 계집 종 속새가 주인 영감 방으로 불려 들어가는 밤. 그 방을 서슬 푸른 눈빛으로 노려보고 있는 열다섯 살의 사내 종 눈재. 그들을 바라보는 운명의 눈. 그날 밤으로부터 5년 뒤쯤 속새와 눈재는 영감 부자를 죽이고 그 집으로부터의 탈출을 시작했다. 더 이상 달아나지 않아도 될 것 같다고 여기기까지 10년쯤 걸렸을까. 아이를 낳고 모처럼 웃던 그들에게 닥쳐온 건 돌림병이었다. 내용을 읽지 않아도, 작가 서문만 봐도, 소설의 뼛속까지 다 헤아릴 수 있는 내용이었기에 몸이 떨렸다. 어떤 모습으로 한 시간을 학생들 앞에 앉아 있었는지도 의식하지 못했다.

학생들이 제출한 서른다섯 장의 그림에는 서른다섯 가지 모습의 로즈 밀러가 있었다. 정밀 묘사에 치중한 그림들이 있는가 하면 톤이나 선에 신경 쓴 작품들이 있고, 겨우 한 시간 동안에 수채 물감으로 채색까지 해놓은 그림도 있었다. 어떤 식으로 그렸든 학생들의 그림 속 로즈는 표정이 없었다. 무표정도 하나의 표정이라지만 그림 속 로즈는 표정으로서의 무표정이 아닌 빈 얼굴이었다. 이런 얼굴로 내내 살아왔던가. 로즈는 그림들 속 자신을 보면서 잠을 이루지 못했다. 잠을 못 잔 채 새벽을 맞으니 스마트폰이 터지지 않는 산속 마을의 공기가 목을 조르는 것 같았다. 예배당 벽면에 그려져가는 밑그림들이 쓰레기처럼 느껴졌다.

창세원은 여전히 인터넷의 사각지대였다. 한유정 목사는 그 난리를 겪고도 창세원이 문명의 바깥 세계에 존재케 하리라는 신념을 견지했다. 신념이든 몽매이든 창세원은 한 목사의 뜻대로 운영되었고, 결과적으로 그녀가 맞았다. 창세원은 그 다름에 의해 특별했다. 한 목사의 그 일관된 고집이 로즈 밀러를 움직였듯 신도들도 따랐다. 창세원은 그렇게 바깥세상과 다를 수 있기 때문에 존재해왔고 앞으로도 계속될 터였다. 그렇지만 인터넷이 연결되지 않은 그곳이 로즈에게는 때로 숨이 막혔다. 새벽 기도를 시작한 한유정 목사를 찾아가 며칠 쉬어야겠다고 선언했다. 한유정은 로즈에게 맘대로 하라고, 다만 너무 멀리까지는 가지 말기를 당부했다. 그녀가 서둘러 돌아오라 채근하지 않으니 창세원이 돌아와야 할 곳이 되었다.

창세원을 나서자 숨통이 트였다. 오랫동안 참았던 그리움이 애드벌룬처럼 부푸는 것 같았다. 고한빈이 보고 싶었다. 철원에서 그의 아파트까지 내달릴 때 날개가 돋는 듯했다. 진작 고한빈의 집으로 다시 쳐들어가지 못했던 걸 후회했다. 그저 얼굴 한번 보자는 것뿐인데 어쩌자고 그렇게 눈치 보면서 때를 기다리기만 했단 말인가. 결국 욕심 때문이었나. 아니 그건 아니었나. 그로 인해 교만하지 않았고 나태하지 않았으며 폭음도 폭식도 하지 않았다. 여자로서 남자인 그에게 다가가고픈, 그의 곁에 한 존재로 서고픈 소망의 죄를 지었을지 모르지만 그건 사랑이었다. 그의 얼굴 한번 보는 걸로 충분할 것 같았으므로 욕심도 아니었다.

고한빈이 사는 아파트에 갔을 때 출입구의 경비원이 2101호의 인터폰을 대주었다. 어린 여자 목소리가 들렸다. 혹시 유아리인가 싶어 로즈의 가슴이 순간 뛰었지만 그녀 목소리가 아니었다. 고한빈 선생을 찾아왔다고 했더니 인터폰 속의 아이가 자기는 2주일 전에 이사 왔다고 종알거렸다. 로즈가 망연해 인터폰 수화기를 내려놓자 경비가 쩝쩝 혀를 찼다. 2101호를 대달라기에 새로 이사 온 집에 찾아온 사람일 줄 알았다며 고한빈은 보름 전쯤 이사 나갔다고 했다. 그에게 전화를 했더니 꺼져 있었다. 미술관으로 돌아오는 길이 아득했다.

거의 석 달 만에 해인을 보는 것 같았다. 석해인을 친구로 여겼던 시간도 그만큼 되었을 것이다. 시디플레이어에서는 드보르작의 9번 교향곡이 시작되고 있었다. 로즈는 음악을 끄지 않는다.

"로즈, 그새 작업 많이 했네?"

작업실 안쪽의 왼편에 흰 천을 둘러쓴 21기의 조형물이 있었다. 완성작인데, 넉 달이 채 못 되는 사이의 작업량으로는 꽤 많았다. 더구나 6월 들어 한 달 가까이 작업을 하지 않았으므로 봄 석 달 동안에 해낸 일이다. 그 석 달 사이에 일어난 일이 얼마나 많았던지. 로즈의 일임에도 본인을 빼놓은 채 벌어지는 온갖 일들이 로즈로 하여금 혼자 일하게 한 것이었다.

"제법 했어요."

"작품들에다 가리개를 씌워 놨네? 먼지 타지 말라고 씌운 거야?"

로즈는 네, 대답할 뿐 가리개를 걷어 작품 구경을 해도 된다고 하지 않는다.

"전부 허연 천을 쓰고 있으니 어쩐지 좀 무섭다. 다른 방법이 없나?"

가리개를 씌워놓은 사람 크기의 조형물들은 로즈에게도 가끔 흰 천을 뒤집어쓴 영화 속 KKK 단원처럼 보였다. 눈구멍만 뚫린 흰 자루를 뒤집어쓰고 십자가를 총처럼 휘두르고 다니는 기독교 원리주의자들. 혹은 맹목들. 한 가지 색만 보려하는 맹목은 위험하다. 하지만 그건 인식에 관한 내용이지 가리개의 문제는 아니었다. 작품들에다 검정 가리개를 씌우면 섬뜩할 것 같고, 빨주노초파남보를 다 사용해 덮어놓으면 어지럽다 못해 불길할 것 같았다. 흰 천이 그나마 무난했다. 장막 안의 것이 초래하는 두려움은 내용을 모른다는 데서 발생하는 것이지 색깔의 문제는 아닌 것이다.

"차차 궁리해보려고요."

거듭되는 로즈의 존대에 해인이 멈칫 돌아섰다. 로즈는 해인의 시선을 맞받지 않는다.

"연락이 안 되기에 그냥 찾아왔어. 전화번호 바꿨으면 알려줘야지. 두 번이나 허행했잖아. 요즘 자주 비웠지?"

"그랬어요."

해인은 마음 씀이 넓고 다사로웠다. 티알피는 로즈 밀러의 불운이므로 해인이 사과할 일은 아니었다. 그녀들 곁에 있는 유석이 로즈 밀러 앞에 모습을 드러내지 않는 것도 해인의 탓이 아니었다. 그럼에도 해인은 사과를 하려는 것이고 로즈 밀러는 괜찮다고 할 것이다. 새로울 것도 낯설 것도 없는 일련의 과정들을 다 이해한다고 다 이해할 수는 있지만 로즈는 해인과 대화하기 싫었다. 어떤 변명도 듣고 싶지 않았다.

"로즈, 저녁 먹으러 밖으로 나갈까? 술도 한잔하고. 길게 할 말이 있어."

20호 크기 캔버스에 오늘 아침 창세원 약초밭에서 본 도라지꽃을 몇 십 송이째 그리고 있던 로즈는 연필을 놓았다. 가시덤불처럼 얽힌 관계망 어디쯤에 유석이 있을까 불현듯 궁금했다.

"해인 씨, 당신 곁에 유석이 있지요? 당신이 길게 할 말이라는 게 그거고?"

"귀신이네. 맞아. 오늘 그런 얘기들을 하러 왔어. 이제 다같이 만나자고. 사실 그동안 조심스러워……"

로즈가 해인의 말을 지르며 질문했다.

"그 친구는 뭐해요? 혹시 손재엽이라는 경찰이에요?"

"이제 얘기 할 참인데, 그걸 어떻게 알았어? 더구나 이름까지?"

어쩐지 그럴 것 같아 대뜸 질러본 것이다. 창세원 사태를 주동했던 경찰 손재엽이 그녀 나유석이라는 사실은 지금 알았다. 로즈는 피가 서늘히 식는 것 같은데 시디플레이어에서 흐르던 드보르작의 9번 교향곡은 4악장으로 접어든다. 피날레 알레그로 콘 푸오코 E단조. 행진곡풍의 발랄한 곡이다. 로즈는 일어나 시디플레이어를 껐다.

"좀 이따 여행을 떠날 참이라 멀리 못 나가겠어."

아무것도 하지 않고, 그림도 그리지 않으며 수목원을 거닐면서 며칠 지낼 작정으로 창세원을 나왔지만 낮에 고한빈의 아파트에 다녀오면서 계획을 바꿨다. 고한빈으로부터 추방당한 디아나를 찾아가볼 생각이었다. 그가 말한 대로 인터넷에는 디아나의 소재가 나타났다. 디아나는 두어 달 전, 유아리 강연 직후에 명성대 미술관으로 들어갔다. 디아나가 고한빈으로부터 추방당한 건 그의 이사 때가 아니라 유아리의 강연 무렵이었던 것이다.

"구내식당 음식도 꽤 쓸 만해. 6월 들면서 야간 개장을 하고 있잖아. 숲 속 곳곳에 박힌 태양열 전등 불빛으로 식당까지 가는 길이 한여름 밤의 꿈같아요. 내가 시간이 많지 않으니 그리로 가요."

아연한 눈으로 바라보던 해인이 획 돌아섰다. 탁자 위에 놓아둔 제 가방에 손을 얹고 숨을 다스린다. 한참 가만하더니 가방을 뒤적여 명함을 꺼내 탁자에 놓았다.

"전화기 바꾸면서 내 번호도 잃어버린 것 같아서 새로 입력하라고. 로즈 씨 바쁜 거 같으니까 오늘은 그냥 갈게. 여행 다녀와서 좀 한가해지면, 술 마실 친구가 필요하면 언제든 전화해요."

로즈가 나름 예의를 갖췄듯 해인도 최대한의 인내를 발휘한 셈이다. 그렇지만 문을 열고 나가는 해인의 어깨가 잔뜩 굳었다. 이렇게 한주를 잃는구나, 하면서도 로즈는 따라 나가지 않았다. 지금 로즈에게 해인은 실패작으로 판명나 폐기한 작품과 같았다. 로즈는 지금까지 실패작을 폐기하며 아까워해본 적 없었다.

***

명성대 미술관 상설 전시실에는 한 명의 관람객이 있었다. 50대 후반으로 보이는 남자는 회색 면바지에 감청색의 반소매 남방셔츠를 입은 가벼운 차림새다. 긴 우산을 지팡이처럼 짚은 그는 디아나 앞에 서 있었다. 디아나는 전시장 가운데 15센티미터 높이의 단 위에 서서 남쪽 창을 바라보고 있다.

작품명 : 디아나. 로즈 이가 밀러, 2010년 작. 고한빈 기증

어떤 경로를 거쳐 왔든 디아나는 비로소 제자리에 선 듯했다. 디아나 제작자로서는 고한빈이나 유아리에게 고마워해야 할지도 몰랐다. 어쩌면 그걸 확인하고자, 그들을 잊기 위해 잠 못 이룬 밤을 버리고 새벽부터 이쪽을 향해 달려왔는지도. 해인이 다녀가고 난 간밤에도 로즈는 거의 못 잤다. 잠을 제대로 잔 게 언제 적인지 까마득했다.

로즈는 디아나의 정면에 서 있는 중년 남자를 피해 측면에 섰다. 서 있지 못하고 바장인다. 홀리고 사로잡혔던 수많은 대상들이 눈앞

의 디아나만큼이나 냉랭하게 로즈를 바라보았다. 푸켓에서 허공을 향한 그녀의 집요한 눈길에 사로잡혔던 까닭을 이제는 알 듯했다. 그녀, 유아리의 허공이 로즈 이가 밀러의 허공이었다. 그녀의 시선에 투사했던 자신. 그 순간의 동일성은 그렇지만 이제 존재하지 않았다. 따로 존재하는 두 사람이 있을 뿐이다.

"혹시 빗소리 들리십니까?"

로즈 옆으로 다가든 남자가 물었다. 미술관 밖에는 물론 비가 내리고 있었다. 로즈는 고개를 기울여 빗소리가 들리는지 집중했다. 미술관은 외부의 더위와 추위와 바람과 비와 햇빛 등을 다 차단했다. 소음도 물론 들리지 않았다. 지금 밖에서 쏟아지는 빗소리도 들릴 리 없다. 그럼에도 들렸다. 빗소리라기보다 바람 소리 같다. 눈 내린 아침 빗자루로 눈을 쓸어 모으는 소리 같기도 하다. 이번 태풍의 이름이 메아리라던가.

"네, 들려요, 메아리처럼. 누군가 흐느끼는 것 같기도 해요. 혹시 선생님이, 우셨어요?"

"빗소리에 의탁해 잠깐 울었는데, 그걸 어찌 들으셨습니까?"

"제 안에도 비가 내리거든요."

농담을 한 건데 남자의 표정이 진지하다. 로즈는 미안하고 객쩍어 그에게 한 걸음 더 다가들어 정면에 섰다.

"한 가지 여쭤볼게요, 선생님. 지금 제 표정이 어때 보여요? 단순하게 한마디로 표현하신다면요?"

"사람의 얼굴을 한마디로 표현하기가 쉽습니까? 좀 전에 저는 선생께서 나비인 줄 알았습니다. 영롱했거든요."

그가 나비 문양의 옷을 보고 농담을 한 것일 텐데 로즈는 울컥해 돌아섰다. 왜 낯선 사람의 한마디에 눈물이 나는지 몰랐고 그가 누군 지는 더욱 몰랐다. 그저 자신과 나란한 자리에 선 남자도 우는 것 같 을 뿐이다. 함께 울어주는 사람이 있어 눈물은 제멋대로 흘렀고, 저 편에서 우는 듯한 남자는 낯선 사람이 아니라 수십 년 함께 지내온 사람 같았다. 디아나의 방에 들어와 함께 울고 있지 않는가.

"괜찮으십니까?"

애써 다스리지 않는 눈물은 흐를 만큼 흐르고 저절로 그친다. 남자 는 아직 그 자리에 있었다. 로즈의 눈물이 그치길 기다려준 것이다. 로즈는 수줍어져 웃었다.

"간밤에 잠을 설쳤더니 머릿속이 몽롱했어요. 어떤 생각이 나서 잠 깐 격해진 것 같고요. 이제 괜찮습니다. 고맙습니다. 영롱하다는 말 씀은 더욱 고맙고요."

"별말씀을요. 괜찮으시면 따뜻한 차 한 잔 드리고 싶습니다."

"고맙습니다만, 우선 차로 돌아가서 잠을 좀 자야겠어요. 여행 중 이라서 운전을 계속해야 하거든요."

일요일 오후 세 시에 빗줄기 속에 놓인 차 안에서라도 잘 수 있을 것 같았다. 그를 향해 인사를 한 로즈는 전시실을 나왔다. 로비 밖의 비는 들어올 때보다 거세다. 50미터 쯤 거리의 주차장까지 나갈 일이 난감하다. 젖고 싶지 않았다. 평생 젖은 길만 달려온 듯 젖기가 싫다. 로즈처럼 밖을 내다보고 있는 관람객이 대여섯 명은 되었다. 우산 없 이 미술관으로 들어왔다가 비에 갇힌 사람들이었다. 쌍쌍인 사람들 은 남자의 웃옷을 우산 삼아서 나가기도 한다. 전시실에서의 남자가 로즈 쪽으로 다가왔다. 그가 지팡이인 양 짚고 있는 우산이 꽤 커 보 인다.

"선생님, 저를 제 차 있는 데까지 데려다주시겠어요?"

고개를 끄덕인 그가 로비 밖으로 나서서 우산을 폈다. 로즈는 그의 우산 속으로 들어서 우산 든 그의 팔을 잡았다. 비가 들이치자 남자가 우산을 로즈 쪽으로 더 기울였다.

"신사다우시네요. 고맙습니다."

신사답다는 말이나 신사답지 못하다는 말, 숙녀답다거나 숙녀답지 못하다는 말은 오래전에 사어가 되다시피 한 형용사였다. 요즘은 그런 말 쓰는 사람이 드물었다. 로즈가 뒤늦게 그걸 느끼고 쑥스러워하는데 남자가 별말씀을요, 한다. 로즈는 자신의 낡은 차 쪽으로 그를 이끌었다.

"선생님 차는요?"

"저는 집이 가까워 걸어왔습니다."

"댁 앞까지 모셔다드릴게요."

"아니요, 걸어가도 괜찮을 만큼 가깝습니다."

"아까 따뜻한 차 한 잔 주신다고 하셨는데, 댁에서 주시겠다는 말씀이셨어요?"

"저는 이 학교에 근무하는 사람입니다. 아무 데서라도 차 한 잔 드릴 수 있겠기에 드린 말씀이었어요."

"댁에서는요?"

"물론 가능합니다."

"그럼 제 작품을 감상하신 값으로 가깝다는 댁에서 차 한 잔 주세요."

"작품이라면, 디아나 작가십니까? 그럼, 로즈 밀러 씨?"

"네. 여름 여행의 첫 목적지를 제 작품이 살고 있는 곳으로 정해서

왔습니다."

"몰라 뵀습니다. 타세요. 옷 다 젖겠습니다."

로즈를 운전석에 들여앉힌 남자가 차 앞을 돌아 조수석으로 들어 앉았다. 우산을 쓴 채 잠깐 움직였는데도 두 사람의 옷은 푹 젖었다. 소나기로 지나갈 비가 아니었다. 그가 길을 가리키는데 교문 쪽이 아니라 학교 안쪽이다. 그의 안내에 따라 다다른 곳은 학교 안 깊은 곳 소나무 숲 속에 있는 집이다. 현판에 승원당이라 쓰여 있었다. 남자는 적막에 감싸인 집 안으로 스스럼없이 들어갔다. 묵중하고 고풍스러운 분위기로 보아 일반 가정집은 아니다.

"어떻게 대학 안에 집이 있어요?"

"어지간한 사립대학들에는 교정 안에 사택들이 있기 마련이지요. 이 대학 안에는 캠퍼스로 수용되지 않은 집들도 몇 채 있는 걸요."

"이 댁엔 현재 선생님만 계시는 거예요?"

"그런 셈입니다. 집 지켜주면서 여름휴가를 보내고 있습니다. 차를 끓여올 테니 잠깐 기다려주세요."

"차 말고, 브랜디 있으면 스트레이트로 한 잔 주시겠어요?"

한 잔 얻어 마시고 나가 아무 데나 차를 세우고 자도 괜찮을 것 같았다. 불법 주차했다고 누군가 두드려댈 거리도 아니고 차 안에서 잠들었다가 숨 막혀 죽을 날씨도 아니지 않는가. 남자가 술을 가지러 사라졌다. 로즈는 유리벽 앞의 맨바닥에 앉았다. 널찍한 정원에 비안개가 서려 있는 게 내다보였다. 바깥의 안개가 머릿속에도 끼어 있었다. 유리에 이마를 대니 어지러이 눈이 감긴다.

아무래도 장맛비가 사람을 몽환 상태에 빠뜨린 듯했다. 고원영은 자신의 실없음에 쓰게 웃는다. 눈앞에서 주황빛의 나비가 한가하게 날고 있지 않은가. 에어컨이 가동되는 집 안에 무슨 나비가 있으랴. 젊은 여자의 웃옷자락에 새겨진 문양을 나비로 오해한 것이다. 간밤에도 그랬다.

홀로 뜰을 배회하는데 눈앞에서 나비가 날았다. 팔랑팔랑 날아온 나비 한 마리가 주황빛의 형광물질을 뿌리며 주변을 맴돌았다. 취기 때문인가 싶었지만 나비는 실제로 그의 눈앞에서 날갯짓을 하며 반딧불이 같은 빛을 뿌렸다. 그는 자신이 잠꼬대 같은 짓을 한다는 걸 알면서도 손을 뻗었다. 나비가 손등에 앉으려니 했는데 사라졌다. 환영이었다. 자정 넘은 시각의 정원에서 나비가 날아다닐 일이 무엇이랴. 환영을 향한 헛손질이었다.

지난겨울 제주도에서 아리와의 몇 시간 이후 제정신이 아니다 싶게 멍한 순간이 이따금 생겼다. 살을 섞지 않았음에도 섞은 것과 다름없었다. 그녀를 생각할 때마다 이미 살을 섞고, 쾌감을 느꼈다. 어떻게 그런 몽상이 가능한지가 궁금해 불쑥불쑥 앉은 자리가 불편했다. 그건 실체를 확인하고픈 욕망이었다. 하릴없는 욕심이라고 스스로를 자책할 때마다 닿을 수 없는 것에 대한 열망과 닿지 못한 절망이 노년에 접어든 그의 의식을 가라앉혔다. 이 나이에 무슨 망발인가. 수없이 자책해도 열망과 절망은 그네처럼 그를 흔들었다.

기껏해야 몇 분 사이인데 로즈 밀러는 정원으로 향한 유리벽 앞의 맨바닥에서 모로 누워 제 팔을 벤 채 잠이 들어 있었다. 헐렁한 웃옷에 반바지를 입었는데 드러난 종아리가 희고도 애잔하다. 간밤에 잠을 설쳤다더니 설친 정도가 아니라 아예 못 잤던가. 낯선 곳에 와서 추락하듯 잠든 여자는 망가진 인형처럼 쓸쓸하다. 전시장의 제 작품

앞에 와 울기까지의 며칠이 선연히 잡히는 성싶다. 고원영은 하릴없이 자신의 손에 들린 두 잔의 술을 홀로 마셨다.

한빈이 조형물을 보냈다기에 구경 갔다가 아들이 디아나를 구입한 연유를 알았다. 작품이 유아리를 닮아 있지 않은가. 유아리는 아들에게 어울리는 여자이거니와 이미 아들의 맘속에 든 여자였던 것이다. 그걸 처음부터 몰랐던 것도 아닌데 모른 척했던 자신이 부끄럽고 처량했다. 미술관에 찾아가 홀로 디아나를 보고 있을 때면 자신이 소리 내지 못하는 울음을 삼키는 것 같았다.

디아나는 그 옛날의 은복이었다. 또한 아리였다. 그 둘 사이 30년의 간극을 디아나가 품고 있었다. 그런 디아나를 빚은 로즈 밀러가 나비인 양 눈앞에 나타나 날개를 접고 비를 피하고 있었다. 서늘하면서도 나른한 분위기의 디아나는 유아리를 닮은 게 아니라 작가 자신을 닮았다. 고혹적이다. 어쨌든 고원영에 비하면 너무 젊은 여자였다. 어쩌자고 젊은 여자들한테 자꾸 시선이 가는지. 한숨을 쉰 그는 빈 잔을 들고 주방 쪽으로 향하다 그녀가 맨바닥에 누운 걸 의식했다. 베개와 홑이불을 내다가 여자의 머리 밑에 받쳐주고 덮어주고 나니 할 일이 없다.

빗방울이 유리벽 밖에서 춤을 춘다. 드센 비바람 속에서 정원등들이 빛을 마구 뿌려댄다. 시각을 가늠하기 어렵다. 전화기는 차 안에 있고 승원당이라는 이름의 집 거실에는 시계가 보이지 않는다. 남자는 소파에 반듯이 누워 잠들어 있다. 에어컨이 가동되는지 실내 공기가 서늘한데 남자는 아무것도 덮지 않은 채이다. 로즈는 자신이 덮었던 홑이불을 들고 그에게 다가들었다. 어스레하지만 그의 얼굴이 보이기는 했다. 나잇살이 붙지 않은 각진 턱과 옅은 눈썹, 얼굴선에 비해 뭉툭한 듯 느껴지는 코와 살짝 벌어진 입술. 고한빈을 닮았다. 고한빈이 그를 닮았다고 해야 맞을 터이다. 디아나가 이 대학의 미술관으로 온 연유가 그 때문이었다. 가슴이 설레는가 싶다가 가라앉는다. 고한빈의 아파트로 찾아가 그가 디아나를 추방해버리고 사라진 것을 알았을 때 분노하지 못했다. 서러웠을 뿐이다. 그때 참은 눈물을 미술관에 놓인 디아나 앞에서 비로소 흘렸는지도 몰랐다. 그 눈물을 통해 고한빈은 로즈 밀러와 무관해진 것 같았다. 그를 떠올릴 때마다 나뭇가지처럼 흔들리던 마음이 가만했다. 로즈가 이불을 덮어주자 남자가 돌아눕다가 눈을 떴다.

"잘 주무셨소?"

로즈는 일어나려는 남자를 가만히 제지하며 다가들었다. 쉬, 여기는 다른 세상이에요. 속삭이며 그의 입술에 키스했다. 지금이 밤인지 새벽인지는 알 수 없지만 그는 로즈를 자기 눈앞에 두고 고이 재운 남자였다. 로즈 밀러를 앞에 둔 채 건드리지 않고 잠든 남자는 이제껏 없었다.

"모처럼 아주 푹 잤어요. 안고 싶어요. 안아주세요."

"이, 이대로 괜찮겠소?"

괜찮냐고 묻는 남자가 또 있었다. 그 남자가, 앞서 그렇게 묻던 남자의 아버지였다. 현실인지 비현실인지 애매하고 몽롱하므로 이건 꿈일 것이다. 꿈이므로, 어느 순간 깰지 모르므로 지금은 하고 싶은 대로 해도 될 터였다. 로즈는 타고 앉은 남자의 입속 가득 혀를 밀어넣으면서 그의 손을 잡아 자신의 샅에 넣었다. 한편으로 그의 바지속으로 손을 넣어 그의 물건을 쥐었다. 그의 물건이 그녀의 손아귀에

서 서서히 일어나는데, 그의 손가락이 로즈의 샅 안쪽으로 더듬거리
며 들어왔다.

***

　로즈 밀러는 평생 못 잤던 사람처럼 잤다. 잠깐 일어나서 씻고 고
원영이 대령한 뭔가를 먹는 시늉을 하고는 그의 품을 파고들었다. 섹
스가 끝나면 몇 마디 주고받다가 또 자는 식이었다. 로즈가 자는 동
안 고원영은 거실이나 서재에서 책을 읽거나 뜰을 걸었다. 그녀가 깨
어나면 먹일 것을 궁리했고 승원당에 배속된 일꾼들이 집 안을 기웃
거리지 않도록 신경 썼다. 졸리면 자신의 침대에서 자고 있는 로즈
곁에 누웠고 그러면 그녀가 품으로 들어와 그를 안아주었다. 평생 동
안 그녀만큼 그를 속속들이 애무해준 여자는 없었다. 그 스스로 그렇
게 여자의 몸을 섬세하고 집요하게 애무한 적이 없었다. 여자 몸을
그렇게 세세하게 본 것도 처음이었다. 여자의 발가락 사이에 혀를 넣
거나 겨드랑이를 핥게 되리란 상상을 해보지 않은 채 평생 살아왔지
않은가.
　사흘 낮과 밤이 그렇게 지나가고 날이 밝았다. 로즈는 그의 품에서
뒤로 안긴 채 아직 자는 중이었다. 그는 그녀가 깰까봐 커튼 사이로
스며드는 아침만 바라보았다. 오늘까지가 로즈의 휴가라고 했다. 내
일 저녁에는 철원에 있는 기도원 벽화 작업장에 가야 한다고. 앞으로
두 달 동안 부활하는 예수를 그리게 될 거라고 했다.
　이제 로즈가 일어나면 움직일 터이다. 우연히 찾아든 파랑새가 날

개를 치며 떠나가는 것이다. 그 파랑새에게 둥지를 지어줄 힘이 그에게는 없었다. 그녀가 원하지도 않을 테지만 그 스스로도 그녀를 아무의 눈에도 띄지 않을 둥지에 앉히고 싶지 않았다. 그러니 어찌할 것인가. 고원영이 가만히 한숨을 내뱉는데 로즈의 팔이 굼지럭거렸다. 팔을 뻗으려다 말고 가만하다. 사흘 동안 내리 자고 일어나 여기가 어딘가 살피는 것인지도 모른다. 그동안의 일들이 한낱 꿈이었다고 여길 수도 있을 것이다.

"깨어 계시죠?"

로즈가 돌아보지 않은 채 물었다.

"깨 있소."

"저, 오늘쯤 서울로 가야 하는데 시간 괜찮으시면 저 데려다주실래요?"

"그리하리다."

"갈 때는 제 차로 움직이고요, 돌아오실 때는 비행기 어떠세요?"

"좋소."

"그럼 우리 김포공항 근처 호텔에서 하루 더 지내기로 해요."

"그럽시다. 헌데, 말이오. 한 가지 물어봐도 되오?"

"물으세요."

"당신은 창세원이라는 곳에 몇 달째 그림을 그리고 있고, 앞으로도 몇 달을 더 그릴 거라면서 그게 봉사 차원의 작업이라고 했잖소. 그렇게까지 하는 이유가 뭐요? 독실한 신자라서 그렇소?"

로즈가 소리 없이 몸으로 웃었다.

"제가 신자라서 그렇다면요? 기독교인 싫으세요?"

"어느 종교가 싫다 좋다, 나는 그런 생각을 해본 적이 없소. 하지만

당신이 독실한 신자라면 나도 공부를 해야 하지 않을까 싶어서 물은
거요."

"음, 대학 때 읽은 책인데요. 니체가 《이 사람을 보라》에다 쓴 말이
에요. '종교란 천민의 일이다. 종교적인 인간과 접촉한 다음에 나는
손을 씻어야 한다. 나는 신자를 원하지 않는다. 나는 나 자신을 믿기
에도 너무나 악의적인 인간이다.' 저는 대학 시절에 니체의 그 문구
에 공감했던 사람이에요. 니체가 어떤 선민의식을 가졌었는지, 종교
적인 인간들을 힌두교의 불가촉천민 취급을 했던 건지는 지금 잘 모
르겠지만, 저도 창세원에 종교적으로는 아무 애정 없어요. 한 목사한
테도 마찬가지고요."

"그런데?"

"이유를 말씀 드리면 서를 나쁜 여지로 여기고 달아나실지도 모르
는데요?"

"그렇더라도 말해봐요."

"창세원이라는 곳이 몇 달 전에 떠들썩한 일을 겪었다는 걸 아세
요?"

"언뜻 들은 것 같기는 하오."

"저는 창세원이 방송 사태를 겪기 전부터 알았어요. 처음부터 거
기가 새로운 세상으로 나아갈 방주가 될 거라고 믿는 사람들이 그렇
게 많다는 게 재미있었죠. 솔직히 그때 웃겼고 지금도 웃겨요. 그 안
에서 벌어지는 일들이 하늘의 뜻이겠어요? 하늘에서 이루어진 것 같
이 땅에서도 이루어지이다? 광신 아니면 정신착란에서 비롯된 인간
들의 행사죠. 인간 한유정의 의지의 실현이거나. 어쨌든 타는 불길에
기름을 끼얹으면 불구경이 더 볼만해지지 않겠어요? 그래서 하는 일

이에요. 교회와 하느님이 세상을 이끌고 나를 이끈다고 믿었던 제 어린 시절에 대한 앙갚음 같은 것이랄까요. 괜히 물었다 싶으시죠?"

로즈가 쿡쿡 웃더니 몸을 동그랗게 말았다. 아직 젊은 여자가 어떤 삶을 살았기에 이다지도 스스로에게 가혹해졌을까. 고원영은 안쓰러움에 로즈를 당겨 안는다. 이불 속에서 다사롭고 은은한 체취가 피어난다. 그녀의 손이 뒤로 오더니 그의 샅을 가만히 쥐어 제 샅 속에 넣는다. 그는 그녀의 하체를 끌어당겨 자신의 샅을 깊이 밀어넣었다. 하루 두세 번씩 그녀를 안을 때마다 매번 사출하는 건 아니었다. 사출하지 않은 채 누리는 쾌락이 몹시도 자극적이었고 다음 섹스를 가능하게 했다. 여자를 절정에 닿게 하되 스스로 절정을 애써 찾지 않으니 그 또한 절정이었다. 그걸 깨닫게 한 사람이 로즈였다. 그는 천천히 로즈를 위해 움직였다.

민소매의 은새 원피스 길이가 무릎에서 한 뼘쯤 올라갔고 은색 끈 구두의 굽 높이가 15센티미터는 될 것 같다. 긴 머리에 컬을 넣어 어깨에 늘어뜨렸고 손목에 붉은 보석이 박힌 은팔찌를 꼈다. 한 손에 보석함 같은 붉은 클러치 하나 쥐고 강지안 박사와 손잡고 대문을 나온 아리가 재엽을 보고는 활짝 웃는다. 아리는 연극 관람이 아니라 아버지 손을 잡고 결혼식장에 입장하는 여자 같다.

강 박사와 아리는 최산호 선생 장례 때 상주와 조문객으로 봤으되 환자와 주치의로는 10년 만에 만났다. 재엽이 한 시간 전 아리에게 곧 데리러 간다고 전화했을 때 알게 된 상황이었다. 아리가 강 박사에게 집으로 와주십사고 청한 것 같았다.

강 박사가 아리 손을 재엽에게 쥐어주었다.

"재작년에 사놓고 처음 신어보는 구두라고 하대. 어른들께서, 그런 신 신고 다니다간 발 접질린다고 걱정하시는데도 기어이 신겠다니

발목 삐지 않도록, 아니 펄펄 날아가지 않도록 잘 붙들고 다니게나."

짐 덩이 넘기듯 아리를 넘긴 강 박사가 도리질을 한 뒤 차에 올라 골목을 나갔다. 강 박사에 의하면 티알피로서의 아리는 밝은 쪽이라고도 어두운 쪽이라고도 단언하기 어렵다고 했다. 그건 로즈 밀러도 마찬가지일 것이라고. 티알피들의 음양의 편차가 두드러지게 나타나는 것 같다는 채경문 박사의 분석은 결과론적인 것이라 아직 두 사람에게 적용할 수 없을 것 같다고. 재엽이 느끼기에도 그랬다. 유아리는 태양열 전등 같았다. 낮에 전등 모형으로만 있다가 어두워지면 낮에 저장했던 빛을 내뿜는 전등. 로즈 밀러도 그럴 것 같았다. 각자 빛을 내는 시간은 다를지라도 두 사람의 속성은 비슷하지 않을까. 아리에 대한 감정이 깊어질수록 재엽이 로즈를 생각하는 횟수도 많아졌다.

재엽은 아리를 차에 들여앉히곤 운전석에 올랐다.

"할머니 장례 때 말고 당신 재킷 입은 거 처음 봐. 멋져요."

"멋지다니 앞으로 자주 입어야겠군."

재엽이 상의를 벗어 뒷자리로 넘겼다. 셔츠 단추도 하나 더 풀고는 에어컨 온도를 낮춘다. 다섯 시에 시작하는 공연에 맞춰 아리를 데리러 온 참이라 아직 더웠다.

"나 안 예뻐요?"

기껏 차려입고 나왔는데 예쁘다고 해주지 않으니 제가 물어온다. 사람 많은데 나서는 걸 무서워하는 사람이 누구라도 돌아보게 생긴 차림으로 나온 게 재엽은 마땅치 않았다. 이럴 때 보면 생각이라곤 없는 여자 같았다. 이해는 했다. 아리는 연극 구경이 처음이라 했다. 더구나 제 소설이 연극이 되어 공연되는 날이었다.

"예뻐."

"예쁜데 왜 예쁘다고 안 하고 뚱한 얼굴이야?"

창세원 사태 이후 몇 차례 미행을 느꼈다. 미행하던 놈의 신상을 파악했더니 창세유통 직원이었다. '365 코리아'의 수석 피디 양세현한테도 같은 놈이 따라다닌 적이 있다는 이야길 들었다. 한 번만 더 걸리면 붙들어 사지를 찢어놓으려 작정했더니 제가 들킨 걸 눈치챘던지 사라졌다. 다시 미행은 없었지만 늘 뒤가 밟혔다. 아리에게 오고갈 때는 특히나 뒤를 살피는 버릇이 생겼다.

"오늘 박사님하고 무슨 이야기 나눴어?"

"내가 로즈 밀러와 이분화환인이라는 걸 알게 된 뒤에 내 주변 사람들은 모조리 그이를 숨기잖아. 첨부터 아예 그이가 없다면 모를까 그이는 나처럼, 아니 나보다 일찍 태어나 존재해. 이미 있는 그이가 없어지길 바란다고 없어실 리 없고, 차라리 그이를 만나면 어떨까 싶어서 당신이나 해인 씨한테 졸라도 들은 척을 안 하지. 그래서 박사님한테 오셔달라고 했는데, 로즈 밀러에 대해 모른다고 시치미 뚝 떼셨어. 그러면서 때가 되면 모든 일은 저절로 풀리게 된다고, 억지로는 아무것도 하지 말라고 하셨고. 근데, 당신은 왜 뚱하냐고."

재엽은 대답 대신 아리에게 몸을 기울여 키스했다. 그녀가 도리질하며 그를 밀어냈다. 그는 밀려나지 않고 그녀의 입을 열고 마주 나오지 않는 혀를 감아낸다. 혀가 엉키니 아랫도리가 준동한다. 온몸의 세포가 아우성을 치며 달아오른다. 아리가 상을 당하고 나서 두 달 가까이 안지 못한 탓이었다. 막다른 골목 안쪽이라고는 하나 해가 번한 오후에 제 집 대문 앞에서 달아오른 남자를 느낀 아리가 미쳤냐는 듯 그를 밀어냈다. 재엽이 밀리지 않으니 등을 팡팡 쳤다. 그는 손을 뻗어 운전석을 뒤로 한껏 밀어내곤 아리를 끌어 당겼다.

"5분만 안자. 그동안은 아무도 안 나타날 거야. 정말이야. 약속해."

"경찰이 백주에 주택가 골목에서 문란한 짓을 해도 돼?"

"내가 경찰인지 누가 알겠어. 잘해야 불량 남자로 보겠지."

"참 나. 스릴은 있네."

종알대면서도 아리는 신을 벗고 제 속바지와 팬티를 걷어낸다. 그가 바지며 속옷을 끌어내리는 새에 그녀가 재엽 앞으로 옮겨 앉았다. 전희 없이도 핀트가 맞는 순간 아리가 몽롱해진 눈을 크게 뜬다. 재엽이 키스하려니 도리질했다.

"아니, 아니. 지금 완벽해. 이대로 가만히 당신 쳐다볼래."

"쳐다보는 건 유아리 씨, 이따 밤에 해. 밤새 안고 쳐다봐줄게. 지금은 움직여주라. 누가 나올지 모르잖아. 응?"

흐응. 콧소리를 낸 아리가 눈을 감으면서 서서히 움직였다. 몸은 서서히 움직이는데 그녀의 몸속에서는 금세 반응이 왔다. 그녀의 세포들이 밧줄을 매는 듯 재엽을 옭아맸다. 재엽이 비명을 삼키며 아리를 그러안고 입술을 비볐다. 입술 속에서 아리의 절정이 느껴진 순간 그녀 몸 깊은 곳에 다다른 재엽이 몸을 떨며 사출했다.

***

극단 원형이 올해 세 번째 작품으로 올린 '꽃이 피었네'의 무대는 만화방이고 용추가 주인공이다. 원작의 배경이 70년대 시골 읍내인데 비해 연극의 무대는 2000년대 초반, 서울 위성 도시의 외곽쯤으로 설정되었다.

똑똑똑. 누구십니까. 손님입니다. 들어오세요. 문 따주세요……

동요 메들리가 반복되는 와중에 의붓아비에게 성폭행을 당하는 어린 미주의 모습이 실루엣인 양 그려진다. 장면이 이동하고 미주는 만화방에 와 있다. 아이들은 동요에 익숙한 듯 박자 맞춰 고개를 흔들거나 노래를 따라 부른다. 아무 곳에나 앉거나 엎드려 만화를 보거나 오락기 앞에서 희희낙락인 아이들의 입에는 먹을거리가 물려 있다.

유리로 된 용추의 방은 아이들의 공간을 내려다볼 수 있게 높지막하고 뭐든지 1,000원씩인 아이들의 먹을거리는 그 방 창에 보란 듯 전시되어 있다. 그 유리방으로 미주가 들어가 문을 닫으면 그곳은 먹을거리들로 벽을 두른 은밀한 공간으로 변한다. 미주를 만지는 용추의 조심스러운 표정에는 희열이 응결되어 있다. 미주는 용추에게 제 몸을 맡긴 채 과자를 먹고 음료수를 마신다. 용추 뒤쪽으로 넓은 창이 있으며 밤이라 창밖이 어둡다.

여우야 여우야 뭐하니, 잠잔다, 잠꾸러기.

동요가 소리를 낮춘 채 느린 박자로 흐른다. 막이 바뀌어 제법 성숙한 티가 나는 미주가 유리방 안으로 고개를 들이밀고 몸을 꼬며 말한다. 아저씨, 저 김밥하고 콜라 한 개 더 먹으면 안 돼요? 용추가 신문을 읽는 체하면서 짐짓 심상하게 말 인심을 베푼다. 왜 안 돼. 얼마든지 가져다 먹으려무나. 미주가 다시 여우처럼 말한다. 근데 아저씨 저 친구랑 같이 왔는데요, 지금 돈이 없어요. 미주가 유리벽에 얼굴을 비비면서 눈웃음을 흘리자 용추는 문을 닫고 들어오라 한다.

어디 그럼 꽃이 얼마 컸나 볼거나? 용추는 신문지를 내려놓고 아이를 끌어당겨 미주의 상의 속으로 손을 넣는다. 제법 컸는걸. 미주가 간지럽다는 듯이 몸을 비틀며 까르륵거린다.

　박신의가 자신보다 스무 살 이상 높은 용추 역할을 하느라 몸을 불렸듯 여주인공 양나래는 제 나이보다 열 살 이하의 미주 역할을 위해 원래 가냘픈 몸피를 더 줄였다. 나래와 신의는 성추행의 수위를 높여가며 연기를 해나갔다.

　마지막 장이었다. 원작에 의하면 미주는 열세 살쯤의 여중 1학년이 됐다. 동요는 더 이상 나오지 않는다. 만화방에서 미주는 울고 있으면서도 흘낏흘낏 용추가 출근하기를 기다리는 눈치다. 용추가 한층 더 젊어진 모습으로 나타나자 미주는 익숙한 모습으로 칸막이 방으로 들어간다.

　오랜만에 왔구나, 우리 미주. 그런데 혼자 왔어? 지난번 그 아이는?

　용추의 물음에 미주는 문을 닫고는 용추의 무릎으로 올라앉는다. 용추는 고개를 들어 칸막이 방 바깥을 한번 내다보고는 아이를 떼어내 서슴없이 머리를 내리누른다. 늙은 성기를 아이 입속에다 밀어넣고 있는 상황이지만 객석에서 그것까지 보이지는 않는다. 용추가 너무 커버린 아이들을 떼어내기 직전에 하는 짓이었다. 객석에서 아이의 모습은 보이지 않고 좀처럼 절정에 이르지 못하는 용추의 표정만 보인다. 그리고 미주를 일으켜 세우는데 아이는 손으로 제 입술을 닦으며 용추의 눈치를 살핀다.

　귀여운 우리 미주. 꽃이 피었구나, 이제. 다 피었어. 자, 먹고 싶은 거 실컷 골라라.

　꽃이 피었다 말하는 그의 표정에 실망과 권태와 싫증이 기묘하게 서려 있다. 미주는 컵라면과 이온 음료를 고르면서도 그의 표정이 예사롭지 않은 걸 느끼고 주춤주춤 밖으로 나간다.

　우리 집에 왜 왔니, 왜 왔니. 꽃 찾으러 왔단다 왔단다.

다시 동요 메들리가 울리는 마지막 장면에서 용추가 쓰다듬고 있는 아이는 미주보다 네댓 살은 어려 보이는 계집아이다. 아이를 등 뒤에서 안고 한 손은 아이 가슴팍에, 한 손은 제 아랫도리에 넣고 있던 용추가 후다닥 아이를 밀쳐내곤 일어나 바깥을 살핀다. 만화방으로 미주가 들어오고 그 뒤를 정복의 경찰 둘이 따르고 있다. 미주의 손가락이 칸막이 안의 용추를 가리키고 그의 시선은 자신의 등 뒤 창으로 향하는데 동요는 계속된다.

죽었니, 살았니. 살았다. 똑똑똑 누구십니까. 손님입니다.

암전과 함께 동요가 뚝 끊겼다. 개막 공연이 끝난 극장 안이 잠깐 동안 아무도 없는 듯 정적에 휩싸였다. 끔찍한 것들을 보고 난 인간들의 서늘한 고요였다. 몇 초 뒤에야 연극이 끝난 걸 의식한 객석에서 박수가 일기 시작하고 무대가 한 부분씩 밝아졌다. 만화방 손님으로 드나들던 어린 배우들부터 입장했다. 박수 소리가 점점 높아지다 주인공들과 연출자가 나오자 폭포 소리처럼 울린다. 기립 박수란 분위기를 타기 마련이었다. 기립이 시작되자 관객들이 우후죽순처럼 일어났다. 객석이 만원이었다. 소극장이 아니라 300여 석의 중간 규모 극장을 모험하듯 대관해 벌인 개막 공연이 성공한 셈이었다.

재엽은 극장 안을 다시 둘러보며 일어섰다. 로즈 밀러는 나타나지 않은 것 같았다. 혹시 그녀가 공연에 오지 않을까. 기대하면서도 한편으로는 걱정했는데 보이지 않는다. 보이지 않는 그녀 때문에 재엽은 마음이 불편했다. 배우들과 뒤풀이를 하러 갈 해인 일행이며 도민섭을 향해 먼저 나가노라 신호한 재엽은 아리를 감싸 안고 극장을 나섰다. 꽤 긴장했던가 아리가 비로소 후우, 숨을 내쉰다.

토요일 밤 대학로의 인파도 극장 안 못지않았다. 재엽은 서둘러 주차장으로 향했다. 수십 생 동안 한반도에서만 산 것 같다는 아리는 제 평생 한국에서 전철을 타보지 못했고 버스도 못 탔다. 택시도 혼자서는 타지 않았다. 스스로를 불구로 여긴다는 그녀의 말은 진담이고 사실이었다. 어쩌다 나간 외국에서는 한결 자유롭다고 했다. 회귀의 위험이 덜하기 때문이었다. 한국에서 태어나 미국 사람으로 자라난 로즈 밀러는 어땠을까. 그 사람도 아리처럼 회귀를 매번 그렇게 온몸으로 겪었을까. 아리처럼 평생 누군가로부터 보호받으며 살 수 있는 형편도 못 되었을 그 사람의 회귀는 어떻게 다스려졌을까. 재엽은 아리를 차에 들여앉히며 로즈가 살아온 날에 대해 생각했다.

"아리 씨, 어디 아파? 혹시 회귀가 있었어?"

"아니."

"그런데 어째 그렇게 가라앉았어?"

"내가 기억하는 내 생들 중에서 김부전이 가장 장수했어."

뚱딴지같은 소리다.

"요즘 가끔 부전만큼 오래 살지 못할 것 같다는 생각을 해. 너무 오래 살았다는 생각."

"뭐?"

"기억하는 전생들을 동시에 다 살고 있는 것 같을 때가 있고, 유아리가 이미 전생 속에서 사는 것 같을 때도 있어."

"당신 기억이 재현된 연극 때문일 거야. 당신이 써온, 쓰고 있는 소설들 때문이기도 할 거고. 그렇지만 당신은 지금 유아리로서만 사는 게 맞아."

"언젠가 신문에서 한 영화배우의 인터뷰 기사를 읽었는데 그때 그 배우가, 자신이 연기했던 인물들의 잔상이 자신에게 남아 괴롭다고 했어. 연극을 보는 동안 그 배우 말이 떠올랐어. 난 나한테 떠올라 나를 짓누르는 기억들을 글로 풀어버리고 나면 가벼워진다고 여겼어. 실제 그랬던 것 같고. 하지만 아까 연극 볼 때, 내가 가벼워졌다고 여겼던 게 착각이었다는 걸 알게 됐어. 내가 내 짐을 다른 사람들한테 고스란히 전가하고 있다는 거, 그러고도 나한테는 또 잔상이 그대로 배어 있다는 걸."

"그건 모든 창작자들의 감당해야 할 몫이지. 그게 없으면 어떻게 창작을 해. 아리 씨만의 문제라고 생각하지 말아."

아리가 왼손 엄지손톱을 물어뜯었다. 생각에 잠기면 손톱 물어뜯는 버릇이 있다는 걸 최근에 발견했다. 재엽이 손을 뻗어 그녀 입에 물린 손을 잡아쥐었다.

"죄 없는 손톱 벌주시 말고 아무 밀이나 해. 배역의 잔상에 대해 말하던 참이었잖아."

《꽃이 피었네》에서, 용추의 본래 이름은 용복인가 그랬고 미주는 미자였어. 미자는 은복이 친구였고. 중학교 1학년 때 미자가 은복이한테 용복이 영감 이야기를 해줬어. 이름 외에는 소설과 비슷해. 미자가 담임선생한테 일러 경찰이 등장하고 용복이 자살하는 장면부터 다르지. 실제 미자와 은복이는 그러지 않았거든. 미자나 은복이는 그게 자랑스러운 일은 아닐지라도 담임선생이나 경찰한테 가서 일러야 하는 일인 줄도 몰랐어. 은복이는 미자한테 이제 만화방 따위 가지 말라고, 집에 못 갈 때는 우리 집으로 오라고 하면서 꽁무니를 빼. 미자는, 용복이한테서 밀려난 뒤 용복이가 새로 건드리는 아이의 부모를 찾아가. 영감이 하는 짓을 말해서 아이를 떼어놓고, 자기가 계속 그 자리를 차지하고 싶었던 거야. 결과적으로 영감이 한 짓이 읍내에

짜하게 알려졌고 만화방은 문을 닫았어. 용복이는 달아났고. 그 와중에 미자가 영감으로부터 몇 년간 추행당해온 사실이 소문났지. 그때는 성추행이니 성폭행이니 하는 말도 없었던 것 같아. 더러운 계집애라는 말만 난무했어. 머리에 피도 안 마른 년이 까져서 꼬리를 치고 다녔다는 소리들도 많았고. 미자는 학교에 나올 수가 없게 됐고, 새아버지한테 너무 맞아 바보가 됐다더니 보이지 않았어."

"계속해. 그래서 자기 전생들만으로도 머리가 터지는 당신이 미자 이야기를 《꽃이 피었네》로 쓰려고 마음먹은 계기는 뭐야."

천지에서 성폭행과 성추행과 성희롱이라는 낱말이 범람하는 요즘도 가해자의 열 명 중 네 명꼴로는 혐의 없음으로 풀려났다. 70년대 초반이야 말해 무엇하겠는가. 미자의 일생이 눈앞인 듯 선연했다.

"광주 집에 있을 때 할머니하고 화순의 어느 팥죽집이 유명하다고 해서 간 적이 있어. 스물두 살 때였나. 주인한테, 누가 쑤는 죽이냐고 물었더니 주방 아줌마가 쑨댔어. 죽을 어떻게 쑤는지 구경하려 주방으로 들어가게 됐고, 거기서 미자를 본 거야. 은복이가 1980년에 죽고 이태 뒤에 아리가 태어나 스물두 살이었으니까 그 무렵 미자는 마흔너덧 살이나 됐을 텐데, 환갑도 넘어 보였어. 말이 어눌했고. 물론 알은체하지 못했어. 세 번 더 갔는데, 마지막 갔을 때, 미자가 교통사고로 죽었대. 미자는 가겟방에서 기거했는데, 한밤중에 가게 앞 도로를 배회했던 모양이야. 그래서 쓰게 됐어. 미자를 위해서. 또 나를 위해서. 쓰고 나서 미자로부터 벗어났다고 생각했는데, 아니야. 어린 미자가 되살아난 것 같아. 이제부터 그 친구가 수십 년의 그 삶을 같은 양상으로 반복하게 될 것 같고."

아리는 제 몸속에 《천일야화》를 담고 있었다. 세헤라자데처럼 이

야기를 해야만 목숨을 부지하는 것은 같되 아리의 이야기 속 주인공
은 모두 그 자신이었다.

"미자를 위해서 다른 양상의 길을 열었잖아. 언젠가 미자가 다시
태어난다면 알게 될 거야. 그 옛날의 은복이 유아리로 태어나 《꽃이
피었네》를 통해 미자한테 다른 삶을 살게 했다는 걸. 그렇게 생각해."

집 앞이었다. 할아버지의 차와 아리의 차가 서 있었다. 재엽은 아
리 차 꽁무니에 차를 세우곤 나와 주변을 살폈다. 미행이 없는 건 이
미 알고 있었다. 함께 두리번거리던 아리가 물었다.

"왜?"

"당신이 너무 예쁘니 누가 따라 오지 않았나 싶어서. 그래서 하는
말인데, 결혼합시다."

"아이참. 무슨 결혼을 만날 하게?"

"우리 만난 날은 거의 못 헤어지잖아. 외할머님 생전에 나는 가는
척, 당신은 나 배웅하는 척 어른 모르시게 둘이 도둑잠 자기 일쑤였
지. 할머님도 어쩌면 눈치채셨으면서도 눈감아주시느라 맘 고생하셨
을 거야. 이제, 조부모님들은 손녀 홀로 두고 못 내려가실 테니, 앞으
로는 그분들한테도 그럴 게 뻔하고. 그러느니 합쳐 살자는 거지. 합
시다, 결혼."

"진담이야?"

"진담이야."

"난 아직 회귀도 끝나지 않았어."

"그건 나도 마찬가지지."

"그럼 내년 봄쯤에 해. 신중하게 생각해본 담에."

내년 봄까지 기다리려 꺼낸 말이 아니었다. 고한빈이 한 달 전쯤

뉴욕에 갔다. 8월 말경에 돌아온다고 했다. 재엽은 그와 경쟁하고 싶지 않았다. 고한빈은 그의 배경 때문이 아니라 그 스스로 막강한 경쟁자였다. 재엽이 믿을 거라곤 아리의 외할머니가 자신의 죽음을 손재엽에게 제일 먼저 예고했다는 것뿐이었다.

"신중은 그만 됐고, 내년에 할 수 있는 거 지금 해도 괜찮겠지. 합시다, 결혼. 당신은 나 안 필요해?"

그의 말에 아리가 간지러운 듯 몸을 흔들며 웃었다.

"내년쯤이 아니라 당장 하자고?"

"당장 해."

"그럼 해. 일단 들어오시고. 결혼하려면 할아버지 할머니 뵙고 허락을 받아야지."

돌아선 아리가 대문 비밀번호를 눌렀다. 철커덕 자물쇠가 풀렸다. 아리가 대문 안으로 쏙 들어갔다. 어리둥절해진 재엽은 잠시 서 있었다. 싫다고 할 걸 각오한 청혼인데 하루 여행 가자는 청에 동의하듯 수락했다. 대문은 아직 열린 채이다. 닫으면 잠기는 문이었다. 잠겨도 손재엽은 열 수 있는 문이기도 했다. 팔팔구팔, 태어나 6년을 채 못 살고 세상을 떠난 유아침의 생일이라던가. 살아 있다면 스물세 살, 대학생쯤일 아이였다. 그러고 보니 아리는 몇 달 전에 이미 제 집 비밀번호를 재엽에게 알려주었다. 밤에 도둑놈처럼 들어오라고, 들어와 저를 안으라고 가르쳐준 번호였다. 참 나! 뇌까린 재엽은 안으로 들어섰다. 턱, 터더덕, 철컥. 뒤에서 문 잠기는 소리가 자못 완강하다.

특수경찰청 강당에서 이루어진 유아리와 손재엽의 결혼식은 간소하면서도 엄숙했다. 둘의 결혼식을 보는 동안 해인은 내내 눈물을 질금질금 흘렸다. 전생의 세 여자가 부초처럼 떠다니다 마침내 뿌리를 내린 기분이라고나 할까. 큰 숙제를 마친 듯 시원하면서도 셋이 뭉쳐 있다가 홀로 떨어져 나온 것처럼 섭섭하고 디딘 땅이 움푹 꺼진 양 어지럽기도 했다. 그들은 신혼여행을 경주로 떠났다. 불국사 대웅전 마당에서 매미 소리를 듣기 위해서라던가. 경주를 둘러본 뒤에는 광주로 갈 거라고 했다. 조부모가 청운동에 와 계시는 바람에 비어 있는 추선재에서 며칠 머물 거라고.

"석해인 씨. 당신 얼굴이 아들딸 시집 장가 보내는 엄마 같다는 거 알아?"

'꽃이 피었네'의 마지막 공연이 있는 날이었다. 한 달 동안 매회 매진을 기록했던 '꽃이 피었네'는 대관 일정이 끝나는 오늘 일단 막을 내렸다가 한 달 뒤 다른 극장에서 재공연을 시작하기로 했다.

"우리 엄마는 언니들 시집보낼 때마다 좋아서 입을 다물지 못하시던 걸, 뭐."

"당신 얼굴도 비슷했다니까. 눈물은 연신 닦아대지만 얼굴은 웃고 있는."

해인은 박신의의 오피스텔 앞에 차를 댔다. 이제 그는 옷을 갈아입고 공연을 하러 가야 했다. 요즘 해인은 박신의의 매니저 같은 느낌이 일 때가 종종 있었다. 그때마다 기분이 썩 괜찮았다. 방에 들어서자마자 박신의가 해인을 끌어안았다. 그는 '꽃이 피었네'에서 소아성애자 역할을 하는 탓에 공연이 끝난 밤마다 해인을 안으려 들었다.

"공연하러 나가야 하는데 미리 기운 빼면 돼?"

"바른 섹스로 미리 심신을 달래는 것도 좋겠지. 그래야 이따 또 나쁜 짓을 잘할 거 아니냐고. 분장실 거울 앞에서 용추가 되어가는 내 얼굴 볼 때 가끔 아리 씨가 떠올라. 그 사람 머릿속, 몸 안에는 대체 어떤 사람들이 얼마나 들어 있는 걸까 하고."

"난 용추인 당신 볼 때마다 저 남자랑 다신 섹스 못 할 거 같다고 여기잖아. 징그러워서 몸서리를 친다니까."

"칭찬이네. 고마워. 우선은 좀 안자. 응?"

서로를 배려하되 눈치 보지 않고, 즐긴 뒤 후회가 남지 않는 관계에서 가능한 게 바른 섹스인지도 모른다. 박신의가 그런 상대였다. 한바탕 짙게 어울리고 나면 몇 킬로미터쯤 달리기를 한 듯 숨이 가쁘면서도 상쾌했다.

"해인 씨, 우리도 결혼하면 어떨까?"

땀에 젖은 몸들을 씻고 나와 나갈 채비를 하던 그가 농담인 양 물었다.

"갑자기 왜?"

"당신이 예쁘고, 같이 있는 게 좋고, 오늘 그 사람들 결혼하는 거 보니까 결혼이 그리 어려운 것 같지 않고."

"농담이야, 진담이야?"

"낼모레면 마흔인데 결혼을 농담처럼 말하겠어? 기약 없는 시간 강사에 무명 연극배우, 수입이 형편없긴 하지만 나하고 살아볼 테야?"

"당신 이제 무명 배우는 아니지. 한 달 사이에 대학로가 배출한 스타가 됐잖아."

사실이 그랬다. 이제 박신의는 심각한 내용의 정극으로 매회 매진을 기록한 연극의 주인공이자 극작가였다.

"그 덕에 결혼하자는 말이나마 할 수 있게 된 거지."

해인은 쉽게 결혼할 수 있는 처지가 아닌 데다 결혼하고 싶은 상대를 만나지 못했을 뿐 결혼하지 않겠다는 생각은 해본 적이 없었다. 그렇다고 당장 결혼하고 싶은 것도 아니다.

"나, 환인이라고 했잖아."

"당신 전생에서 우린 꼬인 거 없다며. 그러니 된 거 아냐. 당신하고 같이 살고 싶어."

"나도 그렇긴 해. 신기하리만큼 당신이 편하고 섹시해. 그렇지만 먼저 물을게. 환인에 대해 알아?"

"당신이 환인이고 로즈 씨, 재엽 씨, 아리 씨가 환인이잖아. 친구이면서 가족같이 지내는 사람들이지. 그럴 수 있는 건 서로의 고통을 안다는 뜻일 테고 환인끼리의 그런 연민을 환인 아닌 사람들에게도 갖겠지. 어쩌면 보통 사람들이 갖는 인간에 대한 이해보다 더 깊이 이해하지 않을까 싶고. 내가 당신을 통해 알게 된 환인은 이만큼이야. 물론 회귀를 겪을 때 때로 통증에 시달린다는 것도 들어서만 알고. 당신하고 살면서 배워야겠지. 당장은 한 가지만 말해줘. 당신이 느끼기에 환인하고 환인 아닌 사람하고 가장 다른 점은 뭔 거 같아?"

해인은 대답 대신 시각을 살피고는 그를 재촉해 집을 나섰다. 차를 출발시키면서 해인이 물었다.

"신의 씨는 당신 삶 이후에 대해 어떻게 생각해?"

"삶을 생각하기도 바쁜데 삶 이후? 생각 안 해본 거 같은데?"

"또 삶이 있을 거라고 믿어?"

"그것도 생각 안 해봤어. 대개의 종교가 윤회설에 대해 말하고 있는 것 같기는 하지만, 난 종교를 가진 적이 없어선지 그쪽에 대해서도 무관심했어. 죽으면 끝나는 거 아닌가 싶거든. 그랬으면 좋겠고."

"대개 그렇겠지. 그런데 환인들은 종교와 상관없이 차생이 당연한 사람들이야. 내 생각에 환인과 일반인의 가장 다른 점이 그거야. 차생이 있다는 걸 배워서 믿기도 하는 게 아니라 당연하게 여기는 거. 지금 이 순간을 못 믿는 것 같달까. 그러다보니 발생하는 문제가 현재의 삶, 현생에서 가질 수 있는 삶에 대한 두려움이랄까, 그런 게 일반인에 비해 적지 않은가 싶어. 현재의 삶에 부여하는 의미도 그만큼 적은 것 같고. 더구나 회귀에 따른 고통들이 현생의 삶을 부정적으로 느끼게 하기 십상이라서 막 나가는 경우가 왕왕 생기고. 환인마다 자기 기억을 해결하는 방법은 제각각이지만 일반인들이 환인들을 경원시할 만한 사건들이 발생하는 거고."

"그건 환인들만의 문제가 아니지. 사람은 다 각각의 선택에 의해 자기 삶의 방식을 결정하잖아. 말 나온 김에 한 가지만 더 물어볼게.

일부 환인들이 저지르는 걸로 알려진 회귀 살인이라는 거 말야. 그건 어떻게 되는 거 같아? 당신도 혹시 살의를 느낄 만한 전생의 상대를 만난 적이 있어?"

중학교에 입학한 직후였다. 체육 교사로 나타난 그는 김한주의 생에서 시어미였다. 집안에 하인이 여섯 명이고 그중 셋이 부엌 일꾼이었음에도 여학교를 졸업한 며느리에게 날마다 절구 방아를 찧게 하던 여인. 글공부한 신여성들을 싸잡아 화냥년으로 몰아붙이던 그이는 며느리가 글 한 줄 읽는 꼴을 보아내지 못했다. 바깥에 기생첩을 두고 다니던 남편보다 더 견디기 힘들었던 그이는 알고 보니 문맹이었다. 한주가 시집살이를 견디지 못하게 한 결정적인 인물이 그이였다. 그랬던 시어미가 남자로 체육 선생으로 나타났을 때 해인은 쓰러졌고 양호실에서 깨어났다.

"있었어. 그렇지만 전생의 그이가 나를 직접 죽인 건 아니었어. 그때의 그이는 내가 견딜 수 없을 만큼 야멸쳤지만 그 시대 사람들은 보통이라고 여길 만한 사람이었을 거야. 그 사람뿐만 아니라 그 시대 사람들의 사고방식을 견디지 못하고 펄펄 날뛰었던 건 오히려 나였어. 회귀 살인에 대해 물었지? 어쩌면 근본적인 것이겠지만 환인의 가장 큰 불행은 전생의 가장 나쁜 기억, 가장 아픈 기억으로 회귀한다는 걸 거야. 환인이 회귀 살인을 하는 경우는, 전생에 나나 내 가족을 죽이거나 죽기보다 힘들게 한 상대와 맞닥뜨렸을 때인 거 같대. 같다고 하는 건 내가 회귀 살인을 할 만한 상대를 만나지 않았기 때문이야. 환생, 회귀는 전생의 결핍 때문에 생긴다는데 전생의 나는 꽤 오래 살았기 때문에 젊은 날의 미칠 것 같던 열화 혹은 결핍을 거의 다스리고 마감한 것 같거든. 내가 왜 회귀했는지 알 수 없어. 아무

튼 환인이 소위 말하는 원수를 알아보고 난 다음에는 그를 놔두고는
자신의 삶을 견딜 수 없는 모양이야. 한 하늘을 이고는 숨 쉴 수가 없
는 거지. 그를 죽이지 않고는 내가 살 수가 없으니까, 그를 죽이거나
나를 죽이거나 하는 것 같아. 대개 그를 죽이면서 나도 살인자가 되
어버리기 때문에 결국 스스로를 죽이는 거지. 그러다보니 회귀 살인
범들은 지능범이 되는 거야. 충동적인 경우도 거의 없대. 몇 년씩 또
는 평생에 걸쳐서 상대를 없앨 방법을 주도면밀하게 연구하는 거야.
환인이 무섭다는 말이 그 때문에 퍼져 있는 거지."

"이 삶 이후의 삶이 있을 걸 아는데, 내가 죽인 그가 다음 생에 나
를 원수로 삼아 태어날 걸 걱정하지는 않나?"

"거기까지 생각하는 사람이라면 살인하는 대신 종교에 귀의하겠
지. 그래서 환인들 중에는 종교인이 많잖아. 종교들이 거의 윤회 사
상을 가진 것도 그 때문이고. 아무튼 난 전생의 한 시절 시어머니였
던 사람을 만나 회귀했는데, 내가 입학한 중학교의 남자 체육 교사였
어. 최소한 수업 시간에는 그 사람을 봐야 하는데 난 그 사람이 너무
미워 도저히 볼 수가 없었어. 죽이고 싶다는 생각은 못했지만 그 사
람을 보지 않을 방법은 찾아야 했어. 내가 살 방법 말야. 여중 1학년
때, 나는 체육 시간마다 양호실에 누워 있었어. 비가 내려 교실에서
체육 시간을 때워야 하는 날이면 아예 학교를 가지 않았고. 그 해에
내가 1등으로 입학한 아이였거든. 선생님들이 나를 많이 봐줬어."

"공부를 그렇게 잘했어?"

"전생에 익힌 걸 다시 배웠으니 당연한 거였지만 산골에서 태어
난 계집아이가 그 모양이었으니 우리 엄마 아버지가 얼마나 놀라셨
겠어. 그냥 희한하게 머리가 좋은 아이였을 뿐 환인이라는 걸 아무도

몰랐거든. 어쨌든 그 학교 계속 다니면 죽을 것 같다는 내 말이 엄마 아버지한테 먹혔어. 중학교 2학년 때 서울로 전학해서 언니들 시중 받아가며 대학까지 졸업했지. 내가 환인이라는 걸 어렴풋이만 느끼다가 제대로 깨달은 건 대학 1학년 때였어. 전생의 내가 누구였다는 걸 신문방송학과 학생이 되고 나서 알았거든."

"당신이 전생에는 뭘 하던 누구였는데?"

"100에 92명의 여자가 문맹이던 시절에 여학교 졸업하고 시집갔다가 작파하고 나와 도쿄 유학해 대학 다니고, 글 쓰고, 신문기자 노릇하고, 영어, 일어, 불어, 중어 통역하고 책자 번역하고 여성 운동하고 등등."

"지금도 이름 들으면 누구나 알 만한 사람이야?"

"그렇지는 않겠지만 전국의 어지간한 도서관에 전생의 내가 쓴 책이며 나에 대해 쓴 책들, 나를 연구한 서적들이 있어. 여기까지! 누군지는 묻지 마. 다쳐."

"멋지다. 더는 묻지 않을게. 감히 결혼하자고 하기 어려울 거 같아서 묻기도 겁나. 아무튼 석해인 씨, 나랑 결혼해줄 테요?"

"나를 믿어?"

"믿어."

"그럼 차차 궁리해봐. 일단은 오늘 공연이나 잘하고. 우선은 대본이나 한 번 더 보면서 기를 모으시죠, 용추 아저씨."

그가 칼칼 웃더니 대본을 꺼내든다. 그는 바른 섹스에 대해 아는 남자였다. 그와 있을 때 평화로웠다. 바른 섹스는 어쩌면 평화로운 것일 터이다. 바른 결혼도 그와 같을지 몰랐다. 문제는 결혼으로 평화를 이룬 남녀를 전생에서는 물론 현실에서도 구경하기가 힘들다는 것이었다. 결혼을 해도 후회, 안 해도 후회할 거라면 하고 후회하는 게 낫다는 말들이 범람하지만 해인은 안 하고 후회하는 쪽이 낫지 않나 싶었다. 백 년을 함께해온 두 친구는 겁도 없이 일단 하고 보자는 쪽으로 향했다. 그들이 붙어 살게 됐으니 좀 지켜보는 것도 괜찮을 터였다.

그나저나 로즈는 어떻게 된 것일까. 한 달여 전 카프카미술관에서의 써늘한 만남 이후 해인은 그렇게 나올 일이 아니었다고 후회했다. 일주일쯤 연락을 기다리다 목마른 사람 샘 파듯 다시 찾아갔더니 부속실이 비어 있었다. 한 번 더 낮에 찾아갔을 때도 마찬가지였다. 그러고 나니 할 만큼 한 것 같았다. 재엽에 대해 첨부터 말하지 못한 걸 이해할 만한 나이 아닌가? 아리를 먼저 만났고 맘이 갔는데 어쩌라고? 그게 그렇게 피해의식을 가질 일이야? 그 정도도 이해할 수 없다면 어떡해, 만나지 않은 것으로 치면 그만인 거지. 솔직히 만나지 않았더라면 좋았을 사람이잖아. 어쩌면 로즈가 부전이라 여겼던 것도 착각이었을지 몰라. 그렇게 온갖 핑계를 끌어댈 만큼 마음이 자꾸 로즈 밀러로부터 멀어지는 즈음이었다.

지난 방송 사태 이후 두 달 정도 창세원 예배당의 토요 예배에 찾아드는 외부 신도가 거의 없었다. 1,000명을 수용한다는 예배당에 창세원 사람들만 설렁설렁 앉아 예배를 했다. 6월 말 1차 부흥회 때도 그랬다. 7월 말의 2차 부흥회 때부터 분위기가 달라졌다. 그 부흥회 사흘 전에 화곡 창세교회의 이영진 장로가 새벽 예배를 드리기 위해 교회로 향하던 중 교통사고를 당했다. 집과 교회 사이에서 트럭과 충돌했던 그는 병원으로 실려 가던 길에 절명했다.

이영진 장로는 창세교회에서 한유정 목사를 몰아내려던 세력의 주축이었다. 그의 사망 소식은 삽시간에 온 신도들에게 전파되었다. 교단 운영권을 정지당한 뒤 창세교회의 공식 예배에도 나가지 못했던 한유정 목사는 빼앗긴 성을 되찾은 성주처럼 창세교회로 입성해 이영진 장로의 장례 예배를 집전했다. 그리고 창세원으로 돌아와 2차 부흥회를 시작했는데 신도 3,000여 명이 모였다. 다시 한 달이 지나

모레부터 열리게 될 3차 부흥회를 위해 어제부터 신도들이 들어오기 시작했다. 부흥회 집행부에서는 3박 4일 동안 창세원에 들어올 인원이 7,000명이 넘을 걸로 예상하고 있었다.

4월에 학당 외벽에서 시작한 벽화 작업이 다섯 달 만에 예배당의 왼쪽 내벽에서 마무리되었다. 3차 부흥회 개회와 함께 예배당 벽화를 개막하기로 했다. 1차 부흥회 때부터 운을 띄운 기독교 창세회가 이번 대회에서는 공식화될 것이고 예배당 벽화 속의 전창세 목사는 창세회 개회 목사로 부활하게 될 터였다. 창세회라지만 사실상 창세교의 공식 출범이었다. 그 작업을 위해 청년 신도들이 벽화에다 개막식을 위한 가림막을 치고 이벤트 관련 직업의 신도들이 예배당을 장식하고 있었다. 성단 건너편 2층 난간에 옆으로 긴 현수막이 걸린 참이었다.

나는 너고, 너는 나다. 네가 어디로 가건 나는 거기에 있다. 나는 없는 곳이 없으니, 원하면 언제든지 나를 찾으라. 나를 찾는 것은 곧 너를 찾음이다.

현수막에 쓰인 '이브의 복음'은 이번 부흥회의 기치이자 한유정 목사가 견지해나갈 창세원의 이념이기도 했다.

"어떻습니까, 선생님? 맘에 드십니까?"

부흥회 집행부장인 권명하 전도사는 그림을 그려놓은 로즈에게 그림에 대해 물었다. 한 목사는 알라딘의 램프에서 나온 거인 요정 같았다. 주문만 하면 뭐든지 내놓았다. 유화물감이 아닌 아크릴물감을 사용했을망정 예배당에 500여 명의 초상을 그려낸 거창한 작업에 물감 값이며 붓 등의 재료비며 인건비가 얼마나 들어갔는지 로즈는 계산해보지 않았다. 권명하가 들이민 사진 속 인물들이 얼마짜리들인지도 몰랐다. 그저 그림만 그렸다.

"저야 처음부터 주님께서 역사하시리라는 걸 믿고 시작한 걸요."

"선생님의 그 믿음이 우리 교회 부활의 단초가 되었겠지요."

예배당에 벽화가 그려지기 시작하면서 신도들은 창세원이 신의 가호 속에서 여전히 건재하리라는 것을 믿기 시작했다. 막강한 물주가 한유정 목사 뒤에 버티고 있다는 걸 믿은 것이다. 돈이 하나님의 권위였다.

"최선을 다했으니 저는 그걸로 됐어요. 목사님과 신도들도 저만큼 마음에 들어했으면 좋겠고요."

한유정 목사와 두 명의 목사, 세 명의 전도사가 열흘째 목사관 밖으로 나오지 않은 채 금식기도 중이었다. 금식기도 참여하는 사람이 날마다 늘어 지금은 100여 명이 되었다. 기도실 안으로 들어가지 못한 채 목사관 인근에서 수시로 무릎을 꿇는 사람은 수백 명. 목사관 안팎에서는 밤낮없이 울부짖는 소리가 나곤 했다. 수백 명이 외치는 내용은 한결같고 절박했다. 내가 알게 모르게 지은 모든 죄를 주님의 보혈로 깨끗이 씻어달라. 내 마음 속 하나님을 경외하는 데 방해하는 사악한 영들을 예수의 권세로 물리칠 수 있는 담대한 믿음을 달라. 우리 교회가 세상을 구원할 방주가 되도록, 떠나간 일꾼들이 구름 같은, 벌떼 같은 합당한 일꾼들을 데리고 돌아오게 해달라.

"목사님들께서 선생님을 위한 기도도 더불어 올리고 계실 겁니다."

석 달여 정도 지켜본 바 창세원에서 한 목사를 대신한 권명하의 권력이 한 목사에 버금갔다. 창세유통을 운영하고 있거니와 창세원과 창세교회를 연결하는 물리력이 그에게 있었다. 전창세 사후 권명하에 대한 한 목사의 의존도가 높아지면서 그의 지배력 또한 강화되어 가고 있는 것이다.

벽화 위에 가림막 치는 작업이 끝났다. 드넓게 드리워진 얇고 흰 천에서 '이브의 복음'이 너울거렸다. 청년 신도들이 예배당을 정리하며 부흥회를 위한 본격적인 준비를 시작했다. 목요일부터 일요일까지 수천 명이 기도하며 먹고 자고 놀게 될 터였다.

"이번 대회와 연관해서 제가 할 일은 끝난 거 같으니까 오늘 일단 나가겠습니다."

"대회 개회 때 목사님께서 선생님을 신도들에게 소개하실 참인데요."

"그때 시간 맞춰 오기로 하지요. 혹시 돌아오지 못하면 저는 빼셔도 괜찮을 거고요. 이제 저 없어도 상관없잖아요?"

"무슨 그런 말씀을요. 목사님 곁에 선생님이 계셔야지요. 우리 창세회의 부흥에 절대적인 도움을 주고 계시는데요. 신도들도 정식으로 밀러 선생님을 뵙고 나면 믿음이 훨씬 강성해질 것이고요."

"저는 신앙심보다 인간적인 마음으로 목사님과 이 창세원에 있는 식구들을 위해 일한 거죠. 솔직히, 신도들의 믿음이 강성해지는 것은 하나님의 권능이 자신들의 눈에 보일 때 아니겠어요? 지난번 성회 때 보여 주셨듯이요."

창세교 사람들이 누구나 그렇게 여기면서도 차마 표현하지 못하는 이영진 장로의 사망 사고를 로즈는 태연하게 신의 행사라고 표현했다. 이 장로의 사고는 결정적으로 한 목사의 위상을 높였지만, 그 이면에는 권명하의 움직임이 있을 거라는 게 로즈의 짐작이었다. 전창세의 자살에도 그가 직접 관련되어 있을 거라고. 그 두 가지 일을 그가 했다면 그 결과로서의 직접적인 보상은 그에게 아직 주어지지 않았다. 그가 무슨 일을 해왔건 아직까지는 한유정의 그림자이며 수족일 뿐이었다.

"말 나온 참에 한마디 더 할게요. 저는 국외자이면서도 저 나름의 헌신을 위해 전력을 다해 여러분들을 성전에 새겨 올렸죠. 헌데, 여러분들, 신도들은요? 울면서 기도만 하면 주님의 영광이 재현되나요? 노아가 왜 하느님의 선택을 받았는데요? 노아는 희생양을 바쳐 회개할 줄 안 사람이었기 때문에 선택받은 거 아니던가요? 그런데 아무 희생 없이 노아의 방주에 오르고 새로운 세상을 향해나갈 수 있어요? 참 환상적인 신앙심이군요. 그렇지 않은가요, 김찬식 씨?"

로즈의 돌연한 거명에 김찬식이 당황했고 권명하가 곤혹스러운 얼굴로 성단 아래를 보았다. 로즈이 목소리가 컸던 탓에 예배당 안에 있던 사람들의 시선이 그녀에게 쏠려 있었다. 한마디만 하겠다던 로즈는 사람들을 내려다보며 양팔을 뻗는다.

"이렇게 두 팔 벌려 사람을 기쁘게 맞이하면 그 그림자는 십자가가 되지요. 전창세 목사님이 순교하시면서 그분 스스로 십자가가 되신 이유는 뭔가요? 성단에 자신의 피를 뿌린 까닭이 뭐죠? 분노와 희망을 위한 희생 아니셨을까요? 전 목사님이 십자가를 지게 된 원인이 어디에, 누구한테 있는데요? 그분의 희망은 무엇이고요? 여러분의 분노와 희망은 뭐지요? 기도한다는 미명 아래 악머구리들처럼 모여서, 남이 차려놓은 밥상에 수저 꽂아 아귀들처럼 먹고 마시는 거요? 배부르면 예배당에 와서 울고 춤추다, 예배당 밖에서는 아무하고나 붙어먹고 돌아가는 거예요? 여러분이 꿈꾸는 창세원, 창세교의 모양새는 기껏 그 정도인 모양이죠?"

예배당 안에 빙판 같은 정적이 고였다. 이 순간의 신은 로즈였다. 그것도 진노하는 신이었다. 순간적으로 로즈는 그렇게 느꼈다. 무언가 자신에게 들씌웠다가 사라진 것 같았다. 한참 만에 누렇게 질린 얼굴의 권명하가 입을 열었다.

"그런 말씀을 이번 성회 때 직접 해주시면 저희들 모두 각성하는 계기로 삼을 수 있을 겁니다, 선생님. 부탁드립니다. 오늘은 나가시어 쉬시고 모레는 꼭 와주십시오. 연락주시면 모시러 가겠습니다."

"지켜보면서 생각해볼게요."

건성인 듯, 그렇지만 무언가를 못 박은 로즈는 아무에게도 눈길 주지 않은 채 예배당을 나섰다.

로즈가 스스로에게 어떤 자신감이 기둥처럼 세워진 것 같다고 느낀 것은 지난 주 야간 작업을 할 때였다. 화룡점정인 양 예수의 자리에 예수와 닮은 전창세의 얼굴을 그려 넣는데 신열이 느껴졌다. 회귀 따위가 아니었다. 그건 찌릿한 희열이었고 눈부신 광휘였다. 오르가슴에 이른 양 작업대 위에서 물감 범벅인 채 몸을 떨었다. 그날 밤을 꼬박 새워 그림을 그렸다. 한유정 목사는 광신 아니면 정신착란일 수도 있었다. 열흘씩 물만 마시며 잠도 안 자고 기도를 한다는 게 보통 인간으로 할 짓은 아니었다. 로즈가 한유정이나 창세원에 스스로를 투사한 까닭도 그 맹신 아니면 맹목일 수 있었다. 그 맹신과 맹목에 공명할 수 있게 된 게 그날부터였다.

중간에 두어 번 잠깐씩 들렀던 걸 제외하면 석 달 만에 수목원 내 작업실로 되돌아왔다. 사람이 없을 때도 자동 온도 조절 장치가 가동되는 곳이라 공기가 서늘하다. 내년 2월 전시회에 세우기로 한 작품이 69점이었다. 그중 25점을 제작한 상태였다.

로즈는 작품들에 씌워놨던 가리개들을 모두 벗겨냈다. 전생 사람들 중 작품화할 만한 인물들을 조형했다. 백색으로 통일하지 않고 용액에 안료를 넣어 작년 작업과 차이를 두었다. 기억나는 여러 생을 모둠으로 엮어나갈 참이었다. 그리하여 내 안에 든 것들을 떨쳐내 현재에 안착하려 했는데, 그 작업을 유아리는 벌써부터 소설로 해왔다. 결국 완성해놓은 25점의 작품이 유아리의 발상을 좇은 셈이 되었다.

"너희들을 다 어쩐다니?"

조형물들을 향해 묻는데 전화벨이 울렸다. 새로 얻어놓은 집의 주인이다. 이사하고 도배를 새로 해놨으며 열쇠는 경비실에 맡겼노라는 연락이다.

지난 7월 말 창세원 2차 부흥회 때 아르바이트생들에게 2박 3일의 휴가를 주었고 로즈는 나가 집을 새로 구했다. 부영희의 집과 30분 거리이고 김포공항에서 20여 분이면 닿는 집이었다. 고원영이 편하게 드나들 수 있는 거리를 감안했다. 12층 꼭대기 층으로 37평형이었고 전세 보증금이 1억 원이 넘었다. 한 달 전의 로즈에게는 백석동 반지하 집의 보증금과 전시회 때 팔린 작품들의 대금과 내년 전시회로 받은 계약금 등이 있었다.

1년 만에 반 지하에서 12층으로 상승한 자신을 대견해하며 전세금을 치르던 그날 유아리와 손재엽이 결혼식을 치렀다. 그들의 결혼식에 유아리 팬이 있었던가. 트위터에 글이 올라왔다. 그날은 또 석해인의 남자 친구 박신의가 '꽃이 피었네'의 마지막 공연을 한다는 트위터도 떴다. 성황리에 일단 막을 내린 공연은 한 달 뒤쯤인 9월 3일에 재공연을 시작한다고.

보고 싶지 않아도 보이는 그들이었다. 아무 데서나 출몰했다. 한 통속인 그들에게서 멀어지기 위해 인터넷도 안 되는 곳에서 눈을 감고 살았는데, 그들은 아무 때나 로즈의 눈꺼풀을 들어 올리며 나타나 뒤흔들었다. 안 보고 살 수 없는 사람들이라 보며 살아야 한다면 봐야 하는 것이다. 유아리를 가운데 두고 덤불처럼 얽혀 있는 그들을 어떻게 볼지가 문제였다.

주인공이 잠들면 그녀 주변의 모든 게 잠들어버리는 동화가 있었다. 잠자는 숲속의 공주. 조용하긴 하겠네, 중얼거린 로즈는 조형물에서 벗겨낸 천들을 조심스레 그러안고 밖으로 나섰다. 잔디밭 가운데 서서 바람의 방향을 가늠해보고 천을 들어 먼지를 털기 시작한다. 석양에 먼지들이 빛의 입자들처럼 황황히 날아오른다.

　일몰 풍경 속에서 한 떼의 소년들이 불량스레 담배 피우는 장면을 본 적이 있다. 앙코르와트에 갔을 때였다. 관광객을 상대로 호객하는 아이들이었다. 신전은 신과 영원을 향한 거대한 욕망과 권력의 상징물이지만 사람이 깃들여 살 수는 없는 거대한 돌덩이였다. 그런 신전에 인간들이 개미 떼처럼 줄지어 다녔다. 아리는 앙코르의 사원이 건너보이는 나무 그늘에 깃들여 그냥 앉아 있었다. 그냥 앉아 있노라니 눈앞의 사람들과 사물들이 모두 움직이는 그림 같았다. 더 있으니 주변의 모든 게 정지되었다. 그러자 사원과 사원에 깃들였을 무수한 존재들이 한 목소리로 말을 걸어왔다. 그냥 가만히 있으라. 있어보라. 네가 살아 있음이 기꺼워지리라.

　살아 있는 건 때로 기꺼웠다. 아프다고 비명 지르면 언제나 누군가 안고 다독여주었다. 지금 아리는 비명을 지를 수 없고 그걸 듣는 사람도 없었다. 그래서 아리는 한사코 눈을 뜨지 않은 채 생각을 비우려 애썼다. 몇 시간, 혹은 며칠이 지났는지 알지 못하고 무슨 일이 자신에게 벌어지는지도 몰랐다. 비가 내렸고 종로 타워 지하의 서점에서 나오던 길이었다. 우산을 펼쳐 쓰고 종로 3가 방향으로 걸었다. 대학로까지 다 걷기에는 먼 길이므로 다리가 아프면 아무 데서나 택시를 한번 타볼까 생각했다. 혼자 택시를 타본 적 없지만 이제 괜찮을 것 같았다. 손녀가 괜찮아 보인다고 할아버지 할머니가 넉 달여 만에 본가로 내려가시기까지 했지 않는가.

연극 '꽃이 피었네'가 재공연을 시작한 날이었고 첫 공연을 보기로 한 참이었다. 해인을 극장 앞에서 만나기로 했다. 우산에 도독도독 떨어지는 빗방울 소리가 듣기 좋았다. 재엽에게 전화를 걸어볼까 하다가 해인을 만난 뒤에 하려 미뤘다. 종로 3가 못 미처 노점상 거리로 접어들었다가 당황했다. 광교 어름이었던 것 같은데 골목들이 깊어져 좀 허둥거렸다. 골목을 막 벗어나 한숨을 쉬었던 것 같았다. 누군가 우산 속으로 들어오며 잠깐 같이 쓰자고 했다. 섬뜩한 느낌에 돌아보았다. 빗방울이 얼굴에 닿았던가.

그리고 어딘지 모르는 여기였다. 팔다리가 묶인 것도 아닌데 차꼬에 갇힌 것처럼 움직일 수 없었다. 마구 짓눌리거나 찢기는 느낌에 정신이 드는가 싶으면 또 정신을 잃었다. 몇 번이나 정신을 잃었다가 깨어났는지 가늠하지 못한다. 옴짝 못하는 몸 위로 사내들이 기차처럼 지나가곤 했다. 그때마다 철로에 깔린 자갈돌처럼 몸이 소스라쳤던 것 같았다.

깜박거리는 의식 속에 오늘인지 어제인지, 며칠 전인지 알 수 없는 아침 명상이 떠올랐다가 사라지곤 한다. 하늘을 날다가 거대한 눈과 마주쳐 추락했다. 언제나 나를 바라보는 눈이라 여겼던 그 시선이 아니었다. 아니, 아닌 것도 아니다. 눈길에 맹렬한 적의가 서렸을 뿐 그건 분명히 나였다. 무수한 생에서 세상을 노려보았던 자신의 눈길. 그런 자신을 바라보는 운명의 서슬 푸른 시선이었다. 그때마다 피가 흘렀다. 지금도 온몸에서 피가 흐른다.

“야, 피 난다. 죽은 것 같은데!”

“시체가 무슨 피를 흘리냐.”

난생 처음 듣는 것 같은 사람 소리에 아리가 한탄한다. 맞아, 난 임신 중이야, 8주라고 했고! 소리 없이 외쳐보지만 그게 무슨 의미인지는 실감하지 못한다.

“이러다 진짜 죽어버리면 어떡하냐.”

“죽어버리는 게 낫지. 빨리 옮기기나 하자.”

지금 아리는 움직일 수 없고 눈을 뜰 수 없다. 지구를 들어 올릴 만한 기운을 가졌다 하더라도 스스로는 머리카락 한 올 만질 힘이 없는 가위눌림 상태다. 악몽에서 깨어나고 싶을 때 어떻게 했는지 기억해보려 기를 쓴다. 떠오르지 않는다. 악몽을 꾸고 있고 악몽을 꾼다는 걸 느끼고 있으니 살아 있기는 한 것 같다.

“눈 뜨는 거 같은데?”

“야, 약 가져와. 지랄, 괜한 일에 말려가지고.”

“일이 이렇게 커질 줄 몰랐잖아, 씨팔.”

“그냥 묻어버리고 튀자.”

“갖다놓고 튀라잖아.”

주어를 사용하지 않고도 대화가 자유로운 사람들 세상에 들어와 있구나, 내가. 아리가 고개를 끄덕이는데 얼굴에 뭔가가 씌워진다. 그날 영풍문고에서 책 세 권을 샀는데 책들의 제목이 뭐였더라. 그 책들은 어디로 갔을까. 골똘히 생각해봐도 역시 떠오르지 않는다. 아마도 여기가 이생의 마지막 지점인 듯했다. 마지막이어도 괜찮을 것 같다. 다시 태어나는 불운이 예정되어 있다고 해도 지금은 아무도 그립지 않다.

***

　납치되기 전날 밤 아리는 재엽에게 미셸 투르니에의 정밀한 문장과 빌 브라이슨의 과학적 사고방식과 미하일 엔데의 신비함이 좋다고 종알댔다. 개똥이 태교용 독서로 그 세 작가의 작품들을 죄 읽어야겠다고 했다. 아리는 종로타워 서점에서 투르니에와 브라이슨과 엔데, 세 작가의 책 한 권씩을 샀다. 책을 세 권만 산 건 극장까지 들고 가기 무거워서였을 것이다. 계산대에서 한 직원이 아리에게 알은체를 했고 몇 마디를 나누었으며 직원이 내민 《푸른 눈》에 사인을 해주고 서점을 나섰다. 그 모습이 서점 출입문 폐쇄 회로 카메라에 잡혀 있었다.
　아리는 세 시 오 분에 보신각 앞에서 다시 포착되었다. 종로 3가를 향해 걷는 아리의 뒤쪽에 따라붙은 놈이 있었다. 검정 우산으로 가리고 있었지만 아리의 보폭을 따라 움직이는 게 명백했다. 한 놈이 아니라 두 놈이었다. 아리는 노점상 거리의 포장마차들 사이를 걷다가 두리번거렸다. 그리고 주점 골목으로 스며들었고 그 골목 끝에서 큰길을 만났다. 띠아모라는 커피 전문점 앞이었다. 세 시 십이 분이었다. 검정 우산을 접은 사내가 아리의 파란 우산 속으로 들어섰다. 뒤

따르던 또 한 남자가 동행인 양 그들에 합류했다. 아리는 우산 속에서 두 남자에게 부축된 모습으로 진행 방향으로 서 있던 흰색 소나타로 들어갔고 차는 우회전해 광교 방향으로 사라졌다. 그때가 세 시 십사 분이었다. 아리는 이 분 사이에 종적이 묘연해졌다. 소나타는 몇 시간 뒤 풍문여고 뒷길에서 발견됐는데 차대번호 조회에 의하면 이틀 전 강서구에서 도난당한 차였다. 차에는 사내들의 흔적뿐만 아니라 아리의 흔적도 일체 남아 있지 않았다. 무모하면서도 치밀한 납치였다.

그날 자정 무렵에 재엽 팀은 영등포역 근방 술집에 있던 창세유통 직원 김상훈을 검거했다. 창세원 사태 뒤 재엽을 미행한 적이 있는 작자였다. 쿠파 심문실에 끌려온 그는 자신이 유아리 납치 사건의 주범으로 지목된 사실에 놀라 제가 아는 사실을 모조리 불었다. 지난 5월 중순 창세원 사태가 난 이후 창세유통 권명하 이사가 김상훈에게 '365 코리아'의 수석 피디 양세현과 특수경찰청의 손재엽에 대해 알아보라 했다. 손재엽의 뒤를 따라다니던 중 최산호 선생의 초상이 났고 유아리가 손재엽의 여자 친구인 걸 알게 됐다. 김상훈은 유·소·사를 비롯한 유아리 팬카페에 드나들며 그녀에 관한 정보를 캤고 손재엽과 유아리의 결혼식도 지켜보았다. 그런 사실을 권명하에게 몇 차례 보고했다. 김상훈이 아는 건 거기까지였다. 그는 한 달 전쯤 창세유통에서 해고된 상태였다.

몇 시간 뒤 새벽 네 시에 화곡 창세교회 입구에서 권명하를 체포했다. 간밤 철원에서 나와 창세원으로 되돌아가려다 체포된 그는 쿠파로 향하던 차 안에서 수갑을 찬 채 제 혀를 깨물었다. 그가 혀를 문 걸 계기로 두 창세교회와 창세원에 경찰을 투입했다. 아침 여섯 시,

창세원은 부흥회 사흘째 아침을 맞이했다. 토요일이라 3,000명이 넘은 사람들이 원내에 흩어져 잠들었거나 배회하거나 기도를 올리거나 그날 행사를 준비하는 중이었다. 경찰의 진입은 성소에 대한 탄압이 되어 창세원에 있던 신도들을 분노하게 했다. 사흘째 부흥회를 시작하려던 그들이 일곱 시가 되기 전에 예배당에 모여 울부짖었다. 아리는 발견되지 않았고 한유정 목사를 잡아들일 근거는 없었다. 물증 없이 성소에 난입해 그들을 열광케 만든 꼴이 되었을 뿐이었다. 마침 일요일이었다. 부흥회에 참여하지 않았던 두 창세교회 신도들이 모조리 그날 창세원으로 몰려들었다. 탄압받은 그들은 대동단결했다. 경찰이 부흥회를 부흥시켜준 셈이었다.

혀를 깨물면서 진술을 거부했던 권명하는 병실에서 링거 줄로 목을 감아 자살을 시도했다. 그는 죽지 않았지만 그를 통해 정보를 캐낼 수 없다는 사실만은 분명해졌다. 권명하가 조직원처럼 부리던 청년회 신도 여덟 명을 잡아들였지만 아리에 대해 말하고 나서는 놈이 없었다. 아는 놈이 없었던 것이다. 김찬식을 비롯한 권명하의 진짜 수족들 대여섯은 교회 일보다 창세유통 일에 주력하던 놈들이었고 그들은 아리가 납치된 밤 이후 종적이 사라졌다. 그들을 찾느라 하릴없는 시간이 흘렀다. 수만 건의 쓸모없는 제보들로 경찰들만 몸살을 앓는 중이었다.

***

아이가 운다. 꿈이다. 온몸이 판자 조각에 싸인 듯이 옴짝할 수 없는 악몽이다. 아이 울음소리가 그쳤다. 아무 소리도 들리지 않고 아무것도 보이지도 않는다. 더 이상 아무 일도 일어나지 않을 것 같다. 유아리는 이미 시체로 분류되어 유기된 듯했다.

누구나 스스로의 삶이 정당하다 믿는 순간이 있다. 모든 것이 필연이며 운명이라 믿는 순간. 죽음을 목전에 둔 사내가 믿을 수밖에 없는 것 또한 그 정당성일 터였다. 그때, 또 그때, 그들을 죽이지 않으면 내가 죽을 수밖에 없었다. 그 상황에서 그들은 죽어 마땅했고 나는 정당했다. 눈재는 자신의 눈앞에서, 이미 죽은 아기를 안은 채 죽어간 아내 속새를 바라보며 자신들의 삶을 그렇게 이해했다…….

《푸른 눈》의 눈재가 죽어가며 한 그 생각은 그야말로 헛소리다. 삶과 죽음은 이해하는 게 아니라 그냥 겪는 것이다. 죽을힘을 다해 운명으로부터 도망치려 했던 그들에게 운명이 내민 것은, 지금껏 고생했으니 이제 그만해라, 그것이었다. 그따위 걸, 숙명에 대항하는 인간들의 탈출기라고 썼다니. 기껏해야 돌림병에 죽어버린 인간들이었는데 그들은 전사戰士였노라 미화했다. 그런데 어쩌자고 눈재의 마지막 장면이 이렇게 선명하게 떠오르는 걸까. 생과 생 사이의 경계에 있는 건가? 유아리가 끝나고 다른 누군가로 다시 태어나기 직전일까? 그래서 아이 소리가 들리는 거야?

아이가 있는 것 같다고 느낀 순간 아리는 눈을 뜬다. 얼굴이 뭔가에 눌려 있었다. 보드랍고 따스한 물체다. 손을 들어 얼굴에 달라붙은 걸 떼어내보려다가 날카로운 통증에 비명을 지른다. 팔이 부러진 것 같다. 소리가 들린다. 눈꺼풀이 손바닥만 한 것처럼 묵직하지만 눈이 떠진다. 정말 아기가 있다. 웬 아기일까. 앉아 있는 아이 뒤로 빛이 비친다. 아침 빛인지 저녁 빛인지는 알 수 없다.

"넌 누구니."

아리의 목소리는 스스로에게도 들리지 않을 정도로 작은데 아이가 울음을 그친다.

"넌 왜 여기 있니. 혹시 내가 낳았니? 개똥이?"

아이한테 묻다보니 슬그머니 웃음이 난다. 개똥이는 눈재와 속새가 낳은 아이였다. 아이를 낳고 이제 더는 도망치지 않아도 될 거라 여기며 환희에 떨었던가. 아니 개똥이는 손재엽이 태아한테 붙인 태명이었다. 아무것도 아닌 이름으로 존재를 숨기는 방법. 그래도 그렇지 개똥이가 뭐야. 아리는 피식 웃는다. 그 웃음을 느낀 건지 아기가 웃는다. 앉은 채 두 손을 흔든다. 마마, 음마마. 옹알이도 한다. 아이를 향해 또 웃어 보이려는데 눈앞이 아득해진다. 아직 꿈인가보다 개똥아. 너는 내 꿈속으로 들어오지 마라. 내 꿈속은 네가 머물 곳이 못 돼. 미안해. 그냥 혼자 울려무나. 크게 울어. 누군가 와서 너를 안고 나갈 수 있도록. 너라도 안고 나가게.

***

재엽은 나흘 밤을 거의 못 잔 채 7일 아침을 맞았다.

"대장, 전화 받으세요. 112로 전화 걸어온 사람이 대장님을 찾는답니다."

진홍이 외치는 소리가 저승에서 들리는 소리처럼 아득하다. 쿠파

전화 회선은 112를 거치거나 에이알에스 번호를 눌러야 연결되게 돼
있었다. 아리 사건에 관한 제보는 112에서 접수했다. 재엽은 사무실
전화기의 수화기를 들고 늘 하듯 지껄인다. 네, 쿠파 연쇄팀의 손재
엽입니다.

"손재엽 씨. 저는 김포 사는 사람입니다."

로즈 밀러다! 처음 듣는 목소리임에도 재엽은 담박 그렇게 생각했
다. 회귀 따위는 일지 않았다. 재엽은 김기욱 경장을 향해 발신 위치
를 추적하라는 신호를 보내며 여자에게 응대한다.

"예, 말씀하십시오."

"작가 유아리를 찾고 계시지요?"

"그렇습니다."

"자신할 수는 없지만, 송추에 있는 카프카미술관으로 가보세요, 미
술관 옥상에 있는 방으로요. 밖에서는 옥상에 방이 있는 걸 알기 어
렵지만 거기 방이 있습니다. 요즘 그 미술관은 리모델링 때문에 닫혀
있습니다. 유의해 보지 않으면 그 안에 사람이 있는 건 알 수 없지요.
그리고 혹시 찾는 사람이 그 안에 없다면 창세교회 부설 회사 창고로
가보세요. 창고가 어디 있는지 저는 모르지만 그쪽에선 찾을 수 있겠
지요. 그럼."

전화가 끊겼다. 화곡동과 부천과 양재동 등에 있던 창세유통 창고
들은 최상훈을 잡았던 밤에 이미 샅샅이 뒤져본 터였다. 그런데 카프
카미술관이라니! 김 경장이 전화의 발신지가 인천공항 공중전화라고
외쳤다.

"박 경사, 방금 전화 녹음을 바탕으로 카프카미술관과 창세유통에
대한 긴급 수색영장 청구해. 김 경장, 우리가 몰랐던 창세유통 창고를

찾고. 권 경장, 인천공항에 연락해서 로즈 이가 밀러의 탑승을 막아."

권여선이 되물었다. 누구라고요?

"로즈 이가 밀러. 작년 말에 내가 신상을 알아보라 했던 조형 작가 로즈 밀러 말야. 국적이 미국이잖아. 양 경위, 이 경장! 김 경장이 창세유통 비밀 창고 찾으면 현장분석팀 데리고 그쪽으로 가. 유아리가 거기 없더라도 처음 그 사람을 데려다놓은 장소가 그곳일지 모르니 그 사람 관련 증거들 샅샅이 찾아오고. 최 경장, 카프카미술관 관장을 수배해 검거하고, 박 경사, 한유정에 대한 체포영장을 청구해서 체포해. 박 경위, 고양경찰서에 유아리 납치 사건과 관련해 우리가 간다고 알리고, 구급차 대동해 지금 출발한다. 혹시 모르니까 유아리 혈액형이 에이비형이라고 알려주고."

수목원에 도착하자 사이렌 소리에 쫓아 나온 경비원 두 명이 영문 모르는 얼굴로 문을 열었다. 이른 아침 수목원은 짙은 안개에 잠겨 있었다. 미술관은 주변에 생쥐 한 마리도 없는 듯 고요하다. 재엽이 차에서 내리는데 앞차에서 내린 박형주 경위가 외쳤다.

"움직이는 것들은 다람쥐 한 마리라도 다 체포해. 현장 증거를 훼손하지 말되 반항하는 물체들은 다 쓰러뜨리고 옥상으로 진입한다."

움직이는 것이라곤 경찰들뿐이었으므로 박 경위의 외침은 공허했다. 관할서 경찰들이 미술관 주변을 에워싸는 동안 재엽은 팀원들과 함께 3층으로 뛰어올랐다. 옥상 방 앞에 먼저 당도한 대원들이 문을 거의 깨뜨려가며 열었다.

아리가 있었다. 전신에 말라붙은 피딱지를 뒤집어 쓴 채 죽은 것 같지만 재엽이 무릎을 꿇고 손을 만지자 눈을 뜨고 중얼거렸다.

"저기요, 아기가 자꾸 울어요. 배가 고픈가봐요. 제발요. 아기한테 뭐 좀 먹여주세요."

무슨 말인지 알 수 없는 그 말을 하려고 기다린 여자 같았다. 재엽을 알아보지 못한 채 말을 마친 여자는 정신을 잃었다. 아리는 그야말로 너덜너덜했다. 옷은 납치당하던 날 입었던 대로지만 블라우스는 단추가 풀린 채 문신이 드러났고 브래지어와 팬티는 없었다. 치마가 반쯤 걷힌 허벅지엔 온통 말라붙은 피딱지가 붙어 있었다. 재엽은 떨리는 손으로 아리의 블라우스 단추를 채우고 치마를 반듯이 폈다. 개똥이요? 아기 이름을 개똥이라 지으면 당신 정체성은 뭐가 되는지 생각 좀 하세요. 태아 이름을 가지고 아리가 그렇게 항의할 때 재엽은 느물거리며 고집을 피웠다. 난 개똥이가 좋아. 재엽 옆으로 다가든 구급대원이 말했다.

"환자의 탈골 부위가 여러 곳인 것 같습니다. 만지지 마십시오."

구급대원들이 재엽을 밀쳐내며 아리에게 청진기를 대보다가 산소 호흡기를 씌우고 수혈을 시작했다. 손목이며 팔이며 다리며 척추에 부목을 댄 뒤 구급 침대로 옮기고 구급차에 실어 병원으로 향했다. 재엽은 박형주 경위에게 현장을 맡겨놓고 최연식이 운전하는 차에 올랐다. 최연식이 구급차에 따라붙은 걸 보고서야 청운동에 계시는 할아버지에게 전화를 건다. 광주 집에 돌아가 있던 할머니가 손녀의 납치 소식을 들은 순간 쓰러져 병원으로 실려갔고 할아버지는 서울에 와 있었다. 홍제동의 부모님도 청운동 집으로 가 있는 상태였다. 애를 찾았냐? 전화를 받은 노인이 대번에 물었다. 예, 할아버님. 그 대답을 간신히 하고 나니 재엽의 목이 막힌다.

***

이마가 약간 벗어진 듯한 경찰이 김우현 경사라고 자신을 소개했고 몸집이 좀 작은 경찰이 자신을 주하준 경장이라 밝혔다. 이제야말로 손재엽을 만나게 될 거라고 예상하고 기대했는데 그는 이번에도 다른 사람들을 들여보냈다. 어디선가 지켜보고 있기는 할 것이다. 로즈는 정면의 카메라를 일별했다. 주하준이 말했다.

"로즈 이가 밀러 씨. 보시는 대로 이 방에서의 모든 대화는 녹화, 녹음되고 있습니다. 제보를 하셨음에도 임의동행권을 발동해 일방적으로 모셔온 점에 대해 우선 사과드립니다."

"이해는 하는데, 쓸모없어진 티켓이며 다른 사람들 앞에서 범죄자 취급하심으로써 저를 모욕하신 데 대한 보상은 하셔야 할 거예요."

로즈는 유아리 납치 사건에 관한 한 걸릴 게 없었다. 권명하를 자극했으므로 간접적으로 한 일은 없지 않지만 그뿐이었다.

"사과드립니다. 말씀하신 내용에 대한 배상은 물론 하겠습니다. 유아리 씨가 카프카미술관 옥상 방에 있다는 걸 어떻게 아시게 됐는지 말씀해주시겠습니까?"

"오늘 새벽 집에서 여행 준비를 하다가 여권을 카프카미술관 부속 작업실에 두었다는 걸 알았어요. 택시를 타고 가지러 갔고 택시를 대기시켜 놓은 채 여권을 찾아서 나오다가 문득 미술관 옥상을 올려다 보게 됐죠. 평소에도 거의 비어 있는 데다가 관장님이 사흘 전에 런던 가시고 나서는 불 켜질 일이 없으니 오늘 새벽에도 캄캄했어요. 그런데 지난달 하순에 창세원 벽화 작업 마치던 즈음에, 아, 제가 근 몇 달 동안 창세원 예배당에서 벽화 작업을 했어요. 벽화 작업을 마무리하던 즈음에 우리 관장님하고 권명하 전도사가 구경하러 들렀는데, 그때 그분들이 나누던 말들이 불쑥 생각나더군요. 전창세 목사가 십자가를 지고 자살한 원인이 어디에 있는가, 그분은 자신을 희생해 교단을 세우려 하는데 신도들은 뭘 하고 있는가, 그런 얘기들이요. 그런 생각 끝에 관장님이 왜 그렇게 급히 떠나셨나 하는 의문이 생겼고요. 그러면서도 그냥 공항으로 갔죠. 근래 저도 벽화 작업 때문에 지친 참이라 엘에이 언니 집에서 한동안 지내다 올 참이었거든요. 탑승 전에 공항에서 텔레비전을 보는데 유아리 작가에 대한 소식이 나오고 있더군요. 전국이 떠들썩하게 찾고 있는 유아리 씨가 그렇게 눈에 띄지 않는 건 꼭꼭 숨겨져 있기 때문일 텐데, 그런 곳이 어딜까. 생각하다가 불쑥 카프카미술관 옥상 방을 떠올리게 됐어요. 저는 거기 몇 번 올라가 관장님과 와인을 마시거나 작품 이야기를 나눈 적이 있어요. 보셨겠지만 거긴 태양열 집광 지붕 밑이라서 벽이 두껍죠. 와인 창고 겸 관장님의 별실이라서 춥지도 덥지도 않아요. 와인 보관 온도에 맞춰서 자동으로 공기가 조절되는 곳이거든요. 관장님 이외에는 아무도 드나들지 않는 방이고요. 그래서 혹시 유아리 씨가 거기 있지 않을까 상상해본 거예요. 우리 관장님이 창세원의 후원자이시기도 하니까요. 제가 손재엽 씨한테 전화를 건 이유는 그이가 유아리 작가의 남편이라는 걸 방송을 통해 알았기 때문이고요."

"그 방은 미술관 관장만 드나들 수 있고, 보통 사람은 거기 방이 있다는 사실조차도 모르는데, 유아리 씨는 거기 유기돼 있었습니다. 은수영 관장의 지시라고 보십니까?"

유아리가 납치된 그날 밤에 김포 시내의 피시방에서 창세유통의 김찬식에게 긴 문자메시지를 보낸 사람은 로즈였다. 부영희 이름으로 열어놓은 메일 계정을 사용했지만 권명하가 전송한 문자인 듯이 보냈다.

5일 새벽에 카프카미술관 뒤쪽 쪽문을 통해 미술관 옥상 방에다 데려다놔. 비밀번호는 1004다. 이 문자 받은 즉시 전화기를 모조리 없애고 완전히 잠적해 기다리고. 나머지는 내가 책임질 테니 걱정할 거 없어.

"글쎄요, 그건 제가 알 수 없군요. 권명하나 김찬식한테 물어보지 않으셨어요?"

"물론 그들에게도 물어보겠습니다. 한유정 목사와 미술관 관장의 관계에 대해 생각나시는 대로 말씀해주시겠습니까?"

비행기에서 끌려 나오지 않았더라면 지금쯤 간밤 설친 잠에 빠져 있을 것이다. 열두 시간쯤 자고 나면 엘에이 공항에 도착할 것이고, 그쪽에서 서울의 뉴스를 검색할 참이었다. 작가 유아리가 어떤 모습으로 귀환했는지. 그녀가 창세유통 비밀 창고에 갇혀 있던 이틀쯤의 시간 동안 무슨 일을 겪었을지는 뻔했다. 창세유통 직원들 중 김찬식을 비롯한 몇 명은 신도라기보다 왈짜패에 가까웠다. 그들은 다른 곳에 취직하지 못한 채 어슬렁거리며 살다가 권명하에게 채용된 인간들이었다. 권명하는 그들에게 유아리를 납치해 숨겨놓으라고 했겠지만 그들이 젊은 여자를 고이 뒀을 리 없었다. 평소에도 성욕을 풀기 위해 창세원에 수시로 드나드는 그들이 부흥회에서 아무 여자나 골라 안을 수 있었을 그때에 창고에서 뭘 했겠는가.

권명하가 미처 의식하지 못했던 건 손재엽의 아내로서의 유아리가 아닌 작가 유아리의 존재였다. 소설을 읽지 않아 유아리의 존재의 크기를 모른 권명하는 디지털 세상에 대한 감각도 무뎠다. 그는 어쩌면 쥐도 새도 모르게 며칠간 유아리를 감금했다가 부흥회가 끝난 뒤 되돌려 놓을 셈이었을 것이다. 손재엽의 아내가 실종되었다는 소문이 돌면 창세교 사람들에게 하나님의 역사라고 퍼뜨린 뒤 돌려놓으면 될 거라 여겼는지도. 경찰의 아내가 납치된 게 보통 일은 아니라 해도 세상이 들썩일 정도까지 일이 커질 줄 몰랐던 것이다. 사실 유아리가 손재엽의 아내이기만 했다면 일이 이렇게 커질 까닭도 없었다.

와인 저장고인 옥상 방의 문이 코르크 재질로 되어 있어 육중한 편이지만 문은 문일 뿐, 안에서는 손잡이를 돌리면서 밀기만 하면 됐다. 로즈는 유아리가 그 문을 스스로 밀고 나올 줄 알았다. 마취제에서 깨어나면 기어서라도 나오기는 할 거라고. 나올 힘이 있으면 집을 찾아갈 힘도 있을 터. 사람으로서, 여자로서 겪을 수 없는 일을 겪었으니 제 상처 핥으며 살아가게 될 거라고. 제가 겪은 일을 소설로 쓰지는 못할 것이고, 그 일을 소설로 쓰지 못하는 한 다른 소설도 쓰지 못할 터. 로즈가 원한 건 거기까지였다. 그녀가 죽은 듯 살아주는 것. 그리하여 다시는 눈앞에서 알짱거리는 않는 것.

오늘 새벽까지도 유아리가 거기서 나왔다는 소식이 들리지 않았다. 비로소 그녀의 상태가 예상보다 훨씬 심각한 모양이라고 짐작했다. 몸이 그렇게 허약할 줄, 그렇게 멍텅구리일 줄 예상치 못한 게 실수라면 실수였다. 하여 탑승 게이트로 나가기 전에 갈등했다. 유아리가 그렇게 죽어버리는 건 로즈가 원하는 방향이 아니었다. 그녀는 숨이 붙은 채 살아 나와야 했다. 살아 나오되 다시는 세상에 얼굴 내밀지 않고 제 성채 안에서 그림자처럼, 혹은 귀신처럼 남은 생애를 살아가면 되는 것이다. 그래서 유아리가 죽어버리기 전에 그 남편에게 알려줬다. 한 번도 알은체를 해오지 않는 전생의 그 여자 나유석, 현

생의 그 남자 손재엽에게. 유아리가 살아났으니 일단 원하던 양상이
되었다. 언제까지 이 심문실 안에 갇혀 있게 될지가 문제일 뿐이다.
참을성에 관한 한 도통했다고 여겼는데 아닌가. 로즈는 몸이 뒤틀릴
것처럼 지루하다.

아리는 동물 마취제인 졸레틸과 케타민 등이 여러 차례 투입되면서 치명 직전의 혼수에 이르렀디. 미지수의 강간을 당했고 9주째에 접어든 태아를 유산했으며 오른 발목이며 무릎, 양손목이 골절되었다. 깨어날 수 있을지 의사들은 장담하지 못한다고 했다. 산소호흡기와 해독제와 영양제 링거, 수혈 주머니, 소변 주머니를 매단 채 누워 있는 아리의 눈에는 붕대가 감겼다. 양 손목과 오른 다리에는 깁스를 했다.

병실을 두 번째 방문한 해인은 아리의 할아버지와 시어머니에게 인사말도 건네지 못하고 허리만 숙인다. 고개를 끄덕이던 할아버지가 당신 가슴을 주먹으로 퍽퍽 치면서 창을 향해 돌아섰다. 노인의 가슴팍 치는 소리와 눈물에 쉰 목소리가 동시에 났다.

"나는, 나는 40년 가까이 법원에서 살았고 수천 명 범죄자를 겪었네. 따지고 보면 이해 못할 범죄가 없었어. 내 새끼라서 이렇겠지. 도저히 이해가 안 되는 건?"

노인의 말에 해인은 대꾸를 못한다. 내일이 추석이다. 송편을 빚으며 차례상 준비를 해야 할 때였다. 지금 영심 씨는 아리의 병상 끝에서 누워 있는 며느리의 두 발을 잡고 발바닥을 엄지손가락으로 눌러주고 있다. 교감으로 정년을 앞두고 곱게 나이 들어가던 그녀의 얼굴이 열흘 새에 반쪽이 됐다.

"해인아. 이 애 발, 발가락들 좀 봐라. 난 내 발 말고 딴 사람 발을 이리 자세히 본 적이 없다. 재엽이 아기 때 발도 이렇게 뜯어본 적이 없어. 지금은 아들놈 발이 어떻게 생겼는지도 감감해. 그런데 내가 며느리 발을 꿈에서도 그릴 수 있을 정도로 본다. 애 발이 자꾸 나한테 말을 한다. 엄마 엄마 부르고, 나한테 뭘 잘 잡숫느냐고 물어오고 예쁘게 봐달라고 아양을 부린다. 해인이 너한테도 애 발이 하는 말이 보이니?"

아리의 두 발은 창백하다 못해 파리하다. 주검에 가까운 형색이다. 재엽의 어머니는 자신의 방식으로 며느리를 이렇게 만든 작자들이 누구냐고 묻고 있었다. 사건이 일어난 뒤 해인도 재엽을 만나지 못했다. 지금 어떠냐고 물을 수 없으므로 통화도 못했다. 때문에 어머니에게 할 말도 없었다. 창세유통의 미친놈들 위에 권명하가 있고 그 위에 음흉한 한유정이 있고 그 위에 사악한 로즈 밀러가 있는 것 같다는 말을 이해나 하시겠는가.

"죄송합니다, 어머니."

지난 열흘간 모든 매체가 유아리 납치 사건을 실시간으로 중계하다시피 했다. 아리가 카프카미술관에서 발견되었다는 내용은 물론 미술관과 한유정 목사와의 관계까지 다 들추어졌다. 작가 유아리의 남편이 창세원 사건을 수사했던 손재엽 경정이며, 그녀를 납치한 까닭은 창세교회 광신도들의 보복인 것으로 추정된다고 떠들었다. 한유정 목사를 비롯해 검거된 관련자들의 수가 40여 명에 달하며, 창세원이 얼마나 깊이 관련 되었을지가 초미의 관심사라고. 전창세의 죽음으로 대중의 관심 밖으로 밀려났던 창세원과 창세교회가 다시 파헤쳐지고 있었다.

아리의 신작 《푸른 눈》은 발간 두 달여 만에 10만 부를 넘는 판매고를 올리고 있는 참이었다. 《푸른 눈》은 -환還의 직영 출판사인 리라이프앤북스에서 출간되었다. 초판과 재판 1만 부를 제외한 나머지가 아리의 납치 사실이 알려진 이후에 팔렸다. 판매가 줄었던 다른 작품들도 덩달아 들썩였다. 아리가 납치되던 날 재공연을 시작했던 연극 '꽃이 피었네'는 그녀가 그걸 관람하러 가던 길에 납치되었다는 사실 때문에 연일 매진이었다. 사람들에게 신예 작가 유아리의 납치와 귀환에 얽힌 이야기는 짜릿한 드라마이며 스펙터클한 영화였다. 사이비 교단과 엘리트 경찰과 젊은 작가인 그의 아내. 사람들은 심심하던 참에 만난 화재 현장처럼, 안타까운 듯 한숨지으면서도 짜릿함에 몸서리를 치고 있었다.

안사돈의 눈물에 덩달아 눈시울을 적시던 할아버지가 해인에게 말했다.

"재엽이한테 전화 좀 걸어보시게."

신호는 가는데 받지 않더니 5분 뒤쯤 재엽이 전화를 걸어왔다. 해인은 전화기를 들고 복도로 나온다. 병실 문 양쪽에 정복 경찰 둘이 서서 출입자를 감시했다. 병동 입구에서도 마찬가지였다. 아리는 경찰 가족에 대한 보복 범죄의 희생자였다. 경찰 병원 안팎의 경비가

삼엄하다 못해 살벌했다. 병원 마당에는 100명은 넘음직한 기자들이
진을 치고 있었다. 그들은 작가 유아리의 상황을 알고 싶어 안달하지
만 손재엽이 병실 출입을 허락한 사람은 식구들과 해인뿐이었다.

"할아버님이 전화를 걸어보래서. 로즈는 어떻게 됐어?"

"그날 오후에 변호사가 들이닥치더니 데리고 나갔어. 그런데 로즈
한테 변호사를 붙여준 사람이 누구냐면, 고원영 씨야."

"고원영이 누군데?"

"최산호 선생님 장례 때 봤던 명성대 총장 있었잖아. 고한빈의 부
친이라던 양반."

"고한빈의 부친이 로즈한테 변호사를 댔다고? 왜?"

"어떻게 그렇게 됐는지는 몰라도 로즈가 고원영 씨한테 전화한 뒤
에 나타난 사람이 그 양반 변호사였어. 대정에서 로즈 밀러를 왜 챙
기나 싶었지만 변호사가 나타났으니까 로즈를 내보낼 수밖에 없었
어. 제보했다는 것 이외에는 혐의도 찾지 못한 상태였고."

"개인적인 건 모르겠지만 로즈와 고원영의 연결 코드는 알 것 같
아. 로즈 작품 디아나가 고한빈에게서 명성대 미술관으로 간 거지.
그건 우선 그렇다 치고, 아리를 납치한 놈들 잡았다며. 그놈들이 그
런 일을 벌인 진짜 목적이 뭐래? 설마, 정말 창세원 사건을 수사했던
당신을 겨냥한 거야?"

잠깐 아무 소리도 들리지 않는다. 한숨 소리가 먼저 들렸다.

"그렇대. 9월 3일 토요일 밤이 창세원 부흥회가 최고조로 달한 땐
데, 아리의 실종 사실이 세상에 퍼지면 신도들도 알게 될 거고 하
나님의 역사로 인식하게 될 거잖아. 실제로 그날 밤 창세원 예배당
에 전창세를 죽게 한 손재엽에게 징벌이 내려졌다는 식으로 떠벌

려……."

 그가 말을 맺지 못했다. 너 어떡하니. 해인은 말을 삼키고 재엽이 울음을 추스르길 기다린다. 한참 뒤 그의 말이 들렸다.

 "밤에, 아리한테 가면 미안하다는 말도 안 나와. 박박 우겨서 같이 살자고 했는데. 나 어쩌냐, 해인아."

 재공연 개막을 핑계로 한사코 그녀를 불러낸 사람은 해인이었다. 나와서 바람 좀 쐐. 네가 극장에 뜨면 개막 공연이 왕창 빛날 거 아냐. 이왕 시작한 거 마구 띄우자고. 사회적인 이슈로도 괜찮잖아? 그렇게 아리를 부추길 때 연인인 박신의를 확실하게 띄우고픈 욕망이 분명히 있었다.

 "나도 그래. 아리한테 미안하다는 말도 못할 지경이야. 미안해."

 "그렇게 생각하지 마. 아리도 그랬지만 나도, 뭐든 다 지났다고 생각했어. 임신한 걸 느끼고 나서 병원 가 정말 임신이라는 걸 확인했을 때 그 사람 첫마디가, 나도 이제 사람다워졌네, 였어. 다시는 회귀하지 않을 것 같다면서, 이제야말로 현실에 안착한 거 같다고 편안해하더라고. 나도 마찬가지였고. 방심한 탓에 무방비 상태가 된 거지."

 그들은 그저 일상을 살았던 것이지 방심한 게 아니었다.

 "아리가 겪은 일들은…… 깨어났을 때 또 하나의 전생이라 느끼게 하자. 깨고 나면 아무렇지 않은 악몽 같은 것이었다고."

 "부디 그래 주기를 바라는 중이야. 지금, 아리는 어때?"

 산송장인 아내 곁에서 밤을 지새고 출근한 그가 남의 식구 근황 묻듯 아리의 현재 상태를 물어왔다.

 "아직 자. 그렇지만 머지않아 깰 거야. 아리가 이 정도로 무너질 사람이 아니라는 걸 믿어. 이 정도로 무너질 사람이었으면 다시, 그것도 다생환인으로 태어났겠어? 안 그래? 그러니 너도 믿어. 믿는 대로 간대잖아. 이제 병실로 들어가볼게."

　장황하게 떠벌리며 전화를 끊지만 해인은 자신이 한 말을 믿지 못한다. 의지 따라 반복되는 삶이 아니지 않는가. 게다가 아리의 상태는 너무 심각했다. 반쯤은 저세상에 걸쳐 있는 그녀를 이쪽에서 억지로 붙들고 있는 상태였다.

지금까지 한빈에게 부친 고원영은 고요히 흐르는 강물 같은 존재였다. 주변의 여울들을 다 감싸 안으면서 무엇에도 거스르지 않고 흘러가는 사람. 그가 고요히 흐르는 동안 집안이 평화로웠고 명성재단이 잔잔했고 대정그룹은 안정적이었다. 아버지 모습으로서는 평범했을 터였다. 타인은 물론 자식들이라 할지라도 무얼 강요하는 일이 없었고 소리치는 일도 없었다. 뜨겁지도 차갑지도 않은 가운데쯤에서 늘 평형을 유지했던 아버지였다.

그런 아버지가 몇 달 전에 만난 젊은 여자한테 당당하기 위해 30여 년 큰 문제없이 살아온 아내에게 이혼을 제의하고 나서게 될 줄은 아마 당신 스스로도 몰랐을 것이다. 어머니 서인순이 한빈에게 부탁한 말은 간단했다. 살림을 차리든 외국으로 나가든 맘대로 하시라 하고, 부디 네 할아버님만 모르시게 하라고 해라. 할아버지 모르시게 지나갈 사안이 아니므로 어머니의 말은, 그 로맨스를 당장 끝내라는 선언을 전하라는 뜻이었다.

승원당은 고한빈의 할머니 사후 어머니의 관리 영역이었다. 대정주조에서 잔뼈가 굵어 대표이사에 이른 어머니는 대정주조의 시발점인 나주 본가를 귀하게 가꿨고 승원당을 본가의 사랑채쯤으로 여기며 관리했다. 그럼에도 아버지는 로즈 밀러를 승원당에 들여놓고 직원들이 범접하지 못하게 하며 직접 도시락을 사러 다녔다고 했다. 꼬박 사흘을 그렇게 지내고 나서 여자 차를 타고 함께 떠났다가 이튿날 승원당으로 돌아왔다던가. 로즈 밀러가 어떤 여자이든 아버지는 그때 이미 그녀를 위해 살겠다고 작정한 것으로 봐야했다. 그러므로 로즈 밀러에 대해 입을 다물어야 할 사람은 오히려 한빈이었다.

풍무 아파트 109동 1201호. 아버지가 있다는 아파트의 출구가 마주 보이는 주차장까지 왔지만 한빈은 들어가지 못했다. 로즈 밀러가 어떤 여자인지 한빈은 알지 못한다. 그녀가 유아리의 이분화환인이라는 말은 전혀 실감나지 않으므로 모르는 것과 같다. 그녀에 대해 알지 못하는 자신이 왜 여기 와 있는지 모호하다. 아버지에게 할아버지 모르시게 하라는 말은 여자와 헤어지라는 강요일 수밖에 없는데 이만큼까지 온 사람들한테 강요가 먹히겠는가. 강요할 사안도 아니었다. 그래서 한빈은 한 시간도 넘게 하릴없이 앉은 채 1201호가 들어 있는 출입구로 사람들이 드나드는 모습만 지켜보는 중이다.

한빈의 왼쪽에 있는 차는 아버지가 두 달여 전에 주문해 한 달 만에 이쪽으로 배달됐다는 은색 제네시스 로얄 팩이다. 아버지는 40대 접어들고부터 직접 운전하는 일이 드물었을 뿐만 아니라 차를 따로 가질 필요도 없었다. 광주에서는 운전기사 딸린 총장 전용차를 타면 됐고 비행기로 서울에 왔을 때는 공항에 서초동 집의 운전기사가 대기했다. 각 지방에서는 대정 호텔 리무진을 이용했다. 그런 아버지가 로즈 밀러에게 주기 위해 차를 구입했다. 어머니가 아직 몰랐을 때였지만. 아버지는 그 전에 이미 로즈 밀러를 세상에 내놓겠다고 작정했던 것이다. 로즈 밀러를 들키고 나자 오히려 기회인 양 이혼을 제기했을 뿐더러 그녀가 유아리 납치 사건에 관련되자 변호사를 보내 데리고 나왔다. 그 뒤로 휴일이면 서초동 집이 아니라 이곳에 와 지냈다. 여기서 아버지는 전화도 받지 않았다.

1,2호 라인 출입구에서 한 여자가 나왔다. 여자가 검정색 트렌치코트 주머니에서 꺼낸 게 리모컨이었던지 한빈의 오른쪽에 있던 흰색 K5가 피융 소리를 내며 반응한다. 옆 차로 다가오는 여자를 하릴없이 바라보던 한빈은 그녀를 어디서 봤는지 떠올려보려 궁리한다. 약간 통통한 듯 싶은 40대 여자. 낯이 익다. 경찰 병원 뜰에 있던 그 여자 같다. 아리가 병원으로 들어간 지 사흘째 되던 날, 면회는 허락되지 않았지만 한빈도 거기 가기는 했다. 수십 명의 기자들이 진을 치고 있던 저녁 나절에 여자는 뜰 한쪽의 벤치에 있었다. 기자인줄로 여겼다가 석상처럼 굳어 있는 걸 보고서 한빈이 들고 있던 캔 커피를 여자에게 권했다. 고맙다며 커피를 받은 그녀가 깡통을 어루만지며 중얼거렸다.

우리 애가 아주, 많이 다쳤어요. 생사를 헤매고 있는데, 나는 해줄수 있는 게 아무것도 없어요.

그녀의 무력감이 차라리 완벽해 보였다. 어떻게 다쳤느냐고 묻거나 위로의 말을 건넬 생각조차 나지 않았다. 한빈은 할 말이 없어 그녀 곁에 한참 있었다. 그때 한빈도 무력했다. 뉴욕에서 석 달 만에 돌아왔더니 평생 결혼 안 할 줄 알았던 여자가 결혼을 한 상태였다. 평생 외도 같은 건 모를 거라 여겼던 아버지가 젊은 여자한테 빠졌는데, 그 여자가 하필이면 로즈 밀러였다. 그리고 아리가 납치됐고 전국이 들썩이는가 싶더니 병원으로 실려 들어간 사람은 살지 죽을지 모른다고 했다.

검은 트렌치 코트가 K5에 다가들었을 때 한빈은 차를 나섰다. 마주보니 병원에서의 그 여자인지 아닌지 애매하다. 두 달여 전, 자식이 생사를 헤맨다던 여자치고는 몸짓이며 표정이 단단했다.

"말씀 좀 묻겠습니다. 여기 사십니까?"

"아니오. 아는 사람 집에 잠깐 들른 길입니다."

"아, 예. 이 아파트가 살기에 어떤가 여쭤보려고 했는데, 실례했습니다."

"사람이 어떻게 사는지가 다를 뿐 아파트야 비슷하겠죠. 여기는 좀 낡았지만 구조가 널찍하게 나온 것 같더군요. 단지 내 부지도 넓은 편이고요. 서울에 비하면 집세가 낮은 장점도 있겠죠?"

차 문을 열던 여자가 한빈을 돌아보았다. 눈이 마주치자 그녀가 물었다.

"혹시 우리 예전에 만난 적이 있던가요?"

찰나지간 갈등했지만 한빈은 부정했다.

"글쎄요, 저는 첨 뵙는 것 같은데요."

여자가 고개를 끄덕이고는 차에 올라 떠나갔다. 한빈도 자신의 차로 들어앉았다. 아버지에게 전화를 걸었지만 여전히 받지 않는다. 아버지가 나오시지 않으면 제가 들어가겠습니다. 세 번째 문자를 보낸다. 쓸 데 없는 위협이다. 한 시간 전과 반 시간 전에도 이미 같은 내용의 메시지를 보냈다.

하릴없이 전화기를 뒤적이자니 석해인의 번호가 눈에 들어왔다. 그녀는 네에, 고한빈 씨, 하며 나타났다.

"아리 씨 어떤가 싶어서요. 면회 갈 명분도 없지만 병실에 들어갈 수도 없다고 하더군요."

"일주일 전에 서울대 병원으로 옮겼어요. 팔다리의 깁스를 제거했지만 심폐 기능이 약해서 산소 줄은 아직 달고 있어요. 뇌사 상태는 아니라는데 깨어나지는 않고요. 의사들은, 본인이 무의식적으로 깨어나길 거부하는 게 아닐까, 그러대요. 이제 지키는 경찰은 없지만 병문안은 아직 어려울 거예요."

고한빈은 석해인과 몇 마디 더 나누고 전화를 끊는다. 아버지는 여전히 나오지 않고 전화도 해오지 않는다. 아버지는 어머니가 이혼에 동의하지 않으면 소송을 시작하겠다고 선언했다. 조심할 것도 무서울 것도 없는 것이다. 아버지는 어쩌면 로즈 밀러가 아늘과 관계한 적이 있다는 사실도 이미 알고 있을지 몰랐다. 그렇다면 아버지는 로즈 밀러가 유아리를 죽였다고 해도 그럴 만했을 거라고 여길 것이다. 그렇게 느껴질 정도로 근래의 아버지는 낯선 사람이 되어 있었다.

로즈 밀러의 어떤 점들이 고원영이라는 남자를 붙드는 것인지, 아버지의 절망 혹은 희망은 무엇인지, 무엇이 그를 막다른 곳으로 몰아붙이고 있는지. 남자 고원영에 대해 알지 못했던 한빈은 아버지 고원영도 이해하기 어려웠다. 아마 앞으로도 어려울 것이다. 아버지가 이혼을 감행하기 위해 소송을 시작하면 어떤 일이 벌어질지. 그걸 예상하기도 어렵다. 다만 아버지가 당신 생애 처음으로 스스로를 위한 나날, 자신의 삶을 살고 있을지도 모른다는 생각은 아까부터 했다.

***

　로즈의 집은 집이라기보다 작업실이었다. 제일 작은 방 한 칸이 침실로 쓰일 뿐 나머지 공간은 야적장이나 다름없었다. 유아리 사건으로 수목원이 폐쇄되면서 미술관도 무기한 휴관에 들어갔다. 홀로 미술관 부속 작업실을 쓰고 있을 수 없게 되자, 로즈는 그쪽에 있던 걸 모조리 집으로 옮겨왔다. 내년 2월 전시회 계약이 유효하므로 작업은 계속해야 했다. 밑그림과 조감도를 그리고 조형물의 틀을 만들고 거푸집을 지은 뒤 용액을 붓는 과정을 되풀이하고 있었다. 조형을 마친 작품도 균형이 맞지 않거나 마음에 들지 않으면 여지없이 폐기했다. 로즈의 작업은 막노동과 다름없었다. 시멘트 포대처럼 쌓인 석고와 라텍스 원료들을 헐어 사람 크기의 거푸집을 만들거나 그 안에 용액을 넣는 일은 건장한 사내들이나 감당할 수 있을 것 같은데 로즈는 너끈히 해냈다. 요즘 같은 진행 속도라면 전시회 전까지 작품 수를 맞추고도 남을 것 같았다.

　고원영은 요즘 주말이면 와서 로즈의 작업을 지켜보는 재미가 쏠쏠했다. 내년 2월 전시가 끝난 뒤에는 작업실을 따로 구해주든가 작업실이 달린 집을 마련해주어야겠다고 홀로 궁리하노라면 마음이 그지없이 여유로웠다. 그는 청소기를 돌려 로즈가 늘어놓은 물건들에 닿지 않도록 조심하며 바닥을 훔친다. 로즈가 거푸집을 빚고 있는 큰 방에는 들어가지 않고 작품들이 잔뜩 서 있는 거실과 원료 포대들이 쌓여 있는 중간 방과 책과 화구들이 쌓인 또 한 방까지. 로즈의 집에 올 때면 그가 하루 한 번씩 하는 일이다.

　안사람에게 이혼을 제의했고 동의하지 않으면 소송을 시작하겠노라고 큰소리쳤지만 로즈에게 그 사실을 말하지는 못했다. 여기 올 때마다 이번이 마지막일지도 모른다고 생각하는 순간이 있다. 승원당께서 알게 되면 끝이었다. 노친께서는 격분했을 때 목소리를 높이는게 아니라 당신 발밑을 보셨다. 앉아 있을 때는 당신 앞의 탁자나 책상 모서리를 내려다보며 당신의 두 손등을 포갰다. 고원영이 가장 두려워하는 승원당의 모습이었다. 포갠 손등의 다독임을 멈추고 고개를 들면 분노를 다스리고 결정도 끝냈다는 의미였다.

손 떼. 방법을 찾아. 치워.

승원당께서 어떤 결정을 내렸을 때 첫마디들이 대개 그랬다. 회사 임원에게 손 떼라고 말할 때는 책임지고 물러나라는 것이고 방법을 찾으라는 말은 회사가 책임져야 할 일에 방법을 찾으라는 뜻이었다. 지우라는 건 당신 영역 밖으로 내치라는 의미인 동시에 두 번 다시 당신 앞에서 알짱거리지 못할 만큼의 회생 불능 상태로 만들라는 명령이었다. 회사 일에 관한 한 그랬다.

자식들 일에는 어찌 나오실지 예상할 수 없었다. 지난 30년 동안 승원당의 자식들 중 당신이 알만하게 사고를 친 사람은 맏사위였던 이형호뿐이었다. 이형호가 죽었을 때 승원당께선 손 떼라고 했다. 집 안은 물론 그룹에서도 일체 관여치 말라는 말씀이셨다. 그의 빈소가 차려졌을 때 대정에서는 단 한 사람, 서인순 사장만 갔다. 대정주조 대표로서가 아니라 고은옥의 올케로서 수행원 없이 혼자 조문을 간 것이었다.

그러니 어찌할 것인가. 로즈를 만난 몇 달이 지난 60여 년을 다 덮었다. 보이느니 로즈뿐이므로 두 발로 물위를 걸어보겠다는 광인처럼 지나온 생애를 벗어보려는 것이지만 시도에서 그치고 말 터이다.

안사람 서인순은 대학 졸업 직후부터 40여 년 간 대정에서 일해왔다. 승원당의 절대적인 신뢰를 받았다. 대정주조의 4,000여 직원은 물론 대정그룹 3만여 직원과 직원 가족까지 12만여 명을 그녀가 거느리고 있었다. 승원당께서는 그룹 내 회사들이 분열되는 걸 경계하셨다. 승원당 사후 대정 총수가 될 서인순도 부친의 그런 뜻을 이어갈 사람이었다. 고원영이 거기서 벗어나기는 불가능했다.

"배고파요. 우리 뭐 먹을까요?"

오전 내 거푸집을 만들었던 로즈가 나와 물었다. 그녀는 한빈이 아파트 앞에 와서 두 시간을 죽치고 있다가 막 떠난 걸 몰랐다.

"강화도 쪽 가서 회 드시려오? 너무 시장하겠소?"

"너무 멀어요. 저 씻는 동안 당신이 잠깐 나갔다 오실래요? 단지 앞에, 지난번 우리 갔던 식당 있잖아요, 거기 가서 해물탕 사오세요. 끓이지 말고 재료만 달라고 하시고요. 와인보다 소주가 어울릴 테니까 한 병, 아니 두 병 사오세요. 배부르게 먹고 살짝 취한 상태로 방탕하게 놀게요."

방탕하게 놀자는 말을 저처럼 당당하게 말할 여자가 세상에 또 있을까.

"그리하리다."

그의 대답에 웃는 소리와 함께 화장실 문이 닫힌다. 화장실 문에는 로즈가 석고로 빚어놓은 고원영의 얼굴이 붙어 있다. 입이 귀에 걸릴 만큼 환하게 웃는 부조였다. 로즈가 드나들 때마다 만지는지 왼쪽 눈썹부분이 반질반질하다. 로즈는 왼손잡이였다. 그는 자신의 얼굴을 엄지손가락으로 톡 치고는 현관 입구 쪽에 걸린 차 열쇠를 빼들고 집을 나선다. 낡아서 편한 아파트였다. 엘리베이터 안에 폐쇄 회로 카메라가 있지만 그뿐이고 단지 안에는 떳떳치 못한 사람을 불편하게 하는 장치들이 없었다. 혹시나 한빈의 차가 있나 싶어 둘러보지만 없다. 다행이다. 어쨌든 여기서 아들과 대면하고 싶지는 않았다. 아들과 만나 할 말이란 결국 변명뿐일 텐데 누구에게도 자신을 이해시키기 위해 변명하거나 이해해달라고 사정하고 싶지 않았다.

낙엽이 내리는 계절이다. 유아리가 잠깐 떠올랐다가 마른 나뭇잎처럼 미끄러져 내린다. 아리가 겪은 큰일로 온 나라가 떠들썩했다. 아리가 그렇게 유명한 사람이었다는 걸 고원영은 그때 비로소 깨달은 듯했다. 이미 죽었을 것이라 여겼다. 시신이나 발견할 수 있을까. 그렇게 걱정할 때 마음이 가시덤불에 걸린 것처럼 쓰렸지만 한 생을 떠나보낸 양 호젓해지기도 했다. 비로소 30여 년 전의 은복이, 마음 깊은 곳에 우물처럼 들어앉아 있던 그 아이가 사라진 것 같았다. 그랬는데 뜻밖에도 로즈가 아리를 찾아냈다고 했다. 카프카미술관 부속실에서 작업하는 사람이었기 때문에 유추가 가능했던 제보였다. 로즈가 그만큼 영민하고 예민한 사람이기 때문이기도 했다. 그런 사람을 하루 종일 심문실에 가둬놓고 있다고 해서 변호사를 보냈다. 그때 로즈가 전화를 걸어와 전후 사정을 말해주었을 때, 고원영은 그녀가 의지할 사람이 자신뿐이라는 게 안타깝고도 기뻤다.

동 입구 쪽에 있는 경비실 앞을 지나야 하는 것도 불편하지만 두 동을 거쳐야 단지 입구가 나오는지라 그는 차를 운전해 단지를 빠져나온다. 해물탕집 앞까지는 5분도 걸리지 않는다. 주차장에 차를 놓고 식당 안으로 들어선 그는 해물탕 2인분을 끓이기만 하면 되게 포장해달라고 주문한다. 곁들이 반찬을 푸짐하게 싸달라는 주문을 덧붙이고 은행 알 구이 두 접시는 따로 구입한다. 로즈가 은행 알을 좋아했다. 은행 알을 손가락으로 집어먹으며 입술을 오물거릴 때 귀여웠다. 저 한 알 먹고 건너편의 그에게 한 알 먹이면서 즐거워했다.

아파트로 돌아온 고원영은 짐짓 느린 걸음으로 출입구 안으로 들어섰다. 엘리베이터가 내려와 멈추고 안에서 계집아이와 젊은 여자가 나온다. 예닐곱 살쯤 되었을 법한 계집아이가 깍쟁이처럼 소리친다. 안녕하세요, 할아버지! 그는 오냐, 인사를 받으며 엘리베이터 안으로 들어서다 멋쩍게 웃는다.

로즈 집의 비밀번호는 그의 생일이었다. 막 이사했다면서 전화를 걸어온 로즈가 생일을 묻기에 무심코 말해주다가 왜 묻느냐 반문했더니 비밀번호를 입력하려고 한다고 했다. 덕분에 그녀 생일도 알게 되었다. 미국 사람이 되려고 그랬나봐요. 미국 독립기념일이거든요, 7월 4일. 그날 통화를 떠올리다가 그는 무심코 0704를 누르고는 이런, 한탄하며 자신의 생일 숫자를 누른다.

로즈는 샤워를 마치고 나와 해사한 얼굴로 그를 맞았다. 그녀가 냄비를 꺼내 해물탕거리를 안치는 사이 고원영은 술병을 식탁에 놓고 식당에서 가져온 곁들이 반찬들을 접시에 담는다. 몇 번 안 되는 사이에 이런 일들이 이렇게 익숙해질 수 있다는 게 신기한 노릇이다. 은행 알을 접시에 담는데 알 두 개가 접시 밖으로 도르르 굴러 나온다. 그걸 손가락으로 집어먹고 손가락을 빨자니 웃음이 난다. 내일 광주로 돌아가 무슨 일을 겪게 될지 모른다. 어쩌면 광주까지 못 가고 서초동으로 붙들려 가게 될 수도 있다. 나중에 무슨 일이 일어나든 지금은 이대로 썩 괜찮다.

"손가락으로 집어 잡숫고 그러지 마세요."

"당신한테 배웠는걸 뭐."

"손 먼저 씻으시라고요."

이런 순간이면 로즈가 자신만큼 나이가 많은 아내이거나 자신이 로즈만큼 젊은 남편이 된 듯했다.

"당신 전시회 끝낸 뒤 말이오, 어딘가로 나가 살까? 당신 원하는 곳 어디든지."

"그러죠, 뭐. 손 먼저 씻으시고요."

도망가서 살자는 말을 어렵사리 꺼냈는데 싱겁게 그러자고 한다. 그는 씩 웃고는 로즈를 놀리듯 엄지와 검지를 번갈아 쪽쪽 빨면서 화장실로 들어선다.

해물탕은 보글보글 끓고 식탁은 모양 갖춰 차려졌다. 외국에 나가 살자는 그의 말은 로즈에게 다가온 미래에 대한 첫 약속이었다. 몇 달 뒤 상황이 어떻게 변할지 알 수 없지만 그가 지금 곁에 있거니와 앞으로도 함께하자고 청해준 게 기쁘고 설레었다. 화룡점정! 로즈는 빙긋 웃으면서 어제 고원영이 동네 꽃집에서 사준 자줏빛 국화 다발에서 국화 세 송이를 뽑아 대강이를 다듬은 뒤 목이 길쯤한 작은 꽃병에 꽂아 식탁 한쪽에 놓는다.

"어서 나오세요. 손만 씻지 샤워까지 하는 거예요? 아침에 하셨잖아요."

물소리가 들리는데 그는 듣지 못하는 것 같다. 로즈는 해물탕 냄비를 식탁으로 옮겨놓고 식탁 위를 눈으로 점검한다. 그의 수저가 좀 흐트러져 있다. 살림 도구는 간단하지만 그의 수저 한 벌은 따로 장만했다. 그 금장 수저를 고를 때 로즈는 자신이 고원영을 사랑한다는 걸, 사랑이 희열임을 깨달았다. 그때 사랑은 열망이 아니었다. 소유

욕도 아니었다. 그저 그가 세상에 있어 기쁜 것이었다.

"다 됐다."

화장실 문 앞에 설 때마다 그렇듯 그의 얼굴 부조의 눈썹을 손가락으로 만진다. 그는 무슨 생각인가 할 때면 오른쪽 눈썹 꼬리가 치켜올랐다. 그 모습이 섹시했다. 그는 화장실 불을 켜지 않고 들어갔던가보다. 쪽창 하나가 있긴 해도 어스레하다.

"어두운데 불을 켜죠."

고원영을 나무라다 로즈는 우뚝 섰다. 세면대의 수돗물은 혼자 흐르고 그는 세면대 아래에 쓰러져 있다. 고작해야 10분이다. 2인 분의 해물탕이 끓는 사이. 만져보지 않아도 그가 절명한 게 느껴진다. 그의 코에 손등을 대보고 그의 가슴에 귀를 붙여보지만 역시 숨을 쉬지 않는다. 그는 고혈압이나 저혈압이 아니고 당뇨나 고지혈증 따위의 병력도 없다고 했다. 하루에 두세 번씩 섹스를 할 만큼 건강했다. 그러므로 이 돌연한 사태는 결국 외부에서 뻗어온 손길에 의한 것이다. 테트로도톡신! 이토록 속절없이 사람을 넘어뜨릴 수 있음에도 구하기 어렵지 않은 그것.

고원영이 온 것은 그저께 금요일 밤이었다. 공항에 도착할 시간에 맞춰 로즈가 나가 데리고 들어왔다. 어제 저녁참에 둘이 나가서 장을 봐 왔고 그 혼자 나간 건 조금 전 뿐이다. 어젯밤과 오늘 오전 사이에 누군가 두 사람의 동선에다 지뢰를 매립하듯 독을 놓았다. 두 사람의 손가락이 닿을 수 있는 곳. 손가락만으로 움직일 수 있는 곳. 문손잡이거나 자물쇠의 번호판. 번호 단추들이다! 그가 한 번 실패한 뒤 다시 눌러서 들어왔던. 그는 올 때마다 로즈의 생일을 먼저 눌렀다. 연후에야 비밀번호가 자신의 생일이라는 걸 생각해내곤 웃었다. 로즈는 화장실의 불을 켜고 수도꼭지를 잠그려다가 손을 먼저 씻는다. 비누로 두 손을 박박 닦고 세면대에 뜨거운 물을 뿌려 씻어내면서 울부짖는다. 생각을 하자, 생각을 하자. 119에 먼저 전화를 걸 것인가, 그의 가족에게 전화를 걸 것인가. 이 눈물을 먼저 달랠 것인가.

　절벽 아래 호수는 광활하고 잔물결조차 일지 않는 수면은 눈이 시
릴 정도로 희푸르다. 수면이 캔버스 같았다. 아리는 제 키만 한 붓을
겨드랑이에 끼었다. 붓은 무게가 없고 몸은 붓보다 더 가볍다. 아리
는 한 손에 붓을 잡고 날아오르듯 호수를 향해 뛰어내렸다. 순간 날
개가 펼쳐진다. 간지러움도 없이 날개가 솟다니. 날갯짓만큼의 환희
가 온몸에서 솟구쳐 물속에서 날개를 퍼덕이며 다닌다. 이제 보니 호
수가 아니라 바다다. 수면에서 햇살이 눈부시고 주변에서는 물고기
들이 유영한다. 날고 있다. 파랑새다. 바닷속에서 한껏 자유로운 파
랑새. 하늘인지 바다인지 캔버스 위인지. 맘껏 날아다니며 그림을 그
리던 아리는 어느 순간 호수의 심연이라 여겨지는 바닥을 들여다본
다. 캄캄할 거라 여긴 바닥엔 잔자갈이 깎아놓은 생밤처럼 깔렸고 자
신이 그린 그림은 수면 위에서 투명하게 너울거렸다. 날개를 접고 한
손으로 붓을 세워 잡은 채 수면 위를 올려다보면서, 물 위로 올라가

면 어떨까 궁리한다. 여기 있어도 괜찮을 것 같다. 수면 위 푸른 햇빛
이 채운처럼 일렁이고 바닥을 디딘 흰 발등엔 햇빛 무늬들이 아롱져
있지 않은가. 자신의 맨 발등을 내려다보던 아리는 돌연 꿈에서 깬
다. 깨어났다고 느낀 순간 중얼거린다.

내가 무슨 그림을 그렸지?

목소리는 들리지 않는다. 일어나려 하지만 움직일 수 없다. 눈이
떠지지도 않았다. 사람 소리가 들리는 걸 보면 악몽 속 가위눌림은
아니다. 내가 다른 생으로 옮겨온 건가. 음마마 음마. 아기 소리다.
언제였는지. 오래도록 한 아기가 곁에 있었다. 내 악몽 속으로 들어
오지 말라고 애써 밀어냈던 아이. 그 아이가 누구였을까. 생각나지
않는다. 주변에서 들려오던 목소리들이 다시 멀어진다.

상큼한 라임향과 어우러진 은은한 체취, 그리운 온기다. 책 읽는
소리가 귓전에서 울린다. 나를 뒤에서 받쳐 안고 내 손을 쥐고 책을
읽는 사람이 누굴까. 전생의 사람인가. 아니 전생으로 가지 않았다는
건 이미 알고 있잖아. 큰 관악기의 울림통을 지나온 것처럼 여운을
지닌 이 목소리. 아아, 그이다. 손재엽. 아리는 재엽을 떠올린 자신이
대견해 웃는다. 그는 느릿느릿 책을 읽고 있다.

"나는 바람이었고, 파도였다. 나는 식물이었고, 새였다. 나는 나 자
신에게서 멈추지 않았으며, 바깥세상과의 모든 접촉은, 내 안에서 관
능을 일깨우지 않은 것과 마찬가지로 나의 한계도 전혀 알려주지 않
았다."

낭독을 중단한 그가 말한다.

"난 당신이 밑줄 그어놓은 대목들을 읽을 때마다 참 궁금해. 이런

대목들이 당신 안에서 어떤 식으로 용해되어 당신을 형성했을까. 앙드레 지드의 이 문장을 읽을 때 당신 머릿속에서는 뭐가 발생했을까. 가령, 바깥세상과의 접촉 없이 자신의 한계를 아는 일이 가능할까? 책을 읽는 것도, 아니 책을 읽는 것이야말로 바깥세상과의 짙은 접촉이잖아. 접촉 정도가 아니라 깊은 섞임이지. 내가 지금 당신을 안고 있는 것과 다를 것 없는 그런 것. 그렇잖아, 여보?"

아리가 대답했다. 그렇지. 앙드레 지드가 청년 테세우스를 묘사한 대목에서 강조한 것은 빛나는 자아, 혹은 날카로운 욕망에 관한 것이었던 거 같아. 로즈 밀러나 나나 마찬가지지. 로즈 밀러? 로즈 밀러가 누구야? 아, 그이. 내 꿈에 자주 나타났던 내 욕망, 아니 운명. 그러니까 내 운명은, 내가 부정하고 싶은 나였던 거지. 아리는 고개를 끄덕이다 또 중얼거린다. 그런데 여보, 대체 책을 몇 시간째 읽고 있니. 나 피곤해. 당신도 피곤할 건데, 좀 자자. 아리의 말을 들은 듯 그가 말했다.

"당신 피곤하구나? 알았어. 그만할게. 자정이 넘기는 했네."

재엽이 책을 놓고 아리를 뉘면서 침상에서 내려갔다. 그가 떨어져나가자 아리는 등이 사라진 것처럼 허전하다. 가지 마. 외쳐보지만 말은 나오지 않는다. 거센 물살에 휩쓸리듯 어지러울 뿐이다. 불이 꺼진 것 같다. 어두운 거 싫어! 기차 소리가 나잖아. 아리가 비명을 지르는데 재엽이 침상으로 올라와 물살에 휩쓸리던 아리를 붙들어 안는다. 안기니 어지러움이 사라진다. 그가 속삭였다. 사랑해 아리야. 내일 아침에는 제발, 같이 눈 뜨자. 응? 아리도 대답한다. 응, 사랑해.

고원영 총장의 사망 소식은 매체에 거의 알려지지 않았다. 대정그룹에서 차단했거니와 고인이 뉴스거리가 될 만한 삶을 살지 않은 덕분이었다. 그에 대한 로즈 밀러의 감정이 유달랐던지 그녀는 고원영 사망 직후 119나 112가 아니라 고한빈에게 먼저 전화했다. 고원영의 죽음은 고한빈에게서 그의 모친과 할아버지를 거쳐 쿠파의 수뇌인 서 청장에게 전달되었고 서 청장은 고원영 사망 사건을 엠엠피로 만들었다. 그 뒤처리는 재엽의 연쇄팀이 아닌 특수사건팀이 맡았다.

엠엠피 사건의 특성은 캐들지 않기였다. 여기까지! 용의자가 드러나려는 지점에서 멈추는 것이다. 한 겹만 더 들추면 온갖 동기를 가진 용의자들이 줄줄이 꿰어 있을 걸 알면서도 살아 있는 다수를 위해 한 사람의 죽음을 은폐하고 왜곡하면서 사건을 종결지었다. 로즈 밀러가 쿠파의 몇 사건에 연루된 심증이 있을지라도 그 여자를 캐고 들지 않기. 고한빈이 그날 그 시각 즈음에 그 아파트 앞에서 두 시간을 보내면서 봤을지도 모를 용의자들에 대해 묻지 않기. 덕분에 로즈 밀러의 품 안에서 죽은 고원영은 서초동 자택 서재에서 원인 불명의 심장마비로 죽어 부인에게 발견된 것으로 되었으며 어떤 추문에도 얽히지 않은 채 가족장을 치르고 가족 묘원에 안장되었다.

"어쨌든 경찰은 로즈 밀러나 한유정에 대해 아무것도 하지 못한다는 게 증명되었지. 때문에 -환還에서는 로즈 밀러와 한유정에 관한 심의를 시작했다는 것이고. 자네한테 그들을 격리시키라는 임무가 내리면 수락하겠나?"

강 박사의 말에 재엽은 자신의 손을 들여다본다. 카프카미술관에서 우는 아기한테 제발 뭘 좀 먹여달라고 중얼거리고 혼수에 빠져든 아리는 석 달이 가깝도록 깨어나지 못했다. 호흡기는 뗐어도 끼니때면 식도에 호스를 꽂아 유동식을 했다. 구강 소독제를 묻힌 거즈로 입안을 닦고 소변 줄로 오줌을 누고, 관장으로 똥을 누면서 연명했다. 그렇더라도 아리는 명백히 살아 있었다. 앞으로도 오래 손재엽과 함께 살아갈 사람이었다.

"아니오, 박사님. 저한테 그 임무가 떨어진다면 거절하겠습니다."

"왜?"

"개인적인 생각을 말씀드려도 됩니까."

"개인적으로 듣겠네."

"-환還이 누군가를 격리시키라고, 가디언들한테 임무를 내릴 때, 임무를 수행한 가디언은 이미 살인자입니다. 저는 10년 전 한성준에 대한 격리 임무를 수행하면서 이미 살인자가 됐지요. 다수를 위해 한 사람을 격리시킨다는 -환還의 대의는, 가디언들을 살인자로 만듭니다. 그게 저 같은 직업을 가진 경우에는 이중으로 작용하지요. 경찰인 저는 범인을 체포하여 교정시키려 하기보다 일을 쉽게 처리하는 습관이 생겼습니다. 연쇄살인범을 쫓다 검거할 때 저는 놈에게 수갑을 채우려 애쓰지 않습니다. 상황만 되면 그 자리에서 격리시키고 말지요."

"그 문제에 관한 논의는 하고 있다는 걸 알지 않은가. 운영위원들 중 그에 관한 고민을 하지 않은 사람이 누가 있겠어."

"그 논의, 10년 전에 하고 계셨으니 30년, 50년 전에도 하고들 계셨겠지요. 다들 겪어보시고도 논의를 계속하고 계시다는 건, 저와 같은 고민을 하고 있는 자들이 언젠가 고민을 그쳐버리고, 둔해지리라는 걸 경험으로 아시기 때문일 것이고요. 둔해질 때까지, 그리하여 나중 언젠가 혹시 운영위원회에 앉게라도 되면 또 저 같은 자들을 향해서, 논의하고 있노라 말하게 될 것이고요. 회귀 살인자들과 우리가 뭐가 다릅니까. 저는 연쇄살인범들과 뭐가 다르고요. 다르다고 하실 수 있습니까?"

일흔세 살과 서른여덟 살, 두 남자의 눈길이 곧바로 이어졌다. 재엽이 처음 제기한 문제가 아니었다. 그때마다 강 박사의 눈길은 엄하게 재엽의 문제의식을 짓눌러 앉히곤 했다. 지금 강 박사의 눈길은 여느 때와 달리 어둡다.

"그에 대한 갈등이 그리 심했나……."

"이런 갈등 저만 가진 게 아니라는 거, 이런 게 때로 자신한테 걷잡을 수 없는 분노로 작용한다는 거 운영위원회에 계신 분들이 상기해 주셨으면 합니다."

"필히 염두에 두겠네. 약속하지."

"예. 그건 그렇고요, 조금 전에 말씀드렸지만 아리와 관련된 임무에 대해서는 거절하겠습니다. 까닭은 아실 겁니다. 임무를 수행하기에는 제 입장이 전혀 공정하지도 객관적이지도 못하기 때문입니다."

"로즈 밀러가 사라지면 아리가 편해질 텐데도?"

"그건 박사님께서 단언하실 사안이 아니지요. 아리의 -환還 소속 여부를 따지지 않더라도, 누군가 나를 대신해 내가 원치 않는 나의 일부분을 없애주는 게 고마울 것 같지 않습니다. 필요하다면 스스로 움직여야겠지요. 로즈 밀러가 그랬듯 아리도요. 그들의 삶이잖습니까."

"아리가 깨어나 로즈 밀러를 향한 칼을 겨눈다면 자네는 어찌할 텐가? 반대로 로즈 밀러가 다시 아리를 향해 나선다면? 시간이 해결해주리라고 믿을 거야?"

강 박사의 질문은 재엽의 정곡을 찔렀다. 로즈 밀러를 그대로 두는 한 유아리가 안전하게 살 수 없다는 게 이미 증명되었다. 시간이 해결해주는 것은 없었다.

"그건 그때 가서 생각해보겠습니다."

"-환還이 그 일을 행하는 것에 대해서는?"

"어차피 저한테 결정권이 없는데 왜 물으십니까?"

"자네가 아리 남편인고로 자네의 소회를 묻는 거야."

"-환還이 10년 전에 한성준 목사를 제거하면서 오히려 한유정이라는 괴물들을 만들어냈다는 게 제 생각입니다. 전창세로 하여금 유서까지 써놓고 스스로 목을 매달게 하고, 권명하가 뻔히 보이는 제 무덤을 제 손으로 파게 하고, 더불어 로즈 밀러를 책동한 사람이 한유정일 거라고요. 10년 전 한성준 목사에 대한 격리는 -환還으로서는 어쩔 수 없는 결정이었지만 그 사건이 창세교의 발단이었고 결국 저한테로 되돌아왔습니다. 이제 -환還이 로즈 밀러를 제거하는 게 무슨 의미가 있을지 모르겠습니다. 한유정을 제거하는 것은 또 무슨 의미가 있고요? 눈에 띄는 대로 다 죽이자는 말씀들이세요? 그래봐야 끝나는 일도 아니지 않습니까. 돌고 돌아 결국 연결되고 마는데요. 무엇보다 그들이 했다는 직접적인 증거가 없습니다. 저는 요즘 아리가 –환還에 들지 않겠다고 했던 뜻을 알 것 같습니다.”

“그 점 또한 우리가 끊임없이 고뇌해야 할 점이기는 하지. 어쨌든 알겠네. 아직 확정된 건 아니니 다시 한 번 의논키로 하겠네. 병원으로 가나?”

“예.”

재엽은 강지안 박사의 병원을 나와 서울대 병원으로 향했다.

강 박사에게 솔직하지 못했다. 로즈 밀러가 전소명과 이형호 사건에도 연루되었던 사실에 대해 말하지 않았을 뿐더러 탈륨 연쇄 사건과 관계된 염미경이 고원영 사건의 주범일 것이라는 추측도 언급하지 않았다. 말할 수 없었다. 사라진 아리 전화기의 통화 내역을 추적했을 때 염미경이 나타났다. 염미경과 아리는 사흘에 한 번 꼴로 전화를 주고받은 사이였다. 통화만 한 사이였을 리 없었다. 그녀는 역시나 환인이었고 아리와 연결된 시점과 아리가 감추고 있었던 걸로 미루어 파주 사건들의 진범인 게 분명했다.

염미경은 아마도 홍란의 어머니인 김순행일 것이었다. 그렇지 않다면 아리가 염미경과 그토록 밀착되었을 이유가 없었다. 염미경은 아리 사건이 난 뒤 곧바로 로즈를 추적했던 듯했다. 엄마로서 딸을 만난 염미경은 아리 티알피로서의 로즈에 대해 이미 알고 있었던 것이다. 아리 사건 뒤 그녀는 로즈 밀러를 겨냥했고 그 결과 고원영이 죽었다. 로즈 밀러 한 사람을 격리시킨다고 해결될 일이 아무것도 없는 악순환이었다.

"오늘은 일찍 왔구나."

영심 씨가 아들을 반겼다. 현재 청운동 집의 식구는 아리와 재엽을 빼고도 여덟이었다. 아리가 사고를 당한 뒤 할아버지와 할머니가 다시 오셨고, 수십 년 째 노인들을 모시는 수창 씨 내외가 저절로 따라왔다. 재엽의 부모가 홍제동으로 돌아가지 못하고 있고 원래 아리 집에서 살아온 남해 아저씨와 아주머니가 있었다. 온 식구가 오직 저만 쳐다보고 있음에도 아리는 몽니 부리듯 누워만 있었다. 오늘은 좀 어땠느냐는 재엽의 물음에 종일 병실을 지켰던 남해댁이 대답했다.

"오늘은 어제보다 혈색이 한결 나아졌어요. 입술에도 핏기가 약간 돌았잖아요. 봐요, 그렇죠?"

재엽의 눈에는 아침에 출근할 때와 다른 것 같지 않았다.

"그렇게 보이는군요. 두 분 다 이제 가셔서 쉬십시오."

영심 씨가 창 앞에 놓인 도시락을 가리키며 저녁을 먹으라 이른다. 재엽이 알았다고 하니 영심 씨가 아리에게 다가들어 이마를 만진다.

"아리야, 엄마하고 아줌마는 집으로 간다. 내일은 뜬 눈으로 보자꾸나."

영심 씨가 남해댁을 앞세워 병실을 나갔다. 그들을 배웅한 재엽은 웃옷을 벗어 옷장 속에 넣고는 창가에 놓였던 도시락을 가져다 탁자에 펼친다. 오늘 반찬은 풋고추 넣은 병어조림에 호박선과 김치 등이다. 아리는 제 평생 한 끼도 혼자 해결해본 적 없는 여자였다. 요리는 물론이고 홀로 밥상에 앉은 기억조차 없다고 했다. 그런 주제에 아침이면 제 손으로 상을 다 차린 양 식탁 앞에서 맛이 어떠냐고 묻곤 했다. 저녁때면 재엽에게 전화를 걸어와 메뉴 자랑을 한 뒤 물었다. 여보, 집에 와서 식사 할 수 있어요? 한 달가량의 소꿉놀이였다. 손재엽의 아내 노릇을 소꿉놀이처럼 즐긴 덕에 유아리는 지금 시체 노릇을 하고 있었다. 연인 놀이를 할 때나 아내 놀이를 할 때나 노상 밥 타령을 하던 여자가 시체 노릇을 시작한 뒤 재엽은 밥맛을 잃었다.

식사를 마친 재엽은 가볍게 샤워를 하고 집에서 가져다놓은 옷으로 갈아입고 아리와의 밤을 준비했다. 화장실에서 나오니 그사이 해인이 들어와 있다. 해인이 아리의 머리를 받쳐 안고 머리카락을 정리해놓는다.

"내가 지난 주말에 왔다 갔으니까 나흘 만에 왔잖아. 오늘은 얼굴이 한결 좋아 보여. 입술 빛이 달라졌고 혈색도 돌았어. 금방 안아봤을 때 힘도 느껴졌다니까. 아이 참 왜 이리 귀찮게 하니, 그런 앙탈이 느껴진달까?"

앙탈이라는 단어에 재엽이 웃자 해인도 뒤늦게 웃는다.

"표현이 부적절했는지는 몰라도 달라진 건 분명해. 모르겠어?"

"알아. 나도 느껴. 조만간 깨어날 거라 믿고. 뭐 좀 마실 테야?"

"목마르면 내가 꺼내 마시면 되지. 아까 강 박사님 만났다며?"

"전화하셨어?"

"음. 너하고 나눈 대화 내용 말씀하시면서 내 의견을 묻기에, 난 뭐든 손재엽의 뜻대로 해야 한다고 대답했어. 대답은 그랬는데, 솔직히 내 속마음이 어떤지는 애매해. 넌 로즈를 직접 만나보지 않아 모르겠지만 내가 만난 로즈는 그렇게까지 할 사람은 아니었거든. 아리를 이렇게라도 구한 건 로즈인 게 분명하고. 그래서인지 마음이 쓰여. 로즈가 창세원과 그렇게 깊이 연결된 게 우리가 그 친구를 그렇게 밀어

붙인 게 아닐까 싶고. 외로우니까, 의지할 곳이 필요했을 거라고."

"로즈 밀러가 아리를 살려둔 건 분명하지. 그런데 난, 로즈 밀러가 왜 아리를 살려두기로 했을까에 대해 생각해보곤 해. 그리고 살려둔 게 아니라는 결론에 이르지. 어쨌든, 로즈 밀러에 관한 한 네가 자책할 건 없다고 봐. 사람은 누구나 다른 누군가 때문에 외로워해. 스스로도 누군가를 외롭게 만들기 마련이고. 하지만 외롭다고, 나를 외롭게 한 사람을 다 죽이나? 우리가 짐작하기만도 대체 몇이야. 우리가 짐작하지 못한 일은 또 얼마나 되겠어?"

목소리가 높아지던 재엽이 말을 뚝 멈추고 아리를 건너다보았다. 해인도 따라 본다. 잠깐 동안 둘은 아리를 잊었던 것이다.

"그만하자. 어쨌든 마음이 쓰이면, 가서 만나봐. 내 눈치 볼 것 없어. 진심으로 하는 말이야."

"알았어. 당장은 나도 만날 수 없을 것 같으니까, 로즈가 진작 나를 거부한 상태라서 내 결정으로 되는 것도 아니지만 뭐든 숙고할게."

"그렇게 해."

"그만 갈게. 많이 쓰다듬어 주고, 잘 자. 혹시 자다가라도 깨나면 전화 꼭 해주고. 그게 몇 시든. 알았지?"

아리 얼굴을 쓸어보면서 중얼거린 해인이 병실을 나갔다. 여덟 시 반이다. 병실에 단 둘이 되었을 때 재엽이 하는 일은 아리의 몸 만지기였다. 발톱 하나하나, 발가락 사이사이에서부터 갈비뼈와 척추와 경추들을 골라내듯 매만지고 머리카락을 되심 듯 정수리를 어루만지면서 자신의 하루를 얘기했다. 다 만진 다음에는 안고 앉아 긴 머리카락을 손으로 빗기며 책을 읽어주거나 떠오르는 생각들에 대해 말했다.

"그래서 난 강 박사님한테 못 한다고 했다는 거지. 당신 뜻을 몰라 보류한 게 아니야. 내가 뭘 하는 건 당신이 하는 것과 같기 때문이고, 난 당신이 그런 일 하는 걸, 그 일에 관한 한 절대 용납할 수 없기 때문이야. 그건 여보, 내가 해봐서 알아. 사람이 다른 사람 목숨을 끊는다는 건 어떤 대의, 어떤 명분도 소용없어. 그건 한번 저지르고 나면 어떻게도 벗어날 수 없는 굴레가 돼. 마지노선, 데드라인을 다 넘은 것과 같아. 내가 사람다울 필요가 없는 거라고. 무슨 말인지 알지? 해인이도 그걸 알기 때문에 내 뜻에 맡긴다고 했다잖아. 로즈 밀러는 잊어. 이 일도 잊고. 다 잊고, 깨어나면 당신 삶을, 우리 삶을 살면 돼."

대답 없는 사람을 상대로 하릴없이 중얼거릴 때마다 재엽은 외로웠다. 외로움이 깊을수록 더 많이 중얼거렸다. 안고 있던 여자를 눕히면서 함께 눕는 게 병원에서의 버릇이었다. 거실 용도의 공간에 소파가 있지만 거기 누워본 적 없었다. 다리를 다 펴지 못할 병상일지라도 아리를 안고 누웠다. 아리를 위해서라기보다 스스로를 위한 거였다. 움직일 줄 모르는 몸일지라도 그 몸을 그러안고 살을 붙이면 그나마 잘 수 있었다. 안고 눕노라면 금세 잠이 들었고 깨어나면 한두 시간, 때로는 서너 시간이 지나 있기 일쑤였다.

간지러움 같았다. 재엽은 게슴츠레 눈을 뜨고 왼팔을 들어 손목시계를 살폈다. 한 시다. 두 시간이나 잔 것이다. 재엽의 오른팔에는 모로 누운 아리의 베개가 얹혔고 베개엔 아리의 머리가 놓여 있다. 베개 끝에 비어져 나온 재엽의 오른손은 혼자 널브러져 있어야 맞는데 그 손에 아리의 왼손이 얹혀 있다. 그냥 얹힌 게 아니라 아리의 손가락이 재엽의 손바닥을 긁듯이 더듬거리는 중이다. 간지럽다. 이게 꿈인지 실제인지 구별하기 위해 재엽은 손목시계를 다시 봤다. 한 시 일 분. 실제 상황이다. 재엽의 가슴이 갈라지듯 쩌릿한 전율이 지나 갔다. 아리가 깨어나는 중인 것이다. 재엽은 떨리는 맘을 애써 다잡 은 뒤 속삭여본다.

"유아리 씨, 잘 잤어요?"

재엽의 손바닥을 간질이던 아리의 손가락이 놀란 듯 멈춘다. 재엽 은 심호흡을 하고는 다시 묻는다.

"당신, 일어났어?"

아무 일도 일어나지 않는 것 같다. 팔 위에 얹힌 베개와 베개에 얹 힌 머리통과 맞잡은 듯 닿아 있는 두 사람의 오른손과 왼손. 착각이 었나. 한숨을 삼키고 있노라니 아리의 왼손 손가락이 다시 재엽의 손 바닥을 긁었다.

"내가 누군지 알아요?"

아리의 손가락이 또 움직였다. 재엽은 자신이 움직이면 아리가 멈 춰버릴 것 같아 손가락 하나 움직이기도 두렵다.

"당신 지금 눈 뜨고 있어?"

그 질문에는 아리 손가락이 움직이지 않는다.

"내가 지금 일어나 당신을 볼 거야. 괜찮아?"

손가락이 반응했다. 재엽은 아리의 베개 밑에서 팔을 빼고 침상을 내려가 그녀가 누운 쪽으로 다가들었다. 아리의 두 손을 잡아 감싸 쥐고는 가만가만 비빈다. 그러는 사이에 아리의 눈꺼풀이 몇 번인가 깜박이더니 눈꺼풀이 들린다. 초점을 못 잡는 듯 감았다 뜨기를 반복 한다.

"여보, 서두르지 마. 괜찮아, 천천히 해. 내 물음에 대한 답은 조금 전처럼 손가락으로 하고. 알았지?"

재엽이 느슨하게 감싸고 있는 아리의 손가락이 움직였다.

"당신은 지금 혼자 숨 쉴 수 있기 때문에 호흡기를 달지 않았고, 식도에 호스도 꽂혀 있지 않아. 말할 수 있는 상태라는 거야. 느낄 수 있어?"

손이 움직였다. 재엽의 가슴이 걷잡을 수 없이 뛰었다. 그는 숨을 가다듬으며 말했다.

"좋아. 천천히 움직이라는 의미로 퀴즈 하나 낼게. 맞추면 당신이 해달라는 대로 뭐든지, 정말 뭐든지 다 해줄게. 자아, 퀴즈. 지구에 종말이 와서 거의 모든 사람이 죽었어. 마침내 지구에 남아 있던 단 한 명의 남자도 죽게 됐고. 그 남자가 방 안에서 죽을 채비를 하고 있는데 밖에서 그 남자 이름을 부르는 소리가 났어. 남자를 부른 사람은 누구였을까?"

답은 여자였다. 남자한테는 지구 최후의 남자라는 전제가 붙었지만 여자에 대해서는 언급이 없으므로 남자를 부를 사람은 여자일 수밖에 없었다. 결혼식 날 밤 경주의 호텔 방에서 아리로부터 들은 퀴즈였다. 이 퀴즈를 주고받을 때 지구 최후까지 살아남을 사람이 누구일까에 대한 상상으로 설왕설래했다. 그때 재엽은 문명사회에 접해본 적이 없는 밀림이나 섬의 원주민일 거라고 주장했고, 아리는 지구 최고의 바보일 것이라 말했다. 바보는 어느 쪽으로 가야 살 것인지 계산하지 못하므로 생존 본능에 따라 자신이 생존할 수 있는 곳을 찾아낼 것이라고.

"바보."

아리가 낸 소리였다.

“뭐라고 했어?”

재우치는 소리에 아리의 눈꺼풀이 깜박거리더니 마침내 눈을 떴
다. 흰자위가 약간 붉다. 재엽은 그동안 아리의 눈이 없어졌을지도
모른다는 상상을 한 적이 있었다. 그래서 혼자 눈을 뜨지 못하는 거
라고.

“답이 바보잖아, 바보야.”

목소리가 독감에라도 걸린 양 쉬어 있지만 발음은 분명하다. 재엽
이 아리의 손을 자신의 눈에 댔다. 수수깡처럼 메마른 손가락들이 그
의 눈꺼풀을 더듬다가 눈물을 만졌다. 재엽이 그 손을 잡아 내렸다.
아리의 두 눈초리에 주름살이 두어 줄씩 생겼다.

늦거운 눈이라 해야 하는 건지, 이른 봄눈이라 해야 하는 건지. 아침부터 지싯지싯 날리던 눈이 점심 참부터는 무더기로 쏟아졌다. 서울 경기 대부분 지역에 폭설 주의보와 대설 경보가 발령돼 있었다. 눈이 고스란히 쌓여가는 수목원은 침엽수림 때문인지 동화처럼 아스라하다. 수목원 직원들이 정문에서 미술관에 이르는 길의 눈을 밀어내는 것 같더니 할 일 다 했다는 듯 사라졌다. 그들이 사라진 자리를 눈이 다시 메웠다.

로즈 이가 밀러의 조형 작품전을 개막하기로 한 오후 세 시의 카프카미술관에는 큐레이터와 사무실장과 로즈뿐이었다. 개막식 시각이 돼도 아무도 찾아오지 않자 실장이 찬바람을 일으키며 사무실 안으로 들어가 버렸다. 15분이 더 지났다. 전시회 타이틀을 'Cause and effect, 지금 이 순간'으로 정할 때 로즈는 이런 사태를 각오했던 것 같았다. 이 전시회는 계약서에 명시된 것이므로 계약 주체로서의 카

프카미술관이나 로즈 밀러가 형식을 따르는 것일 뿐 사실은 아무 의
미 없는 짓일 거라고.

"어떻게 할까요?"

큐레이터 김호윤이 로비의 유리문 앞에 선 로즈에게 다가와 물었
다. 그는 자리를 비운 상사를 대신해 1년여 전 작성했던 계약서 내용
을 빠짐없이 지켰다. 계약서에 수목원이 폐원될 수도 있을 거라든가
미술관이 휴관했다가 로즈 밀러의 전시회에 맞춰 임시로 개관할 수
있을 거라든가 하는 내용은 없었다. 전시회 개막 날 폭설이 내릴 수
도 있으므로 그럴 경우 어떻게 한다는 따위의 세부 대책도 나와 있지
않았다. 갑과 을의 계약은 성실하게 이행되었다.

"개막식은 폭설이 대신해준 걸로 쳐요. 이 정도면 팡파레에 값할
만하잖아요?"

사무실에서 1,000장의 전시회 팸플릿을 띄웠다고 했고 로즈도 100
장을 띄웠다. 카프카미술관이 전시회를 열 때면 으레 초대장을 보낸
다는 1,000명과 로즈가 보낸 100명 안에는 각 신문사며 방송국의 전
시 보도 관련자들도 끼어 있었다. 개막 날에는 언제나 전시장을 가득
메울 만큼 관람객이 넘치기 마련이라고 김호윤이 말할 때 로즈는 속
으로 도리질을 했다. 관장이 있을 때엔 어땠을지 몰라도 그녀가 없는
상황에서는 다를 거라고. 수목원도 닫혀 있는 마당에 어림이나 있겠
느냐고. 예상했던 대로 'Cause and effect, 지금 이 순간'에 관한 사전
보도는 한 건도 뜨지 않았다.

작년 2월 초 카프카미술관 지원 작가의 전시회 때 700여 명의 하
객이 모인 개막식을 치렀고, 전시 기간 동안 작품의 8할이 팔렸다고
했다. 관장은 1년마다 한 명의 작가를 지원함으로써 미술계 멘토로

서의 명망을 유지할 뿐만 아니라 투자 비용의 몇 배씩 수익을 내왔던 모양이었다. 그게 재벌가의 일원이라는 관장의 사업 수완이자 스타일이었다. 유아리 사건이 났을 때 관장은 영국에서 수목원에 대한 폐쇄 명령을 내렸다. 동시에 여름 내 리모델링을 하고 9월부터 재개관하려던 미술관에는 무기한 휴관을 지시했다. 수목원은 3월 말에 개원할 거라 했다. 이 전시회를 위해 임시 개관한 미술관도 수목원과 함께 정식 개관하게 될 터였다. 3월부터 부속실을 사용하게 될 새로운 작가도 정해져 있었다.

30분이 지났다. 로즈는 한 세기를 보낸 것 같았다. 개막식은 물론 전시 작품을 모조리 포기할 수 있을 만한 시간이었다.

"혹시 제가 필요한 일이 생기면 연락하세요."

로즈는 로비를 나섰다. 미술관 주차장에 서 있는 제네시스 로얄 팩은 눈에 덮인 이글루 같았다. 로즈는 차 안으로 들어앉아 히터를 최대치로 올려 켜고는 와이퍼로 앞창의 눈을 쓸었다. 시야가 부챗살처럼 트이는가 싶다가 금세 부예진다. 와이퍼가 슬렁슬렁 움직이지만 아무것도 보이지 않는다. 고원영이 그렇게 세상을 떠난 뒤 로즈는 그가 유품인 양 남긴 차에 앉을 때마다 자신을 죽이려다 고원영을 죽인 사람이 누구일지 생각해보곤 했다.

그의 죽음에 대해 로즈는 아는 게 없었다. 고원영이 절명했다는 사실을 고한빈에게 알렸을 때 그의 대답은 짧았다. 알겠습니다, 로즈 이가 밀러 씨. 조금 뒤에 사람들이 갈 겁니다. 로즈 이가 밀러 씨는 제 아버지에게나 로즈 이가 밀러 씨 스스로에게 뭐가 최선일지만 생각해주십시오.

한빈이 로즈 이가 밀러라는 풀 네임을 꼭꼭 찍어 발음할 때마다 로즈는 자신의 혀에 못이 박히는 것 같았다. 한 시간 뒤쯤 구급차가 왔다. 고원영의 주검은 다리 다쳐 걸을 수 없는 환자이기나 한 듯 들것을 타고 내려갔다. 그리고 사복 경찰들이 와서 로즈에게서 진술을 들으며 현장을 검사한 뒤 자물쇠를 떼어갔다. 그걸로 끝이었다. 아무도 로즈에게 그의 죽음에 대해 물어오지 않았고 얘기해주는 사람도 없었다.

전화기엔 한국에 돌아와 알게 된 사람들의 전화번호가 모조리 입력되어 있지만 3분의 1쯤은 우찬규의 것처럼 쓸모없는 번호이다. 로즈는 방윤수의 전화번호를 눌렀다.

"어, 로즈. 오늘은 도저히 시간이 안 나서 못 갔어. 우선 축하해요. 고생 많았소."

"감사합니다. 방 선생님께 그 말씀 듣고 싶어서 전화했어요. 통화 괜찮으세요?"

"담배 피러 나와 눈 구경 하던 참이에요. 몇 달 전부터 드라마 의상 제작하느라고 정신없잖아. 다음 주에 종방하면 숨통이 좀 트일 것 같소. 그때 가보리다."

"드라마 의상 만들고 계셨어요? 무슨 드라마요?"

무슨 드라마냐고 묻는 순간 유아리의 《하늘의 아내》가 떠올랐다.

"하긴 로즈 씨도 텔레비전 볼 시간은 없었겠네. '하늘의 아내'라고 요새 시청률 꽤 나오는 사극이야. 언젠가 드라마 의상 입찰 준비하느라 바쁘다고 했었잖아."

"유아리 원작의 드라마요?"

"텔레비전도 안 보는 사람이 드라마 원작자는 어떻게 알아?"

"유아리 작가가 유명하잖아요. 요새 그 사람은 어떻게 지낸대요?"

"내가 로즈한테 우리 아리에 대해 말한 적이 있나?"

그가 로즈에게 유아리라는 이름을 직접 말한 적은 없었다.

"있었죠. 눈앞에서 날아다녔는데 붙잡지는 못한, 나비 같은 사람의 딸이라고."

청년 시절 그는 스승의 딸이자 연구소의 동료이기도 했던 여자에게 연정을 품은 적이 있었노라 했다. 그가 붙잡지 못한 나비가 유아리의 어머니였다.

"그랬나? 정신이 없네. 우리 아리가 작년에 큰일 겪었잖아. 아직 어떻게 지낸다고 말할 수 없는 상태야."

"그래도 만나시긴 할 거 아니에요."

"일 때문에 찾아가 만나기는 하지. 내 보스니까. 내 제자이기도 하고. 로즈, 들어가봐야 하지 않나? 나는 들어가봐야겠는데. 이번 주말이나 다음 주에 시간 내서 작품 보러 갈게. 그때 한잔하지."

유아리가 방윤수의 보스일 거라는 짐작한 적은 있었다. 제자라는 사실은 새롭다. 전업해도 되겠네, 중얼거린 로즈는 전화기에 입력된 이름을 계속 검색해보았다. 더 이상 눈에 띄지 않았다. 조연선 화백은 아들이 사는 파리에 가 있었다. 고립무원에 갇힌 상황이 새삼스러울 것은 없었다. 현생에 난 순간부터 끊임없이 겪었다. 전생들이라고 달랐으랴. 좋은 사람이 없지 않았지만 그들과의 기억은 일순간인 양 짧았다. 고원영과의 시간들도 그랬다. 어느새 그가 전생의 사람 같았다.

고원영의 흔적은 남았다. 임신 16주째였다. 로즈는 요즘 어디로 가서 아이를 낳을까 자주 궁리했다. 갈 곳이 어디에도 없으므로 가지 못할 곳도 없었다. 문제는 부영희였다. 한번 떠나면 다시는 돌아오지 않을 것이므로 그녀를 버리게 될 게 뻔했다. 부영희를 놓아버리고 나면, 허공에 날리는 비닐봉지 같거나 태평양을 떠도는 플라스틱 조각처럼 아무것도 아니게 될 것 같았다. 하지만 한국에서 더 이상 살고 싶지 않았다. 살 수도 없게 되었다. 날마다 보이지 않는 손들이 올가미처럼 목을 죄는 것 같았다. 팔방에서 살기가 느껴졌다. 부영희와 아이를 데리고 안전하게 살 수 있는 곳이 어딜까.

어디여야 할까, 혼잣말을 하는데 전화기가 진동했다. 창세원에서 걸려온 전화다. 무슨 계시인 양 전화기 저편에 한유정이 나타났다.

"밀러 선생. 초대장을 받고도 눈에 갇혀 못 나갔네요. 개막식은 잘 치르고 있어요?"

"이쪽에도 눈이 많이 내려 손님들이 통 못 오셨어요. 쓸쓸해하던 중이에요."

"저런! 그럴 줄 알았으면 나라도 기어이 가볼 것을. 살피지 못해 미안해요."

창세유통은 권명하를 비롯한 일당 아홉 명이 구속된 뒤 경영진을 해체하다시피 했고, 창세교회 신도들 중 유통업 계통의 경력자들로 체제를 다시 갖췄다. 한 목사는 창세원 방송 사태부터 유아리 사건까지 겪는 과정에서 자신에게 걸림돌이 될 만한 인물을 모두 제거했다.

"그리 말씀해주시니 고맙습니다, 목사님."

"그래요, 서로 위로해가며 그러구러 살아봅시다. 큰일 마쳤으니 고단할 텐데, 언제든 쉬고 싶으면 와서 쉬었다가 가요. 와서 살아도 좋고."

"그래도 괜찮을까요?"

"그럼요. 언제든 작업실 내어줄게요. 작업하다 심심하면 우리 애들한테 그림 공부도 좀 시켜주고. 벽화를 볼 때마다 밀러 선생을 생각해요. 밀러 선생은 나한테 아우 같고 딸 같은 사람이라고. 밀러 선생이 스스로 원하기만 한다면 우리 교회의 큰 재목이 될 수 있을 거라 기대하고 있어요. 섬김의 방법에 있어 견해 차이가 있다고 해도 얼마든지 극복할 수 있는 것이고, 또 다르면 다른 대로 함께할 수도 있는 것이지요. 시몬 성자께서 말씀하시길 '여럿이 되신 하나이시되, 나뉨이 없는 하나 그대로시니, 이 모두가 그리스도시라'라고 하셨잖아요. 나는 그 말씀을 숭앙하는 사람이에요. 또한 나는 세상 사는 방법뿐만 아니라 신앙의 차이, 다양성을 인정하는 사람이고 인정받고 싶은 목회자예요. 우리가 가는 길은 결국 하나이니까 말이오. 언제든지 와요."

"고맙습니다, 목사님. 곧 찾아뵙겠습니다."

"기다릴게요, 밀러 선생. 곧 봅시다."

창세원에도 눈이 내리고 있다고 한다. 어쩌면 겨울 내내 그곳에선 눈으로 성을 쌓아놓고 지낼지도 몰랐다. 식당 안에 들여놓은 커다란 무쇠 난로에서는 장작이 타고 오디오에서는 찬송과 트로트 곡이 번갈아 흐를지도 몰랐다. 찬송에 맞춰 춤추며 웃는 사람들과 목사의 설교 비디오를 틀어놓고 섹스를 하거나 섹스 비디오를 켜놓은 채 기도할 수도 있는 사람들.

"일단 창세원으로 들어간다?"

짐짓 소리내어 중얼거리는 차 소리가 났다. 스노 체인이 감긴 바퀴 소리를 내며 들어와 미술관 로비 앞에 멈추는 차였다. 바깥은 어스레하면서도 미술관에서 비쳐 나온 불빛이 눈에 반사되어 애매하게 밝았다. 운전석에서 남자가 우산을 펼치며 나오더니 조수석 문을 열었다. 여자가 차에서 나와 남자의 우산 속으로 들어섰다. 그들이 로비

바깥의 지붕 아래서 우산을 접었다. 발목까지 드리운 후드 코트를 걸친 여자와 야상 점퍼 차림의 남자가 로비 들어간다. 널뛰듯 뛰던 로즈의 가슴이 가라앉았다. 멀고 흐릿하지만 젊은 여자는 유아리인 게 틀림없었다.

미술관 로비에서 아리와 재엽을 맞이한 건 아무도 건드린 흔적 없는 긴 와인 탁자였다. 투명하게 반짝이는 크리스털 잔들과 개봉할 의지가 엿보이지 않는 와인과 음료 병들. 사람 없는 넓은 공간에서 그것들은 설치미술 작품 같다. 로즈 이가 밀러 조형 전시회라고 쓰인 팻말이 가리키는 제1전시장 문은 열려 있지만 사람 소리가 들리지 않기는 마찬가지다.

"아무리 눈이 온다고 해도 어떻게 아무도 없을 수가 있지?"

"이런 날 누가 미술품을 보러 이 시골까지 오겠어?"

재엽이 기어이 오겠다고 고집 부린 아리를 꼬집었다. 인기척을 들었는지 로비 안쪽의 사무실에서 한 사람이 나왔다.

"안녕하십니까, 저는 카프카미술관 큐레이터 김호윤입니다. 전시회에 오셨습니까?"

"안녕하세요. 저는 유아리예요."

"소, 소설 쓰시는?"

몇 달 전 이 건물에서 거의 죽은 상태로 발견되었던 여자가, 그래서 이 수목원과 미술관이 폐원, 폐관되게 했다는 사람이 멀쩡하게 나타나 놀란 듯하다. 사실 아리는 이곳에 관한 기억이 없었다. 태양광에 노출된 필름처럼 하얗게 비어버린 석 달가량의 시간을 인터넷을 뒤져 대강 인지했을 뿐이다.

"눈 때문에 행사가 열리지 못했나봐요."

"예. 이렇게 오셨는데, 죄송합니다."

"전시장엔 들어갈 수 있지요?"

"물론입니다. 아, 작가 선생님이 아직 근방에 계실 텐데 연락을 드려볼까요?"

"됐어요. 저희는 잠깐 작품 감상하고 가면 돼요."

사흘 전, 우편물을 살피다 발신처가 카프카미술관이라 쓰인 봉투를 발견했다. 로즈 이가 밀러 조형 전시회 'Cause and effect, 지금 이 순간'의 초대장이었다. 그게 어떻게 유아리에게 왔는지 몰랐으되 당연히 가야 할 것으로 여겼다. 퇴원 뒤 한 달여, 입원 기간까지 합쳐 5개월의 칩거를 마감하는 첫 외출이 로즈 밀러의 전시회라니. 의미도 특별했다. 그렇지만 그날 밤 재엽에게 초대장을 보이자 그는 대번에 고개를 저었다. 당신 아직 외출은 무리야. 명백한 불허였으므로 아리가 따졌다. 로즈 밀러가 내 티알피인 걸 안 지가 벌써 언젠데, 대체 언제까지 못 만나게 하려는 거야? 재엽이 못 박듯 선언했다. 쌍둥이건 뭐건 로즈 밀러는 당신하고 상관없는 사람이니 잊어.

그가 워낙 단호했으므로 아리는 일단 뜻을 접었다. 초대장을 버리지는 못했다. 로즈 밀러와 더불어 살아갈 수 없다면 유아리의 일생에서 제외시켜야 하는데 그녀를 만나지 않고는 매듭을 지을 수 없지 않은가. 그녀를 직접 대면하지 않아도 좋았다. 지난 1년 간 로즈 밀러가 어떤 작업을 했는지 확인하고 나면 잊게 될지도 몰랐다. 오늘 낮에 재엽에게 전화 걸어 전시회에 가봐야겠다고 했다. 화내지 말고 가보라고 해줘. 물론 혼자 안 가. 어른들 다 모시고 갈게. 하는 수 없다는 걸 인정한 재엽이 집으로 돌아왔다.

재엽의 걱정이 이 미술관에서 유아리가 겪은 일에 대한 것이든 회귀에 대한 우려이든 기우였다. 로즈 밀러의 작품에 나타난 그녀의 전생들은 아리가 이미 회귀를 겪어버린 내용들이다. 앞으로 다시는 회귀를 겪지 않을 것이라고 자신할 수 없어도 로즈의 작품들을 통해서는 아니었다. 낯설지도 신선하지도 않은 로즈 밀러의 이번 작품들은 작년에 디아나가 보여주었던 기이하고 신비한 분위기를 갖고 있지 못했다.

"기어이 와서 보는 소감이 어때?"

뒤따라 걷던 재엽이 아리의 손을 잡으며 물었다.

"엊그제 읽은 인도 고대 시가 '수바시따'의 한 구절이 생각나. '누군가의 심장을 뚫지 않고 고개를 끄덕이게 하지 않는 시나 화살이 도대체 무슨 소용이 있단 말인가.' 그 구절 읽을 때, 지금까지의 내 글이 어땠으며 앞으로의 내 글은 어떨 것인가 싶어 반성했는데, 그때와 비슷한 느낌이야."

"앞으로 쓸 글까지 미리 반성했단 말이야?"

"태어나 처음으로 한 반성이었어. 이제 집에 가요. 몹시 피곤해."

초대장에서 'Cause and effect, 지금 이 순간'이라는 타이틀을 읽었을 때 충격적인 공감을 기대했다. 유아리가 인과관계를 문장으로 주절주절 늘어놓고 있는 것에 반해 로즈 밀러는 한순간 팡 터지듯 보여줄 거라고. 하지만 그녀는 자신의 전생에서 비롯된 이미지들을 늘어놓기만 한 것 같았다. 그녀를 모르는 관람객에게 이게 뭘까, 그녀가 말하는 지금 이 순간이 어떤 순간일까, 궁금증은 일으킬지 모르지만 그 정도였다. 작년에 고한빈이 로즈 밀러의 작품은 디아나의 변주에 머물 거라고 예상하더니 그의 말이 맞았다. 퇴원 뒤 통화한 고한빈에 따르면 디아나는 고원영 총장의 죽음과 함께 폐기되었다고 했다. 지금 이 순간을 제대로 보여주지 못하는 이곳의 작품들도 디아나의 운명과 크게 다를 것 같지 않았다.

　　로즈는 로비에서 전시장을 돌아 손잡고 나오는 유아리와 손재엽을 바라보고 있었다. 그들이 나오더니 로즈의 몇 걸음 앞에 멈춰 섰다. 발목까지 닿는 유아리의 회색 후드 코트에 수백 송이는 됨직한 붉은 장미가 수 놓였다. 그녀의 시선은 로즈를 향해 있다. 로즈도 피하지 않고 마주 보았다. 주차장에서 그녀가 나타난 걸 알고 나서 몇 분 사이에 수십 번 차를 몰아 나가고 싶었지만 나가지 못했다. 지금 달아나면 평생 그녀로부터 도망치며 살아야 할 것 같았다. 혹은 그 반대이거나. 이분회환인이 정면으로 마주했을 때 어떤 일이 생기는지, 대면해봐야 알지 않겠느냐고 오기 부리며 들어왔다. 그토록 정교하게, 로즈 밀러의 모든 것을 걸듯 치열하게 소멸시키려 했으나, 그리하여 그녀를 무화시키는 일에 간신히 성공한 줄 알았으나, 이 자리에 나타남으로써 실패를 확인시켜준 여자.

　　한쪽이 물처럼 녹아내리거나 연기처럼 흩어져 사라질 줄 알았더니 아무 일도 일어나지 않는다. 로즈는 다리가 약간 후들거리기는 해도 건재했고 유아리도 그대로다. 1분쯤 지났을까. 실제로는 몇 초인지도 몰랐다. 눈싸움을 하다가 포기하듯 유아리가 제 남편의 손을 놓고 한 걸음 다가들며 불쑥 미소 지었다.

　　"마침내, 당신이군요, 로즈 밀러 씨! 우리 예전에 예지원에서 만난 적이 있지요? 방윤수 패션쇼 '어여쁜 님'에서요."

　　앳되기보다 숫된 말투다. 느린 듯 낭랑한 목소리는 그녀의 강연

때 실컷 들었음에도 낯설다. 로즈는 응수하지 못했다. 심장이 너무 뛰었다.

"당신이 제 티알피라는 사실을 알고부터, 그게 정말일지 늘 궁금했어요. 무서워하기도 하고 걱정도 했고요. 오늘 온 것도 그래서예요. 작품들 보면서 당신이 내 티알피라는 것을 확인했어요. 반갑습니다, 로즈 밀러 씨."

유아리가 한 걸음 더 나서며 손을 내밀었다. 이 여자가 미쳤나 싶은 로즈는 한 걸음 물러섰다. 유아리의 소설들을 뒤늦게 샅샅이 읽으며 그녀가 자신의 전생들을 얼마나 세세하게 기억하고 있는지 느꼈다. 로즈에게는 어렴풋하거나 아예 떠올린 적 없는 장면까지도 그녀는 생생하게 그려놓았다. 그럼에도 유아리가 제게 일어난 일을 다 모르고 있다면 천치이고, 알고 있음에도 지금과 같이 행동하는 것이라면 해석이 불가능하다. 또 그 모든 일을 전생으로 치환해버린 것이라면 가증스럽다. 어느 쪽이든 지금 손을 거둬들이며 웃는 여자가 로즈는 섬뜩하다.

"초대장을 보내주셨기에 왔는데, 밀러 씨가 보낸 건 아니셨나보네요. 어쨌든 작품 감상 잘했습니다. 아름답고 슬프더군요. 우리가 살아냈던 옛날들이 실감났어요. 전시회 축하드려요. 그리고 이 건물에 갇혀 있던 저를 구해주셨다고 들었습니다. 밀러 씨가 아니셨다면 제가 죽었을 거라고 하더군요. 고맙습니다. 평생 잊지 않을 게요. 아, 이쪽은 제 남편이에요. 여보, 밀러 씨한테 인사 안 하세요?"

손재엽이 말없이 허리를 수그렸다가 몸을 세우는데 시선은 마주치지 않는다. 로즈가 실제로는 처음으로 보는 손재엽이었다. 전생의 동무였던 그, 혹은 그녀. 헌칠한 몸피에 진청색의 야상 점퍼를 걸친 그의 온몸에 완강한 거부감이 서려 있다.

"언젠가 기회가 되면 다시 봬요, 밀러 씨."

유아리가 제 남편의 팔짱을 끼며 환히 웃더니 찰나 간에 얼음송곳처럼 날카로운 눈초리로 일별하고는 몸을 돌린다. 로비 출입문 앞에서 손재엽이 유아리의 코트에 달린 모자를 그녀에게 들씌우더니 감싸 안고 나갔다. 그들이 사라지자 곁에 있던 김호윤이 말했다.

"유아리 작가, 죽었다는 소문까지 떠돌던데 건재하네요. 선생님 전시회에 나타난 그 부부 사진 한 장 찍었으면, 완전히 대박감인데 아까운 걸요."

"한 장 찍지 그랬어요?"

"생각도 못했죠. 좀 전에 그 남편이 이쪽을 쓱 쳐다보는데 허튼 짓 말라고 저를 노려보는 것 같던 걸요. 세상 사람을 못 믿는 그 심정을 이해할 것도 같고요. 아내가 자기 때문에 그런 무시무시한 일을 낭했다고 생각하면 저라도 그럴 것 같으니까요. 어쨌든 다섯 시네요, 선생님. 더 오실 손님은 없을 것 같은데 오늘은 이만 닫지요."

"김 선생이 유아리 씨한테 초대장 보냈어요?"

"전 선생님이 보내신 줄 알았는데요? 선생님이 우리 옥상에 유아리 씨가 있다고 제보하셨기 때문에 유아리 씨가 살았고, 그 때문에 우리 미술관이며 수목원이 닫혔잖아요. 우리 관장께서 입국하시지 않는 까닭도 거기 있고요."

미술관 직원 여섯 명 중 네 명이 휴직 중이었고 마흔 명의 수목원 직원 중 3분의 2가 휴직 상태였다. 전시회를 준비하는 동안 아무 말이 없던 김호윤이 지금 그걸 꼬집고 있었다.

"어쨌든 저는, 출력기에서 나온 봉투에 초대장을 넣기는 했지만 유아리 씨가 끼어 있는 줄은 몰랐습니다. 아 참, 조금 전에 유아리 씨가 티알피 뭐라고 하던데, 티알피가 뭔가요, 선생님?"

"저도 모르겠네요. 그이가 무슨 말 하는 줄 몰라 대꾸도 못했는걸요. 그이, 약간 제정신이 아닌 것처럼 보이기는 했죠?"

"예?"

"큰일 겪어선지 횡설수설하는 게 정상은 아니었잖아요? 아까 그 싸늘한 눈초리 못 봤어요?"

"무슨 그런?"

그녀의 눈빛, 그건 살기였다. 한없이 가녀린 몸짓으로 위장한 그녀 내면의 사악함. 그건 로즈만이 알아볼 수 있는 것이었다.

"아니면 제가 제정신이 아니었던가요. 제가 할 일은 끝난 것 같으니 가볼게요. 나머지는 김 선생이 알아서 하세요. 어련히 그리 하시겠지만요."

"어디로 가세요?"

"나가봐야 알겠어요."

로즈는 뒤돌아보지 않고 로비를 나선다. 차를 계단 밑까지 끌어다 놓고 시동을 켜놓은 채 들어간 참이었다. 바퀴가 절반쯤 눈 더미에 빠져 있다. 눈이 가슴속에 잔뜩 쌓인 것 같아 로즈는 허, 소리를 내곤 머리를 털며 차에 올라앉는다. 눈앞이 온통 하얗다. 로즈는 와이퍼를 작동시키면서 스스로에게 물었다.

"어디로 갈까?"

시동을 켜놓은 덕에 창이 얼지 않아 와이퍼는 부드럽게 시야를 열어준다. 눈이 걷혀나간 유리창에 또 눈이 흰 장막처럼 얹힌다. 남극 등의 극지에서 천지가 모두 백색이 되어버려 방향감각을 상실하는 상태를 '화이트아웃'이라 부른다고 했다. 최악의 기상 조건이 한 곳에 집중되어 눈앞의 모든 것이 사라지는 혼미한 착시현상. 하지만 여기는 남극도 북극도 아니다. 이 정도 눈발에 혼미해질 로즈 이가 밀러도 아니다. 스스로에게 그렇게 말한 로즈는 비로소 차를 움직인다. 바퀴가 겉도는 것 같지만 수목원을 나가 5분쯤의 거리에 차량 정비소가 있다. 금세 스노 체인을 채울 수 있을 것이다.

1896년. 그해 태어난 세 여자가, 쇠잔하고 파리한 얼굴로 내 안에 들어왔다. 4년 전 가을이었고 1920년대 한국문학에 대해 공부하던 즈음이었다.

김명순, 나혜석, 김원주. 열에 아홉 이상의 여자들이 문맹이던 시절에 그들은 선생 노릇을 하고, 독립운동을 하고, 맹렬히 글 쓰고, 치열하게 그림 그렸다. 그리고 스러졌다.

내가 글쟁이라서 글쟁이로서의 그들의 면모가 부각되어 보였을 것이다.

그들이 글쟁이로 당시를 살아내는 모습들이 선연하다 못해 처절하게 느껴졌다. 당시 신여성이라 불린 여자들의 다른 이름은 화냥년이었다. 암탉이 울면 집안이 망한다는 말이 제도처럼 견고했던 시대, 글은 곧 말이므로 그들의 글쓰기는 제도와 세태와 인습과의 전투였다. 그들의 글을 읽는 나에게는 천불나는 전투이기도 했다. 개화기의

412

선각으로, 문화 예술계의 선두에서 광휘를 뿌렸던 그들이 다방면의 글쓰기로 외친 것이 오직 한 마디뿐이라니! 여자도 사람이다?

분하고 슬펐다. 갈가리 찢겨 산화한 그 계집들을 사람으로 되살려 다시 말하게 하고 싶었다. 소설 제목을 〈파랑새들〉이라고 붙였다. 기록상으로 세 사람이 가까이 지냈다는 정황은 없었지만 나는 그들이 만나는 장면부터 시작했다. 경성의 여학교를 다니는 열일곱 살짜리들. 공부에 대한 열의로 눈이 반짝이고 자신들의 공부를 조선 여자들을 개명시키는 데 쓰리라는 소명감에 불타는 청춘들. 그들이 만나는 장면에서 신명이 났다.

신명은 짧았다. 계집인 그들이 발언을 시작하면서 현실과 만나야 했기 때문이다. 당시의 사람들과 내가 부딪쳤다. 내가 어떤 사람이든 나를 계집이라는 틀에 맞춰서 보려 하고 그 틀에서 내가 벗어날 때마다 돌을 던지는 그 시대 사람들과 싸웠다. 날마다 싸우고 싸움에 지친 나를 달래느라 원고 진행이 더뎠다. 넌더리가 났다. 21세기를 사는 내가 지금, 이 무슨 시대착오적인 짓을 하고 있나. 내가 그들에게 빚졌어? 아직도 남녀평등이라니, 말이 돼? 온갖 회의가 만발했다. 500매 쯤 썼을 때 기진했다.

더는 써지지 않거니와 쓰고 싶지도 않은 〈파랑새들〉을 접었다. 그러고 나니 다른 이야기가 나를 찾아왔다. 백제가 가장 번성했던 근초고대왕 시대를 배경으로 한 《왕인》이었다. 100년을 거슬러 살기는 그렇게도 어렵더니 아예 1500년쯤을 거슬러 올라가니 쉬웠다. 신났다. 수만 대군을 움직여 전쟁을 하고, 대륙을 정벌했다. 권력을 갖기 위해 암투를 벌이고, 사랑을 지키기 위해 목숨도 걸었다. 원고량이 가파르게 쌓였다. 반 년 만에 접어버린 〈파랑새들〉에 분풀이라도 하는 것 같았다. 6개월 정도 만에 4,500매짜리 《왕인》의 초고를 끝냈다.

내가 〈파랑새들〉을 감당하지 못한 까닭을 그때 깨달았다. 《왕인》 시대는 전쟁으로 점철된 시대였을지라도 나한테는 사람 이야기가 가능한, 상상이 자유로운 시대였다. 계집은 계집처럼 살아야 한다는 관념이 덜 견고한 시대였던 것이다. 〈파랑새들〉의 틀이 태생부터 잘못됐다는 걸 비로소 인정했다.

파랑새들을 사람이 아니라 계집으로 묶어둔 사람은 나였다. 당시대 사람들과 똑같이 그들을 계집으로 한계 지웠기에 나도 한계에 봉착했던 것이다. 그걸 인정하고 나니 새 길이 보였다. 미련을 버리기 위해 컴퓨터 속에 묵혀 있던 〈파랑새들〉 원고를 떨리는 손으로 삭제했다. 제목도 지웠다. 그 자리에 백 년, 천 년 전부터 내 머리 위를 날던 바람들을 불러들였다. 나도 바람이 되어 함께 날았다.

〈파랑새들〉이 《천 개의 바람이 되어》 날기까지 4년여가 걸린 셈이다. 김명순과 나혜석과 김원주. 그들을 바람으로 다시 날려 올리기까지도 그만큼이 걸렸다.

바람 타고 비상하는 파랑새들의 날갯짓을 상상해보는 즈음이다.

2012년 초가을, 빛고을의 송은일.

국립중앙도서관 출판시도서목록(CIP)

천 개의 바람이 되어 : 송은일 장편소설 / 송은일 지음. ―
고양 : 위즈덤하우스, 2012
p. ;   cm

ISBN 978-89-5913-705-3 03810 : ₩13800

한국 현대 소설[韓國現代小說]

813.7-KDC5
895.735-DDC21   CIP2012004189

천 개의 바람이 되어

초판 1쇄 인쇄 2012년 9월 19일
초판 1쇄 발행 2012년 9월 28일

지은이 송은일
펴낸이 연준혁

출판 6분사 분사장 이진영
편집 정낙정 박지숙 박지수 최아영 **디자인** 김준영
제작 이재승

펴낸곳 (주)위즈덤하우스 **출판등록** 2000년 5월 23일 제13-1071호
주소 경기도 고양시 일산동구 장항동 846 센트럴프라자 6층
전화 031)936-4000 **팩스** 031)903-3891
홈페이지 www.wisdomhouse.co.kr **전자우편** wisdom7@wisdomhouse.co.kr
종이 월드페이퍼 **인쇄 · 제본** (주)현문 **후가공** 이지앤비

ⓒ송은일, 2012
값 13,800원   ISBN 978-89-5913-705-3 03810

*잘못된 책은 바꿔드립니다.
*이 책의 전부 또는 일부 내용을 재사용하려면 사전에 저작권자와
(주)위즈덤하우스의 동의를 받아야 합니다.